BASTEI
LÜBBE

BERNARD CORNWELL

Die Abenteuer des Richard Sharp

SHARPS AUFSTIEG

Die französische Invasion in Galicien
Januar 1809

Roman

Ins Deutsche übertragen
von Bernd Müller

BASTEI LÜBBE

BASTEI-LÜBBE-TASCHENBUCH
Allgemeine Reihe
Band 13 259

Erste Auflage: Juli 1990

Deutsche Lizenzausgabe 1990
Bastei-Verlag Gustav H. Lübbe GmbH & Co.,
Bergisch Gladbach
Originaltitel: Sharpe's Rifles
Lektorat: Edgar Bracht
Titelillustration: Jordi Longaron / Norma Agency, Barcelona
Umschlaggestaltung: Quadro Grafik, Bensberg
Satz: KCS GmbH, 2110 Buchholz / Hamburg
Druck und Verarbeitung:
Brodard & Taupin, La Flèche, Frankreich
Printed in France
ISBN 3-404-13259-9

Prolog

Der Preis war eine Schatztruhe.

Ein spanischer Major bemühte sich, die Truhe zu retten, während ein berittener Jäger, Oberst der Kaiserlichen Garde Napoleons, Befehl erhalten hatte, sie zu erbeuten. Der Franzose war zu diesem Zweck von der Leine gelassen worden; man hatte ihm zu verstehen gegeben, er dürfe töten oder vernichten, wer oder was immer sich ihm in den Weg stelle.

Die Schatztruhe war ein Behältnis aus Holz, so alt, daß es kohlschwarz glänzte. Das Holz wurde von zwei Eisenbändern gehalten, die trotz ihrer antiken Rostflecke noch recht robust waren. Die alte Truhe war sechzig Zentimeter lang, fünfundvierzig Zentimeter breit und ebenso hoch. Zwei Haspen waren mit Vorhängeschlössern aus Messing versehen. Die Öffnung zwischen gewölbtem Deckel und Unterteil war mit roten Siegeln verschlossen, einige davon so alt, daß sie inzwischen kaum mehr waren als Wachsspuren in der Maserung des uralten Holzes. Die Truhe war in ein Öltuch eingenäht, um sie vor der Witterung zu schützen, oder vielmehr, um das Schicksal Spaniens zu schützen, das darin verborgen lag.

Am zweiten Tag des Jahres 1809 wäre es dem französischen Oberst beinahe gelungen, die Truhe zu erbeuten. Man hatte ihm ein Regiment Dragoner unterstellt, und diese Reiter trafen nahe der Stadt Leon auf die Spanier. Die Spanier entkamen nur, weil sie sich hoch in die Berge flüchteten. Dort mußten sie ihre Pferde zurücklassen, denn keinem Pferd waren die steilen, eisglatten Pfade zuzumuten, auf denen Major Blas Vivar Zuflucht suchte.

Es war Winter, der kälteste spanische Winter seit Menschengedenken, und der denkbar ungünstigste Zeitpunkt, sich in den Bergen Nordspaniens aufzuhalten, doch die Franzosen hatten Major Vivar keine Wahl gelassen. Im Dezember hatte Napoleons Streitmacht Madrid eingenommen, und Blas Vivar war knapp eine Stunde vor Ankunft der feindlichen Reiter mit der Truhe aus der Hauptstadt geflohen. Er wurde von einhundertzehn Cazadores begleitet, berittenen Jägern mit Kürassierdegen und kurzläufigem Karabiner. Doch aus den Jägern wurden Gejagte, als Vivar auf seinem alptraumhaften Ritt durch Spanien eine Finte nach der anderen schlug, um seinen französischen Verfolgern zu entkommen. Er hatte gehofft, sich bei General Romanas Armee im Norden in Sicherheit bringen zu können, doch Romana wurde vernichtend geschlagen, zwei Tage ehe die Dragoner Vivar zur Flucht in die Berge zwangen. Nun war er auf sich allein gestellt, von aller Hilfe abgeschnitten. Er verfügte nur noch über neunzig Männer. Die anderen waren gefallen.

Sie waren für die Truhe gestorben, die die Überlebenden nun durch die gefrorene Landschaft trugen. Auf den Pässen sammelte sich der Schnee an. Wenn Tauwetter einsetzte, dann immer von Regen begleitet; ein alles durchdringender, unablässiger Regen, der die Gebirgspfade in einen Morast verwandelte und in den langen Nächten beinhart gefror. Erfrierungen dezimierten die Cazadores weiter. In der schlimmsten Kälte suchten die Übriggebliebenen in Höhlen oder verlassenen Bauernhütten Unterschlupf.

An einem solchen Tag – der Westwind trieb bitterkalte Schneeflocken vor sich her – kauerten Vivars Männer im unzureichenden Schutz eines schmalen Geländeeinschnitts hoch droben auf einem Gebirgskamm. Blas Vivar selbst lag am Rand der Senke und starrte durch ein ausgezogenes Fernrohr ins Tal hinab. Dort unten lauerte der Feind.

Braune Umhänge verbargen die blaßgrünen Uniformröcke der französischen Dragoner. Die Franzosen hatten Vivar jeden Kilometer seines beschwerlichen Weges verfolgt, doch während er sich im Hochland abmühte, ritten sie durch die Täler, wo es Straßen gab, Brücken und Unterkünfte. An manchen Tagen hatte das Wetter die Franzosen aufgehalten, und er hatte gehofft, sie hinter sich gelassen zu haben, aber wenn der Schneefall für ein paar Stunden nachließ, tauchten die verhaßten Gestalten jedesmal wieder auf. Nun lag Vivar im bitterkalten Wind und beobachtete die feindlichen Reiter, wie sie in einem kleinen Dorf drunten im Tal absattelten. Die Franzosen würden im Dorf Herdfeuer und Nahrung vorfinden, ihre Pferde würden trockene Unterstände und Heu bekommen, während seine Männer am exponierten Berghang vor Kälte wimmerten.

»Sind sie da?« Vivars stellvertretender Kommandeur, Leutnant Davila, kam aus der Senke heraufgekrochen.

»Sie sind da.«

»Der Gardist?«

»Ja.« Vivar blickte unverwandt auf zwei Reiter in der Dorfstraße herab. Einer der beiden war der Oberst der Kaiserlichen Garde, er trug einen scharlachroten Überwurf mit Pelzbesatz, eine dunkelgrüne Uniform und eine runde Mütze aus dickem, schwarzem Pelz.

Sein Begleiter war nicht uniformiert; statt dessen trug er über seinen weißen Stiefeln einen schwarzen, taillierten Reitermantel. Vivar fürchtete diesen schwarzgekleideten Reiter mehr als den Oberst, denn er war es, der die Dragoner führte. Dieser Mann wußte, wohin Blas Vivar unterwegs war, er wußte, wo er aufzuhalten sein würde, und er wußte auch von der Macht dessen, was sich in der eisenverstärkten Truhe verbarg.

Leutnant Davila kauerte sich neben Vivar in den Schnee. Wie Soldaten sahen sie beide nicht mehr aus. Sie waren in Umhänge aus gemeinem Sackleinen gehüllt. Gesichter, Stiefel und Hände waren mit Lumpen umwickelt. Doch unter ihren zusammengeflickten Mänteln trugen sie die scharlachroten Uniformen einer Cazador-Eliteeinheit, und sie waren zäh und tüchtig wie kaum ein anderer, der in den Napoleonischen Kriegen kämpfte.

Davila lieh sich Vivars Fernglas und starrte ins Tal hinab. Schneegestöber erschwerte die Sicht, doch er konnte den scharlachroten Farbfleck des Überwurfs an der rechten Schulter des

Jägers erkennen. »Warum zieht er sich keinen Mantel an?« brummte er.

»Er will zeigen, wie hart er ist«, erwiderte Vivar schroff.

Davila schwenkte das Fernrohr herum und erblickte weitere Dragoner auf dem Weg ins Dorf. Einige der Franzosen führten lahmende Pferde. Alle trugen Säbel und Karabiner. »Ich dachte, wir wären ihnen entkommen«, sagte er niedergeschlagen.

»Die werden wir erst los, wenn wir den letzten von ihnen begraben haben.« Vivar zog sich hinter die Sichtlinie zurück. Sein Gesicht war von Sonne und Wind gezeichnet, ein kämpferisches Gesicht, dessen Grobheit von dunklen Augen gemildert wurde, die voller Humor und Verständnis funkeln konnten. Nun, da er seine Männer in der schmalen Senke zittern sah, waren sie rotgerändert. »Wieviel Proviant haben wir noch?«

»Genug für zwei Tage.«

»Wenn ich es nicht besser wüßte«, sagte Vivar mit einer Stimme, die in dem Heulen des Windes kaum zu vernehmen war, »würde ich meinen, Gott hätte Spanien im Stich gelassen.«

Leutnant Davila wußte darauf nichts zu erwidern. Ein Windstoß wirbelte den Schnee vom Bergkamm in einer glitzernden Wolke über ihren Köpfen auf. Die Franzosen, dachte er verbittert, würden sich unten im Tal an Nahrung, Brennholz und Frauen vergreifen. Kinder würden schreien. Die Männer des Dorfes würde man foltern, um ihnen zu entlocken, ob sie einen abgerissenen Trupp Cazadores mit einer Truhe gesehen hatten. Sie würden wahrheitsgemäß verneinen, doch die Franzosen würden sie trotzdem töten, und der Mann in Schwarz mit den weißen Stiefeln würde ohne das geringste Zeichen von Anteilnahme dabei zusehen. Davila schloß die Augen. Bis zum Beginn dieses Krieges hatte er nicht gewußt, was Haß bedeutet, und nun wußte er nicht, ob es ihm jemals gelingen würde, den Haß wieder aus seiner Seele zu verbannen.

»Wir teilen uns auf«, sagte Vivar unvermittelt.

»Don Blas?« Davila, dessen Gedanken weit fort waren, hatte nicht richtig verstanden.

»Ich nehme die Truhe und achtzig Mann«, sagte Vivar bedächtig. »Du wartest hier mit den restlichen Männern. Wenn wir fort sind, und die Franzosen ebenfalls, wendest du dich nach Süden. Der Oberst ist klug und hat vielleicht längst erraten, was ich vorhabe. Deshalb mußt du abwarten, Diego! Warte, bis du dir ganz sicher bist, dann warte noch einen Tag. Verstehst du mich?«

»Ich verstehe.«

Trotz seiner abgrundtiefen Müdigkeit und der Kälte, die ihm bis in die Knochen drang, brachte Vivar einen Rest von Enthusiasmus auf, der seinen Worten einen hoffnungsvollen Klang verlieh. »Geh nach Orense, Diego, und sieh zu, ob dort noch spanische Soldaten sind. Sag ihnen, daß ich sie brauche! Sag ihnen, daß ich Pferde und Männer brauche. Führe diese Männer und Pferde nach Santiago, und wenn du mich dort nicht antriffst, reite ostwärts, bis du mich findest.«

Davila nickte. Eine Frage drängte sich auf, aber er konnte sich nicht überwinden, sie zu stellen.

Vivar verstand trotzdem. »Sollten die Franzosen die Truhe erbeuten«, sagte er freudlos, »wirst du davon hören. Sie werden ihren Erfolg in ganz Spanien herausposaunen, Diego, und du wirst davon hören, denn dann ist der Krieg verloren.«

Davila erschauerte unter seinen zerlumpten Umhängen. »Könnte es sein, Don Blas, daß Sie, wenn Sie sich nach Westen wenden, auf die Briten treffen?«

Vivar spuckte aus, um kundzutun, wie er über das britische Heer dachte.

»Würden sie Ihnen nicht helfen?« beharrte Davila.

»Würdest du den Engländern anvertrauen, was in der Truhe ist?«

Davila überlegte sich seine Antwort, dann zuckte er die Achseln. »Nein.«

Vivar schob sich noch einmal hinauf, um ins Dorf hinabzustarren. »Vielleicht treffen diese Teufel auf die Briten. Dann kann ein Barbarenpack das andere umbringen.« Die Kälte ließ ihn erschaudern. »Wenn ich genug Männer hätte, Diego, würde ich die Hölle mit den Seelen dieser Franzosen füllen. Aber ich habe nicht genug Männer. Also hol sie für mich herbei!«

»Ich werde mein Bestes tun, Don Blas.« Mehr wagte sich Davila nicht zu versprechen, denn in diesen ersten Tagen des

Jahres 1809 hatte kein Spanier Grund zur Hoffnung. Der spanische König befand sich in französischer Gefangenschaft, und in Madrid saß der Bruder des Franzosenkaisers auf dem Thron. Die spanischen Armeen, die sich in den vergangenen Jahren so tapfer geschlagen hatten, waren von Napoleon vernichtend besiegt worden, und das britische Heer, das man ihnen zur Hilfe geschickt hatte, wurde schmählich in Richtung Küste zurückgedrängt. Spanien war nichts geblieben als die Überreste seiner aufgeriebenen Armeen, der Widerstandsgeist seines stolzen Volkes, und die Truhe.

Am nächsten Morgen brachen Vivars Männer mit der Truhe gen Westen auf. Leutnant Davila sah zu, wie die französischen Dragoner ihre Pferde sattelten und ein geplündertes Dorf hinter sich ließen, aus dem der Rauch in den kalten Himmel emporstieg. Die Dragoner wußten vielleicht nicht, wo sich Blas Vivar befand, aber der Mann im schwarzen Mantel mit den weißen Stiefeln wußte bestimmt, wohin der Major unterwegs war, und darum trieben die Franzosen ihre Pferde in westlicher Richtung an. Davila wartete einen ganzen Tag ab; dann machte er sich nach Süden auf, inmitten eines Regengusses, der den Schnee zu Matsch und jeden Pfad in einen zähen Morast verwandelte.

Jäger und Gejagte hatten sich erneut in Bewegung gesetzt und schlichen auf verschlungenen Pfaden durch ein winterliches Land; die Gejagten hofften auf ein Wunder, das Spanien retten und aus der sicheren Niederlage noch einen glorreichen Sieg machen würde.

Kapitel eins

Über einhundert Männer wurden im Dorf zurückgelassen. Ihnen war nicht zu helfen. Sie waren betrunken. An die zwanzig Frauen blieben bei ihnen. Auch sie waren betrunken.

Nicht nur betrunken, sondern regelrecht bewußtlos. Die Männer waren in den Lagerraum einer Taverne eingebrochen und hatten dort große Fässer mit neuem Wein vorgefunden, darin sie ihr Elend ertränkten. Nun, in der grauen Morgendämmerung, lagen sie im Dorf verstreut wie die Opfer einer Seuche.

Die Betrunkenen waren Rotröcke. Sie waren in die britische Armee eingetreten, weil sie verzweifelt oder auf der Flucht vor dem Gesetz waren, und weil es dort einen Fünftel Liter Rum pro Tag gab. Am Vorabend hatten sie den Himmel auf Erden entdeckt, in einer elenden Taverne in einem elenden spanischen Dorf an einer elenden steinigen Straße, die zum Meer führte. Sie hatten maßlos gezecht, deshalb wollte man sie nun der Gnade der Franzosen überlassen.

Ein hochgewachsener Leutnant im grünen Uniformrock der 95th Rifles, des Schützenkorps, ging zwischen den Bewußtlosen hin und her, die im Innenhof der geplünderten Taverne lagen. Sein Interesse galt nicht den Betrunkenen, sondern einigen Holzkisten, die man von einem Ochsenkarren geworfen hatte, um Platz für Verwundete und an Erfrierungen leidende Männer zu schaffen. Wie so vieles, was das geschwächte Heer nicht mehr mitschleppen konnte, wären auch die Kisten den nachfolgenden Franzosen in die Hände gefallen, wenn der Leutnant nicht entdeckt hätte, daß sie Gewehrmunition enthielten. Und die wollte er nun bergen. Die Tornister und Taschen seines Bataillons hatte er bereits mit so vielen der wertvollen Patronen anfüllen lassen, wie die Männer tragen konnten; jetzt luden er und einer der Schützen noch mehr davon in die Packkörbe des letzten Maultiers der Einheit.

Schütze Cooper beendete seine Arbeit, dann starrte er die übriggebliebenen Kisten an. »Was machen wir mit denen, Sir?«

»Verbrennen.«

»Donnerwetter!« Cooper lachte auf, dann zeigte er auf die herumliegenden Betrunkenen. »Damit bringen Sie die da todsicher um!«

»Wenn wir's nicht tun, tun's die Franzosen.« Der Leutnant hatte eine tiefe Narbe auf der linken Wange, die ihm ein finster grimmiges Aussehen verlieh. »Willst du, daß die Franzosen anfangen, uns mit unserer eigenen Munition abzuknallen?«

Cooper war es eigentlich gleichgültig, was die Franzosen taten. Im Moment interessierte ihn ein alkoholumnebeltes Mädchen, das in einer Ecke des Hofs schlummerte. »Wär' doch schade, die da umzubringen, Sir. So ein nettes kleines Ding.«

»Überlaß sie den Franzosen.«

Cooper bückte sich, um der jungen Frau das Mieder zu lösen und ihre Brüste freizulegen. Sie regte sich in der Kälte, wachte jedoch nicht auf. Ihr Haar war mit Erbrochenem beschmiert, das Kleid hatte Weinflecken, und doch war sie hübsch. Sie mochte fünfzehn oder sechzehn Jahre alt sein. Sie hatte einen Soldaten geheiratet und war ihm in den Krieg gefolgt. Nun war sie betrunken und würde es mit den Franzosen zu tun bekommen. »Wach auf!« sagte er.

»Laß sie!« Doch der Leutnant konnte nicht der Versuchung widerstehen, den Hof zu überqueren, um sich das nackte Mädchen anzusehen. »Dumme Kuh«, brummte er übelgelaunt.

Ein Major erschien im Durchgang zum Hof. »Quartiermeister?«

Der Leutnant drehte sich um. »Sir?«

Der Major hatte einen schmalen, drahtigen Schnurrbart und einen bösartigen Gesichtsausdruck. »Wenn Sie damit fertig sind, Frauen auszuziehen, könnten Sie sich dann vielleicht bequemen, sich uns anzuschließen?«

»Ich wollte erst noch diese Kisten verbrennen, Sir.«

»Vergessen Sie die Kisten, Quartiermeister. Beeilung!«

»Zu Befehl.«

»Oder ziehen Sie es vor, hierzubleiben? Ich bezweifle, daß die Armee Sie vermissen würde.«

Der Leutnant antwortete nicht. Vor sechs Monaten, als er in dieses Bataillon gekommen war, hätte kein Offizier in Gegenwart einfacher Soldaten diesen Umgangston angeschlagen, doch der Rückzug war allen an die Nerven gegangen und hatte unterschwellige Ressentiments freigesetzt. Männer, die sich normalerweise mit vorsichtigem Respekt oder einer gewissen gezwungenen Freundlichkeit begegnet wären, knurrten sich jetzt an wie räudige Hunde. Und Major Warren Dunnett haßte den Quartiermeister. Es war ein wütender, irrationaler und alles verzehrender Haß, auf den der Leutnant mit Nichtachtung reagierte. Daß der Quartiermeister obendrein noch großen Sachverstand ausstrahlte, provozierte den Major immer wieder zu aufbrausenden Wutanfällen. »Wofür, zum Teufel, hält er sich eigentlich?« machte er sich vor der Taverne gegenüber Hauptmann Murray Luft. »Denkt er, das ganze verdammte Heer würde auf ihn warten?«

»Er tut doch nur seine Pflicht, oder?« John Murray war ein milder und gerechter Mann.

»Er tut keineswegs seine Pflicht. Er begafft die Titten irgendeiner Hure.« Dunnett spuckte verächtlich aus. »Ich habe ihn, verdammt noch mal, nicht im Bataillon gewollt, und ich will ihn, verdammt noch mal, immer noch nicht im Bataillon haben. Der Oberst hat ihn doch bloß genommen, um Willie Lawford einen Gefallen zu tun. Was, zum Teufel, ist nur aus diesem Heer geworden? Er ist ein Emporkömmling, ein ehemaliger Feldwebel, Johnny! Nicht mal ein echter Offizier! Und das bei den Rifles!«

Murray hatte den Verdacht, daß Dunnett auf den Quartiermeister neidisch war. Es kam höchst selten vor, daß ein Mann als gemeiner Soldat ins britische Heer eintrat und es zum Offizier brachte. Dem Quartiermeister war es gelungen. Er hatte in den Reihen der Rotröcke eine Muskete getragen, war zum Feldwebel befördert und dann als Belohnung für geradezu selbstmörderischen Mut auf dem Schlachtfeld zum Offizier ernannt worden. Die übrigen Offiziere betrachteten seine Vergangenheit mit zwiespältigen Gefühlen, weil sie Angst hatten, daß seine Kampferfahrung ihre eigene Unerfahrenheit offenkundig werden ließ. Aber eigentlich hätten sie sich keine Sorgen machen müssen, denn der Oberst hatte den Neuen von der Kampffront ferngehalten, indem er ihn zum Quartiermeister des Bataillons ernannte; dieser Entscheidung lag die Einsicht zugrunde, daß einer, der als einfacher Soldat und Sergeant gedient hatte, alle kriminellen Tricks kannte, die die Tätigkeit eines Quartiermeisters verlangte.

Der Quartiermeister gab die Betrunkenen und die restliche Munition auf und verließ den Hof der Taverne. Ein naßkalter Regen fegte von Osten her über die dreihundert Rifles hinweg, die auf der Dorfstraße warteten. Diese Schützen bildeten die Nachhut der Armee. In ihren zerlumpten Uniformen wirkten sie wie höhnische Karikaturen des Soldatenlebens – ein schauriges Heer von Bettlern, Mannschaften und Offizieren, gleichermaßen in Stoffetzen gehüllt, die sie auf dem Marsch erbettelt oder gestohlen hatten. Die Sohlen ihrer Stiefel wurden von verknotetem Zwirn gehalten. Die unrasierten Gesichter waren zum Schutz gegen den bitter kalten Wind in schmutzige Schals gehüllt. Ihre Augen waren rotgerändert, ihre Mienen ausdruckslos, ihre Wangen eingefallen, ihre Augenbrauen vom Frost weiß gefärbt. Einige der Männer hatten ihre Tschakos verloren und trugen statt dessen Bauernhüte mit breiter Krempe. Sie mochten aussehen wie Lumpengesindel, aber sie waren immer noch Schützen, und jedes ihrer Baker-Gewehre hatte ein gut geöltes Zündschloß mit scharfkantigem Feuerstein im Hahn.

Major Dunnett, der dieses halbe Bataillon befehligte, führte sie gen Westen. Sie waren seit Heiligabend unterwegs, und inzwischen war die erste Januarwoche vorüber. Immer ging es in westlicher Richtung, fort von den siegreichen Franzosen, deren überlegene Heerscharen Spanien überfluteten, und jeder Tag war eine qualvolle Abfolge von Kälte, Hunger und Schmerz. In einigen Bataillonen war die Disziplin vollständig zusammengebrochen. Diese Einheiten, die die Hoffnung aufgegeben hatten, hinterließen eine Spur von Leichen. Unter den Toten fanden sich Frauen, Ehefrauen, denen man gestattet hatte, mit dem Heer nach Spanien zu ziehen, aber auch Kinder. Und die Überlebenden waren gegen diese Schrecken inzwischen so abgestumpft, daß sie am erfrorenen Leichnam eines Kindes vorbeimarschieren konnten, ohne das Geringste zu empfinden.

Obwohl das Heer kapituliert hatte, gab es nach wie vor einige Männer, die unter der Folter der Eisstürme und des schneidend kalten Windes in geordneter Formation marschierten, und die, wenn man es ihnen befahl, den französischen Verfolgern Widerstand entgegensetzten. Dies waren die guten Männer, die harten Kämpfer: die Guards und die leichte Infanterie, die Elite von Sir John Moores Armee, die ins Innere Spaniens vorgedrungen war, um Napoleon die Nachschubwege abzuschneiden. Sie waren in Erwartung eines Sieges marschiert, doch der Kaiser der Franzosen hatte sich mit unbarmherziger Schnelligkeit und überlegener Streitmacht auf sie gestürzt. Nun zog sich das kleine britische Heer zu den Schiffen zurück, die es nach Hause bringen würden.

Dunnetts dreihundert Schützen schienen in der eisigen Wildnis allein zu sein. Irgendwo vor ihnen war die Armee auf dem Rückzug, und irgendwo hinter ihnen waren die Franzosen auf dem Vormarsch, doch die Welt der Schützen bestand aus dem Tornister des Vordermannes, dem Schneeregen, der Erschöpfung und dem Schmerz in den vor Hunger verkrampften Mägen.

Eine Stunde nachdem sie das Dorf verlassen hatten, erreichten sie einen Bach, über den eine steinerne Brücke führte. Dort erwartete sie britische Kavallerie mit der Nachricht, daß drei Kilometer vor ihnen Artillerieeinheiten an einem Hang steckengeblieben seien. Der Kavalleriekommandeur schlug vor, Dunnetts Schützen sollten an der Brücke warten. »Geben Sie uns etwas Zeit, den Kanonieren den Hang hinauf zu helfen, dann kommen wir zurück, um Sie zu holen.«

»Wie lange?« fragte Dunnett gereizt.

»Eine Stunde? Sicher nicht länger.«

Die Schützen warteten. Sie hatten das in den vergangenen zwei Wochen bestimmt zwanzigmal getan, und sicher würden sie es noch weitere zwanzigmal tun müssen. Sie waren der Stachel im Schwanz der Armee. Wenn sie heute Glück hatten, würde kein Franzose sie belästigen, doch wahrscheinlicher war, daß irgendwann im Lauf der nächsten Stunde die feindliche Vorhut erscheinen würde. Diese Vorhut würde aus Kavallerie auf müden Pferden bestehen. Die Franzosen würden pflichtschuldigst angreifen, die Schützen würden einige Salven abfeuern; und weil keine Partei einen Vorteil gewinnen konnte, würden die Franzosen die Grünjacken abziehen lassen. Das war Soldatenalltag, langweilig, kalt, entmutigend. Und ein oder zwei Schützen und ein oder zwei Franzosen mußten dabei ihr Leben lassen.

Die Schützen formierten sich zu Kompanien, um die Straße westlich der Brücke abzuriegeln. Sie starrten frierend nach Osten. Feldwebel schritten hinter den Reihen ihrer Einheiten auf und ab. Die Offiziere, deren Pferde allesamt der Kälte zum Opfer gefallen waren, stellten sich vor ihren Kompanien auf. Niemand sagte etwas. Möglicherweise träumten einige der Männer von den Schiffen der Marine, die sie am Ende dieser langen Straße erwarten sollten, doch wahrscheinlicher war, daß sie nichts anderes im Kopf hatten als Kälte und Hunger.

Der Leutnant, den man zum Quartiermeister des Bataillons gemacht hatte, schlenderte auf die steinerne Brücke hinaus und spähte in den eisigen Schneeregen. Er war jetzt dem Feind am nächsten, zwanzig Schritt vor der Linie der Grünjacken, und das ärgerte Major Dunnett, der dahinter eine unausgesprochene Arroganz zu entdecken vermeinte. »Zur Hölle mit ihm.« Dunnett gesellte sich zu Hauptmann Murray.

»Er ist harmlos.« Murray sprach mit seiner üblichen Milde.

»Er ist ein verdammter Emporkömmling.«

Murray lächelte. »Er ist ein verflucht tüchtiger Quartiermeister, Warren. Wann haben die Männer zuletzt soviel Munition gehabt?«

»Seine Aufgabe ist, mir ein Bett für die Nacht zu besorgen, nicht hier herumzulungern, um vielleicht beweisen zu können, wie gut er kämpfen kann. Schau ihn dir an!« Es erging Dunnett wie einem Mann mit einer juckenden Wunde, die er ständig kratzen muß. Er starrte den Quartiermeister an. »Der glaubt wohl, er gehört immer noch zur kämpfenden Truppe, wie? Einmal ein Bauer, immer ein Bauer, so ist es doch. Warum trägt er eigentlich ein Gewehr?«

»Keine Ahnung.«

Das Gewehr war eine Schrulle des Quartiermeisters, und zwar eine ungebührliche. Der Quartiermeister hatte sich mit

Listen, Tinte, Feder und Kerbholz herumzuschlagen, nicht mit einer Waffe. Er mußte imstande sein, Lebensmittel aufzutreiben oder in scheinbar überbelegten Quartieren Schlafplätze ausfindig zu machen. Er mußte einen Riecher für verdorbenes Rindfleisch haben, eine Waage zum Auswiegen von Mehlrationen, und die nötige Sturheit, um die Übergriffe anderer Quartiermeister abzuwehren. Was er nicht brauchte, waren Waffen. Der neue Leutnant aber trug sowohl ein Gewehr als auch den vorschriftsmäßigen Degen. Die beiden Waffen wirkten wie eine Absichtserklärung: Ich will lieber kämpfen, als Quartiermeister spielen. Die meisten Grünjacken sahen darin jedoch nur die bemitleidenswerte Anmaßung eines Mannes, der ungeachtet seiner Vergangenheit nichts war als ein alternder Leutnant.

Dunnett stampfte mit den kalten Füßen auf der Straße. »Ich schicke die Kompanien an der Flanke als erste zurück, Johnny. Du kannst Deckung geben.«

»Jawohl. Warten wir auf die Berittenen?«

»Verdammte Kavallerie.« Dunnett äußerte die gewohnheitsmäßige Verachtung des Infanteristen für die Reitertruppe. »Ich warte noch fünf Minuten. Es kann doch nicht so lange dauern, ein paar lächerliche Kanonen aus dem Weg zu räumen. Können Sie was erkennen, Quartiermeister?« Die Frage war ironisch gemeint.

»Nichts, Sir.« Der Leutnant nahm seinen Tschako ab und fuhr sich mit der Hand durchs lange schwarze Haar, das von den vielen im Feld verbrachten Tagen fettig war. Sein Mantel stand offen, und er trug weder Schal noch Handschuhe. Entweder konnte er sich die nicht leisten, oder er wollte damit prahlen, so abgehärtet zu sein, daß er sie nicht brauchte. Seine vermeintliche Arroganz veranlaßte den Major, sich zu wünschen, daß der neue Leutnant, den es so nach Kampf gelüstete, von feindlichen Reitern niedergemäht würde.

Nur waren keine feindlichen Reiter in Sicht. Vielleicht hatten Regen und Wind und die gottverdammte Kälte die Franzosen dazu getrieben, im letzten Dorf Zuflucht zu suchen. Oder die betrunkenen Frauen hatten eine allzu große Anziehungskraft auf sie ausgeübt. Wie auch immer, jedenfalls waren keine Franzosen zu sehen, nur Schneeregen und tiefhängende Wolken, die im auffrischenden Wind heranrollten.

Major Dunnett fluchte nervös. Die vier Kompanien schienen in einer Wildnis voller Regen und Frost allein zu sein, vier Kompanien vergessener Soldaten in einem vergessenen Krieg. Dunnett beschloß, nicht länger abzuwarten. »Wir machen uns auf den Weg.«

Pfiffe gellten. Die beiden Kompanien an der Flanke machten kehrt, und die Soldaten schlurften wie wandelnde Leichen die Straßen hinauf. Die mittleren Kompanien blieben unter dem Kommando von Hauptmann Murray an der Brücke zurück. In etwa fünf Minuten, wenn die ersten beiden Kompanien angehalten hatten, um ihnen Deckung zu geben, sollten Murrays Männer an der Reihe sein, sich zurückzuziehen.

Die Schützen mochten Hauptmann Murray. Er sei ein echter Gentleman, pflegten sie zu sagen. Wer ihn hinters Licht führen wolle, müsse schon ein ganz gerissener Hundesohn sein; aber wenn man ihm Respekt erweise, behandle der Hauptmann einen auch fair. Murray hatte ein hageres Gesicht, dessen Ausdruck Humor verriet, lächelte gern und hatte immer einen Scherz parat. Offiziere wie er waren dafür verantwortlich, daß diese Schützen immer noch mit einem Hauch jenes Elans, den sie auf dem Paradeplatz in Shorncliffe gelernt hatten, die Waffe schultern und losmarschieren konnten.

»Sir!« Der Quartiermeister, der immer noch auf der Brücke stand, lenkte Murrays Aufmerksamkeit gen Osten, wo sich eine Gestalt durch den Schneeregen kämpfte. »Einer der unsern«, rief er kurz darauf.

Die einsame Gestalt, die da torkelnd heranstolperte, war ein Rotrock. Er hatte keine Muskete, keinen Tschako, keine Stiefel. Seine nackten Füße hinterließen Blutspuren auf dem Schotter der steinigen Straße.

»Das soll ihm eine Lehre sein«, sagte Hauptmann Murray. »Da seht ihr die Folgen des Suffs, Jungs.«

Das war kein besonders gelungener Witz. Murray äffte bloß einen Prediger nach, der dem Bataillon einmal eine Ansprache über die Schrecken des Alkohols gehalten hatte, brachte damit jedoch die Schützen zum Lachen. Ihre Lippen mochten von der

Kälte aufgesprungen und blutig sein, aber ein Grinsen war immer noch besser als stumme Verzweiflung.

Der Rotrock, einer der Trunkenbolde, die sie im letzten Dorf zurückgelassen hatten, winkte der Nachhut mit schlaffer Hand zu. Eine Art Instinkt hatte ihn geweckt und veranlaßt, in westlicher Richtung die Straße entlangzugehen, um sich in Sicherheit zu bringen. Er taumelte am ausgeweideten, gefrorenen Kadaver eines Pferdes vorbei und versuchte, seine Schritte zu beschleunigen.

»Achtung, Kavallerie!« brüllte der neue Leutnant.

»Gewehre!« rief Hauptmann Murray. »Präsentiert!«

Lumpen wurden von den Gewehrschlössern entfernt. Obwohl ihre Hände von der Kälte steif waren, führten die Männer die nötigen Handgriffe rasch aus.

Denn in dem weißen Dunst aus Schneeregen und Eis waren neue Gestalten zu erkennen. Reiter.

Grotesk anmutende Gestalten im grauen Regen. Dunkle Gestalten. Aus Säbelscheiden, Umhängen, Federbüschen und Karabinerhalftern setzte sich die zackige Silhouette französischer Kavallerie zusammen. Dragoner.

»Immer mit der Ruhe, Jungs!« Hauptmann Murrays Stimme klang ruhig. Der neue Leutnant hatte sich an die linke Flanke der Kompanie begeben, wo sein Maultier angebunden war.

Der Rotrock verließ die Straße, übersprang einen zugefrorenen Graben. Dann schrie er auf wie ein Schwein im Schlachthaus. Ein Dragoner hatte zu dem Mann aufgeholt. Sein langer Säbel sauste herab und schlitzte das Gesicht des Rotrocks von der Stirn bis zum Kinn auf. Blut sprenkelte die gefrorene Erde. Ein weiterer Reiter, der von der anderen Seite kam, ließ seine stählerne Klinge durch die Luft zischen und versenkte sie in der Schädeldecke des Flüchtenden. Der betrunkene Rotrock ging schreiend in die Knie, und die Dragoner ritten über ihn hinweg, um ihre Tiere in Richtung der zwei Kompanien anzuspornen, die die Straße versperrten. Der schmale Bach war kein ernstzunehmendes Hindernis für ihren Angriff.

»Serrez! Serrez!« Das französische Befehlswort schallte deutlich zu den Schützen hinüber. Es bedeutete ›Aufschließen!‹ Die Dragoner rückten zusammen, ein gestiefeltes Knie neben dem

anderen, und der Quartiermeister konnte die seltsamen Zöpfe erkennen, die ihre Gesichter umrahmten, ehe Hauptmann Murray den Schießbefehl gab.

Ungefähr achtzig Gewehre feuerten. Die restlichen waren zu feucht geworden, doch achtzig Kugeln auf weniger als hundert Meter Entfernung ließen die feindliche Schwadron zu einem Getümmel aus stolpernden Pferden, stürzenden Männern und allgemeiner Panik auseinanderbrechen. Der Schrei eines verendenden Pferdes durchschnitt die Kälte des Tages.

»Nachladen!«

Sergeant Williams stand an der rechten Flanke von Murrays Kompanie. Er griff nach einem der feucht gewordenen Gewehre, wischte das nasse Pulver aus der Zündpfanne und lud mit trockenem aus seinem Pulverhorn nach. »Wählt euer Ziel! Feuer frei!«

Der neue Leutnant hielt durch den schmutzig grauen Rauch nach einem feindlichen Offizier Ausschau. Er erspähte einen Berittenen, der die durcheinandergeratene Kavallerie anbrüllte, und zielte auf ihn; das Gewehr schlug gegen seine Schulter, als er schoß. Er meinte, den Franzosen fallen zu sehen, war sich jedoch nicht ganz sicher. Ein reiterloses Pferd entfernte sich im Galopp von der Straße. Von seinem Satteltuch tropfte Blut.

Weitere Gewehre wurden abgefeuert. Die Stichflammen sprühten einen halben Meter weit aus den Mündungen. Die Franzosen hatten sich zerstreut und nutzten den Schneeregen als Schutz, um den Schützen das Zielen zu erschweren. Ihr erster Angriff, der nur dazu dienen sollte, festzustellen. wie gut die Nachhut standhielt, auf die sie getroffen waren, war gescheitert. Nun gaben sie sich damit zufrieden, die Grünjacken aus sicherer Entfernung zu zermürben.

Die beiden Kompanien, die unter Dunnetts Oberbefehl nach Westen zurückgewichen waren, hatten sich inzwischen neu formiert. Ein Pfeifton erklang, um Murray mitzuteilen, daß er sich ungefährdet zurückziehen könne. Die Franzosen jenseits der Brücke eröffneten ein unregelmäßiges und wahlloses Feuer aus ihren kurzläufigen Karabinern. Sie schossen aus dem Sattel, was es noch unwahrscheinlicher machte, daß ihre Kugeln ein Ziel fanden.

»Rückzug!« rief Murray.

Ein paar Gewehre spuckten ein letztes Mal Feuer, dann drehten sich die Männer um und liefen die Straße hinauf. Sie vergaßen Hunger und Verzweiflung: Die Angst machte ihnen Beine. Sie rannten auf die beiden in Formation stehenden Kompanien zu, die einen weiteren französischen Angriff abwehren würden. In den nächsten paar Minuten war mit einem Katz-und-Maus-Spiel zwischen müder Kavallerie und frierenden Schützen zu rechnen, bis entweder die Franzosen ihre Angriffsversuche aufgaben oder die britische Kavallerie eintraf, um den Feind zu vertreiben.

Schütze Cooper durchschnitt die Fußfessel am Maultier des Quartiermeisters und zog das störrische Tier die Straße entlang. Murray versetzte dem Tier mit seinem Degen einen Hieb aufs Hinterteil, daß es einen Satz vorwärts tat. »Warum lassen Sie's nicht laufen?« rief er dem Leutnant zu.

»Weil ich es, verdammt noch mal, nötig brauche.« Der Leutnant wies Cooper an, das Maultier von der Straße weg den nördlichen Hügel hinauf zu führen, um das Schußfeld für Dunnetts Kompanien freizumachen. Die Grünjacken waren auf die Schützenlinie gedrillt, eine lockere Formation, die den Männern ermöglichte, in Deckung zu gehen oder sich als Scharfschützen dem Feind zu stellen. Doch auf diesem Rückzug bildeten die Männer in Grün ebenso dichte Reihen wie die Rotröcke und benutzten ihre Gewehre, um Salven abzuschießen.

»Reihen bilden! Reihen bilden!« brüllte Feldwebel Williams den Leuten aus Murrays Kompanie zu. Die Franzosen rückten vorsichtig bis zur Brücke vor. Sie waren vielleicht hundert Mann stark, eine berittene Vorhut, die entsetzlich müde und schwach aussah. An sich hätte bei diesem Wetter und auf diesen steinigen Gebirgsstraßen kein Pferd in den Kampf geführt werden dürfen, doch der Kaiser hatte seine Franzosen ausgeschickt, um das britische Heer endgültig zu vernichten, daher würde man die Pferde notfalls zu Tode reiten, wenn das zum Sieg verhelfen konnte. Ihre Hufe waren in Lumpen gewickelt, um auf den eisglatten Straßen besseren Halt zu finden.

»Schützen! Bajonette aufgepflanzt!« befahl Dunnett. Die langen Schwertbajonette wurden aus den Scheiden gezogen und auf die Mündungen der geladenen Gewehre aufgesetzt. Der Befehl war wahrscheinlich unnötig. Die Franzosen machten nicht den Eindruck, als hätten sie einen weiteren Angriff vor, doch aufgepflanzte Bajonette waren Vorschrift, wenn man Kavallerie gegenüberstand, also erteilte der Major den Befehl.

Der Leutnant lud sein Gewehr. Hauptmann Murray wischte Feuchtigkeit von der Klinge seines schweren Kavalleriedegens, der ebenso wie das Gewehr des Leutnants eine Schrulle war. Offiziere der Rifles hatten eigentlich einen leichten Säbel zu tragen, doch Murray zog den Reiterdegen mit der geraden Klinge vor, der allein mit seinem Eigengewicht einem Mann den Schädel spalten konnte.

Die feindlichen Dragoner saßen ab. Sie ließen ihre Pferde an der Brücke zurück und bildeten eine Gefechtsreihe, die sich zu beiden Seiten der Straße ausbreitete. »Die wollen nicht mitspielen«, sagte Murray vorwurfsvoll, dann drehte er sich in der Hoffnung um, einen Blick auf die britische Kavallerie zu erhaschen. Doch es war nichts zu sehen.

»Rückzug nach Kompanien!« rief Major Dunnett. »Johnny! Führen Sie Ihre beiden zurück!«

»Fünfzig Schritt, los!« Murrays zwei Kompanien zogen sich stolpernd die fünfzig Meter zurück, begleitet vom Quartiermeister und seinem Maultier. Dann bildeten sie eine neue Linie quer über die Straße. »Vordere Reihe in die Knie!« brüllte Murray.

»Immer laufen wir davon.« Der das sagte, war Schütze Harper, ein hünenhafter Mann. Er war ein Riese von einem Iren in einem Heer kleingewachsener Männer, und ein berüchtigter Unruhestifter. Er hatte ein breites, flaches Gesicht mit sandfarbenen Brauen, die jetzt vom gefrorenen Schneeregen weiß waren. »Warum kehren wir nicht um und erwürgen die Hundesöhne? Die müssen, verdammt noch mal, was zu essen in ihren verdammten Tornistern haben.« Er drehte sich um und hielt Ausschau nach Westen. »Und wo zum Teufel bleibt unsere verdammte Kavallerie?«

»Schnauze! Augen geradeaus!« Es war der Quartiermeister, der den Befehl gab.

Harper bedachte ihn mit einem frechen, verächtlichen Blick,

ehe er sich wieder umdrehte, um zu beobachten, wie sich Major Dunnetts Kompanien zurückzogen. Die Dragoner waren als dunkle Schemen in einiger Entfernung zu erkennen. Ab und zu wurde ein Karabiner abgefeuert, und der Wind wehte einen Streifen grauen Rauchs herüber. Ein Schütze wurde ins Bein getroffen und fluchte auf den Feind.

Der neue Leutnant schätzte, daß noch etwa zwei Stunden bis Mittag blieben. Der Rückzug unter Feuer würde am frühen Nachmittag ein Ende nehmen. Dann mußte er vorauseilen, um einen Viehstall oder eine Kirche zu finden, wo die Männer die Nacht verbringen konnten. Er hoffte, daß ein Verpflegungsoffizier mit einem Sack Mehl auftauchen würde, das mit Wasser vermischt und über einem Feuer aus Kuhfladen geröstet als Abendmahlzeit und Frühstück herhalten mußte. Mit etwas Glück würde ein Pferdekadaver sie mit Fleisch versorgen. Am nächsten Morgen würden die Männer mit Magenkrämpfen aufwachen. Wieder würden sie sich zu Kolonnen formieren; sie würden losmarschieren, dann würden sie kehrtmachen, um sich dieselben Dragoner vom Leib zu halten.

Dragoner, denen es im Augenblick wenig auszumachen schien, die Schützen ziehen zu lassen. »Die sind heute nicht besonders tatendurstig«, murrte der Leutnant.

»Sie träumen von daheim«, sagte Murray wehmütig. »Von Eintopf mit Huhn und Knoblauch, herbem Rotwein und einem drallen Mädchen im Bett. Wer will schon in einer elenden Einöde wie dieser verrecken, wenn das alles zu Hause auf ihn wartet?«

»Wir ziehen uns in Kolonnen von halber Kompaniestärke zurück!« Überzeugt, daß der Feind es nicht riskieren würde, näher heranzukommen, schickte Dunnett sich an, seinem Gesprächspartner einfach den Rücken zu kehren und davonzumarschieren. »Hauptmann Murray? Ihre Männer zuerst, wenn ich bitten dürfte.«

Doch ehe Murray noch einen Befehl erteilen konnte, rief der neue Leutnant eine eindringliche Warnung aus: »Achtung, Kavallerie von hinten!«

»Das sind doch unsere, Sie Dummkopf!« Dunnett verbarg seine Verachtung für den Quartiermeister nicht.

»O mein Gott!« Murray hatte sich umgedreht, um die Straße zu überblicken, auf der die vier Kompanien ihren Rückzug bewerkstelligen mußten. »Hintere Reihe kehrt! Major Dunnett! Das sind Froschfresser!«

Gott allein wußte, wie das geschehen konnte, aber hinter ihnen war ein neuer Feind aufgetaucht. Es blieb keine Zeit, sich zu fragen, woher er gekommen sein mochte, es galt nur noch, kehrtzumachen und sich den drei Schwadronen zu stellen. Die französischen Kavalleristen ritten mit offenen Mänteln heran, unter denen die mit rosa Aufschlägen versehenen grünen Röcke zu erkennen waren. Sie hatten die Säbel gezogen. Angeführt wurden sie seltsamerweise von einem berittenen Jäger, einem Offizier, der den roten Rock, den scharlachroten Überwurf und die schwarze Pelzmütze der kaiserlichen Garde trug. Neben ihm ritt auf einem großen Rotschimmel eine ebenso merkwürdige Gestalt: ein Mann in einem schwarzen Reitmantel und glänzend weißen Stiefeln.

Dunnett starrte den neuen Feind entgeistert an. Einzelne Schützen luden hastig ihre Gewehre nach. Der Quartiermeister kniete nieder, stützte sein Gewehr ab, indem er den Tragriemen um den linken Ellbogen schlang, und gab einen Schuß auf den Gardeoffizier ab.

Er verfehlte ihn. Schütze Harper lachte höhnisch.

In den feindlichen Reihen ertönte eine Trompete. Ihr schriller Klang verhieß den Tod.

Der Gardeoffizier hob den Säbel. Der Mann im Zivilmantel neben ihm zog einen langen schlanken Degen. Die Kavallerie beschleunigte zum Trab, und der neue Leutnant konnte das Trommeln der Hufe auf dem gefrorenen Boden hören. Das Dragonerregiment ritt immer noch in Schwadronen, die nach der Farbe ihrer Pferde zu unterscheiden waren. Die erste Schwadron saß auf Rappen, die zweite auf Braunen, die dritte auf Füchsen; ein solches Arrangement war zu Friedenszeiten durchaus üblich, doch äußerst selten im Feld, wo sich die Vorschrift wegen der Remonten bald nicht mehr einhalten ließ. Die Trompeter saßen auf Grauschimmeln, ebenso drei Männer, die die Standarten an ihren langen Stangen mitführten. Die kleinen Fahnen hoben sich farbenfroh vor den tiefhängenden Wolken ab. Noch heller glänzten die Säbel der Dragoner, wie Klingen aus fahlem Eis.

Major Dunnett erkannte, daß seinen Schützen der Untergang drohte. »Zum Karree! Sammeln! Sammeln!«

Die Grünjacken sammelten sich zum Karree, eine schwerfällige Formation, in der die Männer auf engstem Raum Schutz gegen einen Kavallerieangriff suchten. Wer sich in der vorderen Reihe wiederfand, kniete nieder und stemmte den Gewehrkolben in den Boden, um der Klinge seines Schwertbajonetts festen Halt zu geben. Andere luden ihre Gewehre und rieben sich die steifgefrorenen Fingerknöchel an den aufgepflanzten Bajonetten wund, wenn sie den Ladestock in den Lauf rammten. Schütze Cooper und sein Maultier suchten in der Mitte des Vierecks Zuflucht.

Die auf Füchsen reitende Schwadron löste sich nun weiter hinten aus dem französischen Gefechtsverbund, nahm die Karabiner zur Hand und saß ab. Die anderen beiden Schwadronen ließen ihre Pferde kantern. Sie waren hundert Schritt weit entfernt und würden sie erst ganz kurz vor dem Ziel zum Galopp anspornen.

»Feuer!« brüllte Dunnett.

Die Schützen, die es geschafft hatten, nachzuladen, gaben ihren Schuß ab.

Ein Dutzend Sättel wurde leergefegt. Die Schützen rempelten sich gegenseitig an und richteten sich zu Reihen aus, um das Karree zu vergrößern und jedem Gewehr Gelegenheit zum Feuern zu geben. Nun waren es drei Reihen, jeweils mit Bajonetten bewehrt.

»Feuer!« Weitere Gewehre spien ihre Geschosse aus, weitere Reiter fielen, dann riß der Gardeoffizier, statt den Angriff fortzusetzen, sein Pferd herum. Die beiden Schwadronen scherten aus und gaben das Feld für die Unberittenen frei, die hinter ihnen herangekommen waren und nun mit ihren Karabinern das Feuer eröffneten. Die Dragonerkompanie, die an der Brücke gewartet hatte, näherte sich währenddessen der Ostseite des Karrees.

Die enge Formation gab eine perfekte Zielscheibe ab für die von ihren Pferden abgestiegenen Dragoner. Doch wenn die

Schützen sich in Kampflinie formiert hätten, um die improvisierte Infanterie zu vernichten, hätten die Berittenen wieder ihre Pferde angespornt und die Grünjacken einfach niedergeritten. Der Gardeoffizier, überlegte der Leutnant, war ein gerissener Hundesohn; ein gerissener französischer Hundesohn, dem heute einige brave Schützen zum Opfer fallen würden.

Die Schützen fielen, einer nach dem anderen. Das Innere des Karrees verwandelte sich in ein Leichenhaus – überall Verwundete, Blut, Schreie, verzweifelte Gebete. Der eisige Regen hatte zugenommen und ließ die Pulverpfannen der Gewehre feucht werden. Aber zum überwiegenden Teil zündete das Schwarzpulver noch, so daß sie dem Feind ihre Kugeln entgegenspeien konnten, einem Feind, der im Gras kauerte und daher nur kleine, schwer zu treffende Ziele bot.

Die zwei berittenen Schwadronen waren nach Westen ausgeschert und formierten sich jetzt neu. Ihr Angriff würde sich am Straßenverlauf ausrichten, und der eisige Stahl ihrer schweren Kavalleriesäbel würde brennen wie Feuer, wenn er seine Opfer traf. Solange die Schützen zusammenblieben und ihre gelichteten Reihen noch die fahlen Klingen hochhielten, würden ihnen die Reiter nichts anhaben können. Aber die feindlichen Karabiner forderten einen furchtbaren Blutzoll. Und wenn erst genug Schützen gefallen waren, würde der Kavallerieangriff das geschwächte Karree durchdringen wie ein Schwert, das einen faulen Apfel zerteilt.

Dunnett wußte das und suchte nach einem Ausweg. Er fand ihn in den tiefhängenden Wolken, die knapp zweihundert Meter nördlich den Hang in Nebel hüllten. Falls es den Grünjacken gelang, in die alles verdeckende Nebelwand hinaufzuklettern, waren sie in Sicherheit. Er zögerte die Entscheidung hinaus. Ein Feldwebel fiel mit einem sauberen Kopfschuß rücklings ins Karree. Ein Schütze schrie auf, als eine Kugel ihn in den Unterleib traf. Ein anderer, der am Fuß getroffen war, unterdrückte ein schmerzliches Stöhnen und lud seine Waffe.

Dunnett blickte zu der wolkenverhangenen Zuflucht am Hang hinauf. Er strich sich über den schmalen, struppigen Schnurrbart, in dem sich die Regentropfen fingen. Dann fällte er seine Entscheidung. »Den Hügel hinauf! Den Hügel hinauf! Haltet die Formation!«

Das Karree rückte zentimeterweise den Hang hinauf. Die Verwundeten schrien, als man sie aufhob. Immer noch fanden französische Kugeln ihr Ziel, und die Formation der Grünjacken drohte aufzubrechen, sobald die Männer haltmachten, um das Feuer zu erwidern oder den Verwundeten zu helfen. Sie kam entsetzlich langsam voran, zu langsam für die überlasteten Nerven von Major Dunnett. »Im Eilschritt! Jeder für sich!«

»Nein!« Der neue Leutnant brüllte den Gegenbefehl, doch er wurde ignoriert. Dunnett hatte seinen Befehl ausgegeben. Der Rückzug wurde zum Wettrennen. Wenn es den Grünjacken gelang, in Deckung zu gehen, ehe die Kavallerie sie einholte, würden sie am Leben bleiben. Wenn allerdings der Gardeoffizier die Entfernung richtig berechnet hatte, würde er den Sieg davontragen.

Der Oberst im roten Rock hatte allzu gut kalkuliert.

Die Grünjacken rannten los, doch ihr heiseres Atmen und das Stampfen ihrer Stiefel wurde vom Hufgetrappel übertönt.

Ein Mann drehte sich um und sah vor sich das gebleckte Gebiß eines Pferdes. Über dem Klang der Trompete hörte er das Zischen einer Klinge. Der Schütze schrie auf.

Es folgten Chaos und Gemetzel.

Die Reiter rieben die Grünjacken auf und schwenkten dann herum, um ihnen den Todesstoß zu versetzen. Ihre massiven Säbel hieben und stachen um sich. Der Leutnant wurde auf einen Mann aufmerksam, dessen Zöpfe unter dem Rand seines Helms hervorlugten. Er wich seitlich aus und spürte den Luftzug des Dragonersäbels im Gesicht. Ein anderer Kavallerist ritt auf ihn ein, doch er schwang sein Gewehr am Lauf herum und versetzte dem Pferd einen Hieb aufs Maul. Das Pferd wieherte, bäumte sich auf, und der Leutnant rannte weiter. Er brüllte den Männern zu, sich um ihn zu sammeln, doch die Grünjacken waren in alle Winde zerstreut und rannten um ihr Leben. Das Bataillonsmaultier ging in östliche Richtung durch. Cooper, der sich verbissen abmühte, seine Habe aus den Tragekörben des Tiers zu retten, wurde von einem Säbelstreich getötet.

Major Dunnett wurde einfach niedergeritten. Ein siebzehnjähriger Leutnant wurde von zwei Dragonern eingeholt. Der erste raubte ihm mit einem rückhändigen Säbelhieb das Augenlicht, der zweite durchbohrte ihm die Brust. Immer mehr Berittene strömten heran. Ihre Pferde stanken nach offenen Sattelwunden. Man hatte sie zuschanden geritten, aber zu diesem Zweck waren sie nun einmal abgerichtet. Einem Schützen wurde förmlich die Wange vom Gesicht herabgeschlagen, Blut und Speichel schossen ihm aus dem Mund. Die Franzosen grunzten beim Zuschlagen. Was für ein Paradies für jeden Kavalleristen: fliehende Infanterie und fester Boden unter den Hufen.

Der neue Leutnant brüllte im Laufen immer noch: »Schützen zu mir! Zu mir! Zu mir!« Der Gardeoffizier mußte ihn gehört haben, denn er wendete seinen großen Rappen und trieb ihn auf den Engländer zu.

Der Leutnant sah ihn kommen, hängte sich das ungeladene Gewehr um und zog den Degen. »Komm nur, du Hundesohn!«

Der Oberst der Kaiserlichen Garde hielt seinen Säbel in der Rechten und lenkte sein Pferd auf die linke Seite des Schützen, um sich den Todesstoß leichtzumachen. Der Leutnant wartete darauf, die gebogene Klinge dem Pferd übers Maul zu ziehen. Der Hieb würde ihm auf der Stelle Einhalt gebieten, es würde sich aufbäumen und abdrehen. Mit diesem Trick hatte er schon mehr Reiter abgewehrt, als er zählen konnte. Dabei kam es vor allem darauf an, den richtigen Zeitpunkt abzuwarten. Der Leutnant hoffte, das panikartige Ausweichmanöver des Pferdes werde den Reiter abschütteln. Er wollte den gerissenen Gardeoffizier tot am Boden sehen.

Der Franzose gab seinem Rappen die Sporen, als wolle er zum Todesstoß ansetzen. Der Leutnant schwang den leichten Degen und erkannte, daß er überlistet worden war. Das Pferd verhielt und wich zur Seite. Dieses Manöver zeugte von stundenlanger, geduldiger Ausbildung. Der Degen des Leutnants zischte durch die Luft und verfehlte sein Ziel. Der Oberst aber war nicht rechts-, sondern linkshändig. Als sein Pferd nach rechts ausbrach, hatte er die Säbelhand gewechselt. Seine Klinge glitzerte, als sie nun herabsauste, gezielt auf den Hals des Schützen.

Der Leutnant hatte sich überlisten lassen. Er hatte zu früh zugeschlagen, hatte ins Nichts getroffen und war dabei aus dem Gleichgewicht geraten. Der Oberst suchte sich in dem Bewußtsein, daß dieser Engländer so gut wie tot war, bereits sein nächstes Opfer aus, noch ehe die Klinge ihr Ziel gefunden hatte. Er hatte mit diesem einfachen Kunstgriff schon zahllose Männer ins Jenseits geschickt. Nun konnte er einen englischen Schützen zu all den Österreichern, Preußen, Russen und Spaniern hinzuzählen, die ebenfalls nicht findig genug gewesen waren.

Aber auch der Säbel des Gardeoffiziers verfehlte sein Ziel. Mit verblüffender Schnelligkeit war es dem Schützen gelungen, seine Waffe hochzureißen und zu parieren. Ihre Klingen trafen so heftig aufeinander, daß beiden Männern die Arme schmerzten. Der billige Degen des Quartiermeisters brach mittendurch, doch immerhin war es ihm gelungen, dem tödlichen Hieb des Franzosen die Kraft zu nehmen.

Der Oberst wurde vom Schwung seines Pferdes an dem Engländer vorbeigetragen. Der Franzose drehte sich um, verblüfft über die unvermutete Gegenwehr, und sah, wie der andere sich den Hügel hinauf davonmachte. Einen Augenblick lang war er versucht, ihm zu folgen, doch am Fuß des Hügels erwartete ihn andere, leichtere Beute. Er ritt in entgegengesetzter Richtung fort.

Der Leutnant hatte seinen zerbrochenen Degen fortgeschleudert und strebte den tiefhängenden Wolken zu. »Schützen! Schützen!« Einige hörten ihn und schlossen zu ihm auf. Wie sie so gemeinsam den Hang erklommen, bildeten sie eine Gruppe, die groß genug war, um den Feind abzuschrecken. Die Dragoner konzentrierten sich auf vereinzelte Männer, die leicht abzuschlachten waren, und nahmen mit großem Vergnügen Rache für die vielen Kavalleristen, die von Gewehrkugeln dahingerafft worden waren, für all die Franzosen, die im Laufe der langen Verfolgungsjagd zuckend und blutend ihr Leben ausgehaucht hatten, für die vielen Schmähungen, mit denen die Schützen sie in den letzten bitterkalten Wochen bedacht hatten.

Hauptmann Murray gesellte sich zu dem neuen Leutnant. »Übertölpelt hat er uns, bei Gott!« sagte er, und es klang ebenso entsetzt wie überrascht.

Der kleine Trupp von Schützen erreichte noch vor dem Wolkenband sicheren Boden, wo verstreute Felsen das Gelände unwegsam werden ließen und den Dragonern nicht erlaubten, die Jagd fortzusetzen. Dort angekommen, ließ Murray seine Männer haltmachen und beobachtete mit ohnmächtiger Wut das Gemetzel, das sich unter ihm abspielte.

Die Dragoner ritten zwischen den Toten und Besiegten umher. Dazwischen taumelten Schützen mit aufgeschlitzten Gesichtern, andere lagen reglos da, bis gierige Hände ihre toten Leiber herumwälzten und sich an Tornistern und Taschen zu schaffen machten. Der Quartiermeister sah mit an, wie Major Dunnett hochgezerrt und seine Uniform nach Beute durchsucht wurde. Dunnett hatte Glück gehabt. Er war am Leben geblieben und wurde gefangengenommen. Ein Schütze rannte am Fuß des Hanges immer noch auf der Flucht. Doch der Mann mit dem schwarzen Mantel und den weißen Stiefeln ritt ihm nach und führte mit erschreckendem Geschick einen einzigen Hieb aus.

»Diese Schweinehunde.« Murray steckte den schweren Kavalleriedegen weg. Er wußte, daß es nichts mehr zu kämpfen gab. »Gottverdammte Froschfresser und Schweinehunde!«

Fünfzig Schützen, die Überlebenden aller vier Kompanien, hatten sich aus dem Getümmel retten können. Sergeant Williams war unter ihnen, ebenso Schütze Harper. Einige der Männer bluteten. Ein Sergeant bemühte sich, eine heftig blutende Wunde in seiner Schulter zu stillen. Ein ganz junger Mann war kreidebleich und zitterte. Murray und der neue Leutnant waren die einzigen Offiziere, die dem Massaker entkommen waren.

»Wir schlagen uns irgendwie durch«, sagte Murray ruhig. »Vielleicht schaffen wir es, nach Einbruch der Dunkelheit das Heer zu erreichen.«

Ein übelgelaunter Fluch entfuhr dem hünenhaften Iren. Darauf blickten die beiden Offiziere ins Tal hinab, wo sie endlich die britische Kavallerie im Regen auftauchen sahen. Der französische Gardeoffizier entdeckte sie im gleichen Moment, und eine Trompete rief die Dragoner zusammen. Die Briten erkannten, daß der Feind auf sie vorbereitet war, und zogen sich zurück, da von ihrer Infanterie weit und breit nichts zu sehen war.

Die Schützen am Rand der Wolkenbank riefen ihrer zurückweichenden Kavallerie Verwünschungen nach. Murray fuhr herum. »Ruhe!«

Aber die Rufe hatten die Aufmerksamkeit der unberittenen Dragoner am Fuß des Hangs erregt. Sie nahmen an, der Lärm habe ihnen gegolten. Einige von ihnen nahmen ihre Karabiner, andere griffen nach fallen gelassenen Gewehren. Dann feuerten sie eine unregelmäßige Salve auf die kleine Gruppe der Überlebenden ab.

Die Kugeln zischten und pfiffen an den Grünjacken vorbei. Die Salve verfehlte ihr Ziel, bis auf eine verhängnisvolle Kugel, die von einem Felsen abprallte und Hauptmann Murray in die Seite drang. Die Wucht des Treffers ließ ihn herumwirbeln und warf ihn mit dem Gesicht nach unten zu Boden. Seine linke Hand suchte im dünnen Gras nach Halt, während er die rechte gegen seine blutende Hüfte preßte.

»Weiter! Laßt mich hier!« Seine Stimme war kaum mehr als ein Flüstern.

Schütze Harper rannte den Hang hinab und nahm Murray in seine kräftigen Arme. Als er angehoben wurde, entfuhr dem Hauptmann ein furchtbares, schmerzliches Stöhnen. Weiter unten kamen die Franzosen den Hang herauf. Sie gedachten, ihren Sieg komplett zu machen, indem sie die letzten Schützen gefangennahmen.

»Mir nach!« Der Leutnant führte die kleine Schar in die Wolkenbank hinein. Die Franzosen feuerten ein zweites Mal, und die Kugeln schwirrten, doch die Schützen waren jetzt in der weißen Nebelwand verborgen. Für den Moment waren sie jedenfalls in Sicherheit.

Der Leutnant fand eine Höhlung zwischen den Felsen, die ein wenig Schutz vor der Kälte bot. Die Verwundeten wurden niedergelegt, und Posten ausgesandt, um das Umfeld zu bewachen. Murray war weiß wie ein Laken. »Ich hätte nicht geglaubt, daß sie uns schlagen könnten, Dick.«

»Ich verstehe nicht, wo die hergekommen sind.« Das narbige Gesicht des Leutnants, fand Murray, verlieh ihm einen Ausdruck, als würde er einer Hinrichtung beiwohnen. »Die sind nicht an uns vorbeigekommen. Unmöglich!«

»Irgendwie müssen sie es geschafft haben.« Murray seufzte, dann winkte er Harper heran. Der schnallte mit einer Sanftheit, die bei einem derart riesigen Mann seltsam anmutete, den Degengurt des Hauptmanns ab und legte seine Wunde frei. Es war Harper anzusehen, daß er wußte, was er tat, daher entfernte sich der Leutnant, um den nebligen Hang nach dem Feind abzusuchen. Er konnte weder etwas sehen noch hören. Die Dragoner hielten die Schar der Überlebenden wohl für zu klein, um sich mit ihnen abzugeben. Die fünfzig Schützen waren zum Treibgut des Krieges geworden, eine Splittergruppe, Überrest eines Feldzugs, der dem Untergang geweiht war. Hätten die Franzosen gewußt, daß die Flüchtenden von einem Quartiermeister angeführt wurden, hätte das ihre Geringschätzung sicher bestärkt.

Aber dieser Quartiermeister hatte fünfzehn Jahre zuvor das erste Mal gegen Franzosen gekämpft, und er hatte seither nichts anderes getan, als zu kämpfen. Die gestrandeten Schützen mochten ihn den neuen Leutnant nennen und dabei das Wort ›neu‹ mit der ganzen Verachtung altgedienter Soldaten aussprechen, aber der Grund war, daß sie den Mann nicht kannten. Sie hielten ihn für nichts weiter als einen Emporkömmling, einen ehemaligen Feldwebel, und darin irrten sie sich. Er war Soldat, und sein Name war Richard Sharp.

Kapitel zwei

In derselben Nacht führte Leutnant Sharp eine Patrouille über den Hügelkamm nach Westen. Er hatte gehofft, feststellen zu können, ob die Franzosen jene Stelle besetzt hielten, wo die Straße die Hügelkette durchquerte, doch in der eisigen Dunkelheit verlor er inmitten des Felsengewirrs die Orientierung und kehrte widerstrebend zu der Höhlung zurück, in der die Schützen Unterschlupf gefunden hatten.

Die Wolken verzogen sich noch vor Morgengrauen, so daß

im ersten fahlen Licht der Hauptverband der französischen Verfolger im südlich gelegenen Tal zu erkennen war. Die feindliche Kavallerie war bereits gen Westen davongeritten. Was Sharp zu sehen bekam, war Marschall Soults Infanterie, die sich hartnäckig an die Fersen von Sir John Moores Heer geheftet hatte.

»Himmeldonnerwetter, wir sind abgeschnitten.« Feldwebel Williams äußerte diese pessimistische Einschätzung gegenüber Sharp, der, statt ihm zu antworten, zu den Verwundeten trat. Hauptmann Murray lag zitternd unter einem halben Dutzend Mänteln in unruhigem Schlaf. Der Feldwebel mit den Wunden an Hals und Schulter war in der Nacht gestorben. Sharp bedeckte das Gesicht des Mannes mit einem Tschako.

»Das is' ein nichtsnutziger Emporkömmling.« Williams warf einen abschätzigen Blick auf Leutnant Sharps Rücken. »Das is' kein Offizier, Harps. Jedenfalls kein richtiger.«

Schütze Harper war dabei, sein Schwertbajonett zu schärfen, und er tat das mit der besessenen Konzentration eines Mannes, der weiß, daß sein Leben vom Zustand seiner Waffen abhängt.

»Kein echter Offizier«, fuhr Williams fort. »Kein Gentleman. Bloß ein Emporkömmling von einem Feldwebel, stimmt's?«

»Das ist er.« Harper sah den Leutnant an und bemerkte die Narben im Gesicht des Offiziers und das entschlossene Kinn.

»Wenn der meint, er könnte mir befehlen, hat er sich verrechnet. Er is' doch nicht besser als ich, oder?«

Harper antwortete bloß mit einem Grunzen und blieb dem Feldwebel so die ersehnte Ermunterung schuldig. Williams wartete auf Harpers Unterstützung, doch der Ire beschränkte sich darauf, die Schneide seines Bajonetts in Augenschein zu nehmen und dann die lange Klinge sorgfältig wegzustecken.

Williams spuckte aus. »Man braucht denen bloß eine verdammte Schärpe und einen Degen umzuhängen, und schon halten sie sich für den lieben Gott persönlich. Der is' nicht mal ein richtiger Schütze, bloß ein verdammter Quartiermeister, Harps!«

»Das ist er«, stimmte Harper zu.

»Ein Emporkömmling von einem Erbsenzähler, stimmt's?«

Sharp drehte sich rasch nach ihm um, und obwohl das völlig unmöglich war, hatte Williams das Gefühl, belauscht worden zu sein. Der Blick des Leutnants war stahlhart. »Feldwebel Williams!«

»Sir.« Obwohl er soeben verkündet hatte, er werde ihm nicht gehorchen, trat Williams eilfertig zu Leutnant Sharp.

»Wetterschutz.« Sharp deutete ins nördliche Tal hinab, wo weit unter ihnen die Steinbauten eines Gehöfts allmählich aus dem abziehenden Nebel auftauchten. »Schafft die Verwundeten dort hinunter.«

Williams sog wie zweifelnd die Luft durch seine gelben Zähne ein. »Ich weiß nich' recht, ob die Leute bewegt werden dürfen, Sir. Der Hauptmann is' . . .«

»Ich habe gesagt, Sie sollen die Verwundeten dort runterschaffen, Feldwebel.« Sharp hatte sich bereits entfernt, doch nun drehte er sich noch einmal um. »Von einer gottverdammten Diskussion war nicht die Rede. Also los.«

Sie brauchten einen Großteil des Morgens, aber dann war es ihnen gelungen, die Verwundeten zu dem verlassenen Gehöft hinunterzutragen. Das trockenste Gebäude war die steinerne Scheune, die auf Eckpfeilern errichtet war, um Ungeziefer fernzuhalten, und auf dem Dachfirst Kreuze besaß, so daß sie aus der Entfernung wie eine kleine schmucklose Kirche aussah. Das eingefallene Wohnhaus und die Viehställe boten feuchtes, wurmstichiges Holz, das sich, kleingehackt und mit Schwarzpulver versetzt, zu einem Feuer entfachen ließ, an dem sich die Verwundeten wieder aufwärmen konnten. Schütze Hagman, ein zahnloser Mann im mittleren Alter, der aus der Grafschaft Cheshire stammte, machte sich auf die Suche nach Nahrung, während der Leutnant auf den nach Osten und Westen verlaufenden Ziegenpfaden Posten aufstellte.

»Hauptmann Murray geht's nicht gut, Sir.« Feldwebel Williams trat Sharp in den Weg, als dieser zur Scheune zurückkehrte. »Er braucht einen Arzt, Sir.«

»Das wird sich kaum machen lassen, oder?«

»Es sei denn, wir . . . will sagen . . .« Der Feldwebel, ein gedrungener, rotgesichtiger Mann, schaffte es nicht, zu sagen, was er auf dem Herzen hatte.

»Es sei denn, wir ergeben uns den Franzosen?« fragte Sharp mit bitterer Stimme.

Williams blickte dem Leutnant in die Augen. Es waren seltsame Augen, deren eisiger Blick in diesem Moment geradezu etwas Reptilhaftes hatte. Der Feldwebel brachte genug Widerstandsgeist auf, seine Argumentation fortzuführen. »Die Froschfresser haben immerhin Feldärzte dabei, Sir.«

»In einer Stunde«, Sharps Stimme ließ erkennen, daß er Williams' Worte überhört hatte, »werde ich die Gewehre der Männer inspizieren. Stellen Sie sicher, daß sie bereit sind.«

Williams starrte den Offizier streitlustig an, brachte jedoch nicht den Mut auf, sich ihm zu widersetzen. Er nickte knapp und wandte sich ab.

Hauptmann Murray saß in der Scheune, den Rücken an einen Haufen Säcke gelehnt. Er schenkte Sharp ein schwaches Lächeln. »Was haben Sie vor?«

»Feldwebel Williams meint, ich sollte Sie einem französischen Feldarzt übergeben.«

Murray schnitt eine Grimasse. »Ich habe gefragt, was Sie vorhaben.«

Sharp ließ sich neben dem Hauptmann nieder. »Den Anschluß suchen.«

Murray nickte. Er hatte einen Becher Tee in der Hand, das köstbare Geschenk eines der Schützen, der die Teeblätter in den Tiefen seiner Munitionstasche gehortet hatte. »Sie können mich hier zurücklassen.«

»Ich kann doch nicht einfach . . .«

»Ich werde sterben.« Murray zuckte die Achseln, um anzudeuten, daß er auf Sympathiebezeugungen verzichten konnte. Seine Wunde blutete nicht allzu stark, aber sein Bauch war inzwischen blau angeschwollen, was bedeutete, daß der Hauptmann innere Blutungen hatte. Er wies mit dem Kopf auf die anderen drei Schwerverwundeten, alle mit tiefen Säbelverletzungen an Gesicht oder Rumpf. »Lassen Sie die ebenfalls zurück. Wohin werden Sie sich wenden? In Richtung Küste?«

Sharp schüttelte den Kopf. »Wir können das Heer jetzt nicht mehr einholen.«

»Wahrscheinlich nicht.« Murray schloß die Augen.

Sharp wartete. Es hatte wieder zu regnen begonnen, und durch ein Loch im Dach tropfte es unaufhörlich ins Feuer. Er überlegte, welche Möglichkeiten ihm noch blieben. Am einladendsten erschien ihm der Versuch, Sir John Moores Heer zu folgen, aber das zog sich in aller Eile zurück, und die Franzosen kontrollierten inzwischen die Straße, die Sharp hätte nehmen müssen. Er war sich darüber im klaren, daß er dieser Versuchung widerstehen mußte, weil sie nur in Gefangenschaft enden konnte. Statt dessen mußte er sich nach Süden wenden. Sir John war aus Lissabon aufgebrochen und hatte einige Einheiten zurückgelassen, um die portugiesische Hauptstadt zu beschützen; vielleicht gab es diese Garnison noch, und vielleicht konnte Sharp sie erreichen. »Wie weit ist es nach Lissabon?« fragte er Murray.

Der Hauptmann öffnete die Augen und runzelte die Stirn. »Keine Ahnung. Vier-, fünfhundert Meilen?« Er zuckte zusammen, als ihn der Schmerz durchfuhr. »Wahrscheinlich sind es auf diesen Straßen eher sechshundert. Meinen Sie, wir haben da noch Soldaten?«

»Schlimmstenfalls könnten wir dort ein Schiff finden.«

»Wenn die Franzosen nicht vor Ihnen ankommen. Was halten Sie von Vigo?«

»Die Wahrscheinlichkeit, daß die Franzosen schon dort sind, ist größer als bei Lissabon.«

»Stimmt.« Die leichte Division war auf einer südlicher gelegenen Straße nach Vigo entsandt worden. Nur ein Teil der Truppe, darunter auch die Schützen, war zurückgeblieben, um Sir John Moores Rückzug abzusichern. »Vielleicht ist Lissabon doch am geeignetsten.« Murray blickte an Sharp vorbei und sah, wie die Männer ihre Gewehrschlösser säuberten und ölten. Er seufzte. »Gehen Sie nicht zu hart mit ihnen um.«

»Tu' ich nicht.« Sofort ging Sharp in die Defensive.

Ein Lächeln huschte über Murrays Gesicht. »Haben Sie jemals unter dem Kommando eines Offiziers gestanden, der aus den Mannschaftsdienstgraden hervorgegangen war?«

Sharp vermutete darin eine Kritik an seiner Person und war einen Moment lang beleidigt. Dann erkannte er jedoch, daß Murray ihm nur helfen wollte. »Nein, Sir, nie.«

»Die Männer sträuben sich dagegen. Eigentlich dumm von ihnen. Sie meinen, man würde nicht zum Offizier ernannt, sondern als Offizier geboren.« Murray hielt inne, um Atem zu schöpfen, und zitterte vor Schmerzen. Er merkte, daß Sharp ihn zum Schweigen auffordern wollte, und schüttelte den Kopf. »Ich habe nicht mehr viel Zeit. Also muß ich die verbleibende gut nutzen. Sie halten mich hoffentlich nicht für unverschämt?«

»Nein, Sir.«

Murray unterbrach sich, um einen Schluck Tee zu nehmen. »Es sind gute Männer.«

»Ja.«

»Aber sie haben seltsame Vorstellungen davon, was gut und richtig ist. Wissen Sie, sie erwarten von Offizieren, daß sie anders sind. Ihrer Meinung nach haben sie privilegiert zu sein. Offiziere sind Männer, die aus freien Stücken in den Kampf ziehen, nicht weil sie die Armut dazu zwingt. Begreifen Sie das?«

»Ja.«

»Sie halten Sie im Grunde für einen der ihren; für einen der Verdammten. Sie wollen, daß ihre Offiziere anders dastehen.« Murray schüttelte traurig den Kopf. »Kein besonders guter Rat, stimmt's?«

»Doch, sehr gut«, log Sharp.

Der Wind seufzte um die Ecken der steinernen Scheune und ließ die Flammen des kleinen Feuers flackern. Murray lächelte traurig. »Ich will mir einen Rat ausdenken, der Ihnen praktische Unterstützung bietet. Einen, der Sie nach Lissabon bringt.« Er runzelte kurz die Stirn, dann richtete er die rotgeränderten Augen auf Sharp. »Machen Sie sich Patrick Harper zum Freund.«

Sharp warf einen Seitenblick auf die Männer, die am anderen Ende der Scheune zusammensaßen. Der hünenhafte Ire schien zu spüren, daß von ihm die Rede war, denn er bedachte Sharp mit einem feindseligen Blick.

»Er ist ein Unruhestifter, aber die Männer hören auf ihn. Ich habe einmal versucht, ihn zum Auserwählten zu machen.« Murray benutzte instinktiv den alten Ausdruck der Schützen für einen Korporal. »Aber er wollte nichts davon hören. Er würde einen guten Feldwebel abgeben. Ach was! Sogar einen guten Offizier, wenn er nur lesen könnte. Doch er will von alledem nichts wissen. Andererseits hören die Männer auf ihn. Er hat Feldwebel Williams in der Tasche.«

»Mit Harper werde ich schon fertig.« Sharp sprach die Worte mit einer aufgesetzten Selbstsicherheit. In seiner kurzen Zeit beim Bataillon war ihm der Ire schon des öfteren aufgefallen, und er hatte sich aus eigener Anschauung überzeugen können, daß Hauptmann Murrays Behauptung zutraf: Harper war der geborene Anführer. Um Harpers Lagerfeuer drängten sich die Männer, sei es, um sich an seinen Geschichten zu erfreuen, oder weil sie seine Anerkennung suchten. Offiziere, die er mochte, genossen die humorvolle Gefolgschaft des Iren, während jene, die er ablehnte, nichts als Verachtung ernteten. Hinzu kam, daß Schütze Harper etwas Einschüchterndes an sich hatte, das nicht nur auf seine Körpergröße zurückzuführen war, sondern auch auf seine Aura weiser Selbstgenügsamkeit.

»Zweifellos meint Harper, er würde mit Ihnen schon fertig. Er ist ein harter Mann«, Murray hielt inne, dann lächelte er, »aber er ist durch und durch sentimental.«

»Also hat er eine Schwäche«, sagte Sharp barsch.

»Ist das eine Schwäche?« Murray zuckte die Achseln. »Ich glaube nicht. Aber nun werden Sie mich für schwach halten. Wenn ich tot bin . . .« Wieder mußte er den Kopf schütteln, um Sharp am Widerspruch zu hindern. »Wenn ich tot bin«, wiederholte er, »möchte ich, daß Sie meinen Degen an sich nehmen. Ich sage Williams Bescheid, daß Sie ihn haben sollen.«

Sharp betrachtete den schweren Kavalleriedegen, der in seiner metallenen Scheide an die Wand gelehnt stand. Er sah plump und schwerfällig aus, aber Sharp konnte in diesem Moment keine Einwände gegen ein solches Geschenk vorbringen. »Danke.« Das klang unbeholfen. Er war es nicht gewohnt, persönliche Gefälligkeiten zu erhalten, noch hatte er gelernt, wie man sie geziemend entgegennimmt.

»Er ist nichts Besonderes«, sagte Murray, »aber er kann den Degen ersetzen, den Sie verloren haben. Und wenn die Männer ihn in Ihrer Hand sehen . . .« Er konnte den Satz nicht beenden.

»Werden sie mich für einen richtigen Offizier halten?« Sharps Stimme klang bedrückt.

»Werden sie glauben, daß ich Sie gern hatte«, sagte Murray in milder Zurechtweisung, »und das wird Ihnen zugute kommen.«

Sharp spürte den Tadel im Tonfall des sterbenden Mannes und murmelte noch einmal seinen Dank.

Murray zuckte die Achseln. »Ich habe Sie gestern beobachtet. Sie sind ein guter Kämpfer, stimmt's?«

»Für einen Quartiermeister?«

Murray ignorierte das Selbstmitleid. »Sie haben schon viele Schlachten geschlagen?«

»Ja.«

»Das war nicht sehr taktvoll von Ihnen.« Murray lächelte. »Von neuen Leutnants wird nicht erwartet, daß sie erfahrener sind als ihre Vorgesetzten.« Der Hauptmann blickte zum löchrigen Dach hinauf. »Ein verdammt unpassender Ort zum Sterben, wie?«

»Ich werde Sie am Leben halten.«

»Ich traue Ihnen alles mögliche zu, Leutnant Sharp, aber Wunder können auch Sie nicht vollbringen.«

Daraufhin schlief Murray ein. Alle Schützen ruhten sich den Tag über aus. Der Regen ließ nicht nach, und am Nachmittag verwandelte er sich in schweren, nassen Schnee, der bis zum Abend die nächstgelegenen Hügelkuppen bedeckte. Hagman hatte mit Hilfe von Fallen zwei Hasen gefangen, schmale Kost, doch konnte man damit den wenigen Bohnen und Brotkrusten, die die Männer in ihren Tornistern gehortet hatten, etwas Geschmack verleihen. Einen großen Topf gab es nicht, aber die Männer verwendeten ihre Blechnäpfe als Kochgeschirr.

Sharp verließ in der Dämmerung die Scheune und begab sich in die kalte Ruine des Wohngebäudes, um die Nacht hereinbrechen zu sehen. Das Haus war wenig eindrucksvoll, nichts als vier verfallene Steinmauern, die einmal ein Dach aus Holzbalken und Torfsoden gestützt hatten. Eine der Türen wies nach Osten, die andere nach Westen, und durch den östlichen Eingang konnte Sharp tief drunten ein Tal erkennen, in dem nun der Schnee umherwirbelte. Einmal, als der Schnee vom Wind auseinandergetrieben wurde, glaubte er am Ende des Tals eine graue Rauchfahne aufsteigen zu sehen; möglicherweise befand sich dort ein kleines Dorf, in dem sie Unterschlupf suchen konnten. Doch schon zog sich der weiße Vorhang wieder zu. Sharp fröstelte, und es kam ihm unglaublich vor, daß dies Spanien sein sollte.

Als er Schritte hörte, drehte er sich um. Schütze Harper trat geduckt durch die westliche Tür des kleinen Hauses, erkannte Sharp und hielt inne. Er deutete auf einige herabgefallene Dachbalken zwischen Stein- und Torftrümmern. »Holz, Sir«, erklärte er seine Absicht, »fürs Feuer.«

»Nur zu.« Sharp beobachtete, wie der Ire die verrotteten Balken ergriff und aus dem Schutt zog. Es schien Harper zu stören, daß man ihm dabei zusah, denn er richtete sich auf und starrte den Leutnant an. »Und, was tun wir als nächstes, Sir?«

Einen Moment lang nahm Sharp Anstoß an diesem mürrischen Ton, doch dann wurde ihm klar, daß Harper nur die Frage stellte, die alle Männer der Kompanie beantwortet haben wollten. »Wir machen uns auf den Heimweg.«

»Sie meinen England?«

»Ich meine, zurück zum Heer.« Sharp wünschte sich plötzlich, den Weg allein antreten zu können, unbehindert von aufsässigen Männern. »Wir müssen uns nach Süden wenden. Nach Lissabon.«

Harper kam an die Tür, duckte sich und starrte gen Osten. »Ich hatte sowieso nicht angenommen, daß Sie Donegal meinen.«

»Ist das deine Heimat?«

»Jawohl.« Harper sah zu, wie der Schnee sich ins dunkle Tal herabsenkte. »Das hier erinnert mich an Donegal, wahrhaftig. Nur daß dies ein besseres Land ist.«

»Besser?« Sharp war überrascht. Es bereitete ihm eine seltsame Genugtuung, daß der Hüne sich herabgelassen hatte, dieses Gespräch zu führen, das ihn plötzlich liebenswerter erscheinen ließ. »Besser?« mußte Sharp noch einmal fragen.

»Hier haben nie die Engländer geherrscht. Hab' ich recht, Sir?« Da war sie wieder, diese Unverschämtheit, Harper stand da, starrte auf den sitzenden Sharp herab, und in seiner Stimme lag nichts als Verachtung. »Dies ist ein unbeflecktes Land, wahrhaftig.«

Sharp erkannte, daß er verführt worden war, die Frage zu stellen, die nun den Hohn des Mannes auf den Plan gerufen hatte. »Ich dachte, du wolltest Holz holen.«

»Wollte ich.«

»Dann nimm es und verschwinde.«

Später, nach seinem Besuch bei den Wachtposten, kehrte Sharp in die Scheune zurück und setzte sich an die Wand, wo er den raunenden Stimmen der Männer lauschte, die sich um Harper versammelt hatten. Sie lachten leise und ließen Sharp wissen, daß er aus der Gemeinschaft der Soldaten ausgeschlossen war, selbst wenn sie zum Tode verdammt waren. Er war allein.

Murray starb noch in dieser Nacht. Er tat es ohne Lärm oder Aufruhr, glitt schlicht und ohne viel Aufhebens hinüber.

»Die Jungs wollen ihn begraben.« Williams sagte es zu Sharp, als rechne er mit Widerspruch.

Sharp stand in der Tür zur Scheune. »Natürlich.«

»Er hat gesagt, ich soll Ihnen das hier geben.« Williams hielt ihm den großen Degen hin.

Es war ein peinlicher Moment. Sharp spürte, wie die Männer ihre Blicke auf ihn richteten, als er die schwere Waffe annahm. »Vielen Dank, Feldwebel.«

»Er hat immer gesagt, daß er im Kampf einem Säbel überlegen ist, Sir«, sagte Williams. »Lehrt die verfluchten Franzmänner das Fürchten, wahrhaftig. Eine echte Schlächterklinge.«

»Sicher.«

Die momentane Vertraulichkeit, hervorgerufen durch die Überreichung des Schwertes, schien Williams Mut zu machen. »Wir haben uns gestern abend besprochen, Sir.«

»Wir?«

»Ich und die Jungs.«

»Und?« Sharp sprang von der erhöhten Türschwelle in eine vom Neuschnee glitzernde Welt hinaus. Das ganze Tal funkelte unter einer blassen Sonne, die von dichter werdenden Wolken bedroht wurde.

Der Feldwebel kam ihm nach. »Sie weigern sich, Sir. Sie wollen nicht nach Süden.« Sein Ton war respektvoll, aber sehr bestimmt.

Sharp entfernte sich von der Scheune. Seine Stiefel knirschten im frischen Schnee. Außerdem ließen sie Feuchtigkeit durch, weil sie ebenso wie die Stiefel der Männer, die er befehligen sollte, zerrissen und löchrig waren, notdürftig von Lumpen und Zwirn zusammengehalten; nicht gerade das Schuhwerk eines privilegierten Offiziers, dem diese verängstigten Schützen durchs finstere Tal des Todes folgen würden. »Und wer hat diese Entscheidung getroffen, Feldwebel?«

»Wir alle, Sir.«

»Seit wann, Feldwebel, herrscht beim Heer . . .« Sharp hielt inne und versuchte sich an das Wort zu erinnern, das er einmal in der Offiziersmesse gehört hatte. ». . . Demokratie?«

Williams war das Wort völlig unbekannt. »Wie meinen, Sir?«

Sharp konnte nicht erklären, was es bedeutete, darum setzte er neu an. »Seit wann ist Feldwebel ein höherer Rang als Leutnant?«

»Das is' es nicht, Sir.« Williams geriet in Verlegenheit.

»Was ist es dann?«

Der Feldwebel zögerte, doch er wurde von den Männern beobachtet, die sich im offenen Eingang zur Scheune drängten, und unter ihrem kritischen Blick fand er Mut und Zungenfertigkeit wieder. »Wahnsinn, Sir. Das is' es. Wir können bei diesem Wetter nicht nach Süden marschieren. Wir würden verhungern! Und wir wissen nicht mal, ob in Lissabon noch eine Garnison is'.«

»Stimmt, das wissen wir nicht.«

»Also wenden wir uns nach Norden, Sir«, sagte Williams so vertraulich, als würde er Sharp mit diesem Vorschlag einen großen Gefallen erweisen. »Da gibt es Häfen, Sir, und wir werden ein Boot finden. Ich meine, unsere Flotte steht noch vor der Küste, Sir. Die wird uns schon aufnehmen.«

»Woher weißt du, daß die Flotte noch da ist?«

Williams zuckte bescheiden die Achseln. »Ich bin's nicht, der das weiß, Sir.«

»Harper?« rief Sharp.

»Harps! Um Himmels willen, nein, Sir. Der is' nichts weiter als ein irischer Bauer, stimmt's? Der hat von so was keine Ahnung, Sir. Nein, Schütze Tongue is' es, Sir. Ein kluger Mann. Er kann lesen. Der Alkohol hat ihn zugrunde gerichtet, müssen

Sie wissen, Sir. Nur der Alkohol. Aber er is' ein gebildeter Mann, Sir, und er hat uns gesagt, daß die Flotte vor der Küste steht, und daß wir uns nach Norden durchschlagen und ein Boot finden können.« Von Sharps Schweigen ermutigt, deutete Williams auf die steile Bergkette im Norden. »So weit kann's bis zur Küste nicht sein, Sir. Vielleicht drei Tage? Vier?«

Sharp entfernte sich noch ein paar Schritte von der Scheune. Der Schnee lag etwa zehn Zentimeter tief, obwohl er, wo der Boden absank, tiefere Wehen gebildet hatte. Er war nicht zu tief zum Marschieren, und das war alles, was Sharp an diesem Morgen wirklich kümmerte. Die Wolken begannen sich vor die Sonne zu schieben, als Sharp nun dem Feldwebel ins Gesicht sah. »Ist euch der Gedanke gekommen, Feldwebel, daß die Franzosen vom Norden und Osten her in dieses Land einmarschieren?«

»Tun sie das, Sir?«

»Und daß wir ihnen, wenn wir uns nach Norden wenden, höchstwahrscheinlich direkt in die Arme laufen? Oder geht's euch am Ende darum? Gestern warst du durchaus bereit, dich zu ergeben.«

»Wir müßten es halt ein wenig klug anstellen, Sir. Ihnen hier und da ausweichen.« Williams erweckte den Eindruck, als sei es ein Kinderspiel, Napoleons Soldaten zu entwischen.

Sharp hob die Stimme, so daß alle Männer ihn hören konnten. »Wir marschieren nach Süden, Feldwebel. Wir machen uns heute das Tal entlang auf den Weg und suchen uns heute abend Unterkunft. Danach wenden wir uns nach Süden. Abmarsch in einer Stunde.«

»Sir . . .«

»In einer Stunde, Feldwebel! Wenn ihr also ein Grab für Hauptmann Murray ausheben wollt, solltet ihr das jetzt tun. Und wenn du dich widersetzen willst, Feldwebel Williams, sorgst du am besten dafür, daß das Grab groß genug wird für zwei. Habe ich mich klar ausgedrückt?«

Williams zögerte, als wollte er widersprechen, doch unter Sharps Blick verließ ihn der Mut. Einen angespannten Moment lang hing Sharps Autorität in der Schwebe, dann nickte der Feldwebel. »Jawohl.«

»Also, los.«

Sharp wandte sich ab. Innerlich zitterte er. Er hatte sich nach außen hin ganz ruhig gegeben, als er Williams die letzten Befehle erteilte, aber er war keineswegs sicher, daß sie auch befolgt würden. Diese Männer waren es nicht gewohnt, Leutnant Sharp zu gehorchen. Sie froren, waren fern der Heimat, von Feinden umgeben und fest überzeugt, daß der Weg nach Norden sie erheblich schneller in Sicherheit bringen würde als der nach Süden. Sie wußten, daß ihr eigenes Heer ausmanövriert und zum Rückzug gezwungen worden war, und sie hatten die Überreste der spanischen Armeen gesehen, die man auf ähnliche Weise besiegt und auseinandergetrieben hatte. Die Franzosen beherrschten siegreich das Land, und die Schützen fühlten sich alleingelassen und fürchteten sich.

Sharp fürchtete sich ebenfalls. Diese Männer konnten sich seiner geringen Autorität mit beängstigender Leichtigkeit widersetzen. Schlimmer noch, wenn sie ihn als Gefahr für ihr eigenes Überleben ansahen, hatte er mit nichts anderem als einer Klinge im Rücken zu rechnen. Sein Name würde in die Liste jener Offiziere eingehen, die bei Sir John Moores katastrophalem Rückzug gefallen waren, oder aber sein Tod würde unbemerkt bleiben, denn er hatte keine Angehörigen. Er war nicht einmal sicher, ob er noch Freunde hatte, denn wenn ein Mann aus den Mannschaftsdienstgraden in die Offiziersmesse versetzt wurde, ließ er seine Freunde weit hinter sich.

Sharp war klar, daß er sich gleich daran machen sollte, dem Rest der Kompanie seinen Willen aufzuzwingen, aber er war noch zu mitgenommen, um sich ihrer Kritik auszusetzen. Er redete sich ein, daß er in dem verfallenen Wohnhaus des Gehöfts eine wichtige Aufgabe zu erledigen habe. Dort angekommen, holte er mit dem schrecklichen Gefühl, sich seiner eigentlichen Verantwortung entzogen zu haben, sein Fernrohr hervor.

Leutnant Richard Sharp war kein wohlhabender Mann. Seine Uniform war nicht besser als die der Männer, die er anführte, abgesehen von den silbernen Knöpfen an den Nähten seiner abgetragenen Offiziershose. Seine Stiefel waren ebenso zerrissen, seine Rationen ebenso mager, und seine Waffen ebenso abgenutzt wie die Ausrüstung der übrigen Schützen. Aber er besaß einen Gegenstand von großem Wert und großer Schönheit.

Und das war sein Fernrohr; ein wunderbares Instrument aus der Werkstatt von Matthew Burge in London, dem Feldwebel Richard Sharp von General Sir Arthur Wellesley überreicht. Eine Messingplakette trug das Datum der Schlacht in Indien, bei der Sharp, damals noch in der Uniform der Rotröcke, dem General das Leben gerettet hatte. Seine Heldentat hatte ihm zudem die außerordentliche Beförderung zum Offizier eingetragen, und während er nun durch das Fernrohr starrte, ärgerte er sich nachträglich über die Ernennung. Sie hatte ihn zum einsamen Mann gemacht, zum Feind all derer, die ihm bis dahin gleichgestellt waren. Es hatte Zeiten gegeben, da hatten sich die Männer um Feldwebel Sharps Lagerfeuer gedrängt und sich um seine Anerkennung bemüht, aber diese Zeiten waren vorbei.

Sharp spähte ins Tal hinab, dorthin, wo er am vergangenen Abend im Schneesturm die graue Rauchfahne eines Dorfes erblickt zu haben glaubte. Nun sah er durch die fein geschliffenen Linsen die steinernen Gebäude und den schmalen, hohen Glockenturm einer Kirche. Es gab also tatsächlich wenige Marschstunden entfernt ein Dorf, und selbst ein armes Dorf würde über gehortete Nahrungsmittel verfügen: Getreide und Bohnen in wachsversiegelten Töpfen, die in der Erde vergraben waren, und Schinken, den man in den Kaminen aufgehängt hatte. Die Vorstellung, Nahrung zu finden, nahm plötzlich überwältigende Bedeutung an.

Er schwenkte das Fernrohr ein wenig nach rechts und überblickte die blendend weiße Schneedecke. Ein mit Eiszapfen behangener Baum huschte durch sein Blickfeld. Dann veranlaßte ihn eine unerwartete Bewegung, den Schwenk des Fernrohrs zu unterbrechen, doch es war nur ein Rabe im Flug, der sich schwarz vor dem weißen Hang abhob. Hinter dem Raben offenbarten tiefe Fußspuren, wo Männer den Hügel herabgerutscht waren, ehe sie unübersichtliches Gelände erreicht hatten.

Sharp strengte die Augen an. Die Spuren waren frisch. Warum hatten seine Posten nicht Alarm gegeben? Er schwenkte das Fernrohr herum, so daß er die kaum erkennbare Vertiefung im Schnee überblicken konnte, die den Verlauf des Ziegenpfades markierte. Doch die Posten waren verschwunden. Die Männer hatten angefangen, offen gegen ihn zu meutern. Zur Hölle mit ihnen! Er schob mit einer heftigen Bewegung das Fernglas zusammen, richtete sich auf und drehte sich um.

Da sah er sich Harper gegenüber, der in der westlichen Tür der Ruine stand. Er mußte sich katzengleich angeschlichen haben, denn Sharp hatte nichts gehört. »Wir weigern uns, nach Süden zu gehen«, sagte der Ire mit tonloser Stimme.

»Es ist mir völlig egal, was du meinst. Verschwinde und bereite dich auf den Abmarsch vor.«

»Nein.«

Sharp legte das Fernrohr auf seinen Brotbeutel, den er zusammen mit dem neuen Degen und dem abgenutzten Gewehr auf dem Fenstersims des verfallenen Hauses abgelegt hatte. Er hatte jetzt die Wahl. Er konnte argumentieren und schmeicheln, überreden und bitten, oder er konnte die Autorität seines Offiziersranges einsetzen. Er fror zu sehr, war zu hungrig, um den mühseligen Weg einzuschlagen, darum berief er sich auf seinen Rang. »Sie stehen unter Arrest, Schütze.«

Harper ignorierte seine Worte. »Wir gehen nicht, Sir, und damit hat sich's.«

»Feldwebel Williams!« rief Sharp durch die der Scheune zugewandte Tür des verfallenen Hauses. Die Schützen umstanden im Halbkreis das flache Grab, das sie im schneebedeckten Boden ausgehoben hatten. Sie blickten zu ihm herüber, und ihr Schweigen besagte, daß Harper heute morgen ihr Abgesandter und Sprecher war. Williams rührte sich nicht.

»Der kommt nicht«, sagte Harper. »Die Sache ist ganz einfach, Sir. Wir gehen nicht nach Süden. Wir wenden uns nach Norden in Richtung Küste. Wir haben darüber geredet, wahrhaftig, und so sieht unser Entschluß aus. Sie können mitkommen oder dableiben. Uns ist es gleich.«

Sharp verharrte reglos, um die Angst zu verbergen, die seine Haut prickeln ließ und ihm den Magen umdrehte. Wäre er nach Norden mitgegangen, hätte er die Meuterei stillschweigend hingenommen, hätte er sie akzeptiert und damit den letzten

Anschein von Autorität verloren. Wenn er jedoch darauf bestand, sich nach Süden zu wenden, beschwor er seine eigene Ermordung herauf. »Wir gehen nach Süden.«

»Sie verstehen wohl nicht, Sir.«

»Oh, ich verstehe schon. Ich verstehe sogar sehr gut. Ihr habt beschlossen, nach Norden zu gehen, aber ihr habt eine Heidenangst davor, ich könnte auf eigene Faust nach Süden gehen und die Garnison in Lissabon erreichen. In dem Fall würde ich euch wegen Befehlsverweigerung und Meuterei anzeigen. Man würde dich neben dein eigenes Grab stellen und erschießen, Harper.«

»Sie kommen niemals nach Süden durch, Sir.«

»Was du sagen willst, Harper, ist, daß du hergeschickt wurdest, um sicherzustellen, daß ich nicht überlebe. Ein toter Offizier kann keine Meuterei melden, stimmt's?«

Am Gesichtsausdruck des Iren erkannte Sharp, daß seine Worte ins Schwarze getroffen hatten. Harper trat unruhig von einem Bein aufs andere. Er war ein hünenhafter Mann, gut zehn Zentimeter größer als Sharps ein Meter achtzig, mit massigem Körperbau, der auf große Muskelkraft schließen ließ. Zweifellos war es den anderen Schützen recht, daß Harper für sie die Drecksarbeit erledigte, und wahrscheinlich war er der einzige, der dafür den Mut aufbrachte. Oder vielleicht machte der Haß seines Volkes auf die Engländer diesen Mord für ihn zum Vergnügen.

»Nun?« wollte Sharp wissen. »Hab' ich recht?«

Harper leckte sich die Lippen, dann legte er die Hand an den Messingknauf seines Bajonetts. »Sie können mit uns kommen, Sir.«

Sharp ließ das Schweigen eine Weile im Raum stehen, dann nickte er müde, als wolle er sich dem Unvermeidlichen beugen. »Mir bleibt wohl keine andere Wahl, stimmt's?«

»Nein, Sir.« Harpers Stimme verriet seine Erleichterung, daß er den Offizier nicht würde umbringen müssen.

»Nimm das hier mit.« Sharp deutete mit einem Nicken auf seinen Brotbeutel und die Waffen.

Harper war ein wenig erstaunt, einen derart unvermittelten Befehl zu erhalten, beugte sich jedoch vor, um den Brotbeutel aufzuheben. Da merkte er plötzlich, daß er überlistet worden war. Harper setzte zu einem Ausweichmanöver an, doch ehe er sich schützen konnte, hatte Sharp ihm einen Tritt in den Bauch verpaßt. Es war ein heftiger Tritt, der ihm mit dumpfem Laut tief in die gestählte Muskulatur ging, und Sharp ließ sogleich einen beidhändigen Schlag folgen, der Harper in den Nacken traf.

Sharp wunderte sich, daß der Ire überhaupt noch aufrecht stehen konnte. Jeder andere Mann hätte benommen nach Luft geschnappt. Aber Harper schüttelte nur den Kopf wie ein in die Enge getriebener Bär und taumelte rückwärts, um sich dann wieder aufzurichten und Sharps nächsten Angriff zu erwarten. Der Offizier haute dem Hünen erst die rechte, dann die linke Faust in den Magen.

Es war, als würde er auf Teakholz treffen, aber die Schläge zeigten Wirkung. Der Ire grunzte, dann warf er sich vor. Sharp duckte sich, schlug erneut zu. Im gleichen Augenblick schien sein Kopf wie ein Kanonenschuß zu explodieren, als Harpers Riesenfaust ihn an der Schläfe traf. Er stieß mit dem Kopf zu und spürte, daß er den anderen ins Gesicht traf. Kurz darauf hatte Harper die Arme und den Brustkorb des Leutnants in einer knochenbrecherischen Umklammerung gepackt.

Sharp hob den rechten Fuß und rammte die Ferse gegen Harpers Schienbein. Das mußte weh getan haben, aber Harper ließ nicht locker, und Sharp blieb nichts anderes übrig, als die Zähne zu gebrauchen. Er biß den Iren in die Backe, preßte die Zähne zusammen, schmeckte Blut, und der Schmerz war offenbar heftig genug, daß Harper seinen Griff lockerte, um nach dem Kopf des Offiziers zu schlagen.

Sharp war schneller. Er war in einem Elendsquartier aufgewachsen, wo er jeden nur erdenklichen hinterhältigen und brutalen Trick gelernt hatte. Er versetzte Harper einen Fausthieb an den Hals, dann trieb er ihm den Stiefel in den Unterleib. Jeder andere Mann hätte inzwischen geheult, hätte versucht, weiteren Schmerzen zu entgehen, doch Harper schien alles abzuschütteln, ehe er seinen kraftstrotzenden Körper erneut in Bewegung setzte.

»Du Bastard«, zischte Sharp, duckte sich, führte eine Finte aus und warf sich zurück, so daß er von der geschwärzten

Steinmauer abprallte. Den dadurch gewonnenen Schwung nutzte er, um dem Gegner seine geballten Fäuste in die Magengrube zu rammen. Harpers Kopf senkte sich, und Sharp versetzte ihm noch einen Kopfstoß; dann schlug er trotz des Flimmerns vor seinen Augen, das ihm fast die Sicht raubte, mit beiden Fäusten auf das Gesicht des Iren ein.

Harper weigerte sich, aufzugeben. Er wehrte sich, schlug Sharp Nase und Lippen blutig, so daß er zurücktaumelte. Sharp glitt auf dem Schnee aus, stolperte über den Schutt am Boden und stürzte. Er sah den riesigen Stiefel auf sich zukommen und rollte zur Seite. Er kam vom Boden hoch, knurrte aus blutigem Mund und packte Harpers Kreuzriemen. Nun geriet der Ire seinerseits aus dem Gleichgewicht, und Sharp zerrte ihn mit Schwung herum und ließ los. Harper drehte sich, torkelte und fiel gegen die Wand. Ein kantiger Stein riß ihm eine blutende Wunde in die linke Wange.

Sharp tat alles weh. Seine Rippen schmerzten, ihm war schwindelig, sein Gesicht blutete. Er bemerkte, daß die anderen Grünjacken sich vorsichtig dem Kampfplatz näherten. In ihren Gesichtern stand ungläubiges Staunen zu lesen. Sharp wußte, daß nicht einer von ihnen eingreifen würde, um Harper zu helfen. Der hünenhafte Ire war für diese Aufgabe ausgewählt worden, und er allein mußte sie bewältigen.

Harper spuckte aus, starrte Sharp aus der blutigen Maske seines Gesichts heraus an, dann wuchtete er seinen Körper hoch. Er griff zum Bajonett und zog es aus der Scheide.

»Wenn du das benutzt, du irischer Bastard, bringe ich dich um.«

Harper sagte nichts. Sein Schweigen hatte etwas zutiefst Beängstigendes.

»Bastard«, wiederholte Sharp. Er warf einen Blick auf seinen neuen Degen, aber der Ire hatte sich so plaziert, daß er ihm diesen Ausweg versperrte.

Harper rückte langsam vor, das Schwertbajonett wie ein Kampfmesser vorgestreckt. Er machte einen Ausfall, so daß Sharp seitlich ausweichen mußte, dann einen zweiten, schnell und kraftvoll. Er hoffte, den Offizier aus dem Gleichgewicht zu bringen.

Sharp hatte den zweiten Ausfall vorhergesehen und wich ihm aus. Er sah ein kurzes Aufflackern von Verblüffung im Gesicht des Iren. Harper war gut, er war jünger als Sharp, aber er hatte es noch nie mit jemandem zu tun gehabt, der so schnell reagierte. Und er hatte schon lange nicht mehr soviel einstecken müssen; die Überraschung in seinem Blick verwandelte sich in Schmerz, als Sharps Fäuste seine Augen trafen. Harper schwang das Bajonett, um seinen Angreifer auf Distanz zu halten, und Sharp ließ die Klinge auf sich zukommen. Er spürte, wie sie seinen Unterarm aufschlitzte, achtete jedoch nicht darauf, sondern rammte den Handballen ins Gesicht des Iren, um ihm die Nase zu brechen. Seine Finger krallten nach Harpers Augen, versuchten sie ihm aus den Höhlen zu reißen. Der Ire fuhr zurück, und Sharp brachte ihn erneut aus dem Gleichgewicht. Sein Arm brannte vom Schmerz der Schnittwunde, aus der warmes Blut quoll, aber der Schmerz verschwand, als Harper zu Boden ging.

Sharp setzte rasch nach. Er trat einmal zu, dann noch einmal, vergrub seinen Stiefel im Brustkasten des Riesen. Dann packte er, obwohl es ihm in die Finger schnitt, das Bajonett und stampfte mit der Ferse auf Harpers Handgelenk. Der ließ die Waffe los. Sharp drehte sie um. Er keuchte, und sein Atem wurde in der eisigen Luft zu Dampf. Blut tropfte von seiner Hand und rann an der Klinge herab. Auf dem Schnee, der durch das verfallene Dach und die klaffenden Türöffnungen des Hauses eingedrungen war, war immer mehr Blut zu sehen.

Der Ire sah den Tod über sich, rollte herum, dann drehte er sich ruckartig wieder zu Sharp um, einen Stein in der Hand. Er schlug mit dem Stein zu, traf die Spitze der herabstoßenden Klinge, und der Aufprall ließ Sharps Arm taub werden. Noch nie hatte er es mit soviel Kraft zu tun gehabt, niemals. Er versuchte, ein zweites Mal mit der Waffe zuzustoßen, aber Harper hatte sich inzwischen aufgerichtet, und Sharp schrie laut auf, als der Stein ihn in die Magengrube traf. Er fiel rücklings gegen die Wand. Die Hand mit der Klinge war immer noch taub.

Er sah die Verwandlung in Harpers Gesicht. Bisher hatte der riesige Ire so emotionslos gewirkt wie ein Schlachter, doch nun hatte er das Mienenspiel eines Berserkers angenommen. Es war dies der Gesichtsausdruck eines Mannes, der zu blinder Wut angestachelt worden ist. Sharp begriff, daß Harper vorher nur widerwillig eine notwendige Pflicht erfüllt hatte, die ihm nun zur Leidenschaft geworden war. Zum ersten Mal seit Beginn des Kampfes machte der Ire den Mund auf, doch er sprach Gälisch, eine Sprache, mit der Sharp nichts anfangen konnte. Er wußte nur, daß seine Worte Beschimpfungen waren, Begleitmusik seines Todes, sollte es Harper gelingen, ihm mit dem Stein den Schädel einzuschlagen.

»Komm schon, du Bastard.« Sharp versuchte, wieder Gefühl in seinen betäubten Arm zu bekommen, indem er ihn massierte. »Du irischer Abschaum. Du verdammter Hundesohn von einem verblödeten Bauern. Komm schon!«

Harper fletschte die blutigen Lippen, zeigte seine blutigen Zähne. Er brüllte eine Herausforderung, ging zum Angriff über, und Sharp setzte den Kunstgriff des französischen Gardeoffiziers ein. Er wechselte die Klinge von der rechten in die linke Hand und schrie seinen eigenen Schlachtruf. Und stieß zu.

Da explodierte die Welt.

Ein Laut wie der Donner des Jüngsten Gerichts hallte in Sharps Ohr, und die plötzliche Hitze einer Stichflamme strich um Haaresbreite an seinem Gesicht vorbei. Er zuckte zurück, dann hörte er das Krachen einer Kugel, die von der Katenwand abprallte.

Sharp nahm zunächst an, einer der anderen Schützen habe doch noch den Mut aufgebracht, Harper beizustehen. Mit der Verzweiflung eines in die Enge getriebenen Tieres wandte er sich knurrend vom ekligen Gestank verbrannten Schwarzpulvers ab und mußte feststellen, daß der Ire ebenso verblüfft war wie er. Den Stein immer noch in der massiven Faust, gaffte Harper einen Neuankömmling an, der im östlichen Türausschnitt stand.

»Ich dachte, ihr wäret hier, um die Franzosen zu bekämpfen.« Die Stimme klang amüsiert, spöttisch, überheblich. »Oder haben die Briten nichts Besseres zu tun, als sich wie die Ratten gegenseitig zu zerfleischen?«

Der das sagte, war ein Kavallerieoffizier in der Uniform der spanischen Cazadores, oder vielmehr in den Resten einer solchen Uniform, denn sie war derart zerrissen und schäbig, daß es sich genausogut um die Lumpen eines Bettlers hätte handeln können. Der Goldbesatz am gelben Kragen des Mannes war abgewetzt, die Kettenglieder seines Degenhalfters angerostet. Die schwarzen Stiefel, die ihm bis zur Wade reichten, waren zerschlissen. Ein Umhang aus Sacktuch hing ihm von den Schultern. Seine Männer, die die Spuren im Schnee hinterlassen hatten und nun eine behelfsmäßige Schützenkette östlich des Gehöfts bildeten, waren in ähnlichem Zustand, doch als Soldat fiel Sharp sofort auf, daß die spanischen Kavalleristen ihre Degen und Karabiner gepflegt hatten. Der Offizier hielt eine rauchende Pistole mit kurzem Lauf in der Hand, die er jetzt sinken ließ.

»Wer, zum Teufel, sind Sie?« Sharp hatte immer noch das Bajonett gezückt und war zum Ausfall bereit. Er hatte in der Tat etwas von einer in die Enge getriebenen Ratte an sich: blutüberströmt, geifernd und bösartig.

»Ich bin Major Blas Vivar.« Vivar war ein Mann mittlerer Größe mit groben Gesichtszügen. Er und seine Männer sahen aus, als seien sie in den letzten Tagen durch die Hölle gegangen, doch die Erschöpfung hinderte ihn nicht daran, seiner Stimme einen Unterton von Spott über das soeben erlebte Spektakel zu verleihen. »Und wer sind Sie?«

Sharp mußte erst Blut ausspucken, ehe er antworten konnte. »Leutnant Richard Sharp, 95. Rifles.«

»Und er?« Vivar warf Harper einen Blick zu.

»Der steht unter Arrest«, sagte Sharp. Er warf das Schwertbajonett zu Boden und stieß Harper vor die Brust. »Raus! Raus!« Er schob ihn durch die Tür des Hauses, hin zu den anderen Grünjacken, die dort im Schnee warteten. »Feldwebel Williams!«

»Sir?« Williams betrachtete ehrfürchtig die beiden blutüberströmten Männer. »Sir?«

»Schütze Harper steht unter strengem Arrest.« Sharp stieß Harper ein letztes Mal an, so daß dieser in den Schnee fiel, dann begegnete er dem spöttischen Blick des Spaniers.

»Sie haben wohl Ärger, Leutnant?« Der Hohn in Vivars Stimme war nicht zu überhören.

Das Beschämende an der Situation erbitterte Sharp. Er fand den Ton des Spaniers verletzend. »Das geht Sie nichts an.«

»Sir«, berichtigte ihn Major Vivar.

»Das geht Sie nichts an, Sir.«

Vivar zuckte die Achseln. »Wir sind in Spanien, Leutnant. Was hier vorgeht, geht mich mehr an als Sie, würde ich meinen.« Sein Englisch war vorzüglich, und er sprach mit einer kühlen Höflichkeit, die Sharps Starrsinn auf den Plan rief.

»Wir wollen nichts weiter«, Sharp wischte sich mit dem dunkelgrauen Ärmel das Blut vom Mund, »als aus Ihrem verdammten Land zu verschwinden.«

Der Blick des Spaniers verriet, daß ihn diese Bemerkung ärgerte. »Ich denke, es wird mir ein Vergnügen sein, Sie verschwinden zu sehen, Leutnant. Warum Ihnen also nicht behilflich sein, das Land zu verlassen?«

Ob es ihm nun gefiel oder nicht, Sharp hatte einen Verbündeten gewonnen.

Kapitel drei

»Niederlagen«, sagte Blas Vivar, »zerstören die Disziplin. Man bringt einer Armee bei, zu marschieren, zu kämpfen, Befehle zu befolgen.« Jede dieser Tugenden wurde mit einem Abschlag des Rasiermessers betont, wobei Seifenwasser auf den Küchenboden spritzte. »Aber die Niederlage«, er zuckte die Achseln, »löst alle Ordnung auf.«

Sharp, der seine Wunde am Arm verarzten hatte lassen, war sich darüber im klaren, daß der Spanier nach Entschuldigungen für das unwürdige Schauspiel in dem verfallenen Gehöft suchte. Das war zwar freundlich von ihm, aber Sharp war nicht auf Freundlichkeit eingestimmt. Außerdem fiel ihm keine Erwiderung ein.

»Hinzu kommt, daß dieses Gehöft Unglück bringt«, sagte Vivar, der sich wieder der Spiegelscherbe zuwandte, die er auf dem Fenstersims plaziert hatte. »Das war schon immer so, zu Lebzeiten meines Großvaters hat es hier einen Mord gegeben. Natürlich war eine Frau im Spiel. Und zu Zeiten meines Vaters hat hier jemand Selbstmord begangen.« Er bekreuzigte sich mit dem Rasiermesser, dann rasierte er sorgfältig unterm Kinn aus. »Hier spukt es, Leutnant. Bei Nacht lassen sich Gespenster sehen. Ein Ort des Grauens. Was für ein Glück, daß ich Sie gefunden habe. Wollen Sie das Rasiermesser benutzen?«

»Ich habe selbst eins.«

Vivar trocknete die Klinge ab und verstaute sie zusammen mit dem Spiegel in einem Lederetui. Dann sah er nachdenklich zu, wie Sharp Bohnen und Schweineohren löffelte, die der Dorfpriester zum Abendessen serviert hatte. »Glauben Sie«, fragte Vivar leise, »daß die Dragoner nach Ihrem Scharmützel dem britischen Heer gefolgt sind?«

»Ich habe nichts gesehen.«

»Hoffen wir, daß sie es getan haben.« Vivar schöpfte etwas von dem Gericht auf den eigenen Teller. »Vielleicht glauben sie, ich hätte mich dem britischen Rückzug angeschlossen, was meinen Sie?«

»Kann sein.« Sharp fragte sich, warum Vivar so starkes Interesse an den französischen Dragonern zeigte, die von dem Gardeoffizier im roten Überwurf und dem schwarzgekleideten Zivilisten angeführt wurden. Er hatte Sharp eifrig nach jedem Detail des Kampfes an der Brücke ausgefragt, aber das besondere Interesse des Spaniers galt der Richtung, die die feindlichen Reiter nach der Auseinandersetzung eingeschlagen hatten. Sharp konnte jedoch als Antwort auf seine Fragen nur die Mutmaßung bieten, sie hätten anschließend die Verfolgung von Sir John Moores Heer aufgenommen.

»Wenn Sie recht haben, Leutnant«, Vivar hob seinen Weinbecher zu einem ironischen Trinkspruch, »ist das die beste Nachricht, die ich in den letzten zwei Wochen erhalten habe.«

»Warum waren sie hinter Ihnen her?«

»Sie waren nicht hinter mir her«, sagte Vivar. »Sie sind hinter allem her, was eine Uniform anhat. Vor zwei Tagen sind sie mir zufällig auf die Spur gekommen. Ich möchte nur sichergehen, daß sie nicht im nächsten Tal auf mich warten.« Vivar erklärte

Sharp, er sei in westlicher Richtung unterwegs gewesen und habe, als er in die Berge abgedrängt wurde, sowohl alle Pferde als auch eine beträchtliche Zahl seiner Männer eingebüßt. Erst das verzweifelte Bedürfnis nach Nahrung und Zuflucht habe ihn in dieses kleine Dorf getrieben.

Nahrung hatte man ihm bereitwillig gegeben. Als die Soldaten in die kleine Siedlung einmarschierten, war Sharp aufgefallen, wie froh die Dorfbewohner waren, Major Blas Vivar zu sehen. Einige der Männer hatten sogar versucht, dem Major die Hand zu küssen, während der Dorfpriester aus seinem Haus geeilt war und die Frauen angewiesen hatte, ihre Herde zu befeuern und an ihre Wintervorräte zu gehen. Die Soldaten, spanische ebenso wie britische, wurden herzlich willkommen geheißen. »Mein Vater«, erklärte Vivar nun Sharp, »war der Herr dieses Berglands.«

»Heißt das, Sie sind von Adel?«

»Ich bin der jüngere Sohn. Mein Bruder ist der neue Graf.« Vivar bekreuzigte sich, als er seinen Bruder erwähnte, und Sharp sah darin eine besondere Respektsbezeugung. »Ich bin natürlich ein *Hidalgo*«, fuhr Vivar fort, »deshalb nennen mich die Leute Don Blas.«

Sharp zuckte mit den Schultern. *»Hidalgo?«*

Vivar verbarg höflich seine Überraschung über Sharps Unwissenheit. »Ein *Hidalgo*, Leutnant, ist ein Mann, der seine Abstammung auf die alten Christen Spaniens zurückführen kann. Reines Blut, Sie verstehen schon, das nicht durch Mauren- oder Judenblut besudelt ist. Ich bin ein *Hidalgo*.« Er sagte dies mit schlichtem Stolz und natürlichem Selbstbewußtsein. »Und Ihr Vater? Ist er auch von Adel?«

»Ich weiß nicht, wer mein Vater ist oder war.«

»Sie wissen nicht . . .« Vivar reagierte zunächst mit Neugier, dann veranlaßte ihn der Gedanke an eine uneheliche Geburt, das Thema fallenzulassen. Es war nicht zu übersehen, daß Sharps Ansehen in den Augen des Spaniers noch mehr gesunken war. Der Major spähte aus dem Fenster, beurteilte den Sonnenstand. »Und was werden Sie jetzt unternehmen, Leutnant?«

»Ich gehe nach Süden. Nach Lissabon.«

»Dann suchen Sie sich ein Schiff in die Heimat?«

Sharp ging nicht auf den Anflug von Verachtung ein, der andeuten sollte, daß er sich dem Konflikt entziehe. »Dann suche ich mir ein Schiff in die Heimat«, bestätigte er.

»Besitzen Sie denn eine Landkarte?«

»Nein.«

Vivar brach ein Stück Brot ab, um damit die Soßenreste aufzunehmen. »Sie werden feststellen, daß es in diesem Bergland keine Straßen in den Süden gibt.«

»Überhaupt keine?«

»Keine, die im Winter passierbar wären, gewiß nicht in diesem Winter. Sie müssen in östlicher Richtung nach Astorga gehen, oder in westlicher Richtung ans Meer, ehe Sie eine offene Straße nach Süden finden.«

»Die Franzosen sind doch im Osten?«

»Die Franzosen sind überall.« Vivar lehnte sich zurück und sah Sharp unverwandt an. »Ich wende mich gen Westen. Wollen Sie sich mir anschließen?«

Sharp wußte, daß es schlecht bestellt war um seine Chancen, in diesem seltsamen Land zu überleben. Er besaß keine Karte, verstand kein Spanisch und hatte nur eine ungefähre Vorstellung von der Geographie dieses Landes. Andererseits verlangte es Sharp nicht danach, sich mit diesem aristokratischen Spanier zusammenzutun, der seine Blamage mitangesehen hatte. Einen vernichtenderen Beweis für das Versagen der Autorität eines Offiziers konnte es nicht geben, als bei einer Rauferei mit einem seiner eigenen Männer erwischt zu werden, und das Schandgefühl ließ ihn zögern.

»Oder spielen Sie etwa mit dem Gedanken, sich zu ergeben?« fragte Vivar schroff.

»Niemals.« Sharps Antwort war nicht minder schroff.

Sein unerwartet bestimmter Tonfall entlockte dem Spanier ein Lächeln. Dann spähte Vivar erneut aus dem Fenster. »Wir brechen in einer Stunde auf, Leutnant. Heute nacht überqueren wir die Hauptstraße, und das muß im Schutz der Dunkelheit geschehen.« Er wandte sich wieder dem Engländer zu. »Unterwerfen Sie sich meinem Kommando?«

Und Sharp, dem wahrhaft nichts anderes übrig blieb, willigte ein.

Was Sharp am meisten ärgerte, war, daß seine Rifles Vivars Kommando augenblicklich akzeptierten. In der Abenddämmerung traten die Grünjacken im zertrampelten Schnee vor der winzigen Kirche an und lauschten den Erklärungen des Spaniers. Es sei töricht, sagte Vivar, zu versuchen, sich nach Norden durchzuschlagen, denn dort sei der Feind auf dem Vormarsch, um die Häfen an der Küste abzusichern. Zu versuchen, das zurückweichende britische Heer einzuholen, sei ebenso töricht, denn das hieße, den Franzosen auf den Fersen zu bleiben, und der Feind hätte nur kurz kehrtmachen müssen, um sie gefangenzunehmen. Der beste Fluchtweg sei der nach Süden, aber zunächst sei es erforderlich, gen Westen zu marschieren. Sharp beobachtete die Gesichter der Rifles und empfand einen Moment lang regelrechten Haß auf sie, weil sie so bereitwillig und verständnisvoll nickten.

Deshalb müßten sie, fuhr Vivar fort, in dieser Nacht die Straße überqueren, auf der die Hauptstreitmacht der Franzosen anrücke. Er bezweifle, daß die Straße besetzt sei, aber die Schützen müßten sich auf eine kurze Auseinandersetzung gefaßt machen. Er wisse, daß sie zu kämpfen verstünden. Schließlich seien sie die vielgerühmten britischen Grünjacken. Er sei stolz, an ihrer Seite kämpfen zu können. Sharp sah die Rifles grinsen. Außerdem sah er, daß Vivar die lockere Art eines geborenen Offiziers hatte, und einen Moment lang haßte Sharp auch ihn.

Schütze Harper fehlte bei diesem Appell. Der Ire stand unter Arrest. Sharp hatte befohlen, ihm zunächst die Hände zusammenzuschnüren und ihn dann mit einem Seil am Schwanz eines Maultiers festzubinden, das der Major bei einem der Dorfbewohner aufgetrieben hatte. Das Maultier trug eine große, vierkantige Truhe, die in Öltuch gewickelt war und von vier spanischen Soldaten aus Vivars Truppe bewacht wurde, die nun auch noch den Gefangenen zu bewachen hatten.

»Er stammt aus Irland?« erkundigte sich Vivar bei Sharp.

»Ja.«

»Ich habe viel für die Iren übrig. Was werden Sie mit ihm anfangen?«

»Ich weiß nicht.« Sharp hätte Harper am liebsten auf der

Stelle erschießen lassen, aber dann hätte sich die Abneigung der übrigen Schützen in blanken Haß verwandelt. Überdies hätte er, wenn er die ausgeklügelten Disziplinarverfahren des Heeres umgangen und ihn einfach erschossen hätte, eine Mißachtung der Autorität bewiesen, die ebenso schwerwiegend war wie jene, um derentwillen Harper bestraft werden mußte.

»Kämen wir nicht schneller voran, wenn man ihn losbinden würde?« fragte Vivar.

»Sie wollen ihn wohl ermutigen, zu den Franzosen überzulaufen?«

»Die Disziplin Ihrer Männer ist Ihre Sache«, sagte Vivar taktvoll und unterstellte damit, daß Sharp die ganze Angelegenheit falsch angepackt habe.

Sharp gab vor, seinen Tadel zu überhören. Er wußte, daß der Spanier ihn verachtete, denn bisher hatte Vivar bei Sharp nichts als Inkompetenz entdeckt, ein Eindruck, der durch den Kontrast zu seiner eigenen mühelosen Autorität noch verschärft wurde. Vivar hatte die britischen Soldaten nicht nur aus ihrer unsicheren Zuflucht in dem verfallenen Gehöft erlöst, sondern auch von ihrem Offizier, und jeder Schütze in dieser zusammengewürfelten Truppe war sich dieser Tatsache bewußt.

Sharp stand isoliert da, während sich die Soldaten für den Marsch zu Kompanien formierten. Die Spanier sollten vorausgehen, dann sollte das Maultier mit seiner kastenförmigen Last folgen, und die Schützen würden die Nachhut bilden. Sharp wußte, er hätte etwas zu seinen Männern sagen müssen, er hätte ihnen Mut zusprechen oder ihre Ausrüstung inspizieren oder sonst etwas tun müssen, das seine Autorität bekräftigte, aber er hatte nicht den Mut, sich ihren spöttischen Blicken zu stellen, und hielt sich von ihnen fern.

Major Vivar merkte offenbar nichts von Sharps Verdruß. Er trat zu dem Dorfpriester und kniete vor ihm im Schnee nieder, um sich segnen zu lassen. Dann ließ er sich von dem Priester einen kleinen Gegenstand überreichen. Worum es sich handelte, konnte Sharp allerdings nicht erkennen.

Die Nacht war bitterkalt. Der spärliche Schneefall hatte bei Sonnenuntergang aufgehört. Allmählich verzogen sich auch die Wolken am östlichen Horizont und offenbarten kaltes Sternengefunkel. Ein böiger Wind peitschte den gefallenen Schnee zu luftigen Phantasiegebilden auf, die sich glitzernd über dem Pfad auftürmten, auf dem sich die Männer wie Tiere auf dem Weg zur Schlachtbank dahinschleppten. Ihre Gesichter waren zum Schutz gegen die gnadenlose Kälte in Lumpen gehüllt, und ihre Tornister rieben ihnen die Schultern wund; nur Major Vivar schien unerschöpfliche Energie zu besitzen. Er schritt ein ums andere Mal die Marschsäule ab, ermutigte die Männer auf spanisch oder englisch und versicherte ihnen, sie seien die besten Soldaten der Welt. Sein Enthusiasmus wirkte ansteckend und nötigte Richard Sharp, der bemerkte, daß die Kavalleristen in der scharlachroten Uniform ihren Offizier geradezu anbeteten, widerwillige Bewunderung ab.

»Sie sind Galicier.«

Vivar zeigte auf seine Cazadores.

»Aus dieser Region?« fragte Sharp.

»Die besten in Spanien.« Sein Stolz war nicht zu übersehen. »In Madrid verspottet man uns, Leutnant. Man sagt, wir Galicier wären Bauerntölpel, aber ich führe lieber einen Bauerntölpel in die Schlacht als zehn Männer aus der Stadt.«

»Ich stamme aus einer Stadt«, konterte Sharp beleidigt.

Vivar lachte, sagte jedoch nichts.

Um Mitternacht überquerten sie die Straße, die zum Meer führte, und entdeckten Anzeichen dafür, daß die Franzosen dort bereits vorbeigekommen waren. Die morastige Oberfläche der Straße war von den Kanonen zerfurcht worden und dann festgefroren. Zu beiden Seiten zeigten weiße Erhebungen an, wo man Leichen unbestattet zurückgelassen hatte. Kein Feind ließ sich blicken, keine Lichter einer Stadt oder eines Dorfes waren im Tal zu sehen. Die Soldaten waren in der unendlichen weißen Kälte allein.

Eine Stunde darauf gelangten sie an einen Fluß, an dessen Ufern niedrige, kahle Eichen wuchsen. Vivar ging in östlicher Richtung auf Kundschaft, bis er eine Stelle gefunden hatte, wo das eiskalte Wasser flach über ein von Felsen gesäumtes Kiesbett floß, das den erschöpften Männern einen gewissen Halt bot. Ehe er jedoch auch nur einem Mann gestattete, die Überquerung zu versuchen, zog er eine kleine Phiole aus seinem

Beutel. Er entkorkte sie, dann träufelte er daraus eine Flüssigkeit in den Fluß. »Jetzt ist die Gefahr gebannt.«

»Gefahr?« Sharp war verblüfft.

»Weihwasser, Leutnant. Der Dorfpriester hat es mir gegeben.« Vivar schien anzunehmen, daß diese Erklärung ausreichte, aber Sharp wollte mehr wissen.

»Natürlich geht es um die *Xanes*«, sagte der Spanier. Dann drehte er sich um und befahl seinem Feldwebel, vorauszugehen.

»*Xanes?*« Sharp verhaspelte sich beim Aussprechen des seltsamen Wortes.

»Wassergeister.« Vivars Stimme klang todernst. »Sie leben in jedem Wasserlauf, Leutnant, und können Unheil stiften. Wenn wir sie nicht fortjagen würden, könnte es sein, daß sie uns in die Irre führen.«

»Gespenster?« Sharp konnte sein Erstaunen nicht verbergen.

»Nein. Ein Gespenst, Leutnant, ist ein Geschöpf, das nicht von der Erde loskommt. Ein Gespenst ist eine gepeinigte Seele, jemand, der sich zu Lebzeiten gegen die Heiligen Sakramente vergangen hat. Eine *Xana* war nie ein Mensch. Eine *Xana* ist«, er zuckte die Achseln, »ein Lebewesen. Wie ein Marder oder eine Wasserratte. Etwas, das im Wasser lebt. So etwas muß es doch in England gewiß auch geben?«

»Nicht, daß ich wüßte.«

Vivar blickte entsetzt drein, dann bekreuzigte er sich. »Wollen Sie als nächster gehen?«

Sharp überquerte ungefährdet von bösen Geistern den reißenden Fluß und sah anschließend zu, wie seine Rifles folgten. Sie vermieden es, ihn anzusehen. Feldwebel Williams, der den Tornister eines Verwundeten trug, nahm lieber den Weg durch tieferes Wasser, als dort die Böschung zu erklimmen, wo der Offizier stand.

Das Maultier wurde über den Fluß getrieben, und Sharp fiel auf, mit welcher Umsicht die Soldaten die mit Öltuch umwickelte Truhe bewachten. Er nahm an, daß sie Major Vivars Kleider und Habseligkeiten enthielt. Harper, der immer noch an dem Packtier festgebunden war, spuckte ihm vor die Füße, eine Geste, die zu ignorieren Sharp vorzog.

»Nun geht es bergan«, sagte Vivar mit einem Anflug von

Befriedigung, als müsse man sich auf die bevorstehenden Strapazen freuen.

Sie marschierten bergan. Sie kämpften sich ein steil ansteigendes Tal empor, wo Steine vom Eis glänzten und die Bäume Schnee auf ihre Köpfe herabrieseln ließen. Der Wind frischte auf, und der Himmel bewölkte sich erneut.

Schneeregen setzte ein. Der Wind heulte ihnen um die verhüllten Ohren. Einzelne Männer schluchzten vor Elend und Anstrengung, aber irgendwie hielt Vivar sie auf Trab. »Aufwärts! Aufwärts! Wo die Kavallerie nicht hin kann, hab' ich recht? Weiter! Höher! Gesellen wir uns zu den Engeln! Was ist los mit dir, Marcos? Dein Vater wäre diesen Hang hinaufgetanzt, als er doppelt so alt war wie du! Willst du die Engländer glauben machen, ein Spanier hätte keine Kraft? Schäme dich! Weiter steigen!«

Gegen Morgengrauen hatten sie einen Bergsattel erreicht. Vivar führte die ermüdeten Männer zu einer Höhle, die von vereisten Lorbeerbäumen verborgen wurde. »Hier habe ich einen Bären erlegt«, teilte er Sharp voller Stolz mit. »Ich war zwölf, und mein Vater hat mich auf eigene Faust losgeschickt, einen Bären zu töten.« Er riß einen Zweig ab und warf ihn den Männern zu, die dabei waren, eine Feuerstelle zu errichten. »Das war vor zwanzig Jahren.« Er sagte dies mit einer Art Verwunderung darüber, daß seither soviel Zeit vergangen war.

Sharp überlegte, daß Vivar genauso alt war wie er selbst, daß er es jedoch, weil er von Adel war, bereits zum Major gebracht hatte, während Sharp aus der Gosse kam und nur durch eine außergewöhnliche Fügung des Schicksals zum Leutnant ernannt worden war. Er bezweifelte, daß er eine weitere Beförderung erleben würde. Und angesichts seines Versagens im Umgang mit diesen Grünjacken glaubte er auch nicht, daß er eine Beförderung verdient habe.

Vivar überwachte, wie die Kiste vom Rücken des Maultiers genommen und am Eingang der Höhle abgestellt wurde. Er setzte sich neben sie und legte schützend den Arm um ihre bauchige Form. Seine Haltung gegenüber der Truhe hatte, wie Sharp nun auffiel, beinahe etwas Ehrfürchtiges. Gewiß, dachte Sharp, würde kein Mann, nachdem er die eisige Hölle ertragen hatte, durch die Vivar gegangen war, mit so viel Sorgfalt eine Truhe schützen, wenn diese nichts als Kleider enthielt. »Was ist da drin?« fragte Sharp.

»Nur Papiere.« Vivar blickte hinaus in den heranbrechenden Morgen. »Der moderne Krieg bedeutet Papierkrieg, nicht wahr?«

Das war keine Frage, die eine Antwort verlangte, sondern ein Kommentar, der geeignet war, weitere Fragen zu verhindern. Sharp stellte jedenfalls keine mehr.

Vivar nahm seinen Dreispitz ab und zog vorsichtig eine halb gerauchte Zigarre aus dem Schweißleder. Er zuckte entschuldigend die Achseln, weil er keine Zigarre besaß, die er Sharp anbieten konnte, dann steckte er sie mit Hilfe seiner Zunderbüchse an. Der scharfe Tabakgeruch kitzelte Sharp in der Nase. »Die hab' ich mir aufgehoben«, sagte Vivar, »bis ich der Heimat nahe bin.«

»Sehr nahe?«

Vivar schwenkte die Zigarre so, daß der gesamte Ausblick einbezogen wurde. »Mein Vater hat über dieses ganze Land geherrscht.«

»Werden wir zum Haus Ihres Vaters marschieren?«

»Ich hoffe, Sie vorher noch sicher auf den Weg nach Süden zu bringen.«

Sharp, den die Neugierde der Armen auf die adligen Reichen plagte, fühlte sich eigenartig enttäuscht. »Ist es ein großes Haus?«

»Welches Haus?« fragte Vivar trocken. »Es sind drei, und jedes ist groß. Eines ist eine aufgelassene Burg, eines steht in der Stadt Orense und eines auf dem Land. Sie alle gehören meinem Bruder, aber Tomas hat Galicien nie geliebt. Er zieht es vor, zu leben, wo es Könige und Höflinge gibt, deshalb kann ich mit seiner stillschweigenden Duldung behaupten, daß diese Häuser mir gehören.«

»Sie Glücklicher«, sagte Sharp verdrossen.

»Weil ich in einem großen Haus lebe?« Vivar schüttelte den Kopf. »Ihr Haus mag kleiner sein, Leutnant, aber wenigstens können Sie es Ihr eigen nennen. Meines steht in einem Land, das die Franzosen erobert haben.« Er richtete den Blick auf den

Schützen Harper, der immer noch, am Schwanz des Maultiers festgebunden, im feuchten Schnee kauerte. »Genau wie sein Land von den Engländern erobert wurde.«

Die Bitterkeit dieser Anschuldigung überraschte Sharp, der angefangen hatte, den Spanier zu bewundern, und über seine plötzliche Feindseligkeit aus der Fassung geriet. Vielleicht war Vivar selbst der Meinung, daß er zu schroff geworden sei, jedenfalls bedachte er Sharp mit einem reuigen Achselzucken. »Sie müssen verstehen, die Mutter meiner Gemahlin war Irin. Ihre Familie hatte sich hier niedergelassen, um Ihrer Gerichtsbarkeit zu entgehen.«

»Haben Sie so Englisch gelernt?«

»So und bei guten Lehrern.« Vivar zog an seiner Zigarre. Ein Schneerutsch, ausgelöst von dem Feuer in der Höhle, glitt vom Felsvorsprung über dem Eingang. »Mein Vater war der Ansicht, wir müßten die Sprache des Feindes sprechen«, sagte er mit gequält wirkender Belustigung. »Es erscheint seltsam, daß Sie und ich jetzt auf einer Seite kämpfen sollen, nicht wahr? Ich wurde im Glauben erzogen, die Engländer seien heidnische Barbaren, Feinde Gottes und des wahren Glaubens, und nun muß ich mir einreden, daß sie unsere Freunde sind.«

»Zumindest haben wir dieselben Feinde«, erwiderte Sharp.

»Vielleicht ist das eine genauere Definition«, stimmte Vivar zu.

Die beiden Offiziere saßen in unbehaglichem Schweigen beisammen. Der Rauch von Vivars Zigarre wirbelte über den Schnee und verschwand im zunehmenden Dunst des Morgengrauens. Sharp, der das Gefühl hatte, daß dieses Schweigen schwer auf ihnen lastete, fragte den Major, ob seine Gemahlin in einem der drei Häuser auf ihn warte.

Vivar zögerte, ehe er ihm antwortete, und als er es tat, war seine Stimme so trostlos wie das Land, das sie vor sich sahen. »Meine Gemahlin ist vor sieben Jahren gestorben. Ich war damals auf Garnisonsdienst in Florida, und das Gelbfieber hat sie dahingerafft.«

Wie die meisten Männer, denen eine derartige Enthüllung gemacht wird, hatte Sharp nicht die leiseste Ahnung, wie er reagieren sollte. »Tut mir leid«, sagte er unbeholfen.

»Sie ist gestorben«, fuhr Vivar unbarmherzig fort, »ebenso meine zwei kleinen Kinder. Ich hatte gehofft, mein Sohn würde hierher zurückkehren, um seinen ersten Bären zu erlegen, wie ich es getan habe, aber Gott hat es anders gewollt.« Wieder herrschte Schweigen, noch unangenehmer als beim ersten Mal. »Und Sie, Leutnant? Sind Sie verheiratet?«

»Ich kann es mir nicht leisten, zu heiraten.«

»Dann suchen Sie sich doch eine reiche Frau«, sagte Vivar mit grimmigem Ernst.

»Keine reiche Frau würde mich haben wollen«, erwiderte Sharp. Als er daraufhin die Verwirrung im Gesicht des Spaniers sah, erklärte er: »Ich bin nicht in die richtige Familie hineingeboren, Major. Meine Mutter war eine Hure. Was Sie hier eine *puta* nennen.«

»Ich kenne den Begriff, Leutnant.« Vivars Tonfall war gefaßt, aber er konnte seinen Widerwillen nicht ganz verbergen. »Ich weiß nicht recht, ob ich Ihnen glauben soll«, sagte er schließlich.

Sharp war aufgebracht durch die Unterstellung, er könne gelogen haben. »Was, zum Teufel, kümmert's mich, was Sie glauben?«

»Vermutlich sollten Sie sich in der Tat nicht darum kümmern.« Vivar steckte sorgsam die Überreste seiner Zigarre weg, dann lehnte er sich mit dem Rücken an die Truhe. »Halten Sie jetzt Wache, Leutnant, während ich eine Stunde schlafe.« Er zog sich den Hut über die Augen, und Sharp entdeckte den verwelkten Rosmarinzweig, der an seiner Spitze befestigt war. Vivars Männer trugen samt und sonders einen Rosmarinzweig. Sharp ging davon aus, daß es sich um eine Regimentstradition handelte.

Weiter unten regte sich der Ire. Sharp hoffte, daß die Kälte Harper bis ins Mark drang. Er hoffte, daß ihm die gebrochene Nase, die unter einem vom Schnee weiß verfärbten Schal verborgen war, höllische Schmerzen bereite. Als habe er diese bösen Gedanken wahrgenommen, drehte Harper sich um und starrte den Offizier an. Der Ausdruck seiner Augen unter den vereisten Brauen machte Sharp klar, daß er sich, solange Harper am Leben und die Nächte dunkel waren, in acht nehmen mußte.

Zwei Stunden nach Morgengrauen ging der Schneeregen in einen Dauerregen über, der Rinnen in den Schnee pflügte, von den Bäumen tropfte und die weiße Welt in eine graue, schmutzige Stätte kalten Elends verwandelte. Die Truhe wurde wieder auf das Maultier gehoben, zu beiden Seiten wurden Bewacher postiert. Harper, dem man schließlich doch noch erlaubt hatte, in der Höhle Schutz zu suchen, wurde erneut am Schwanz des Tieres festgebunden.

Der Weg verlief nun bergab. Die Männer folgten dem Bett eines Baches, der dem Boden eines ausladenden Tals entgegenrieselte, dessen Weite die einhundert Soldaten nur noch wie winzige dunkle Punkte erscheinen ließ. Vor ihnen lag ein weiteres, tieferes Tal, das quer zu dem ersten lag. Es bildete eine immense Fläche aus Wind und nassem Schnee. »Dieses Tal überqueren wir«, erläuterte Vivar, »steigen am anderen Ende in die Berge hinauf und dann wieder hinab, bis wir die Pilgerstraße erreichen. Sie wird Sie nach Westen führen, zur Küstenstraße.«

Jetzt zogen die beiden Offiziere ihre Fernrohre hervor, um das weite Tal abzusuchen. Keine Reiter tummelten sich dort, kein einziges Lebewesen durchbrach die graue Monotonie der Landschaft. »Was hat es mit der Pilgerstraße auf sich?« fragte Sharp.

»Das ist die Straße nach Santiago de Compostela. Sie haben davon gehört?«

»Noch nie.«

Vivar war sichtbar aufgebracht über die Unwissenheit des Engländers. »Aber vom heiligen Jacob haben Sie gehört?«

»Kann sein.«

»Er war ein Apostel, Leutnant, und er ist in Santiago de Compostela begraben. Santiago heißt er hier. Er ist der Schutzheilige Spaniens, und in alter Zeit haben Tausende und Abertausende von Christen seinen Schrein besucht. Nicht nur Spanier, sondern Gläubige der gesamten Christenheit.«

»In alter Zeit?« wiederholte Sharp.

»Einige wenige pilgern heute noch dorthin, aber die Welt ist nicht mehr, was sie einmal war. Der Teufel durchstreift ungehindert das Land, Leutnant.«

Sie wateten durch einen Bach, und Sharp fiel auf, daß Vivar diesmal keine Vorsichtsmaßnahmen gegen die Wassergeister ergriff. Er fragte, warum, und der Spanier erklärte, die *Xanes* seien nur des Nachts lästig.

Sharp konnte nicht umhin, mit Spott auf diese Zusicherung zu reagieren. »Ich habe nachtsüber schon tausend Bäche überquert und bin nie belästigt worden.«

»Woher wissen Sie das? Möglicherweise sind Sie daraufhin tausendmal vom rechten Weg abgekommen! Sie gleichen einem Blinden, der beschreibt, was Farbe ist!«

Sharp hörte die Verärgerung des Spaniers, gab jedoch nicht nach. »Möglicherweise wird man nur belästigt, wenn man an die Geister glaubt. Ich glaube nicht an sie.«

Vivar spuckte nach rechts und links aus, um das Böse zu bannen. »Wissen Sie, wie Voltaire die Engländer genannt hat?«

Sharp hatte noch nicht einmal von Voltaire gehört, aber ein einfacher Mann, der in die Offiziersmesse aufgestiegen ist, lernt, seine Unwissenheit zu verbergen. »Sicherlich wird er uns verehrt haben.«

Vivar grinste höhnisch über diese Bemerkung. »Er hat gesagt, die Engländer seien ein gottloses Volk. Ich denke, das ist wahr. Glauben Sie an Gott, Leutnant?«

Sharp nahm die Intensität wahr, mit der die Frage gestellt wurde, schaffte es jedoch nicht, entsprechend großes Interesse aufzubringen. »Darüber mache ich mir keine Gedanken.«

»Sie machen sich darüber keine Gedanken?« Vivar war entsetzt.

Sharp versteifte sich. »Warum, zum Teufel, sollte ich?«

»Weil ohne Gott nichts möglich ist. Nichts, nichts, nichts!« Ungestüm und wild brach es plötzlich aus dem Spanier hervor. »Nichts!« rief er wieder, so daß die erschöpften Männer erschraken und sich die Hälse verrenkten, um zu sehen, was diesen Ausbruch hervorgerufen hatte.

Die beiden Offiziere gingen in peinlichem Schweigen nebeneinander her, beschmutzten mit ihren Stiefeln ein jungfräuliches Schneefeld. Der Schnee war vom Regen zerfurcht und verfärbte sich gelblich, wo immer er taute und in Abflußgräben rann. Drei Kilometer rechts von ihnen lag ein Dorf, aber Vivar hatte es jetzt eilig und war nicht bereit, einen Umweg zu machen. Sie passierten eine Baumreihe, und Sharp fragte sich, warum der Spanier es nicht für nötig gehalten hatte, Spähtrupps vorauszuschicken. Er nahm an, Vivar sei sicher, daß kein Franzose fern der Hauptstraßen bis hierher vorgedrungen war. Er wollte ihn nicht danach fragen, denn die Atmosphäre zwischen ihnen war ohnehin gespannt genug.

Sie durchquerten das noch breitere Tal und machten sich erneut an den Aufstieg. Vivar benutzte Pfade, die er seit seiner Kindheit kannte. Diese Pfade verbanden die vereisten Felder mit einer gefährlichen Gebirgsstraße, die in halsbrecherischem Zickzack den steilen Hang hinaufführte. An einem Schrein am Wegrand bekreuzigte sich Vivar. Seine Männer und die Iren unter den Grünjacken folgten seinem Beispiel. Fünfzehn Iren waren es; fünfzehn Unruhestifter, die Sharp schon um des Schützen Harper willen hassen mußten.

Feldwebel Williams war offenbar auf den gleichen Gedanken gekommen, denn er schloß zu Sharp auf und ging einfältig grinsend im Gleichschritt neben ihm her. »'s war nicht die Schuld von Harps, Sir.«

»Was war nicht seine Schuld?«

»Was gestern passiert is', Sir.«

Sharp war sich darüber im klaren, daß der Feldwebel versuchte, Frieden zu schließen, aber seine Verlegenheit darüber, daß er seine Würde eingebüßt hatte, ließ seine Antwort schroff ausfallen. »Willst du damit sagen, ihr wärt euch einig gewesen?«

»Jawohl, Sir.«

»Ihr habt euch geeinigt, einen Offizier umzubringen?«

Williams zuckte unter dieser Anschuldigung zusammen. »So war's nicht, Sir.«

»Komm mir nicht mit Ausflüchten, du Halunke! Wenn ihr euch einig wart, Feldwebel, verdient ihr samt und sonders die Peitsche, selbst wenn keiner von euch den Schneid hatte, Harper zu Hilfe zu kommen.«

Williams gefiel die Unterstellung nicht, er sei feige. »Harps hat darauf bestanden, es allein zu tun, Sir. Er hat gesagt, er will einen fairen Kampf oder gar keinen.«

Sharp war zu wütend, um sich von diesem kuriosen Einblick in den Ehrenkodex eines Meuterers beeindrucken zu lassen. »Soll ich über ihn vielleicht Tränen vergießen?« Er wußte, er hatte diese Männer falsch angepackt, ganz und gar falsch, aber er wußte nicht, wie er sich sonst hätte verhalten sollen. Vielleicht hatte Hauptmann Murray ja recht gehabt. Möglicherweise mußte man wirklich zum Offizier geboren sein, vielleicht war eine vornehme Geburt notwendig, um wie Vivar mühelos Autorität auszustrahlen. In seiner Verstimmung begann Sharp, die Grünjacken anzuschnauzen, die auf der nassen Straße an ihm vorbeischlurften. »Schluß mit der Bummelei! Ihr seid, verdammt noch mal, Soldaten, nicht geschniegelte Chorknaben. Hebt eure verdammten Füße! Bewegung!«

Und sie bewegten sich. Einer der Grünjacken murmelte ein Kommando, und die übrigen fielen in Gleichschritt mit geschulterten Waffen, und sie begannen zu marschieren, wie nur die leichte Infanterie marschieren konnte. Sie zeigten dem Leutnant, daß sie immer noch die Besten waren. Sie zeigten ihm ihre Verachtung, indem sie ihr Können bewiesen, und Major Vivars gute Laune wurde durch diese arrogante Demonstration wiederhergestellt. Er sah zu, wie die Grünjacken seine Männer beiseitedrängten, dann rief er ihnen zu, sie sollten langsamer gehen und wieder ihren Platz am Schluß der Kolonne einnehmen. Er lachte immer noch, als Sharp ihn eingeholt hatte.

»Sie hören sich an wie ein Feldwebel, Leutnant«, sagte Vivar.

»Ich war einmal Feldwebel. Ich war der beste gottverdammte Feldwebel im gesamten gottverdammten Heer.«

Der Spanier war verblüfft. »Sie waren früher Feldwebel?«

»Glauben Sie etwa, man würde dem Sohn einer Hure gestatten, gleich als Offizier anzufangen? Ich war Feldwebel, und davor war ich Schütze.«

Vivar starrte den Engländer an, als seien ihm plötzlich Hörner gewachsen. »Ich wußte gar nicht, daß man bei Ihrem Heer aus den Mannschaften befördert werden kann?« Der ganze Zorn, den er noch vor kaum einer Stunde gegenüber Sharp empfunden hatte, verpuffte zu schierer Neugier.

»Es kommt selten vor. Aber Männer wie ich werden niemals echte Offiziere, Major. Beförderung, verstehen Sie, ist die

Belohnung für Torheit. Dafür, daß man geradezu idiotisch tapfer ist. Und dann machen sie uns zum Drillmeister oder Quartiermeister. Sie glauben, diese Aufgaben könnten wir bewältigen. Ein Kommando an der Front bekommen wir nicht.« Sharps Erbitterung drohte an diesem kalten Morgen auszuufern. Er sagte sich, daß er dabei war, ein von Selbstmitleid geprägtes Geständnis zu machen, das diesem kompetenten spanischen Offizier die Erklärung für sein Versagen lieferte. »Sie glauben, wir würden allesamt dem Trunk verfallen, und vielleicht ist dem auch so. Wer ist schon gern Offizier?«

Aber Vivar war an Sharps Misere nicht interessiert. »Demnach haben Sie viele Schlachten erlebt?«

»In Indien. Und letztes Jahr in Portugal.«

Vivar begann, seine Meinung über Sharp zu ändern. Bisher hatte er den Engländer als alternden, erfolglosen Leutnant gesehen, dem es nicht gelungen war, sich eine Beförderung zu erkaufen oder gar zu verdienen. Nun erkannte er, daß Sharps Beförderung außergewöhnlich gewesen sein mußte, daß sie mehr bedeutete, als sich ein gemeiner Mann erträumen konnte. »Kämpfen Sie gern?«

Sharp fand diese Frage seltsam, aber er beantwortete sie, so gut er konnte. »Auf etwas anderes verstehe ich mich nicht.«

»Dann werden Sie, glaube ich, einen guten Offizier abgeben, Leutnant. Es wird noch viele Kämpfe geben, ehe Napoleon in die Hölle hinabgeschickt wird, um da zu braten.«

Sie stiegen weitere anderthalb Kilometer bergan, bis der Hang flacher wurde und die Soldaten zwischen riesigen Felsbrocken dahingingen, die sich über der Straße auftürmten. Vivar, der ihm gegenüber wieder freundlich gestimmt war, erzählte Sharp, daß in diesem Hochland, wo die Adler nisteten, dereinst eine Schlacht stattgefunden habe. Die Mauren hätten eben diese Straße benutzt, und die christlichen Bogenschützen hätten ihnen in den Felsen zu beiden Seiten aufgelauert. »Wir haben sie zurückgedrängt und dafür gesorgt, daß die Straße von ihrem eigenen Blutgestank befallen wurde.« Vivar starrte zu den ragenden Findlingen empor, als enthalte das Gestein noch den Nachhall der Schreie sterbender Heiden. »Das muß vor nahezu neunhundert Jahren gewesen sein.« Er aber sprach, als sei es gestern gewesen, als sei er persönlich mit dem Schwert in die Schlacht gezogen. »Jedes Jahr zelebrieren die Dorfbewohner eine Messe zum Andenken an dieses Ereignis.«

»Demnach gibt es hier ein Dorf?«

»Einen Kilometer jenseits der Schlucht. Dort können wir Rast machen.«

Sharp sah, was für einen ausgezeichneten Ort für einen Hinterhalt das Flußtal abgab. Die christlichen Heerscharen mußten in ihrem Versteck zwischen den hohen Felsen den Ausblick eines Adlers auf die Straße und die Mauren gehabt haben, die in die Schlucht hinaufgeklettert waren, mußten jeden Schritt ihres Weges ins Schußfeld der tödlichen Pfeile beobachtet haben. »Und woher wissen Sie, daß die Franzosen uns nicht dort erwarten?« Ermutigt durch Vivars neu erwachte Freundlichkeit, warf er endlich die Frage auf, die ihm seit einiger Zeit zu schaffen machte. »Wir haben keine Vorposten.«

»Weil die Franzosen nicht so weit ins spanische Hinterland eingedrungen sein können«, sagte Vivar voller Zuversicht, »und wenn doch, hätten die Dorfbewohner auf allen Wegen Warnungen ausgesandt, und selbst wenn wir diese Warnungen nicht erhalten hätten, würden wir doch die Pferde der Franzosen riechen.« Die Franzosen pflegten ihre Kavalleriepferde rücksichtslos wundzureiten, bis die aufgeriebenen Stellen an Sattel und Kruppe sich mit ihrem Gestank meilenweit bemerkbar machten. »Eines Tages«, fügte Vivar gutgelaunt hinzu, »werden die Franzosen ihr letztes Pferd zu Tode gepeitscht haben, und wir werden ihr widerwärtiges Land niederreiten.« Der Gedanke verlieh ihm frische Energie, und er wandte sich sogleich an die marschierenden Männer. »Nun ist es nicht mehr weit, bis ihr euch ausruhen könnt!«

In diesem Moment eröffneten oberhalb der Schlucht, in der die Mauren in den Hinterhalt geraten waren, dort, wo Sharp vor sich den Weg erkennen konnte, der zur Pilgerstraße hinabführte, die Franzosen das Feuer.

Kapitel vier

Sharp sah Vivar auf den rechten Straßenrand zuhechten und warf sich nach links. Der große Degen, mit dem er noch nicht vertraut war, rasselte gegen einen Felsen, dann hob er das Gewehr an die Schulter und riß den Fetzen Stoff herunter, das den Regen vom Pulver in der Zündpfanne der Waffe fernhielt. Eine feindliche Kugel ließ fünf Zentimeter rechts von ihm den nassen Schnee aufspritzen, eine weitere schlug mit einem häßlichen Krachen über ihm in die Felswand ein. Hinter ihm schrie ein Mann vor Schmerz auf.

Dragoner. Gottverdammte Dragoner. Grüne Röcke mit rosa Besatz. Keine Pferde. Unberittene Dragoner mit kurzläufigen Karabinern. Sharp, der sich allmählich von seiner Überraschung über den Hinterhalt erholte, versuchte das Chaos aus Entsetzen und Lärm zu ergründen, das in der winterlichen Kälte entstanden war. Er sah graue Rauchwölkchen, schmutzig wie der tauende Schnee, im Bogen vor sich aufsteigen. Die Franzosen hatten etwa sechzig Schritt hinter dem Ausgang der Schlucht quer über die Straße eine niedrige Barrikade errichtet. Das war für die französischen Karabiner eine große Entfernung, aber darauf kam es nicht an. Es waren die unberittenen Dragoner in ihren Stellungen oben auf den hohen kahlen Felswänden zu beiden Seiten der Schlucht, die den eigentlichen Schaden anrichteten.

Sharp rollte auf den Rücken herum. Eine Kugel bohrte sich genau an der Stelle in den Schnee, wo noch vor einer Sekunde sein Kopf gewesen war. Er sah die Dragoner am Rande des Abgrunds stehen und in die tödliche Falle der Straße herabfeuern, auf der man vor neunhundert Jahren die Mauren abgeschlachtet hatte.

Vivars Männer hatten sich verteilt. Sie kauerten am Fuß der Felsen und schossen nach oben. Vivar brüllte sie an, rief ihnen zu, sie sollten eine Linie bilden und dann vorrücken. Er hatte vor, jene anzugreifen, die die Straße versperrten. Instinktiv wußte Sharp, daß die Franzosen genau mit dieser Taktik rechneten. Deshalb hatten sie ihre Barrikade nicht in der Schlucht, sondern dahinter aufgebaut. Sie wollten die in den Hinterhalt gegangenen Soldaten auf die Ebene locken, und dafür konnte es nur einen Grund geben. Die Franzosen hatten Kavallerie bereitgestellt, Reiter mit langen Kavalleriedegen, die der ungeschützten Infanterie den Garaus machen würden.

Im selben Augenblick, als ihm die Erkenntnis kam, merkte Sharp außerdem, daß er wie ein Schütze handelte, nicht wie ein Offizier. Er war in Deckung gegangen, er hielt Ausschau nach einem Ziel, und er wußte nicht, wie es seinen Männern im hinteren Teil der Schlucht erging. Nicht daß er den Wunsch gehabt hätte, in diese Falle zwischen Fels und schwirrenden Kugeln zurückzukehren, aber genau das war die Pflicht eines Offiziers. Er raffte sich auf und rannte los.

Er drängte sich zwischen den Spaniern durch, die dabei waren, sich zu sammeln, sah das Maultier, das zappelnd und blutend am Boden lag, bemerkte das Pfeifen und Krachen rund um seine Ohren. Die Karabinerkugeln ergossen sich in die Schlucht, sausten als Querschläger hin und her und woben ein tödliches Netz in der Luft. Er sah einen Grünrock auf dem Bauch liegen. Blut war aus dem Mund des Mannes gequollen und hatte einen Quadratmeter schmelzenden Schnees verfärbt. Ein Gewehr krachte links von Sharp, dann ein zweites zu seiner Rechten. Die Grünjacken waren, so gut es ging, in Deckung gegangen und versuchten, die Franzosen über ihnen abzuschießen. Sharp ging auf, daß die Franzosen mehr Männer in der Höhe hätten postieren müssen, daß die Gewalt ihres Feuers zu gering war, um die Straße zu beherrschen. Dieser Gedanke kam so überraschend, daß er stehenblieb und zum hohen Horizont hinaufstarrte.

Er hatte recht. Die Franzosen hatten dort oben gerade genug Männer aufgestellt, um den Hinterhalt zu vervollständigen, aber den Abschuß sollten nicht diese Männer erledigen, sondern andere. Die Erkenntnis verlieh Sharp Hoffnung und sagte ihm, was er zu tun hatte. Er begann, indem er die Straße abschritt und nach seinen Männern rief. »Schützen! Zu mir! Zu mir!«

Die Rifles rührten sich nicht vom Fleck. Eine Kugel klatschte neben Sharp in den Schnee. Die französischen Kavalleristen, die besser mit dem Degen als mit dem Karabiner umgehen konnten, zielten zu hoch, aber das war im Gewirr ihrer Kugeln ein schwacher Trost. Wieder rief Sharp den Rifles zu, sich um ihn zu sammeln, aber sie zogen selbstverständlich das bißchen Deckung vor, das sich am Fuß der Klippen bot. Er zerrte einen Mann aus einer Felsspalte. »Dort entlang! Schnell! Warte am Ende der Schlucht auf mich.« Er fuhr fort, den übrigen Beine zu machen. »Aufstehen! Bewegung!« Er traktierte die Männer mit Fußtritten, bis sie sich erhoben. »Feldwebel Williams!«

»Sir?« Die Antwort ertönte aus der Tiefe der Schlucht, irgendwo hinter den Rauchfäden aus den Gewehren, die sich zwischen den Felswänden fingen.

»Wenn wir hier bleiben, sind wir dem Tod geweiht. Schützen! Mir nach!«

Sie folgten ihm. Sharp hatte keine Zeit, über die Ironie nachzudenken, daß dieselben Männer, die ihm vor kurzem nach dem Leben getrachtet hatten, nun seinen Befehlen gehorchten. Sie gehorchten, weil Sharp wußte, was zu tun war, weil er sich seiner gewiß war. Es war diese Gewißheit, die die Schützen aus ihrer spärlichen Deckung herausholte. Außerdem folgten sie ihm, weil der einzige andere Mann, dem sie vertraut hätten, nämlich Harper, nicht bei ihnen, sondern immer noch am Schwanz des verletzten Maultieres festgebunden war.

»Mir nach! Mir nach!« Sharp sprang über einen verwundeten Spanier hinweg, wich aus, als eine Kugel an seinem Gesicht vorbeisauste, wandte sich dann nach rechts. Er hatte die Männer fast bis zum Ausgang der Schlucht geführt, dorthin, wo Vivar immer noch seine eigenen unberittenen Kavalleristen zum Kampf formierte. Hier hatte einmal vor Jahren ein Bergrutsch stattgefunden und eine Halde aus Geröll und Torferde gebildet, und obwohl der Abhang gefährlich steil war und durch den schmelzenden Schnee noch gefährlicher wurde, bot sich hier eine Abkürzung nach oben, über die man den Rand der Klippen erreichen konnte. Sharp kletterte die Halde hinauf, indem er sein Gewehr als Stock einsetzte, und hinter ihm her kamen allein oder zu zweit die Rifles.

»In Schützenlinie!« Sharp blieb am oberen Ende des ersten steilen Hangs stehen, um seinen beschwerlichen Tornister abzulegen. »Verteilt euch!«

Einige der Schützen merkten plötzlich, was von ihnen erwartet wurde. Sie sollten einen steilen und schlüpfrigen Hang hinauf angreifen, an dessen Gipfel die Franzosen durch die natürlichen Bastionen verstreuter Felsen geschützt wurden. Der eine oder andere zögerte und hielt Ausschau nach Deckung. »Weiter!« Sharps Stimme war lauter als das Gewehrfeuer. »Weiter! In Schützenlinie! Weiter!«

Sie rückten weiter vor, nicht weil sie Sharp vertraut hätten, sondern weil tief in ihnen die Gewohnheit verwurzelt war, zu gehorchen, sobald sie unter Feuer standen.

Sharp wußte, daß in der Schlucht zu bleiben den Tod bedeutet hätte. Die Franzosen wollten sie dort von oben mit ihren Karabinern festnageln, bis die Dragoner von der Straßensperre her angreifen würden. Die einzige Möglichkeit, diesen Hinterhalt zu brechen, war die, einen seiner Ansatzpunkte anzugreifen. Bei dem Versuch würden Männer zu Tode kommen, aber nicht so viele wie andernfalls im Blutgestank und Gemetzel auf der matschigen Straße.

Sharp hörte Vivar auf spanisch ein Kommando brüllen, aber er achtete nicht darauf. Der Major mußte tun, was er für richtig hielt, und Sharp würde tun, was er für das Beste hielt. Plötzlich wurde er von seltsamer Kampffreude gepackt. Hier im Gestank des Pulverdampfs fühlte er sich daheim. Dies war seit sechzehn Jahren sein Leben. Andere Männer lernten, wie man Felder pflügt oder Holz bearbeitet, er hingegen hatte gelernt, Muskete und Gewehr, Degen und Bajonett zu handhaben, einem Feind in die Flanke zu fallen und eine Festung zu nehmen. Er hatte die Angst kennengelernt. Sie war der vertraute Gefährte eines jeden Soldaten. Aber zugleich wußte Sharp, wie man sich die Angst des Feindes zunutze macht.

Hoch über ihm sandte ein französischer Offizier, als Silhouette vor den grauen Wolken erkennbar, seine Männer aus, um sich der neuen Bedrohung zu stellen. Die unberittenen Dragoner, die den Rand der Klippen besetzt gehalten hatten, mußten sich nun nach rechts orientieren, um diesem unerwarteten Flankenangriff zu begegnen. Sie beeilten sich sehr, und gleich darauf peitschten die ersten französischen Kugeln durch die eisige Luft.

»Feuer! Feuer!« brüllte Sharp im Hinaufklettern und wurde mit dem Krachen einzelner Baker-Gewehre belohnt. Die Schützen taten, wozu man sie ausgebildet hatte. Ein Mann schoß, während sein Kamerad weiterlief. Den Dragonern, die immer noch nach neuen Positionen hoch oben auf dem Fels suchten, würden die Kugeln um die Ohren sausen. Die Franzosen benutzten keine Gewehre, sondern zogen die rascher zu handhabende Muskete vor, aber die Muskete war eine plumpe Waffe, verglichen mit dem langsamer zu ladenden Baker-Gewehr.

Eine Kugel zischte an Sharp vorbei. Er nahm an, es müsse sich um eine Gewehrkugel gehandelt haben, die hinter ihm abgeschossen worden war. Er fragte sich, ob einer seiner Männer ihn so sehr hassen mochte, daß er auf seinen Rücken gezielt hatte. Sich mit dieser Angst aufzuhalten, hatte er jedoch nun keine Zeit, auch wenn es eine höchst reale Angst schien. In Indien hatte er mehr als einmal erlebt, daß ein unbeliebter Offizier durch einen Schuß in den Rücken umkam. »Schneller! Schneller! Links halten! Links halten!«

Sharp verließ sich auf seinen Instinkt, daß die Männer, die man auf der Klippe postiert hatte, gerade ausreichten, um den Hinterhalt wirksam zu machen, und er hoffte darauf, diese Männer zu überfordern. Er wich nach links aus, zwang die Franzosen, erneut die Stellung zu wechseln. Er entdeckte vor sich zwischen den Felsen ein Gesicht, ein schnurrbärtiges Gesicht, das von den merkwürdigen Zöpfen der französischen Dragoner gesäumt wurde. *Dragons*, also Drachen, so hießen sie auf französisch und spanisch. Der Gedanke ging Sharp durch den Kopf, während das Gesicht hinter einer Rauchwolke verschwand und er wieder das charakteristische Krachen eines bestimmten Gewehrs hörte. Eines Baker-Gewehrs! Da erkannte er, daß es sich um dieselben Männer handeln mußte, die an der Brücke Dunnetts vier Kompanien aufgerieben hatten: Sie benutzten erbeutete britische Gewehre. Die Erinnerung an diese Niederlage ließ frische Wut in ihm aufkommen, die ihn vorantrieb.

Sharp wandte sich abrupt dem Zentrum der geschwächten Front des Feindes zu. Irgendwo hinter sich am Hang hatte er sein geladenes Gewehr zurückgelassen und seinen neuen Degen gezogen. Die Waffe machte ihn zur Zielscheibe der Dragoner, als Offizier, den es abzuschießen galt, aber zugleich machte sie ihn sichtbar für seine Männer.

Seine Beine schmerzten vom anstrengenden Aufstieg. Der Hang war steil und schlüpfrig, und er rutschte bei jedem Schritt zurück, ehe seine Füße Halt fanden. Die Wut hatte ihn hinaufgetrieben, nun setzte ihm die Angst zu. Sharp keuchte, zu sehr außer Atem, um seine Zurufe fortzusetzen, und war einzig darauf bedacht, die Distanz zwischen sich und den Franzosen zu überwinden. Plötzlich kam ihm die Gewißheit, daß er sterben würde. Er würde hier sterben, weil selbst ein *Dragon* nicht umhin konnte, ihn auf diese kurze Entfernung zu töten. Dennoch kletterte er weiter. Es kam allein darauf an, diesen Teil der Falle aufzubrechen, damit Vivars Männer in die Berge entkommen konnten. Sharps Herz hämmerte in seiner Brust, seine Muskeln brannten, seine Prellungen schmerzten. Er fragte sich, ob er die Kugel spüren würde, die ihn tötete. Würde sie ihm einen sauberen Treffer beibringen, so daß er rückwärts umfallen und inmitten von Blut und tauendem Schnee den Hang hinabrutschen würde? Wenigstens würden dann seine Männer wissen, daß er kein Feigling war. Er würde den Hundesöhnen zeigen, wie ein wahrer Soldat starb.

Unter ihm war eine spanische Salve zu hören, aber dieser Kampf ging ihn nichts an. In einiger Entfernung erklang eine Trompete, aber auch sie hatte nichts mit Sharp zu tun. Seine Welt bestand aus wenigen Quadratmetern Schneematsch, der von Felsbrocken begrenzt war. Er sah, wie ein weißer Brocken von einer Kugel aus einem Felsen herausgehauen wurde, und da wußte er, daß einige seiner Männer schossen, um ihm Deckung zu geben. Er konnte die anderen Schützen ihm folgen hören. Sie fluchten, wenn sie auf dem eisigen Hang ausrutschten. Er entdeckte Fetzen blaßgrünen Tuchs zwischen den Felsen – Dragoner – und wich ruckartig aus, als eine Rauchwolke aufstieg und ihm das Krachen des Karabiners in den Ohren gellte. Er fragte sich, ob er wohl träume, ob er in Wahrheit vielleicht längst tot sei. Dann fand sein linker Stiefel festen Halt an einem Felsvorsprung, und er setzte seinen verzweifelten Aufstieg fort.

Zwei Gewehre schossen gleichzeitig auf ihn. Nun brüllte Sharp unverständliche Worte; er schrie seine Angst heraus, verkehrte sie in mörderische Wut. Er haßte die ganze Welt. Er sah, wie sich ein Dragoner eilig zurückzog, einen Ladestock in der Hand, und der große Degen, Murrays Geschenk, sauste herab und stieß dem Mann zwischen die Rippen. Einen Moment lang blieb die Klinge im Fleisch stecken, aber er riß sie mit einer Drehbewegung los und schwang sie nach links. Blutstropfen sprühten ins Gesicht eines französischen Offiziers, der mit seinem Säbel einen gegen Sharps Bauch gezielten Ausfall machte. Sharp ließ die feindliche Klinge kommen, drehte ab, rammte das Stichblatt seines mächtigen Degens in das Gesicht des Franzosen. Ein Knochen knackte, weiteres Blut strömte, dann lag der Offizier am Boden, und Sharp drosch mit dem Degen auf ihn ein. Ein Schütze rannte mit schon blutverschmiertem Schwertbajonett an ihm vorbei, ein anderer verschwand zwischen den Felsen.

Sharp richtete sich auf, hob den Degen an und stach zu. Auf dem langen Hang konnte er unter sich zwei Männer erkennen, die in ihren grünen Jacken dalagen wie weggeworfene Stoffpuppen. Links von Sharp wurde ein Karabiner abgefeuert, und hier oben, wo es keinen Windschutz gab, verflüchtigte sich der Rauch augenblicklich und gab den Blick auf einen verängstigten Dragoner frei, der dabei war, die Flucht anzutreten.

Feldwebel Williams schoß auf den Mann, dann bearbeitete er ihn mit dem Bajonett. Er brüllte wie ein Berserker. Andere Schützen erreichten den Gipfel. Eine Schar Franzosen versuchte, am Rand der Schlucht ein Karree zu bilden, und Sharp rief seine Männer zum Angriff. Die Grünjacken hasteten über den stellenweise weggetauten und rotgesprenkelten Schnee. Ihre Gesichter waren vom Pulver geschwärzt, ihre Lippen zu einem Knurren gefletscht, als sie einer Wolfsmeute gleich auf die Dragoner zueilten. Die jedoch warteten den Angriff nicht ab, sondern stoben in alle Himmelsrichtungen auseinander und flohen.

Die Dragoner, die am gegenüberliegenden Rand der Klippe postiert waren, ließen ihre Kugeln herüberzischen. Ein Schütze wirbelte herum, stürzte und spuckte Blut, als er wieder hochkam auf Hände und Knie.

»Feldwebel Williams! Bringt die Schweinehunde um!« Sharp wies auf die andere Seite der Schlucht. »Seht zu, daß sie die verdammten Köpfe einziehen!«

»Sir!«

Wieder erklang die Trompete, und Sharp drehte sich hastig nach dem Hang um, den er soeben erstiegen hatte. An seinem Fuß hatte Vivar seine Männer aufgestellt, aber damit hatten die Franzosen gerechnet. Ihre Hauptstreitmacht hatte sich auf der Straße verbarrikadiert, und nun stand an der linken Flanke der Spanier eine Kompanie von Dragonern zur Attacke bereit. »Du!« Sharp packte einen der Schützen. »Du!« Noch einen. »Gib diesen Halunken Saures.«

Die Schützen feuerten auf die Reiter. »Tiefer zielen!« Sharps Stimme wurde vom Wind verschluckt. »Tiefer!« Ein Pferd ging zu Boden. Ein Mann fiel rücklings aus dem Sattel. Sharp entdeckte ein Gewehr zwischen den Felsen, lud es und schoß nach unten. Feldwebel Williams hatte ein Dutzend Männer abgestellt, die andere Seite der Schlucht zu beschießen, doch die übrigen Grünjacken nahmen nun die Kavallerie unter Feuer. Sie konnten die Attacke nicht aufhalten, aber sie konnten sie aus dem Gleichgewicht bringen. Ein reiterloses Pferd ging im Tiefschnee durch, während ein anderes einen blutenden Mann mitriß, quer über die Front des Reiterangriffs.

Vivar zog sich zurück. Seine spärlich aufgereihten Männer wären unter den Säbeln der Dragoner gefallen, daher suchte der Major Zuflucht in der Schlucht. Der französische Befehlshaber mußte gemerkt haben, daß seine Attacke zum Scheitern verurteilt war, denn die Reiter wurden zurückgerufen. Wäre die Kavallerie zwischen die Felswände vorgedrungen, und zwar ohne Schutz von oben, wäre sie vom Gewehrfeuer niedergemetzelt worden.

Eine Pattsituation. Irgendwo schluchzte mit schrecklich klagender Stimme ein Verwundeter. Ein hinkendes Pferd versuchte, sich wieder in die Reihen der Kavallerie einzuordnen, fiel jedoch hin. Schießwolle qualmte im Schnee. Sharp wußte nicht, ob zwei Minuten oder zwei Stunden vergangen waren, seit die Franzosen das Feuer eröffnet hatten. Er spürte, wie ihm die Kälte tief in die Knochen drang, eine Kälte, die der plötzliche Notstand vorübergehend gebannt hatte. Er lächelte in sich hinein, stolz auf die Leistungen seiner Grünjacken. Sie waren mit rücksichtsloser Schnelligkeit vorgegangen, die den Feind aus dem Gleichgewicht gebracht und ihm den Vorteil genommen hatte, und nun war ein Patt eingetreten.

Die Franzosen versperrten immer noch die Straße, aber Sharps Rifles konnten jene, die hinter der niedrigen Barrikade Schutz gesucht hatten, unter Störfeuer nehmen, und das taten sie nun mit dem grimmigen Vergnügen von Männern, die sich rächen wollen. Oben am Klippenrand waren zwei Franzosen gefangengenommen worden; zwei kläglich wirkende Dragoner, die in einer Höhlung zwischen den Felsen gestoßen und von einem finster dreinblickenden Schützen bewacht wurden. Sharp schätzte, daß sich nicht mehr als drei Dutzend Dragoner auf jeder Seite der Schlucht aufgehalten hatten, und hinter der Barrikade sowie in den Reihen derer, die ihren Reiterangriff aufgegeben hatten, zählte er auch nur sechzig bis siebzig Mann. Es mußte sich demnach um einen Vortrupp der Dragoner handeln, eine Handvoll Männer, die in die Berge ausgesandt worden waren.

»Leutnant!« rief Vivar von unten. Der Spanier war hinter den emporragenden Felsbrocken nicht zu sehen.

»Major?«

»Wenn ich die Barrikade erreiche, können Sie mir dann Feuerschutz geben?«

»Das schaffen Sie nicht!« Wenn Vivar die Barrikade angriff, würde er den Berittenen erneut eine offene Flanke bieten. Sharp hatte erlebt, was Dragoner einer zerstreuten Infanterieeinheit antun konnten, und er fürchtete um Vivars unberittene Cazadores. Der Karabiner war nicht die wichtigste Waffe der Dragoner; sie begeisterten sich für die Stoßkraft ihrer langen Kavalleriesäbel, und sie beteten geradezu um unbesonnene Narren, gegen die sie ihre tödlichen Klingen einsetzen konnten.

»Engländer!« meldete sich Vivar erneut zu Wort.

»Major?«

»Ich pfeife auf Ihre Meinung! Geben Sie mir Feuerschutz!«

»Narr«, murmelte Sharp, dann rief er seinen Männern zu: »Sorgt dafür, daß sie die Köpfe einziehen!«

Vivars Männer stürmten, jeweils drei nebeneinander, aus ihrer Deckung. Beim ersten Vorstoß hatte Vivar eine Linie bilden lassen, nun jedoch ließ er seine Männer wie einen menschlichen Rammbock auf die Straßensperre los. Die Galicier marschierten nicht, sie rannten. Von der Barrikade stieg Rauch auf, und Sharps Männer eröffneten das Feuer.

Die vierzig berittenen Dragoner sahen den rotberockten Feind hervorkommen. Die Pferde wurden herumgerissen und trabten an. Vivar ignorierte sie. Ein Spanier fiel. Seine Kameraden umrundeten ihn und formierten sich danach neu. Eine Trompete ertönte hoch und schrill, dann endlich gebot der Major seinen Männern Einhalt und richtete sie auf die gefährdete Flanke aus.

Nun erkannte Sharp, was Vivar vorhatte, und er erkannte, daß sein Vorhaben geradezu idiotisch tapfer war. Er wollte den Dragonern hinter der Barrikade keine Beachtung schenken und statt dessen sein Feuer auf die Reiter konzentrieren. Er vertraute darauf, daß die Rifles die unberittenen Dragoner in Schach halten würden. Sharp schritt die Linie seiner Scharfschützen ab und teilte ihnen per Zuruf ihre Ziele aus. »Der Halunke dort am Baum. Bring ihn um!« Er sah einen Mann in Eile schießen und trat ihm gegen das Schienbein. »Ziel gefälligst richtig, du Hundesohn!« Sharp hielt Ausschau nach den Spuren ausgestreuten Pulvers, das jeden verriet, der nur die halbe Menge lud, um seiner Schulter den harten Rückstoß des Gewehrkolbens zu ersparen. Aber keiner der Rifles bediente sich dieses billigen Auswegs.

An Vivars rechter Angriffsreihe waren zwei Männer ausgefallen. Sie waren der Preis, den die Spanier für ihren Wagemut zu zahlen hatten. Die Kavallerie kam nun im vollen Galopp heran. Ihre Hufe warfen große Brocken aus schmutzigem Schnee und Erde auf.

»Anlegen!« Vivar stand an der exponierten rechten Flanke,

jener, die der Barrikade am nächsten und folglich auch am gefährlichsten war. Er hob seinen Degen. »Abwarten, abwarten!«

Der Schnee lag dünn auf dem ebenen Gelände neben der Straße. Die Hufe der Pferde ließen die Scholle erzittern, und die langen Säbel reflektierten das blasse Sonnenlicht. Die Trompeten trieben sie voran, immer schneller voran, und die Reiter stimmten erstmals herausforderndes Gebrüll an. Die Spanier hatten kein Karree gebildet, sondern setzten alles auf eine vernichtende Salve, abgegeben von Männern, die in Linie standen. Nur disziplinierte Soldaten brachten es fertig, gegen eine Kavallerieattacke in Linie zu stehen.

»Feuer!« Vivars Degen sauste herab.

Die spanischen Karabiner feuerten. Pferde kamen zu Fall. Blut, Männer und Schnee erzeugten wirbelndes Chaos. Ein Schrei war zu hören, ob von einem Mann oder einem Pferd konnte Sharp nicht feststellen. Dann übertönte Vivar mit seinem Kriegsruf den Schrei. *»Santiago! Santiago!«*

Die Galicier jubelten, dann stürmten sie los. Nicht auf die Barrikade, sondern auf die verwirrten Reiter zu.

»Jesus Christus!« raunte dicht neben Sharp ein Schütze, dann ließ er die Waffe sinken. »Die sind ja wahnsinnig!«

Aber ihr Wahnsinn war herrlich anzuschauen. Sharps Männer sahen zu, und er knurrte sie an, weiter auf den Feind hinter der Barrikade zu schießen. Dann jedoch gestattete er sich selbst, zuzusehen, wie die zähen spanischen Soldaten ihre Schußwaffen ablegten und ihre langen Degen zückten. Sie stiegen über die toten Pferde hinweg und stachen benommene Dragoner nieder. Andere griffen den Pferden in die Zügel oder zerrten Reiter aus dem Sattel.

Die Franzosen hinter der Barrikade erhoben sich, um in den Kampf einzugreifen. Sharp rief Vivar eine Warnung zu, obwohl ihm bewußt war, daß der Spanier sie nicht hören würde. Er drehte sich um. »Feldwebel Williams! Behalte deine Männer hier! Ihr übrigen! Folgt mir!«

Die Schützen rannten wie besessen den Hang hinab. Sie führten einen ungestümen Angriff gegen die Flanke der letzten Dragoner aus. Die Franzosen sahen sie kommen, zögerten und ergriffen die Flucht. Vivars Männer waren damit beschäftigt, Gefangene zu machen oder reiterlose Pferde einzufangen, während die überlebenden Franzosen sich in Sicherheit brachten. Die Schlacht war geschlagen. Jene, die ihnen in die Falle gegangen waren, die ihnen zahlenmäßig unterlegen waren, hatten einen unmöglichen Sieg errungen, und der Schnee stank nach Blut und Rauch.

Dann war in der Schlucht hinter Sharp Gewehrfeuer zu vernehmen.

Vivar drehte sich mit aschfahlem Gesicht danach um.

Ein Gewehr wurde abgeschossen, sein Krachen von den Felswänden vielfach verstärkt.

»Leutnant!« Vivar wies mit ungestümer Geste in Richtung Schlucht. »Leutnant!« In seiner Stimme lag echte Verzweiflung.

Sharp machte kehrt und rannte auf die Felskluft zu. Das Gewehrfeuer klang jäh und abgehackt. Er konnte Feldwebel Williams in die Tiefe schießen sehen und wußte, daß am anderen Ende der Schlucht weitere Franzosen gelauert haben mußten; Männer, die den panikartigen Rückzug abblocken konnten, den auszulösen sie vorhatten. Nun rückten diese Männer vor, um Vivar und Sharp in den Rücken zu fallen.

Doch sie waren von einem einzelnen Mann aufgehalten worden. Schütze Harper, der das Gewehr eines Gefallenen entdeckt und sich hinter dem Kadaver des Maultiers verschanzt hatte, hielt ihnen die Handvoll Dragoner vom Leib. Er hatte sich mit einem Bajonett, das tiefe Wunden an seinen Händen hinterlassen hatte, die Fesseln von den Handgelenken entfernt und lud ungeachtet seiner blutenden Schnittwunden weiter sein Gewehr und feuerte es mit furchterregender Präzision ab. Ein totes Franzosenpferd und ein verwundeter Dragoner zeugten von der Fertigkeit des Iren. Er rief den anderen seinen gälischen Schlachtruf zu, forderte sie auf, ruhig näher zu kommen. Als Sharp erschien, drehte er sich mit irrem Blick um, dann wandte er sich in Todesverachtung wieder den Franzosen zu.

Sharp verteilte seine Rifles auf der Straße. »Zielen!« Der Gardeoffizier im roten Überwurf und der schwarzen Pelzkappe hatte die Schlucht erreicht. Neben ihm ritt der hochgewachsene Mann im schwarzen Reitermantel und weißen Stiefeln.

»Feuer!« brüllte Sharp.

Ein Dutzend Gewehre flammten auf. Kugeln pfiffen, und zwei weitere Reiter kamen zu Fall. Der Mann in Rot und der Mann in Schwarz blieben unversehrt. Sie schienen Sharp einen Augenblick lang direkt in die Augen zu blicken, dann veranlaßte sie eine Füsillade aus der Höhe, ihre Pferde herumzureißen, ihnen die Sporen zu geben und sich in Sicherheit zu bringen. Die Rifles brachen in Hohngeschrei aus. Erst als Sharp sie anschnauzte, verstummten sie. »Und nachladen!«

Die Franzosen waren verschwunden. Von den tauenden Eiszapfen, die an den Felsen hingen, tropfte Wasser. Ein verwundetes Pferd wieherte. Der schmutzige Rauch des Gewehrfeuers trieb durch die Schlucht. Ein Schütze spuckte Blut, dann seufzte er. Ein anderer Mann schluchzte. Das verwundete Pferd wurde von einem Gewehrschuß zum Schweigen gebracht. Sein Krachen echote gellend von den Felswänden.

Hinter Sharp erklangen Schritte. Es war Blas Vivar, der an ihm und den Grünjacken vorbeischritt und neben dem Maultier in die Knie ging. Er löste behutsam die Truhe aus dem Tragegeschirr des toten Tiers. Dann erhob er sich und blickte zu Harper auf. »Sie haben sie gerettet, mein Freund.«

»Hab' ich das, Sir?« Es war offensichtlich, daß der Ire keine Ahnung von dem Wert hatte, den Vivar der Kiste beimaß.

Der Spanier streckte die Arme nach dem hünenhaften Mann aus und küßte ihn auf beide Wangen. Einer von Sharps Rifles kicherte, dann veranlaßte ihn die Feierlichkeit des Augenblicks, beschämt zu verstummen. »Sie haben sie gerettet«, wiederholte Vivar, und in seinen Augen standen Tränen. Dann hob er die Truhe auf und trug sie durch die Schlucht davon.

Sharp folgte ihm. Seine Männer kamen schweigend und verfroren auf die Straße herab. Sie konnten an ihrem Sieg nicht froh werden, denn bislang unbemerkt erhob sich in einiger Entfernung hinter der verlassenen französischen Barrikade eine graue Rauchsäule in die winterliche Luft. Sie stieg über dem Dorf auf, und der Rauch war grau wie das Gewand eines Bettlers und trug den Gestank von Tod und Feuer heran.

Und als er sich auflöste, fiel, dunklem Schnee gleich, Asche auf das blutbefleckte Land.

Kapitel fünf

Die Dorfbewohner hatten sie nicht vor den Franzosen warnen können, denn ein Dorf gab es nicht mehr, und auch keine Dorfbewohner.

Die Feuer mußten im selben Augenblick gelegt worden sein, als in der Schlucht die Falle zugeschnappt war, denn die Häuser brannten immer noch lichterloh. Die Franzosen hatten die Menschen umgebracht und dann Schutz in ihren Häusern gesucht, während sie darauf warteten, daß Vivars kleine Marschsäule die tiefe Schlucht erreichte.

Ein prächtiges Dorf war es nie gewesen: ein armseliger Ort mit Ziegen und Schafen, und Leuten, die sich auf den Hochweiden ihren kärglichen Lebensunterhalt verdienten. Die Häuser standen in einer Mulde im Schatten verkrüppelter Eichen und Kastanienbäume. Auf einigen kleinen Feldern, die von wilden Maulbeerbäumen und Stechginster gesäumt wurden, waren Kartoffeln angebaut worden. Diese Nahrung und die Häuser hatten sich Mensch und Tier geteilt. Sie ähnelten den Hütten, die Sharps Rifles aus England kannten, und die Erinnerung an die Heimat steigerte die Erbitterung, die sie an diesem Tag empfanden.

Sofern sich Erbitterung, ausgelöst durch getötete Kinder und Säuglinge, vergewaltigte Frauen oder gekreuzigte Männer, überhaupt noch steigern ließ. Feldwebel Williams, der in einer schlechten Welt viel Grauen erlebt hatte, übergab sich. Einer der spanischen Infanteristen wandte sich schweigend einem französischen Gefangenen zu und schlitzte dem Mann den Bauch auf, noch ehe Vivar Einspruch erheben konnte. Erst dann tat der Cazador heulend seinen Haß kund.

Vivar zog es vor, den Mord und das Geheul zu ignorieren. Statt dessen schritt er mit seltsamer Förmlichkeit auf Sharp zu. »Könnten Sie . . .« begann er, doch es fiel ihm schwer, den Satz zu beenden. Der Gestank der Leichen, die in den Häusern verbrannten, war überwältigend. Er schluckte. »Könnten Sie wohl Posten aufstellen, Leutnant?«

»Jawohl, Sir.«

Dadurch konnten sich die Rifles wenigstens von den Leichen abgeschlachteter Kinder und den brennenden Hütten entfernen. Von den Gebäuden des Dorfes waren nur die Mauern der Kirche übrig; Mauern aus Stein, die sich nicht verbrennen ließen, während vom Holzdach der Kirche immer noch hohe Flammen und Rauch emporstiegen, über den Rand des Tals hinaus, wo Sharp nun seine Posten aufstellte. Die Franzosen, falls sie noch da waren, ließen sich nicht blicken.

»Warum haben die das getan, Sir?« wandte sich Dodd, ein wortkarger Mann, an Sharp.

Sharp wußte darauf keine Antwort.

Gataker, ein gerissener Schurke, wie es ihn im Heer kaum ein zweites Mal gab, starrte mit leerem Blick in die Runde. Isaiah Tongue, dessen Schulbildung am Gin gescheitert war, zuckte zusammen, als vom Dorf her ein entsetzlicher Schrei ertönte. Als ihm klar wurde, daß es sich um den Schrei eines gefangenen Franzosen gehandelt haben mußte, spuckte er aus, um zu demonstrieren, daß er sich nichts daraus gemacht hatte.

Sharp ging weiter, stellte die übrigen Posten auf und erreichte schließlich eine Stelle, von der aus er zwischen zwei mächtigen Granitfelsen hindurch weit gen Süden blicken konnte. Dort ließ er sich allein nieder und starrte zum weiten Himmel empor, der noch mehr schlechtes Wetter verhieß. Er hatte nach wie vor seinen Degen in der Hand. Nun versuchte er, ihn geistesabwesend in die metallene Scheide zu stecken. Die Klinge, die immer noch klebrig war vom Blut, blieb auf halbem Wege stecken. Da sah er zu seinem Erstaunen, daß eine Kugel die Scheide durchbohrt und die metallenen Ränder des Einschußlochs nach innen gebogen hatte.

»Sir?«

Sharp sah sich um und entdeckte einen nervösen Feldwebel Williams. »Feldwebel?«

»Wir haben vier Männer verloren, Sir.«

Sharp hatte vergessen, zu fragen, und er verfluchte sich, weil er es versäumt hatte. »Wen?«

Williams nannte die Namen der Toten, obwohl Sharp nichts mit ihnen anfangen konnte. »Ich dachte, wir hätten mehr eingebüßt«, sagte er verwundert.

»Sims is' verwundet, Sir. Und Cameron. Und noch einige der anderen, Sir, aber die zwei sind am schlimmsten dran.« Der Feldwebel tat nur seine Pflicht, aber er zitterte vor Beklemmung, als er mit seinem Offizier sprach.

Sharp versuchte seine Gedanken zu ordnen, aber die Erinnerung an die toten Kinder verwirrte ihm die Sinne. Er hatte oft genug tote Kinder zu sehen bekommen, wer hatte das nicht? In den vergangenen Wochen waren sie an etwa zwanzig Kindern vorbeigekommen, die zum Heer gehörten und auf dem grauenvollen Rückzug erfroren waren. Allerdings war keines von ihnen Opfer eines Mordes gewesen. Er hatte mitangesehen, wie Kinder blutig geschlagen wurden, aber nicht bis zum Tod. Wie konnten die Franzosen im Dorf gewartet haben, ohne zunächst die Spuren ihres obszönen Gemetzels zu beseitigen? Wie konnten sie so eine Tat überhaupt begehen?

Williams, den Sharps brütendes Schweigen beunruhigte, murmelte etwas von einem Bach, den er ausfindig machen wolle, damit die Männer ihre Feldflaschen auffüllen konnten. Sharp nickte. »Vergewissere dich erst, daß die Franzosen das Wasser nicht vergiftet haben, Feldwebel.«

»Selbstverständlich, Sir.«

Sharp drehte sich nach dem vierschrötigen Mann um. »Übrigens, die Männer haben ihre Sache gut gemacht. Sehr gut.«

»Danke, Sir.« Williams hörte sich erleichtert an. Er verzog das Gesicht, als wieder ein Schrei vom Dorf herüberdrang.

»Sie haben ihre Sache sehr gut gemacht.« Er sagte dies allzu hastig, als versuche er, ihrer beider Gedanken von dem Schrei abzulenken. Die französischen Gefangenen wurden verhört, und dann starben sie. Sharp starrte gen Süden und fragte sich, ob die Wolken Regen bringen würden oder Schnee. Er dachte an den Mann im roten Überwurf, den Oberst der Kaiserlichen Garde, und an den Mann im schwarzen Mantel neben ihm. Warum die erneute Begegnung mit diesen beiden Männern? Weil sie, überlegte er, gewußt hatten, daß Vivar kommen würde. Allerdings hatten die Franzosen mit einem nicht gerechnet: den Rifles. Sharp erinnerte sich an jenen Moment am Rand der Klippe, als der erste Schütze mit aufgepflanztem Bajonett an ihm vorbeigekommen war, und dabei fiel ihm ein, was er noch zu tun versäumt hatte. Er hatte nicht befohlen, die Bajonette aufzusetzen. Die Männer hatten es von selbst getan. »Die Männer haben ihre Sache sehr gut gemacht«, wiederholte Sharp, »sag ihnen das.«

Williams zögerte. »Sir? Wär's nicht besser, Sie würden's ihnen selbst sagen?«

»Ich?« Sharp drehte sich abrupt nach dem Feldwebel um.

»Sie haben's für Sie getan, Sir.« Williams war verlegen, und das um so mehr, weil Sharp mit seinen ungeschickten Worten offenbar nichts anfangen konnte. »Sie haben versucht, was zu beweisen, Sir. Wir alle haben's versucht. Und gehofft, Sie würden . . .«

»Was habt ihr gehofft?« Die Frage klang zu barsch, Sharp merkte es selbst. »Tut mir leid.«

»Wir haben gehofft, Sie würden Harps gehen lassen, Sir. Die Männer mögen ihn, und das Heer hat schon immer die Bestrafung von Männern ausgesetzt, Sir, wenn ihre Kameraden sich wacker geschlagen haben.«

Die Erbitterung, die Sharp gegenüber dem Iren empfand, war zu stark, als daß er die Bitte sofort gewährt hätte. »Ich werde den Männern sagen, daß sie ihre Sache gut gemacht haben, Feldwebel.« Er hielt inne. »Und was aus Harper wird, will ich mir überlegen.«

»Jawohl, Sir.« Offenkundig war Feldwebel Williams dankbar, daß ihm der Leutnant zum ersten Mal, seit er unter Sharps Befehlsgewalt geraten war, eine gewisse Höflichkeit entgegenbrachte.

Sharp fiel es auf, und er war schockiert. Er hatte nicht gewußt, wie er diese Männer führen sollte, hatte sich vor ihrer Aufsässigkeit gefürchtet. Aber ihm war nicht klargewesen, daß sie sich auch vor ihm fürchteten. Sharp sah sich als harten Mann, aber er hatte sich immer auch für einen vernünftigen Mann gehalten. Nun jedoch, im Spiegel von Williams' Nervosität, erhielt er ein viel weniger erfreuliches Bild von sich. Er kam sich vor wie ein tyrannischer Mann, der die Autorität seines Ranges einsetzte, um anderen Männern Angst einzujagen: genau die Sorte Offizier also, die Sharp am meisten gehaßt hatte, als er selbst noch ihrem verbitterten Kommando unterworfen war. Er empfand Reue wegen der vielen Fehler, die er gegenüber diesen Männern begangen hatte, und fragte sich, wie er sie wiedergutmachen sollte. Er war zu stolz, um sich zu entschuldigen, deshalb legte er vor Feldwebel Williams ein peinliches Geständnis ab. »Ich war nicht sicher, ob auch nur einer der Männer mir den Hang hinauf folgen würde.«

Williams grunzte, halb amüsiert und halb verständnisvoll. »So sind sie nun mal, Sir. Sie haben es mit der Elite des Bataillons zu tun.«

»Der Elite?« Sharp konnte seine Überraschung nicht verbergen.

»Den Raufbolden, könnte man auch sagen.« Williams grinste. »Ich gehöre nicht dazu, Sir. Für Prügeleien war ich nie recht zu haben. Ich hab' immer gehofft, mir meinen Sold nicht auf die Weise verdienen zu müssen.« Er lachte. »Aber diese Jungs, Sir, die meisten von ihnen sind regelrechte Halunken.« Er sagte das mit einem Anflug von Bewunderung. »'s leuchtet ein, Sir, wenn man darüber nachdenkt. Ich hab' die Jungs beobachtet, als die Froschfresser bei der Brücke angegriffen haben, Sir. Der eine oder andere stand kurz davor, aufzugeben, aber nicht diese Jungs. Die haben dafür gesorgt, daß sie ungeschoren davonkamen. Sie haben es mit den wirklich Zähen zu tun, Sir. Abgesehen von mir. Ich hatte reines Glück. Aber wenn Sie diesen Jungs Gelegenheit geben, zu kämpfen, Sir, werden sie Ihnen folgen.«

»Dir sind sie auch gefolgt«, sagte Sharp. »Ich habe dich auf der Klippe gesehen. Du hast dich tapfer geschlagen.«

Williams berührte die Winkelabzeichen an seinem rechten Ärmel. »Ich würde mich meiner Streifen schämen, wenn ich nicht selbst Hand anlege. Nein, Sir, das war Ihnen zuzuschreiben. Verdammter Irrsinn war das, den Hang hinauf anzugreifen. Aber es hat sich ausgezahlt!«

Sharp tat das Kompliment mit einem Achselzucken ab, erkannte es jedoch als solches und freute sich insgeheim darüber. Er mochte kein geborener Offizier sein, aber bei Gott, er war der geborene Soldat. Er war der Sohn einer gottlosen Hure, aber ein gottverdammt guter Soldat.

Im Dorf fanden sich Schaufeln und Spaten, die dazu benutzt wurden, am Ausgang der Schlucht Gräber für die französischen Gefallenen auszuheben.

Vivar begab sich mit Sharp dorthin, wo dem harten Boden die flachen Gräber abgetrotzt wurden. Der Spanier blieb neben einem der Dragoner stehen, der bei dem Reiterangriff ums Leben gekommen war und dessen Leichnam man inzwischen nackt ausgezogen hatte. Die Haut am Körper des Toten war so weiß wie der aufgewühlte Schnee, während sein Gesicht gebräunt war von Sonne und Wind. Das blutbeschmierte Gesicht war von Zöpfen eingerahmt.

»*Cadenettes*«, sagte Vivar unvermittelt. »So nennen sie die Haartracht. Wie nennen Sie sie, Zöpfe?«

»Rattenschwänze.«

»Sie sind ihr Erkennungszeichen.« Seine Stimme klang bitter. »Das Symbol dafür, daß sie etwas Besonderes sind, eine Elite.«

»Wie der Rosmarin an den Kappen Ihrer Männer?«

»Nein, das ist etwas ganz anderes.« Vivars schroffe Verneinung ließ das Gespräch zwischen den beiden Männern verstummen. Sie standen in verlegenem Schweigen über dem Leichnam des Feindes.

Sharp, der sich dabei unbehaglich fühlte, brach das Schweigen. »Ich hätte es nicht für möglich gehalten, daß unberittene Kavallerie fähig wäre, mit Berittenen fertigzuwerden.«

Das Lob freute den Major. »Und ich hätte nicht für möglich gehalten, daß Infanteristen fähig wären, diese Klippe zu erobern. Es war töricht von Ihnen, Leutnant, sehr töricht, und tapferer, als ich mir je erträumen könnte. Ich danke Ihnen.«

Sharp, der über Komplimente jedesmal in Verlegenheit geriet, versuchte es mit einem Achselzucken abzutun. »Das lag an meinen Rifles.«

»Sie haben es getan, um Ihnen zu imponieren, glauben Sie nicht auch?« sagte Vivar mit bedeutungsvoller Stimme. Er versuchte Sharp Mut zu machen. Als der Engländer nicht darauf reagierte, fuhr der Spanier in eindringlicherem Ton fort: »Soldaten benehmen sich dann am besten, wenn sie wissen, was von ihnen erwartet wird. Heute haben Sie ihnen gezeigt, was Sie wollten, und das hat den Sieg bedeutet.«

Sharp murmelte etwas von glücklichen Umständen.

Vivar ging nicht auf seine Ausflüchte ein. »Sie haben sie geführt, Leutnant, und die Schützen wußten, was von ihnen erwartet wurde. Die Männer müssen immer wissen, was ihre Offiziere von ihnen erwarten. Ich gebe meinen Cazadores immer drei Regeln mit auf den Weg. Sie dürfen nicht stehlen, es sei denn, sie müßten sterben, wenn sie nicht stehlen. Sie müssen sich erst um ihre Pferde kümmern und dann um sich selbst. Und sie müssen kämpfen wie die Helden. Ganze drei Regeln, aber sie funktionieren. Geben Sie den Männern feste Regeln, Leutnant, dann werden sie Ihnen folgen.«

Sharp wußte, wie er so dastand auf der einsamen, windigen Hochebene, daß ihm von Major Vivar ein Geschenk dargeboten wurde. Möglich, daß es keine Richtlinien für das Verhalten eines Offiziers gab, daß den besten Offizieren ihre hervorstechenden Fähigkeiten angeboren waren, aber der Spanier bot Sharp einen Schlüssel zum Erfolg an. Er spürte den Wert dieses Geschenks und lächelte. »Danke.«

»Spielregeln!« fuhr Vivar fort, als habe Sharp nichts gesagt. »Spielregeln machen aus den Männern wahre Soldaten, nicht Kindesmörder wie diese Schweinehunde.« Er versetzte dem toten Franzosen einen Tritt, dann erschauerte er. Andere französische Gefallene wurden über den Schneematsch gezerrt, ihrem flachen Grab entgegen. »Ich werde veranlassen, daß einer meiner Männer aus angesengtem Holz ein paar Kreuze herstellt.« Wieder war Sharp von diesem Mann überrascht. Im einen Moment trat er nach dem nackten Leichnam eines Feindes, und im nächsten traf er Vorsorge, daß die Gräber eben dieser Feinde mit Kreuzen bestückt wurden. Vivar bemerkte seine Überraschung. »Das hat mit Respekt nichts zu tun, Leutnant.«

»Nicht?«

»Ich fürchte ihre *estadea*, ihre Seelen. Die Kreuze werden dafür sorgen, daß ihre schurkischen Seelen unter den Erdboden gebannt bleiben.« Vivar spuckte den Leichnam an. »Sie mögen mich für einen Narren halten, aber ich habe sie gesehen, Leutnant. Die *estadea* sind die verlorenen Seelen der Verdammten, und im nächtlichen Dunst sehen sie aus wie eine Myriade Kerzen. Ihr Stöhnen ist noch entsetzlicher als dies.« Er wies mit dem Kopf in Richtung Dorf, wo ein weiterer Todesschrei ertönte. »Um dessentwillen, was sie den Kindern angetan haben, Engländer, haben sie Schlimmeres verdient.«

Sharp hatte keine Einwände gegen die Rechtfertigung, die der Major vorbrachte. »Warum haben sie das nur getan?« Er konnte sich nicht vorstellen, selbst jemals ein Kind zu töten, und ihm blieb unbegreiflich, wie einem Mann eine solche Tat auch nur im Traum einfallen konnte.

Vivar entfernte sich von den Leichen der Franzosen und trat an den Rand des kleinen Plateaus, auf dem die Kavallerie zum Sturmangriff angesetzt hatte. »Als die Franzosen hierherkamen, Leutnant, waren sie unsere Verbündeten. Gott möge unsere Torheit strafen, aber wir haben sie hereingebeten. Sie kamen, um unsere Feinde anzugreifen, die Portugiesen. Doch einmal im Land, beschlossen sie zu bleiben. Sie dachten, Spanien sei schwach, dekadent, wehrlos.« Vivar unterbrach sich und blickte unverwandt in die große Leere, die vor ihm im Tal herrschte. »Und vielleicht waren wir wirklich dekadent. Nicht das Volk, Leutnant. Glauben Sie das nicht, niemals! Sondern die Regierung.« Er spuckte aus. »Aus diesem Grund haben uns die Franzosen verachtet. Sie dachten, wir wären eine reife Frucht, die es zu pflücken galt, und vielleicht waren wir genau das. Unsere Armeen?« Vivar zuckte hoffnungslos die Achseln. »Soldaten können nicht kämpfen, wenn sie schlecht geführt werden. Aber das Volk ist nicht dekadent. Das Land ist nicht dekadent.« Er rammte den Absatz in den schneebedeckten Boden. »Dies ist Spanien, Leutnant, an dem Gott Wohlgefallen hat, und Gott wird uns nicht im Stich lassen. Warum, glauben Sie, haben Sie und ich heute gesiegt?«

Das war eine Frage, auf die keine Antwort erwartet wurde, also verzichtete Sharp darauf.

Vivar spähte zu den fernen Hügeln hinüber, wo sich die ersten Schauer als dunkle Stellen am Horizont abzeichneten. »Die Franzosen haben uns verachtet«, nahm er seinen Gedanken wieder auf, »aber sie haben gelernt, uns zu hassen. Sie haben festgestellt, daß man in Spanien keine leichten Siege erringt. Sie haben sogar gelernt, Niederlagen einzustecken. Wir haben in Bailen ein ganzes Heer zur Kapitulation veranlaßt, und als sie Saragossa belagert haben, wurden sie vom Volk in die Knie gezwungen. Das werden die Franzosen uns niemals verzeihen. Nun überfluten sie uns mit Heerscharen und glauben, uns schlagen zu können, indem sie uns alle umbringen.«

»Aber warum töten sie die Kinder?« Sharp konnte die Erinnerung an die kleinen, verstümmelten Körper nicht loswerden.

Vivar verzog bei dieser Frage das Gesicht. »Sie kämpfen gegen Männer in Uniform, Leutnant. Sie wissen, wer Ihr Feind ist, weil er Ihnen zuliebe einen blauen Rock anzieht und als Zielscheibe für Ihre Gewehre goldene Tressen an diesen Rock hängt. Die Franzosen dagegen wissen nicht, wer ihre Feinde sind. Jeder Mann, der ein Messer besitzt, könnte ihr Feind sein, und daher fürchten sie uns. Und um uns im Zaum zu halten, lassen sie sich hinreißen, den Preis für feindseliges Verhalten zu hoch anzusetzen. Sie lassen sich hinreißen, in Spanien immer größere Angst zu verbreiten, Angst vor dem hier!« Er drehte sich um und deutete auf die Rauchfahne, die nach wie vor aus dem Dorf aufstieg. »Sie fürchten uns, aber sie versuchen, uns noch größere Furcht vor ihnen einzuflößen. Und wer weiß, vielleicht gelingt es ihnen noch.«

Der plötzliche Pessimismus kam überraschend bei einem Mann, der sonst so selbstbewußt war wie Blas Vivar. »Glauben Sie wirklich?« fragte Sharp.

»Ich glaube, daß die Menschen Grund haben, den Tod ihrer Kinder zu fürchten.« Vivar, der seine eigenen Kinder hatte begraben müssen, sprach mit tonloser Stimme. »Andererseits glaube ich nicht, daß die Franzosen Erfolg haben werden. Im Augenblick sind sie siegreich, und das spanische Volk betrauert seine Kinder und fragt sich, ob es noch Hoffnung gibt. Wenn man diesem Volk jedoch nur einen kleinen Funken Hoffnung eingeben kann, wird es sich zur Wehr setzen!« Die letzten Worte stieß er wütend hervor, dann überkam ihn ein blitzartiger Stimmungswechsel. Er lächelte Sharp kleinlaut an. »Ich muß Sie um einen Gefallen bitten.«

»Aber natürlich.«

»Der Ire, Patrick Harper. Lassen Sie ihn frei.«

»Frei?« Sharp war verblüfft, weniger über die geäußerte Bitte, als vielmehr über die plötzlich Veränderung in Vivars Benehmen. Noch vor einem Moment war er rachgierig und stahlhart gewesen, und nun verhielt er sich zaghaft höflich, wie ein Bittsteller.

»Ich weiß«, fügte Vivar hastig hinzu, »daß das Vergehen des Iren schwerwiegend ist. Er verdient es, halb zu Tode geprügelt zu werden, wenn nicht darüber hinaus, aber er hat eine Heldentat vollbracht, der ich großen Wert beimesse.«

Peinlich berührt von Vivars unterwürfigem Tonfall, räusperte sich Sharp. »Aber natürlich.«

»Ich werde mit ihm sprechen und ihn auf seine Gehorsamspflicht aufmerksam machen.«

»Er kann freigelassen werden.« Sharp war ohnehin schon halb überzeugt von der Notwendigkeit, Harper laufenzulassen, und sei es nur, um Feldwebel Williams zu beweisen, wie vernünftig sein Vorgesetzter sein konnte.

»Ich habe ihn bereits freigelassen«, gab Vivar zu, »aber ich hielt es für angebracht, Ihre Zustimmung einzuholen.« Er grinste, merkte, daß Sharp keinen Einspruch erhob, und bückte sich nach einem herumliegenden französischen Helm. Er riß den Überzug aus Leinwand herunter, der das edle Messing schützte und außerdem verhinderte, daß es das Sonnenlicht reflektierte und die Position der Dragoner verriet. »Schöner Tand«, sagte er mit schneidender Stimme, »den können Sie sich ins Treppenhaus hängen, wenn der Krieg vorbei ist.«

Sharp hatte kein Interesse an einem verbeulten Dragonerhelm. Ihm wurde soeben bewußt, daß die ›Heldentat von großem Wert‹, die Harper in Vivars Augen begangen hatte, darin bestand, die Truhe zu beschützen. Er erinnerte sich an das Entsetzen im Gesicht des Spaniers, als dieser geglaubt hatte, die Truhe könne verloren sein. Wie ein Sonnenstrahl, der durch eine Lücke zwischen dunklen Wolken bricht, dämmerte bei Sharp endlich die Erkenntnis. Der Gardeoffizier war auf der Jagd nach Vivar gewesen, und diese Jagd hatte die Dragoner gegen ihren Willen auf die Nachhut des britischen Heers treffen lassen. Bei der Gelegenheit hatten sie nebenbei vier Schützenkompanien aufgerieben, und dann hatten sie ihren Weg fortgesetzt. Nicht hinter den zurückweichenden Briten, sondern hinter der Schatztruhe her. »Was ist in der Kiste, Major?« fragte er mit anklagender Stimme.

»Ich sagte Ihnen doch, es sind Papiere«, erwiderte Vivar lässig, während er die letzten Fetzen Leinwand von dem Helm entfernte.

»Die Franzosen waren hier, um die Schatztruhe zu erobern.«

»Die Gefangenen haben mir mitgeteilt, sie seien auf der Suche nach Lebensmitteln gewesen. Ich bin sicher, daß sie die Wahrheit gesagt haben, Leutnant. Männer, die dem Tod ins Auge sehen, sagen normalerweise die Wahrheit, und sie haben alle dieselbe Geschichte erzählt. Sie haben einem Stoßtrupp angehört.« Vivar polierte mit dem Ärmel das Messing des Helms, dann hielt er ihn Sharp zur Begutachtung hin. »Schäbige Handwerksarbeit. Sehen Sie, wie schlecht der Kinnriemen vernietet ist?«

Wieder ignorierte Sharp den Helm. »Die Dragoner waren wegen der Kiste hier, nicht wahr? Sie haben Sie verfolgt und wußten, daß Sie durch diese Berge mußten.«

Vivar betrachtete stirnrunzelnd den Helm. »Ich denke, ich werde ihn doch nicht behalten. Ich finde bestimmt einen besseren, ehe das Morden vorbei ist.«

»Das waren dieselben Männer, die unsere Nachhut angegriffen haben. Wir hatten Glück, daß sie nicht das ganze Regiment hier heraufgeschickt haben, Major!«

»Die Gefangenen haben gesagt, daß nur die Männer mit gesunden Pferden so weit kommen konnten.« Das hörte sich an wie eine teilweise Bestätigung von Sharps Verdacht, aber alles andere stritt Vivar augenblicklich ab. »Ich versichere Ihnen, daß sie nur gekommen sind, um Futter und Lebensmittel zu erbeuten. Sie haben mir mitgeteilt, sie hätten die Dörfer in der Ebene ausgeräubert, deshalb müßten sie nun, um Nahrung zu finden, immer höher hinauf.«

»Was ist in der Kiste, Major?« beharrte Sharp.

»Neugierde!« Vivar wandte sich ab und begann auf das Dorf zuzugehen. »Neugierde!« Er holte aus und schleuderte den

Helm in den Abgrund, in den das Plateau steil abfiel. Der Helm glitzerte, drehte sich, dann landete er krachend im Gebüsch. »Neugierde! Eine englische Krankheit, Leutnant, die zum Tode führt. Meiden Sie sie!«

Während der Nacht erloschen die Brände, bis auf ein Haus, dessen Feuer Vivars Männer mit Holz von den Bäumen der Umgebung speisten. Sie brieten darin, aufgespießt auf ihre Degen, große Brocken Pferdefleisch. Die Schützen benutzten zu diesem Zweck ihre Ladestöcke. Alle waren froh, daß die Leichen der Dorfbewohner begraben waren. Die Posten wurden an den Rand des gebrandschatzten Dorfs zurückgezogen, wo sie fröstelnd im kalten Wind ausharrten. Als die Abenddämmerung hereinbrach, hörte es endlich auf zu regnen, und in der Nacht zeigten sich zwischen den hochfliegenden Wolken Lücken, durch die hindurch ein blasser Mond die schroffen Hänge erleuchtete, auf denen der Schnee teilweise geschmolzen war, so daß die Landschaft seltsam pockennarbig anmutete. Irgendwo in den Bergen heulte ein Wolf.

Sharps Grünjacken stellten während der ersten Hälfte der Nacht die Posten. Um Mitternacht ging er noch einmal durchs Dorf und richtete ein paar ungeschickte Worte an jeden einzelnen der Männer. Die Gespräche mit ihnen wirkten gestelzt, weil keiner der Schützen den Morgen vergessen konnte, als sie alle sich verschworen hatten, Sharp zu ermorden. Nur der Waliser Jenkins war gesprächiger als die anderen und warf die Frage auf, wo Sir John Moores Heer wohl jetzt sei.

»Das weiß Gott allein«, sagte Sharp. »Weit weg.«

»Geschlagen, Sir?«

»Kann sein.«

»Aber *Boney* ist fort, Sir?« Die Frage wurde mit einem gewissen Eifer gestellt, als könnte die Abwesenheit des Kaisers den Schützen auf ihrer Flucht neue Hoffnung einflößen.

»Das hat man uns jedenfalls gesagt.« Napoleon hatte Spanien angeblich bereits verlassen, aber das war kaum ein Grund, optimistisch zu sein. Seine Gegenwart war nicht erforderlich gewesen. Überall befanden sich seine Feinde auf dem Rückzug, und er konnte sich darauf verlassen, daß seine Marschälle, die ganz Europa erobert hatten, Spanien und Portugal den Rest geben würden.

Sharp ging weiter, vorbei an den ausgebrannten Häusern. Die Sohle seines rechten Stiefels hing lose herab, und seine Hose klaffte am Schenkel. Nur die durchlöcherte Scheide seines Degens hatte er repariert. Ansonsten hing seine Uniform an ihm herab wie die Lumpen an einer Vogelscheuche. Der Schmerz der Wunde am Arm, die Harper ihm zugefügt hatte, war mittlerweile abgeklungen. Er begab sich dorthin, wo die Straße in Richtung Schlucht anstieg. Dort war neben einem Steintrog, den die Frauen, die einst in diesem Dorf gewohnt hatten, als Waschplatz benutzt hatten, eine dreiköpfige Wachmannschaft postiert. »Was zu sehen?«

»Nichts, Sir. Still wie ein Schankhaus, in dem es nichts mehr zu trinken gibt.«

Es war Harper, der seine Frage beantwortet hatte und der sich nun hünenhaft und stattlich aus dem Schatten des Troges erhob. Die beiden Männer starrten einander an, dann zog der Ire unbeholfen zum offiziellen Salut den Tschako. »Nehmen Sie's mir nicht übel, Sir.«

»Laß gut sein.«

»Der Major hat mir ins Gewissen geredet, wahrhaftig. Wir hatten Angst, Sir, Sie verstehen, und . . .«

»Ich sagte doch, laß gut sein!«

Harper nickte. Seine gebrochene Nase war noch geschwollen und hatte keine Aussicht, je wieder gerade zu werden. Der große Ire grinste. »Wenn ich mir die Bemerkung erlauben darf: Sie können zuschlagen, Sir, so kräftig wie eine Ballinderry-Kuh.«

Die Bemerkung mochte als Friedensangebot gedacht gewesen sein, aber Sharps Erinnerung an die Auseinandersetzung in der verfallenen Kate war noch zu frisch und schmerzlich, um es anzunehmen. »Ich habe dich von einem verdammt scharfen Haken gelassen, Schütze Harper, aber das gibt dir nicht das gottverdammte Recht, herauszuplappern, was dir in den Sinn kommt. Also setz deine verdammte Kappe auf und geh wieder an deinen Posten.«

Sharp drehte sich um und ging davon, bereit, sofort herumzuwirbeln, wenn auch nur ein einziges unverschämtes Wort fiel. Aber Harper war vernünftig genug, den Mund zu halten. Nur der Wind war zu hören, er strich mit einem seufzenden Laut durch die Bäume und ließ Funken hoch über das große Feuer in die Nacht aufsteigen. Sharp trat dicht ans Feuer, ließ sich von seiner Hitze die kalte und nasse Uniform wärmen. Er sagte sich, daß er wohl wieder einen Fehler begangen hatte, daß er Harpers freundliche Worte als das hätte akzeptieren sollen, was sie zweifellos waren, als Friedensangebot. Aber sein Stolz hatte ihn dazu getrieben, heftig zu reagieren.

»Sie sollten auch ein wenig schlafen, Sir.« Es war Feldwebel Williams, tief vermummt gegen die Kälte, der nun im Feuerschein auftauchte. »Ich kümmer' mich um die Jungs.«

»Ich kann nicht schlafen.«

»Schuld is' der Gedanke an die toten Kleinen.«

»Ja.«

»Diese Schweinehunde«, sagte Williams. Er streckte die Hände nach dem lodernden Feuer aus. »Eins davon war nicht älter als meine Mary.«

»Wie alt ist sie?«

»Fünf, Sir. Hübsches kleines Ding, das ist sie. Nicht wie ihr Vater.«

Sharp lächelte. »Ist deine Frau mit nach Spanien gekommen?«

»Nein, Sir. Die hilft in der Bäckerei ihres Vaters aus. Der war nicht sehr erfreut, als sie einen Soldaten geheiratet hat, aber so sind die Väter nun mal.«

»Das stimmt.«

Der Feldwebel reckte sich. »Aber ich werd' ihr ein paar seltsame Geschichten zu erzählen haben, wenn ich wieder daheim in Spitalfields bin.« Er schwieg einen Moment, dachte vermutlich an die Heimat. »Eigentlich komisch.«

»Was denn?«

»Daß diese Schweinehunde so weit geritten sein sollen, um Vorräte zu holen. Hat das nicht der Major gesagt, Sir?«

»Ja.« Von den französischen Truppen wurde erwartet, daß sie sich an Ort und Stelle Nahrung beschafften, daß sie stahlen, was sie konnten, um am Leben zu bleiben. Allerdings konnte Sharp genau wie Williams nicht glauben, daß die feindlichen Reiter sich bis zu diesem entlegenen Dorf durchgeschlagen haben sollten, solange es in den Tälern andere, verlockendere Ortschaften gab. »Das waren dieselben Männer«, sagte er, »die uns auf der Straße überfallen haben.« Und das hatte sich für Sharp in gewisser Hinsicht zum Vorteil ausgewirkt, weil die französischen Dragoner, die der Versuchung nicht widerstehen konnten, von den erbeuteten Gewehren Gebrauch zu machen, sich als unfähig erwiesen hatten, mit den fremdartigen Waffen umzugehen.

Feldwebel Williams nickte. »Den Halunken im roten Rock meinen Sie?«

»Ja. Und den Burschen in Schwarz.«

»Ich bin überzeugt, daß sie hinter der Kiste her sind, die die Spanier dabeihaben.« Williams senkte die Stimme, als befürchte er von einem der schlafenden Cazadores belauscht zu werden. »Diese Art Kisten benutzt man, um Juwelen zu transportieren, nicht wahr? Möglich, daß dieses Ding eine Riesensumme enthält, Sir.«

»Major Vivar behauptet, es sind Papiere drin.«

»Papiere!« sagte der Feldwebel verächtlich.

»Nun ja, ich denke nicht, daß wir es je herausfinden werden«, lenkte Sharp ein. »Und an deiner Stelle wäre ich nicht zu naseweis, Feldwebel. Der Major hat was gegen Neugierde.«

»Nein, Sir.« Williams schien enttäuscht zu sein über seinen Mangel an Enthusiasmus.

Aber Sharp ging es nur darum, die eigene Neugier zu verbergen. Nach einigen Momenten unverbindlichen Geplauders, und nachdem er dem Feldwebel gute Nacht gewünscht hatte, entfernte er sich mit leisen, langsamen Schritten in Richtung Kirche. Dabei nutzte er die Verstohlenheit, die er als Kind in einem Londoner Elendsviertel gelernt hatte, wo ein Junge, der nicht stehlen lernte, unweigerlich verhungert wäre.

Er umrundete die Kirche, dann blieb er lange in den Schatten am Portal stehen. Er horchte. Er vernahm das Knistern des Feuers und das zunehmende Geräusch des Windes, sonst nichts. Doch er wartete und strengte sich an, wenigstens einen Laut aus dem Innern des alten Steinbaus zu hören. Immer noch nichts. Er konnte die herabgestürzten und verbrannten Balken des Gebäudes riechen, in dem nichts an die Gegenwart eines Menschen gemahnte. Die Spanier, die ihm am nächsten waren, hatten sich dreißig Schritt von ihm entfernt in ihre Mäntel eingerollt und schliefen.

Das Kirchenportal stand offen. Sharp hatte sich durch den Spalt gezwängt und blieb stehen.

Mondlicht erhellte die heilige Stätte. Die Mauern waren vom Feuer geschwärzt, der Altar verschwunden, doch Vivars Männer hatten der Entweihung der Stätte ein Ende bereitet. Sie hatten die verbrannten Dachbalken weggeräumt, so daß ein Mittelgang entstand, der zu den Altarstufen führte. Am oberen Ende dieser Stufen stand, schwarz wie die Mauern, die Schatztruhe.

Sharp wartete. Er sah sich in dem kleinen Innenraum um, ob sich irgendwo etwas bewegte, konnte jedoch nichts entdecken. An der südlichen Wand der Kirche befand sich eine kleine schwarze Öffnung, sonst gab es kein Fenster. Auch dort war nichts zu erkennen als Dunkelheit, und Sharp nahm an, daß es sich um einen Schrank oder ein eingelassenes Stellbrett handle.

Sharp trat zwischen die herabgestürzten Dachbalken, von denen einige noch schwelten. Einmal zermalmte seine lose rechte Sohle einen Klumpen schwarzverbrannten Holzes, aber das war das einzige Geräusch, das er verursachte.

Er blieb am Fuß der beiden Stufen stehen, die zum Altar führten, und ging in die Hocke. Auf dem Deckel der Truhe lag ein Rosenkranz aus schwarzem Gagat. Das winzige Kruzifix schimmerte im Mondlicht. In dieser Kiste, dachte Sharp, war etwas verborgen, das französische Soldaten tief ins eisige Hochland zu locken vermochte. Vivar hatte behauptet, es handle sich um Papiere, aber selbst die frömmsten unter den Männern würden nicht darauf kommen, Papiere durch ein Kruzifix zu schützen.

Die Truhe war in Öltuch gewickelt, das fest vernäht war. Während des Kampfes hatten sich zwei Kugeln in die große Kiste eingebettet. Sharp tastete die Löcher ab, spürte die verklumpten Kugeln, und dahinter die harte Glätte des Holzes. Er zeichnete mit dem Finger die Konturen der Haspen und Vorhängeschlösser unter dem Öltuch nach. Die Schlösser hatten jene altmodische Kugelform, von der Sharp wußte, daß man sie binnen weniger Sekunden mit Hilfe einer Nadel öffnen konnte, wie sie zum Reinigen der Gewehre benutzt wurde.

Er lehnte sich zurück, so daß er auf den Fersen saß, und starrte die Truhe an. Vier Schützen waren ihretwegen gefallen, und es konnte sein, daß noch mehr sterben mußten. Das, entschied Sharp, gab ihm das Recht, zu wissen, was in ihr war. Er wußte, es würde ihm nicht gelingen, zu kaschieren, daß die Kiste geöffnet worden war. Aber er gedachte nicht, ihren Inhalt zu stehlen, daher hatte er keine Skrupel, das zerrissene Öltuch und die aufgebrochenen Schlösser zurückzulassen.

Er griff in die Jackentasche und holte das Klappmesser hervor, das er sonst zum Essen benutzte. Er bog die Klinge auf und streckte die Hand aus, um das Öltuch aufzuschlitzen.

»Eine Berührung, Engländer, und Sie sterben.«

Sharp wandte sich nach rechts. Von der kleinen, dunklen Öffnung klang das Schnappen eines Pistolenschlosses herüber. »Major?«

»Die Kranken konnten von diesem Fenster aus die Messe miterleben, Leutnant«, ertönte Vivars Stimme aus der Finsternis. »Ein guter Platz für einen Wachposten.«

»Was bewacht der Posten?«

»Nur Papiere.« Vivars Stimme war kalt. »Stecken Sie Ihr Messer ein, Leutnant, und bleiben Sie, wo Sie sind.«

Sharp gehorchte. Gleich darauf erschien der Major am Kirchenportal. »Tun Sie das nicht noch einmal, Leutnant. Ich bin bereit, zu töten, um den Inhalt der Truhe zu schützen.«

Sharp kam sich vor wie ein kleiner Junge, der von einem Wachmann ertappt worden ist, aber er versuchte, die Konfrontation durchzustehen. »Papiere?«

»Papiere«, bestätigte Vivar mit tonloser Stimme. Er blickte zum Himmel auf, wo silbern angehauchte Wolken rasch am Mond vorbeizogen. »Dies ist keine Nacht zum Töten, Engländer. Die *estadea* sind auch so schon rastlos genug.« Er kam den Mittelgang entlang. »Nun, finde ich, sollten Sie versuchen, zu schlafen. Wir haben morgen einen weiten Weg vor uns.«

Sharp ging beschämt an Vivar vorbei zum Portal. Mit einer Hand am Pfosten drehte er sich noch einmal nach der Kiste um. Vivar wandte ihm den Rücken zu und war vor der geheimnisvollen Schatztruhe in die Knie gegangen.

Sharp, dem es peinlich war, einem Mann beim Beten zuzusehen, zögerte.

»Ja, Leutnant?« Vivar hatte sich nicht umgedreht.

»Haben Ihnen Ihre Gefangenen verraten, wer der Gardeoffizier ist? Der Mann in Rot, der sie hierhergeführt hatte?«

»Nein, Leutnant.« Die Stimme des Spaniers klang sehr geduldig, als würde er mit seiner Antwort auf die Launen eines Kindes eingehen. »Es ist mir nicht eingefallen, danach zu fragen.«

»Oder der Mann in Schwarz? Der Zivilist?«

Vivar verharrte einen Augenblick lang schweigend. »Kennt etwa der Wolf die Namen der Hunde?«

»Wer ist er, Major?«

Die Perlen des Rosenkranzes klickten. »Gute Nacht, Leutnant.«

Sharp wußte, das es hier keine Antworten zu holen gab, nur weitere Rätsel, die es an Flüchtigkeit mit den *estadeas* aufnehmen konnten. Er zog das rauchgeschwärzte Portal halb zu. Dann legte er sich auf sein kaltes Bett auf dem kahlen Erdboden und lauschte, wie in der gespenstischen Nacht der Wind seufzte. Irgendwo heulte ein Wolf, und eines der erbeuteten Pferde wieherte leise. In der Kirche betete ein Mann. Sharp aber schlief.

Kapitel sechs

Die Cazadores und Rifles marschierten weiterhin in westlicher Richtung, allerdings mied Vivar aus Angst vor den französischen Dragonern die weniger beschwerlichen Pfade der Pilgerstraße. Er war immer noch davon überzeugt, daß sie im Bergland sicher seien. Die Straße, wenn man sie überhaupt eine

Straße nennen konnte, quälte sich über die Pässe hoher Berge und durch kalte Bäche, die vom Schmelzwasser angeschwollen waren sowie vom beißend kalten Dauerregen, der den Weg schlüpfrig machte wie Wagenschmiere. Die Verwundeten und jene, die sich in der Kälte ein Fieber zugezogen hatten, wurden von den erbeuteten französischen Pferden getragen, aber diese kostbaren Tiere mußten mit äußerster Vorsicht geführt werden, wenn sie bei diesem morastigen Boden überleben sollten. Eines der Pferde trug die Schatztruhe.

Die Franzosen wurden nicht mehr gesichtet. Während der ersten beiden Marschtage rechnete Sharp jeden Augenblick damit, die bedrohlichen Silhouetten der Dragoner am Horizont zu entdecken, doch der Gardeoffizier und seine Männer schienen vom Erdboden verschwunden zu sein. Die wenigen Bauern, die in den Bergdörfern lebten, versicherten Vivar, keine Franzosen gesehen zu haben. Einige von ihnen wußten nicht einmal, daß sich ein Feind aus dem Ausland in Spanien aufhielt, und starrten jedesmal, wenn sie die seltsame Sprache von Sharps Schützen hörten, die Fremden mißtrauisch und feindselig an. »Als wenn ihr eigener Dialekt nicht auch seltsam wäre«, bemerkte Vivar fröhlich; der galicischen Sprache ebenso mächtig wie der höfischen Zunge Spaniens, versicherte er den Bauern, daß von den Männern in den zerlumpten grünen Jacken nichts zu befürchten sei.

Nach einigen Tagen konnte Vivar sicher sein, daß die Franzosen ihre Fährte verloren hatten, und er führte seine Männer auf die Pilgerstraße hinab. Wie sich herausstellte, war sie nichts weiter als eine Kette verschlungener Pfade, die sich durch die tieferen Täler schlängelten. Die größten waren mit Feuerstein befestigt, so daß Karren und Kutschen sie befahren konnten, und obwohl der Winter dafür gesorgt hatte, daß die Steine im Morast versanken, kamen die Männer auf diesem Boden schnell und mühelos voran. Kastanienbäume und Ulmen wuchsen dicht an dicht am Rand des Weges, der durch eine Landschaft führte, die von plündernden Heerscharen noch unberührt war. Die Männer bekamen gut zu essen: Mais, Roggen, Kartoffeln, Kastanien und Geselchtes aus dem Wintervorrat. An einem Abend gab es sogar frisches Hammelfleisch.

Doch trotz des Essens und der leichteren Strecke war dies kein friedliches Land. Eines Mittags sah Sharp neben einer Brücke, die einen tiefen, dunklen Wasserlauf überquerte, drei Totenköpfe auf den Spitzen hoher Holzpfähle. Diese Köpfe mußten schon vor Monaten aufgespießt worden sein. Ihre Augen, Zungen und das weichere Fleisch hatten die Raben gefressen, und die Hautfetzen, die noch an den abscheulichen Schädeln hingen, hatten sich pechschwarz verfärbt. *»Rateros«*, erklärte Vivar den Briten, »Straßenräuber. Die haben geglaubt, Pilger seien leichte Beute.«

»Ziehen viele Pilger nach Santiago de Compostela?« wollte Sharp wissen.

»Nicht mehr so viele wie früher. Einige Leprakranke gehen nach wie vor hin, um geheilt zu werden, aber selbst dem wird der Krieg ein Ende machen.« Vivar wies mit dem Kopf auf die strähnig behaarten Schädel. »Deshalb müssen diese Herren ihre Mordkünste gegen die Franzosen einsetzen.« Diese Vorstellung erheiterte den Spanier, genau wie das leichtere Vorankommen auf der Pilgerstraße die Laune von Sharps Männern hob. Hin und wieder stimmten sie beim Marschieren ein Lied an und genossen die altbekannten Freuden des Soldatenalltags. Vivar kaufte große Ballen Tabak, der nur zu Fäden zerkleinert zu werden brauchte, ehe er geraucht werden konnte. Einige der Schützen taten es den spanischen Soldaten nach, indem sie den Tabak in Papier einrollten, statt ihn aus Tonpfeifen zu rauchen. Außerdem gab es in den kleinen Dörfern immer großzügige Mengen herben, starken Apfelweins zu holen. Vivar war erstaunt über die Mengen, die die Rifles von diesem Getränk in sich hineinschütteten, und er war noch mehr erstaunt, als Sharp ihm erzählte, daß die meisten Briten sich nur zum Heer gemeldet hätten, um die tägliche Ration von einem Fünftel Liter Rum zu erhalten.

Rum gab es nicht, aber die Männer waren, nicht zuletzt dank des Apfelweins, guter Dinge. Das ging so weit, daß sie Sharp behutsame Anerkennung spüren ließen. Die Grünjacken hatten mit unverhohlener Freude Harpers Rückkehr in ihre Reihen begrüßt, und Sharp war erneut aufgefallen, daß der hünenhafte Mann der wahre Anführer der Männer war. Sie mochten

Feldwebel Williams, erwarteten jedoch instinktiv, daß Harper für sie die nötigen Entscheidungen traf, und Sharp stellte erbittert fest, daß es Harper war und nicht er selbst, der diese Überlebenden aus vier verschiedenen Kompanien zu einer Einheit verschmolz.

»Harps is' ein anständiger Kerl, Sir.« Feldwebel Williams behielt seine Rolle als Friedensstifter zwischen den beiden Männern bei. »Er gibt jetzt zu, daß er im Unrecht war.«

Sharp reagierte gereizt auf dieses Kompliment aus zweiter Hand. »Es ist mir verdammt egal, was er sagt.«

»Er sagt, er wär' noch nie im Leben so hart rangenommen worden.«

»Ich weiß, was er sagt.« Sharp fragte sich, ob der Feldwebel auch mit anderen Offizieren in diesem Ton reden würde, und kam zu dem Schluß, daß er es nicht wagen würde. Ihm gegenüber aber wagte er den vertraulichen Ton anzuschlagen, weil er wußte, daß Sharp früher Feldwebel gewesen war. »Du kannst dem Schützen Harper mitteilen«, sagte der Leutnant absichtlich barsch, »daß er, wenn er noch mal aus der Reihe tanzt, so hart rangenommen wird, daß er sich an nichts erinnern kann.«

Williams schmunzelte. »Harps wird nicht noch einmal aus der Reihe tanzen, Sir. Major Vivar hat ihn sich vorgeknöpft, Sir. Gott weiß, was er gesagt hat, aber er hat ihm eine Heidenangst gemacht.« Er schüttelte voller Bewunderung für den Spanier den Kopf. »Der Major is' ein zäher Bursche, Sir, und obendrein ein reicher Mann. In dieser Truhe schleppt er ein verdammtes Vermögen mit sich rum!«

»Ich sagte dir doch, da sind nur Papiere drin«, entgegnete Sharp lässig.

»Nein, Juwelen, Sir.« Es bereitete Williams sichtliches Vergnügen, ihn in dieses Geheimnis einzuweihen. »Genau wie ich vermutet hatte. Der Major hat Harps davon erzählt, Sir. Harps sagt, der Schatz gehört der Familie des Majors, und wenn wir ihn heil nach Santi-Dingsda schaffen, gibt der Major jedem von uns einen Klumpen Gold ab!«

»Unsinn!« sagte Sharp ungehalten und war sich bewußt, daß sein Ärger von purer Eifersucht hervorgerufen wurde. Wie kam Vivar dazu, dem Schützen Harper in Geheimnisse einzuweihen, die er ihm, dem Leutnant, nicht preisgeben wollte? Lag es daran, daß der Ire Katholik war? Und wie kam Vivar dazu, seinen Familienschmuck ehrfürchtig in einer Kirche aufzubauen? Und waren ein paar Juwelen Grund genug, daß feindliche Dragoner ins winterliche Bergland eindrangen, um einen Hinterhalt zu legen?

»Der Schatz stammt aus uralter Zeit.« Feldwebel Williams merkte nichts von Sharps Zweifeln. »Dazu gehört eine Halskette aus den Diamanten einer Krone. Einer Mohrenkrone, Sir. Von einem alten König, Sir. Einem heidnischen.« Es war offensichtlich, daß die Grünjacken höchst beeindruckt waren. Die Schützen mochten auf schlechten Straßen durch den Regen marschieren, aber ihre Mühsal wurde nun durch die Würde versüßt, die heidnischen Juwelen eines alten Königreichs zu eskortieren.

»Ich glaube davon verdammt noch mal kein einziges Wort«, beteuerte Sharp.

»Das hat der Major vorausgesagt«, erwiderte Williams respektvoll.

»Hat Harper diesen Schatz gesehen?«

»Das hätte Unglück bedeutet, Sir.« Williams hatte heute offenbar auf jeden Einwand eine Antwort parat. »Wenn die Truhe zum Beispiel ohne Zustimmung der ganzen Familie aufgemacht wird, holen einen die bösen Geister. Verstehen Sie, Sir?«

»Oh, durchaus«, spottete Sharp, aber der Glaube des Feldwebels an die Juwelen war über Sharps ironischen Zweifel erhaben.

Am selben Nachmittag sah der Leutnant zwei Möwen, die von Westen her ein überschwemmtes, vom Regen zerfurchtes Feld überflogen. Dieser Anblick versprach zwar noch nicht das Ende seiner Irrfahrt, löste jedoch allerlei Hoffnungen aus. Das Meer zu erreichen hätte einen Fortschritt bedeutet – das Ende des Marsches nach Westen und den Anfang der Reise nach Süden. In seinem Eifer bildete er sich sogar ein, das Salz in der regennassen Luft zu spüren.

Eine Stunde vor Sonnenuntergang erreichten sie eine kleine Stadt, die um eine Brücke über einen tiefen, reißenden Fluß herumgebaut war. Eine alte Festungsruine beherrschte das Stadtbild, aber diese Bastion war seit langem verlassen. Der *alcalde,* also der Bürgermeister der Stadt, versicherte Vivar, daß es hier im Umkreis von fünf Wegstunden keine Franzosen gäbe, und diese Versicherung veranlaßte den Major, in der Stadt Rast zu machen. »Wir werden früh aufbrechen«, schlug er Sharp vor. »Wenn das Wetter anhält, werden wir morgen um diese Zeit Santiago de Compostela erreichen.«

»Wo ich mich nach Süden wende.«

»Wo Sie sich nach Süden wenden.«

Der *alcalde* bot Vivar sein eigenes Haus an, und den Cazadores seine Stallungen, während die Schützen in einem Zisterzienserkloster einquartiert wurden, das darauf eingerichtet war, Pilgern Gastfreundschaft zu gewähren, sich jedoch den fremden Soldaten gegenüber nicht minder großzügig erwies. Es gab frisch geschlachtetes Schweinefleisch, dazu Bohnen, Brot und Rotwein aus Schläuchen. Außerdem wurde ihnen von einem muskelbepackten Mönch, dessen Narben und Tätowierungen ihm das Aussehen eines ehemaligen Soldaten verliehen, aus schwarzen Flaschen ein scharf schmeckender Branntwein ausgeschenkt, den die Spanier *aguardiente* nannten. Derselbe Mönch schleppte einen Sack Zwiebäcke heran und zeigte mit ausgestrecktem Daumen an, daß er als Proviant für den morgigen Marsch gedacht sei. Die Großzügigkeit der Mönche überzeugte Sharp, daß er und die Schützen nach den kalten Greueln der vergangenen Wochen wahrhaftig sichere Gefilde erreichen würden. Endlich schien die Gefahr einer Begegnung mit dem Feind gebannt. Der Notwendigkeit enthoben, für den Fall eines nächtlichen Alarms Posten aufzustellen, konnte Sharp ruhig schlafen.

Nur um mitten in der Nacht geweckt zu werden.

Ein Mönch in weißer Kutte ging mit einer Laterne in der Hand zwischen den Schützen hin und her, die im dunklen Kreuzgang des Klosters schliefen. Sharp grunzte und richtete sich auf einen Ellbogen gestützt auf. Draußen auf der Straße waren Geräusche zu hören: das Rumpeln von Rädern und Hufgetrappel.

»Señor! Señor!« Der Mönch winkte Sharp eifrig zu, der dar-

aufhin, fluchend über die Unterbrechung seiner Nachtruhe, seine Stiefel ergriff und dem Mönch über den vereisten Hof in die von Kerzen erleuchtete Vorhalle des Klosters folgte.

In dieser Vorhalle stand, ein Taschentuch vor den Mund gehalten, als fürchte sie sich vor Ansteckung, eine Frau von furchterregendem Körperumfang. Sie war so groß wie Sharp, um die Schultern so breit wie Harper, und um die Taille herum so dick wie ein Weinfaß. Sie war in eine Vielzahl von Mänteln und Umhängen gehüllt, die sie noch stämmiger erscheinen ließen. Ihr Gesicht mit den Schweinsaugen und dünnen Lippen aber wurde durch ein lächerlich zartes, winziges Hütchen gekrönt. Sie ignorierte die zudringlichen Mönche, die laut und flehentlich auf sie einredeten. Hinter ihr stand das mächtige Eingangstor des Klosters offen, und Sharp konnte im Licht der Fackeln, die draußen auf der Straße in Halterungen angebracht waren, eine Kutsche erkennen. Als er eintrat, stopfte die Frau ihr Taschentuch in den Ärmel. »Sind Sie ein englischer Offizier?«

Sharp war so verblüfft, daß er keine Antwort gab. Es war nicht die barsche Frage, die ihn überraschte, nicht einmal die Stentorstimme, mit der sie gestellt wurde, sondern die Tatsache, daß diese Riesenfrau eindeutig Engländerin war. »Nun?« beharrte sie.

»Jawohl.«

»Ich kann nicht behaupten, daß ich froh bin, einen Offizier, der einem protestantischen König den Fahneneid geleistet hat, an einem Ort wie diesem vorzufinden. Nun ziehen Sie endlich Ihre Stiefel an. Beeilen Sie sich, Mann!« Die Frau schüttelte die Mönche ab, die versuchten, ihre Aufmerksamkeit auf sich zu lenken, wie eine wuchtige Milchkuh, die das Blöken einer Schafherde ignoriert. »Sagen Sie mir, wie Sie heißen«, forderte sie.

»Sharp, Madam. Leutnant Richard Sharp von den Rifles.«

»Holen Sie mir den ranghöchsten englischen Offizier her. Und knöpfen Sie Ihre Jacke zu.«

»Ich bin der ranghöchste Offizier.«

Die Frau starrte ihn mit bösen Blicken mißtrauisch an. »Sie?«

»Jawohl, Madam.«

»Dann müssen Sie eben herhalten: Laß gefälligst deine schmutzigen Finger von mir!« Letzteres war an den Abt gerichtet, der mit ausgesuchter Höflichkeit versucht hatte, die Aufmerksamkeit der Frau auf sich zu ziehen, indem er behutsam eine zittrige Hand auf den Saum eines ihrer weiten Mäntel legte. »Holen Sie mir ein paar Männer her!« Das galt Sharp.

»Darf ich fragen, wer Sie sind?«

»Ich bin Mrs. Parker. Von Admiral Sir Hyde Parker haben Sie doch sicher gehört?«

»Gewiß.«

»Er war ein Verwandter meines Mannes, ehe Gottes Wille ihn in die jenseitige Herrlichkeit eingehen ließ.« Nachdem sie so klargestellt hatte, daß sie Sharp, und sei es durch Heirat, vom Rang her überlegen war, schlug Mrs. Parker erneut ihren herrischen Ton an. »Beeilen Sie sich, Mann!«

Sharp zog die zerrissenen Stiefel hoch und versuchte, sich einen Reim darauf zu machen, wie eine Engländerin mitten in der Nacht in einem spanischen Kloster auftauchen konnte. »Sie brauchen Soldaten, Madam?«

Mrs. Parker sah ihn an, als wolle sie ihm den Hals umdrehen. »Sind Sie taub, Mann? Nicht ganz bei Trost? Oder bloß einfältig? Nimm deine papistischen Finger weg!« Dieser Tadel ging wieder an die Adresse des Zisterzienserabtes, der jetzt wie von einer Wespe gestochen zurückwich. »Ich werde in der Kutsche warten, Leutnant! Beeilung!« Unter den deutlich erleichterten Blicken der Mönche stolzierte Mrs. Parker zurück zu ihrer Kutsche.

Sharp gürtete seinen Degen um und schlang sich das Gewehr über die Schulter. Er dachte nicht daran, irgendwelche Männer zu holen, sondern trat allein auf die Straße, wo es von Karren, Kutschen und Reitern wimmelte. In der Menge hatte sich ein Gefühl der Panik ausgebreitet. Die Leute schienen zu spüren, daß sie hier nicht bleiben konnten, ohne zu wissen, wohin sie sich wenden sollten. Mit bösen Vorahnungen näherte sich der Leutnant der Kutsche, deren üppig gepolsterter Innenraum von einer abgeschirmten Laterne erleuchtet wurde. In ihrem Licht sah er einen hochgewachsenen, entsetzlich mageren Mann, der dabei war, Mrs. Parker zurück auf ihren Sitz zu helfen.

»Da sind Sie ja!« Die Frau, der es endlich gelungen war, ihren feisten Rumpf auf die lederbezogene Bank zu zwängen, sah Sharp stirnrunzelnd an. »Und die Männer?«

»Wozu brauchen Sie sie, Madam?«

»Wozu ich sie brauche? Hast du das gehört, George? Ein Offizier Seiner Majestät begegnet einer schutzlosen englischen Frau, die in einem papistischen Land gestrandet ist, das voller Franzosen steckt, und er stellt ihr Fragen!« Mrs. Parker beugte sich vor und füllte mit ihrem Leib die offene Kutschtür aus. »Holen Sie sie her!«

»Warum?« bellte Sharp und löste damit erneut hohes Erstaunen bei Mrs. Parker aus, die Widerspruch offensichtlich nicht gewöhnt war.

»Wegen der Bibeln!« Es war der Mann, der diese Antwort gab. Er spähte an Mrs. Parker vorbei und schenkte Sharp ein sehr vorsichtiges Lächeln. »Ich heiße Parker, George Parker. Ich habe die Ehre, ein Vetter des verstorbenen Admirals Sir Hyde Parker zu sein.« Der resignierte Ton, in dem er das sagte, ließ erkennen, daß alles, was Mr. George Parker im Laufe seines Lebens zustande gebracht haben mochte, allein auf den Ruhm seines Vetters zurückzuführen war. »Meine Frau und ich brauchen Ihre Hilfe.«

»Wir haben spanische Übersetzungen des Neuen Testaments dabei«, unterbrach ihn Mrs. Parker, »in einem Versteck hier in der Stadt, Leutnant. Die Spanier konfiszieren dergleichen Schriften, wenn wir sie nicht verbergen. Wir brauchen Ihre Männer, um sie zu retten.« Diese Erklärung erfüllte eindeutig die Funktion einer Versöhnungsansprache, und sie wurde dafür mit einem eifrigen Nicken ihres Mannes belohnt.

»Sie verlangen, daß meine Schützen Ihre Bibeln vor den Spaniern in Sicherheit bringen?« fragte Sharp restlos verwirrt.

»Vor den Franzosen, Sie Narr!« bellte Mrs. Parker aus dem Innern der Kutsche.

»Demnach sind sie hier?«

»Sie sind gestern in Santiago de Compostela einmarschiert«, entgegnete Mr. Parker traurig.

»Großer Gott im Himmel!«

Dieser Fluch hatte die glückliche Wirkung, Mrs. Parker zum

Schweigen zu bringen. Ihr Mann sah Sharps Entsetzen und beugte sich vor. »Haben Sie nicht gehört, was sich in La Coruña zugetragen hat?«

Sharp wäre fast lieber gewesen, davon gar nichts zu erfahren. »Ich habe nichts gehört, Sir.«

»Dort hat eine Schlacht stattgefunden, Leutnant. Wie es scheint, ist es dem britischen Heer gelungen, sich aufs Meer zu retten, allerdings um den Preis zahlreicher Menschenleben. Sir John Moore soll gefallen sein. Die Franzosen, scheint es, sind nun die Herren über diesen Teil Spaniens.«

»Gütiger Himmel.«

»Als wir hier ankamen, hat man uns von Ihrer Gegenwart unterrichtet«, erläuterte George Parker, »und nun bitten wir um Ihren Schutz.«

»Selbstverständlich.« Sharp warf einen Blick auf die Straße. Jetzt verstand er die Panik. Die Franzosen hatten die Atlantikhäfen an der Nordwestgrenze Spaniens eingenommen. Die Briten waren davongezogen, die spanischen Armeen aufgerieben, und bald würden Napoleons Heerscharen sich gen Süden wenden, um ihren Sieg zu vollenden. »Wie weit ist es von hier nach La Coruña?«

»Elf Meilen? Zwölf?« George Parkers Gesicht wirkte im Kerzenlicht blaß und verhärmt. Kein Wunder, dachte Sharp. Die Franzosen waren kaum einen Tagesmarsch entfernt.

»Werden Sie sich jetzt wohl beeilen?« Mrs. Parker hatte sich von ihrem Schock über Sharps Blasphemie erholt und lehnte sich haßerfüllt aus der Kutsche.

»Warten Sie, gnädigste Frau.« Sharp rannte zurück ins Kloster. »Feldwebel Williams! Feldwebel Williams!«

Es dauerte zehn Minuten, die Schützen zu wecken und antreten zu lassen. Schlaftrunken torkelten sie auf die Straße, wo Sharp sie im Fackelschein anbrüllte, sich in Reihen aufzustellen. Der Atem der Männer dampfte im Licht der Flammen, und der Leutnant spürte die ersten beißend kalten Regentropfen. Die Mönche in ihrer Großzügigkeit brachten den Soldaten, die nicht schlau zu werden schienen aus dem lärmenden Chaos, kleine Säcke mit Brot heraus.

»Leutnant! Wollen Sie sich gefälligst beeilen!« Mrs. Parker

brachte die Federung der Kutsche zum Quietschen, als sie sich abermals herauslehnte. An diesem Punkt stieß Schütze Harper einen durchdringenden Pfiff aus, und die übrigen Männer schrien Hurra. Sharp wirbelte herum und machte eine äußerst unwillkommene Entdeckung.

In der Kutsche befand sich ein dritter Fahrgast; ein Fahrgast, der bis jetzt hinter Mrs. Parkers fülligem Leib verborgen gewesen war. Mrs. Parker schien eine Zofe, eine Reisebegleiterin, wenn nicht gar eine Tochter zu haben, und dieses Mädchen, falls es sich wirklich um Mrs. Parkers Tochter handelte, sah seiner Mutter nicht ähnlich. Nicht im mindesten. Sharp erblickte ein Gesicht mit strahlenden Augen, dunkle Locken und ein schelmisches Lächeln, das unter den Soldaten nur Unruhe stiften konnte. »Ach, Scheiße«, murmelte er.

Sharp hatte seine Männer geweckt und antreten lassen, ohne zu wissen, was er danach mit ihnen anfangen sollte. Während er darauf wartete, daß Vivar aus dem Haus des *alcalde* erschien, wo man eilig eine Versammlung der Stadtältesten einberufen hatte, ließ er die Schützen zunächst einmal die Neuen Testamente in spanischer Sprache aus dem Lager jenes Buchhändlers holen, der die Bücher George Parker zuliebe versteckt hatte.

»Die römische Kirche ist dagegen, verstehen Sie?« George Parker erwies sich in Abwesenheit seiner Frau als ein ebenso vornehmer wie trauriger Gentleman. »Sie will, daß ihre Untertanen in finsterer Ignoranz verharren. Der Erzbischof von Sevilla hat eintausend Bibeln konfisziert und verbrennen lassen. Können Sie sich so ein Benehmen vorstellen? Deshalb sind wir in den Norden gekommen. Ich war der Ansicht, daß wir in Salamanca fruchtbareren Boden für unsere Bemühungen vorfinden würden. Aber der dortige Erzbischof hat ebenfalls die Beschlagnahme angedroht. Daher sind wir nach Santiago aufgebrochen und haben unterwegs unsere kostbaren Bücher diesem guten Manne anvertraut.« Parker zeigte auf das Haus des Buchhändlers. »Ich glaube, er verkauft ein paar davon zum eigenen Nutzen, aber ich kann es ihm kaum verdenken. Wahrhaftig nicht. Und wenn er die Verbreitung des Evangeliums besorgt, Leutnant, unverfälscht durch die Priester Roms, kann das Gott nur zur Ehre geraten, meinen Sie nicht auch?«

Sharp war von den seltsamen Ereignissen dieser Nacht zu verwirrt, um ihm zustimmen zu können. Er sah zu, wie ein weiterer Stapel schwarz eingebundener Bücher auf die Straße geschleppt und in die rückwärtige Gepäckkiste der Kutsche verladen wurde. »Sie sind also in Spanien, um Bibeln zu verteilen?«

»Erst seit der Friedensvertrag zwischen unseren beiden Ländern unterzeichnet ist«, antwortete Parker, als sei damit alles erklärt. Als er jedoch sah, daß die Verwirrung nicht aus Sharps Miene weichen wollte, lieferte er weitere Informationen nach. »Meine liebe Frau und ich, müssen Sie wissen, sind Anhänger des verblichenen John Wesley.«

»Des Methodisten?«

»Exakt und haargenau.« Parker nickte eifrig. »Und als mein verstorbener Vetter, der Admiral, so gütig war, mich in seinem Testament zu bedenken, war meine liebe Frau der Ansicht, das Geld sei womöglich am schicklichsten auf die Erleuchtung der vom Papst herbeigeführten Finsternis verwandt, die das ganze südliche Europa einhüllt. Wir sahen den Friedensschluß zwischen England und Spanien als göttliche Fügung, die unsere Schritte an diesen Ort gelenkt hat.«

»Mit großem Erfolg?« Sharp konnte der Versuchung, diese Frage zu stellen, nicht widerstehen, obwohl die Antwort an Parkers kummervollem Gesicht deutlich abzulesen war.

»Leider nicht, Leutnant. Das Volk Spaniens hält hartnäckig an seiner römischen Ketzerei fest. Aber wenn auch nur einer Seele das Wissen um Gottes Erlösung und die Gnade des Protestantismus nahegebracht wird, werde ich mich in meinen Anstrengungen mehr als bestätigt fühlen.« Parker verstummte. »Und Sie, Leutnant? Dürfte ich fragen, ob Sie persönlich von unserem Herrn und Erlöser wissen?«

»Ich bin Schütze, Sir«, sagte Sharp entschieden, darauf bedacht, einen protestantischen Angriff auf seine bereits vom Katholizismus bestürmte Seele zu umgehen. »Unsere Religion ist das Töten von Froschfressern und anderen heidnischen Hundesöhnen, die etwas gegen unseren guten König George haben.«

Die Entschiedenheit, mit der Sharp seine Antwort vortrug, brachte Parker vorübergehend zum Schweigen. Betrübt beobachtete der alte Mann die Flüchtlinge auf der Straße. Dann seufzte er. »Natürlich, Sie sind Soldat. Aber vielleicht verzeihen Sie mir, Leutnant?«

»Ihnen verzeihen, Sir?«

»Mein Vetter, der verstorbene Admiral, hat immer zu heftigen Flüchen geneigt. Ich möchte Ihnen nicht zu nahetreten, Leutnant, aber meine liebe Frau und meine Nichte sind die Kraftausdrücke des Militärs nicht gewöhnt, und...« Seine Stimme versagte.

»Entschuldigen Sie, Sir. Ich werde versuchen, daran zu denken.« Sharp zeigte auf das Haus des Buchhändlers, in dem Mrs. Parker und das Mädchen vorübergehend Schutz gesucht hatten. »Sie ist also Ihre Nichte, Sir? Ist sie nicht ein wenig jung, um durch ein unruhiges Land wie dieses zu reisen?«

Selbst wenn Parker gemerkt haben mochte, daß Sharp nur Informationen über seine Nichte aus ihm herauslocken wollte, hätte es ihn nicht gestört. »Louisa ist neunzehn Jahre alt, Leutnant, und leider verwaist. Meine liebe Frau hat ihr eine Stellung als Reisebegleiterin angeboten. Wir hatten natürlich keine Ahnung, daß der Krieg eine so ungünstige Wendung nehmen könnte. Wir haben geglaubt, wenn ein britisches Heer einen Feldzug nach Spanien unternimmt, würden wir sowohl willkommen als auch in Sicherheit sein.«

»Vielleicht ist Gott dieser Tage ein Franzose?« rutschte es Sharp heraus.

Auf diese leichtfertige Äußerung ging Parker nicht ein und beobachtete wieder den Flüchtlingsstrom, der sich mit seinen Kleiderbündeln durch die Nacht vorankämpfte. Kinder weinten. Eine Frau zerrte zwei Ziegen an einem Seil hinter sich her. Ein Krüppel schwang sich auf Krücken vorbei. Parker schüttelte den Kopf. »Hier herrscht große Angst vor den Franzosen.«

»Sie benehmen sich wie die letzten Schweinehunde, Sir. Entschuldigen Sie.« Sharp wurde rot. »Waren Sie in Santiago de Compostela, als die Franzosen dort einmarschiert sind?«

»Ihre Kavallerie hatte gestern abend den nördlichen Stadtrand erreicht. Uns blieb noch Zeit, zu fliehen. Der Herr war uns ausgesprochen gnädig, meine ich.«

»In der Tat, Sir.«

Feldwebel Williams stand mit breitem Grinsen vor Sharp stramm. »Die Heiligen Bücher sind alle verladen, Sir. Soll ich die Damen holen?«

Sharp wandte sich an Parker. »Wollen Sie heute nacht noch weiterreisen, Sir?«

Parker wußte ganz eindeutig keine rechte Antwort auf diese Frage. »Wir tun, was immer Sie für richtig halten, Leutnant.«

»Das müssen Sie schon selbst entscheiden, Sir.«

»Ich?«

Offensichtlich war George Parker ebenso unentschlossen wie sein Vetter Sir Hyde, der mit seinem Zaudern beinahe die Schlacht von Kopenhagen verloren hätte. Sharp versuchte dem Alten zu erklären, vor welche Wahl seine Familie gestellt war. »Auf dieser Straße kann man sich nur nach Osten oder Westen wenden, und in beiden Richtungen liegen die Franzosen auf der Lauer. Ich gehe davon aus, Sir, daß Sie nun, nachdem Ihre Bücher in Sicherheit sind, entweder die eine oder die andere wählen müssen. Man sagt, die Franzosen würden sich unschuldigen englischen Reisenden gegenüber recht anständig verhalten. Zweifellos wird man Sie verhören, und Sie werden einige Unannehmlichkeiten auf sich nehmen müssen. Aber vermutlich werden Sie die Erlaubnis erhalten, nach Süden zu reisen. Dürfte ich Lissabon als Reiseziel vorschlagen? Ich habe gehört, daß es dort nach wie vor eine kleine britische Garnison gibt. Und wenn die Garnison sich bereits eingeschifft hat, müßten Sie dort zumindest ein britisches Handelsschiff finden.«

Parker starrte Sharp besorgt an. »Und Sie, Leutnant? Was haben Sie vor?«

»Ich kann kaum mit Schonung von seiten der Franzosen rechnen, Sir.« Er lächelte. »Nein, wir ziehen nach Süden. Wir hatten gehofft, die Straße zu nehmen, die in Santiago de Compostela beginnt, aber da die Schwei ... – da die Franzosen schon dort sind, werden wir einen Umweg über die Berge machen.« Sharp schlug gegen eines der schlammverkrusteten Räder der großen Kutsche. »Keine Chance, diesen Karren mitzunehmen, Sir, deshalb fürchte ich, Sie werden die Erlaubnis der Franzosen einholen müssen, ihr Territorium zu durchqueren.«

Parker schüttelte bereits seit einigen Sekunden den Kopf. »Ich versichere Ihnen, Leutnant, daß meine Frau und ich nicht die Absicht haben, uns vor dem Feind zu erniedrigen, solange uns ein Entkommen möglich ist. Wir werden mit Ihnen gen Süden reisen. Und obendrein kann ich Ihnen versichern, daß aus dieser Stadt eine durchaus brauchbare Straße in Richtung Süden führt. Dort!« Er deutete auf die Brücke. »Gleich auf der anderen Flußseite.«

Einen Moment lang verschlug es Sharp die Sprache. »Es gibt eine Straße, die von hier nach Süden führt?«

»Exakt und haargenau. Sonst hätte ich wohl kaum gewagt, wegen meiner Testamente herzukommen.«

»Aber man hat mir gesagt . . .« Sharp wurde augenblicklich klar, daß es keinen Sinn hatte, Vivars Behauptung zu wiederholen, daß eine derartige Straße nach Süden nicht existiere. »Sind Sie sicher, Sir?«

»Ich habe sie vor einem Monat selbst befahren.« Parker sah Sharps Zögern. »Ich habe eine Karte, Leutnant. Wollen Sie sie sehen?«

Sharp folgte dem Methodisten ins Haus des Buchhändlers. Mrs. Parker hatte sich am Kamin breitgemacht und warf dem Leutnant einen mißtrauischen Blick zu.

»Sämtliche Testamente sind sicher verstaut, meine Liebe«, sagte Parker unterwürfig, »und ich möchte fragen, ob wir wohl die Karte studieren dürften?«

»Louisa?« rief Mrs. Parker ihrer Nichte zu. »Die Karte.«

Das Mädchen trat gehorsam an eine lederne Reisetasche und kramte zwischen Papieren herum. Sharp wandte bewußt die Augen ab. Nach allem, was er bisher von Louisa Parker zu sehen bekommen hatte, war sie beunruhigend hübsch. Sie war von hochgewachsener, schlanker Anmut, hatte ein hellwaches Gesicht und seidige, von Not oder Krankheit unberührte Haut. Ein Mädchen, dachte Sharp, das geeignet war, einen Soldaten durch alle Träume zu verfolgen, auch wenn sie eine gottverdammte Methodistin war.

Louisa brachte die Karte an den Tisch. George Parker machte sich anheischig, sie in aller Förmlichkeit vorzustellen. »Louisa, meine Liebe, du bist noch nicht bekanntgemacht worden mit Leutnant . . .«

»Louisa!« Mrs. Parker war sich offensichtlich der Gefahr bewußt, die Soldaten für junge Mädchen darstellten, und unterbrach deshalb ihren Mann. »Komm sofort her und setz dich!«

In dem nun einsetzenden Schweigen entfaltete Sharp die Landkarte.

»Die Karte ist nicht sehr genau«, sagte Parker demütig, als sei er persönlich für jede Ungenauigkeit verantwortlich, »aber ich versichere Ihnen, den besagten Weg gibt es.« Er fuhr mit dem Finger über eine dünne schwarze Linie, mit der Sharp wenig anfangen konnte, denn er war noch bemüht, den eigenen Standort auf dem schlecht gedruckten Blatt zu bestimmen. »Der Weg trifft hier auf die Küstenstraße, ein Stück südlich von Villagarcia«, fuhr Parker fort, »und ich hatte gehofft, wir könnten dort, in Pontevedra, ein Schiff finden. Ich gehe davon aus, daß die Royal Navy vor dieser Küste patrouilliert und sich, so Gott will, ein freundlicher Fischer überreden läßt, uns zu ihren Schiffen hinauszubefördern.«

Sharp hörte gar nicht richtig zu. Er starrte die Karte an und versuchte, die anstrengende Route zu finden, die er mit Vivar genommen hatte. Den genauen Marschweg konnte er nicht finden, aber eines war klar: In den letzten paar Tagen hatten er und seine Rifles mindestens zwei Straßen nach Süden passiert. Vivar hatte Sharp immer wieder versichert, daß es keinen Weg nach Süden gäbe, daß die Schützen nach Santiago de Compostela müßten, ehe sie sich nach Lissabon aufmachen konnten. Der Spanier hatte gelogen.

George Parker legte Sharps grimmige Miene als Pessimismus aus. »So glauben Sie mir doch, der Weg existiert.«

Sharp wurde plötzlich auf den Blick des Mädchens aufmerksam, der auf ihm ruhte, und alle beschützerischen Instinkte, die er als Soldat besaß, wurden von diesem prüfenden Blick geweckt. »Sie sagen, Sie hätten die Straße vor einem Monat befahren, Sir?«

»In der Tat.«

»Und eine Kutsche kann sie im Winter bewältigen?«

»Das kann sie in der Tat.«

»Haben Sie vor, die ganze Nacht zu verplaudern?« Mrs. Parker richtete sich drohend auf. »Oder kümmert britische Soldaten das Schicksal britischer Frauenzimmer nicht mehr?«

Sharp faltete die Karte zusammen und schob sie, ohne um Erlaubnis zu bitten, in seinen Beutel. »Wir können bald aufbrechen, Madam, aber zunächst habe ich in der Stadt zu tun.«

»Zu tun!« Mrs. Parker schürte unverkennbar die Flammen ihres ehrfurchtgebietenden Zorns. »Was kann ein bloßer Leutnant zu tun haben, Mr. Sharp, das Vorrang gegenüber unserer Sicherheit hätte?«

Sharp riß die Tür auf. »Ich brauche höchstens eine Viertelstunde. Tun Sie mir den Gefallen, und seien Sie in zehn Minuten reisefertig. Ich habe zwei Verwundete, die in Ihrer Kutsche mitfahren müssen.« Er sah neuen Widerspruch in ihr aufschäumen. »Und die Tornister meiner Männer müssen auf dem Dach mitreisen. Sonst können Sie sich ohne mich nach Süden durchschlagen.« Er deutete eine Verbeugung an. »Ihr Diener, Madam.«

Sharp wandte sich ab, ehe Mrs. Parker anfangen konnte, mit ihm zu streiten. Er hätte schwören können, daß er bei der Gelegenheit ein amüsiertes Kichern des Mädchens hörte. Verdammt noch mal! Verdammt! Verdammt! Seine Sorgen waren auch ohne dieses ewige Problem eines jeden Soldaten groß genug. Er machte sich auf die Suche nach Vivar.

»Gute Neuigkeiten!« begrüßte Vivar den Leutnant, der das Haus des Bürgermeisters betrat. »Meine Verstärkung ist nur noch einen halben Tagesmarsch entfernt! Leutnant Davila hat frische Pferde und frische Soldaten gefunden! Hatte ich Ihnen von Davila erzählt?«

»Von der Straße haben Sie mir ja auch nichts erzählt, nicht wahr?«

»Straße?«

»Sie haben mir gesagt, wir müßten nach Westen marschieren,

ehe wir nach Süden könnten!« Sharp hatte nicht beabsichtigt, so aufgebracht zu sprechen, aber er konnte seine Erbitterung nicht verbergen. Er und seine Männer hatten ein kaltes Land durchquert, hatten feuchte Hänge erklommen und waren durch eisige Bäche gewatet, und das für nichts und wieder nichts. Er hätte vor Tagen nach Süden abbiegen können. Inzwischen hätten sie längst die Grenze nach Portugal hinter sich lassen können. Statt dessen waren sie wenige Marschstunden vom Feind entfernt. »Die Straße!« Er knallte George Parkers Karte auf den Tisch. »Es gibt sehr wohl eine Straße, Vivar! Eine gottverdammte Straße! Und Sie haben uns an zwei anderen gottverdammten Straßen vorbeigeführt! Und die gottverdammten Franzosen sind einen lächerlichen Tagesmarsch weit weg. Sie haben mich, verdammt noch mal, angelogen!«

»Sie angelogen?« Blas Vivars Wut flammte ebenso ungestüm auf wie die Sharps. »Das erbärmliche Leben habe ich Ihnen gerettet! Glauben Sie etwa, Ihre Männer hätten ohne mich in Spanien auch nur eine Woche überlebt? Wenn Sie nicht gerade untereinander streiten, besaufen Sie sich samt und sonders! Ich habe einen Haufen nichtsnutziger Trunkenbolde durch halb Spanien geführt und bekomme dafür keinen Dank, überhaupt keinen. Auf Ihre Karte pfeife ich!« Vivar packte die kostbare Landkarte und zerriß sie, statt darauf zu pfeifen, in kleine Fetzen, die er ins Feuer warf.

Der Bürgermeister, ein Priester und ein halbes Dutzend weiterer alter und gewichtiger Männer beobachteten in verstörtem Schweigen die Konfrontation.

»Zur Hölle mit Ihnen!« Sharp hatte eine Sekunde zu spät nach der Karte gegriffen.

»Ich soll zur Hölle fahren?« brüllte Vivar. »Ich kämpfe für Spanien, Leutnant. Ich renne nicht davon wie ein verängstigter kleiner Junge. Aber so sind die Briten nun einmal, nicht wahr? Ein Rückschlag, schon rennen sie nach Hause zu ihren Müttern. Sei's drum! Rennen Sie ruhig fort! Aber Sie werden in Lissabon keine Garnison vorfinden, Leutnant. Die wird längst auch davongerannt sein!«

Sharp ignorierte seine Schmähungen, um endlich die Frage

zu stellen, die ihm auf der Zunge brannte. »Warum haben Sie uns überhaupt hierhergeführt, Sie Hundesohn?«

Vivar beugte sich über den Tisch. »Weil ich geglaubt habe, Leutnant, ein Engländer könne einmal in seinem geistig umnachteten Leben etwas für Spanien tun. Etwas für Gott tun, etwas Nützliches! Sie sind eine Nation der Piraten, der Barbaren, der Heiden! Gott allein weiß, warum er die Engländer auf diese Erde gesetzt hat, aber ich dachte, nur dieses eine Mal, Sie könnten etwas tun, das Seinem Schöpfungsauftrag nützt!«

»Wir sollten wohl Ihre kostbare Schatztruhe schützen?« Sharp zeigte auf die geheimnisvolle Truhe, die an einer Wand aufgestellt war. »Ohne uns hätten sie das verdammte Ding verloren, ist es nicht so? Und warum, Major? Weil Ihre kostbaren spanischen Armeen zu nichts zu gebrauchen sind, deshalb!«

»Und Ihr Heer ist aufgerieben, geschlagen und geflüchtet. Es ist zu überhaupt nichts zu gebrauchen. Nun verschwinden Sie! Rennen Sie fort!«

»Ich hoffe, die Franzosen bekommen Ihre verdammte Kiste.« Sharp wandte sich ab, dann hörte er, wie ein Säbel gezogen wurde. Er wirbelte herum und riß dabei den eigenen Degen flink aus der wiederhergestellten Scheide. Da kam Vivars Klinge auch schon im Kerzenlicht schimmernd auf ihn herabgesaust.

»Basta!« Es war der Priester, der sich zwischen die beiden wütenden Männer warf. Er redete auf Vivar ein, der Sharp nur verachtungsvoll anstarrte. Da er das Gesagte nicht verstehen konnte, verharrte Sharp währenddessen mit erhobenem Degen.

Vivar ließ sich widerstrebend von dem Priester überreden, seine Klinge sinken zu lassen. »Sie überstehen ohne mich keinen Tag, Leutnant, aber gehen Sie ruhig!«

Sharp spuckte auf den Boden, um seine Verachtung kundzutun, dann trat er, immer noch mit gezogenem Degen, in die Nacht hinaus. Die Franzosen hatten den Norden erobert, und er mußte fliehen.

Kapitel sieben

An diesem ersten Tag ihres Marsches nach Süden kamen sie besser voran, als Sharp zu hoffen gewagt hatte. Die Kutsche der Familie Parker war schwerfällig, aber sie hatte Räder mit breiten Felgen, die dafür geschaffen waren, mit zerfurchten, morastigen Wegen fertigzuwerden, und einen geduldigen spanischen Kutscher, der geschickt mit dem Gespann aus sechs großen Zugpferden umging. Nur zweimal an diesem Tag war das Gefährt steckengeblieben, so daß es von den Schützen gezogen werden mußte: einmal an einer extremen Steigung, das zweite Mal, als ein Rad am Wegesrand in ein Schlammloch versank. Von Louisa bekam Sharp nichts zu sehen. Die Tante des Mädchens sorgte dafür, daß es hinter dem zugezogenen Ledervorhang der Kutsche verborgen blieb.

Größe und Ausstattung der Kutsche beeindruckten Sharp. Der selbstgewählten Mission der Parkers, die papistischen Heiden Spaniens zu bekehren, fehlte es offenbar an nichts. George Parker, der es vorzuziehen schien, neben Sharp herzugehen, statt sich bei seiner Frau aufzuhalten, erklärte ihm, es sei das hinterlassene Prisengeld des Admirals, das diesen Komfort möglich gemacht habe.

»War der Admiral ein religiöser Mann, Sir?« erkundigte sich Sharp.

»Leider nicht. Im Gegenteil. Aber ein reicher Mann, Leutnant. Und ich sehe nicht ein«, Parker war sichtlich pikiert über Sharps Fragen nach den Kosten der Kutsche, »warum das Werk des Herrn unter einem Mangel an Mitteln leiden sollte, Sie etwa?«

»Gewiß nicht«, pflichtete Sharp ihm fröhlich bei. »Aber warum Spanien, Sir? Ich würde meinen, daß es in England noch genug Heiden gibt und man die Spanier nicht belästigen müßte.«

»Weil die Spanier im Schatten Roms dahinvegetieren, Leutnant. Können Sie sich vorstellen, was das bedeutet? Wie entsetzlich das ist? Ich könnte Ihnen Geschichten über priesterliche Vergehen erzählen, daß Ihnen die Haare zu Berge stehen! Wissen Sie, was für einen Aberglauben diese Leute hegen?«

»Ich kann's mir denken, Sir.« Sharp sah sich nach der Kutsche um. Seine zwei Verwundeten fuhren auf dem Dach mit, wohin sie auf Mrs. Parkers Geheiß verbannt worden waren. »Aber die Dons scheinen mir nicht gerade auf den Methodismus zu warten, wenn ich mir die Bemerkung erlauben dürfte.«

»Es ist ein steiniger Pfad«, stimmte Parker niedergeschlagen zu.

»Übrigens kannte ich in Indien einen Offizier, der die Heiden zum Christentum bekehrt hat«, sagte Sharp tröstend, »und er hatte damit viel Erfolg.«

»Wirklich?« Mr. Parker war hocherfreut, von diesem Beweis für Gottes Güte zu hören. »Ein gottesfürchtiger Mann?«

»Komplett verrückt war er, Sir. Er gehörte den Royal Irish an, und die haben samt und sonders einen Dachschaden.«

»Aber Sie sagten doch, er habe Erfolg gehabt?«

»Er hat den Leuten gedroht, ihnen mit der Muskete den Schädel wegzublasen, wenn sie sich nicht taufen ließen. Da haben sie sich der Reihe nach angestellt. Die Schlange reichte zweimal um die Rüstkammer herum und dann zurück bis zum Torhaus.«

Mr. Parker verstummte. Er versank in eine Trübsal, die sich nur mit der rebellischen Stimmung vergleichen ließ, die unter den langsam marschierenden Schützen herrschte. Sharps gute Laune war aufgesetzt. Er wollte einfach nicht zugeben, daß die geringen Fortschritte bei seinem Versuch, das Vertrauen der Schützen zu gewinnen, durch seine Entscheidung zunichte gemacht worden war, allein nach Süden aufzubrechen. Er redete sich ein, die schlechte Laune seiner Männer sei auf mangelnden Schlaf zurückzuführen. In Wahrheit aber wußte er, es lag daran, daß man sie gezwungen hatte, Major Vivar im Stich zu lassen. Die Männer hatten Vertrauen zu Vivar, während Sharps Autorität die Feuerprobe noch nicht bestanden hatte. Das machte seiner empfindlichen Selbstachtung zu schaffen.

Daß die Schützen nicht glücklich waren, wurde von Feldwebel Williams bestätigt, der sich zu Sharp gesellte, während die kleine Marschsäule durch weitläufige Gärten zog. »Die Jungs wären zu gern bei dem Major geblieben, Sir.«

»Um Himmels willen, wieso denn?«

»Wegen seiner Schätze, Sir! Er wollte uns mit Gold belohnen, sobald wir in Santi-Dingsda ankommen.«

»Du bist ein verdammter Narr, Feldwebel. Von Gold war nie die Rede. Kann sein, daß in dieser verdammten Kiste Schätze waren, aber der einzige Grund, warum er auf eure Gesellschaft Wert gelegt hat, war der, sich von euch schützen zu lassen.« Sharp war sicher, daß er recht hatte. Vivars Zusammentreffen mit den Rifles hatte die kleine Streitmacht des Majors beinahe verdoppelt. Sharp aber war nicht einer verfluchten Schatztruhe verpflichtet, sondern dem britischen Heer. »Bis nach Santiago hätten wir es ohnehin nicht geschafft. Dort wimmelt es nur so von diesen verdammten Franzmännern.«

»Jawohl, Sir«, sagte Williams fügsam, aber mit Bedauern.

Sie machten in jener Nacht halt in einer kleinen Stadt, wo ihnen George Parkers gute Spanischkenntnisse Platz in einem Gasthof sicherten. Die Parkers quartierten sich in einem Nebenzimmer der großen Schankstube des Gasthofs ein, während die Schützen es sich im Stall bequem machen durften.

Die Reste des geschenkten Brots aus dem Mönchskloster waren die einzige Nahrung, die die Männer bei sich hatten, und Sharp wußte, daß sie mehr brauchten. Der Wirt hatte Fleisch und Wein, wollte sich von beidem jedoch nur gegen Bezahlung trennen. Sharp hatte kein Geld, daher wandte er sich an den alten Parker, doch der gestand ihm traurig, daß seine Frau die Verfügungsgewalt über die familiären Geldmittel habe.

Mrs. Parker, die noch dabei war, sich aus Mänteln und Tüchern herauszuschälen, plusterte sich vor Empörung über sein Ansinnen auf. »Geld, Mr. Sharp?«

»Die Männer brauchen Fleisch.«

»Wir sollen dem Militär Zuwendungen machen?«

»Alle Auslagen werden Ihnen zurückerstattet, Madam.« Sharp spürte, daß Louisas Blicke auf ihm ruhten. Allein im Interesse des Hungers seiner Männer widerstand er der Versuchung, die Nichte anzusehen, aus Angst, die Tante gegen sich aufzubringen.

Mrs. Parker ließ ihre lederne Börse klimpern. »Dieses Geld ist dem Herrn geweiht, Leutnant.«

»Wir leihen es doch nur, Madam. Meine Männer können Ihnen doch mit leerem Magen keinen Schutz bieten.«

Dieser demütig vorgebrachte Einwand schien Mrs. Parker zu überzeugen. Sie beschied den Wirt zu sich und handelte mit ihm den Kauf eines Topfes voller Ziegenknochen aus, daraus sich, wie sie Sharp versicherte, eine nahrhafte Brühe zubereiten ließe.

Als der Handel abgeschlossen war, zögerte Sharp, ehe er die von Mrs. Parker geforderte Quittung ausfertigte. »Und noch etwas Geld für Wein, gnädige Frau?«

George Parker sah angestrengt zur Zimmerdecke, Louisa machte sich an einem Kerzendocht zu schaffen, und aus Mrs. Parkers Blick sprach das Grauen, als sie sich nun Sharp zuwandte. »Wein?«

»Sehr richtig, Madam.«

»Ihre Männer sind Trunkenbolde?«

»Sie haben ein Anrecht auf Wein.«

»Ein Anrecht?« Die Betonung der Frage verhieß nichts Gutes.

»Britische Heeresvorschrift, Madam. Ein Fünftel Liter Weinbrand pro Tag, oder ein halber Liter Wein.«

»Für jeden?«

»Natürlich, Madam.«

»Nicht, Leutnant Sharp, solange sie christliches Volk in sichere Gefilde eskortieren.« Mrs. Parker steckte die Börse in eine Tasche ihres Rocks. »Das Geld unseres Herrn und Heilandes, Leutnant, wird nicht für geistige Getränke verplempert. Ihre Männer können Wasser trinken. Mein Mann und ich, wir trinken nichts als Wasser.«

»Oder auch mal Dünnbier«, beeilte George sich, sie zu korrigieren.

Mrs. Parker schenkte ihm keine Beachtung. »Die Quittung, Leutnant, wenn Sie so gut sein wollen.«

Sharp unterschrieb pflichtschuldigst das Papier. Dann folgte er dem Wirt in den großen Schankraum. Dort angekommen, schnitt er sich mangels anderer Währung vier der Silberknöpfe ab, die an die äußere Naht seiner Uniformhose angenäht waren. Mit den Knöpfen erstand er so viele Weinschläuche, daß es für jeden einen Becher voll gab. Die Männer nahmen ihre Zuteilung und die Schüssel, in der Knorpel und Knochen herumschwammen, in düsterem Schweigen entgegen. Dieses Schweigen wurde jedoch von aufmüpfigem Murren abgelöst, als Sharp verkündete, das Wecken sei für vier Uhr morgens angesetzt. Von diesem neuen Beweis der aufsässigen Gesinnung seiner Schützen aufgestachelt, fügte er barsch hinzu, daß diejenigen, die es vorzügen, in französische Gefangenschaft zu geraten, getrost sofort gehen könnten. Er wies durch die Stalltür auf den Hof, wo sich bereits der erste Frost bildete.

Niemand sagte etwas oder rührte sich. In einem Winkel des Stalls konnte Sharp Harpers Augen glitzern sehen. Wieder einmal hatten sich die Schützen instinktiv um den großen Iren versammelt. Doch Harper um Unterstützung anzugehen, hatte keinen Sinn. Er schien den Abfall von Blas Vivar mehr als jeder andere übelzunehmen, obwohl es Sharp nicht klar war, warum sie dem Major hätten beistehen sollen. »Vier Uhr!« sagte er. »Und um fünf Uhr ist Aufbruch!«

Mrs. Parker war über diesen Bescheid nicht glücklicher als die Schützen. »Um vier Uhr aufstehen? Glauben Sie etwa, der Körper könne ohne Schlaf auskommen, Leutnant?«

»Ich halte es für das Beste, vor den Franzosen aufzubrechen.« Sharp zögerte. Es fiel ihm nicht leicht, diese störrische Frau noch einmal um etwas zu bitten, aber da er sich nicht zutraute, in der Schwärze der Nacht selbst die Zeit abzuschätzen, fragte er: »Übrigens, Madam, haben Sie vielleicht eine Uhr dabei?«

»Einen Zeitmesser, Leutnant?« Mrs. Parker wollte sich mit dieser Frage Zeit erkaufen, um ihre Ablehnung wirksam zu formulieren.

»Bitte, Madam.«

Von dem brettharten Sitz im Alkoven her, der ihr als Bett diente, lächelte Louisa Sharp zu. Ihre Tante sah das Lächeln und zog hastig den Vorhang vor den Alkoven. »Sie werden doch selbstverständlich vor dieser Tür schlafen, Leutnant?«

Sharp, der bloß an Uhren dachte, war über diese gebieterisch vorgetragene Forderung verblüfft. »Wie meinten Sie, Madam?«

»In diesem Zimmer halten sich schutzlose Frauenspersonen auf, Leutnant, britische Frauenspersonen.«

»Ich bin sicher, daß Sie hier ungefährdet sind.« Sharp zeigte auf den schweren Riegel an der Tür.

»Haben Sie denn keinen Begriff von Ihren Pflichten, Leutnant?« fuhr Mrs. Parker ihn erbost an. »Kein Wunder, daß Sie nie über Ihren niederen Rang hinaus befördert wurden!«

»Madam, ich . . .«

»Unterbrechen Sie mich nicht! Ich lasse mir Ihren Kasernenhofton nicht gefallen, Leutnant. Haben Sie die papistischen Kreaturen gesehen, die wie die Tiere in dieser Taverne saufen? Wissen Sie, was für Unheil geistige Getränke anrichten? Und dürfte ich Sie daran erinnern, daß Mr. Parker in England Steuern entrichtet hat? Wir haben ein Recht darauf, von Ihnen beschützt zu werden.«

George Parker, der sich bemühte, im Schein einer Talglampe seine heiligen Schriften zu lesen, blickte Sharp flehentlich an. »Ich bitte Sie, Leutnant.«

»Ich werde draußen übernachten, Madam, aber ich brauche einen Zeitmesser.«

Mrs. Parker lächelte, hocherfreut über ihren kleinen Sieg. »Wenn Sie uns beschützen, Leutnant, werden Sie sicher wachbleiben wollen. Ein Stundenglas umdrehen zu müssen wird Sie vor dem Einschlafen bewahren. George?«

Georg Parker kramte in seiner Reisetasche und förderte ein Stundenglas zutage, das er mit bedauernder Miene an Sharp weiterreichte, Mrs. Parker nickte zufrieden. »Es fehlen fünfundzwanzig Minuten auf zehn Uhr, Leutnant. Das Glas braucht eine Stunde, um sich zu leeren.« Dann entließ sie ihn mit königlicher Geste.

Sharp machte es sich vor dem Zimmer der Parkers an einer Wand bequem. Das Stundenglas stellte er auf ein Fensterbrett und sah zu, wie die ersten Sandkörner herabrieselten. Zur Hölle mit dieser unmöglichen Frau! Kein Wunder, daß das Heer etwas gegen die Ausbreitung des Methodismus in seinen Reihen hatte. Andererseits war Sharp froh, den Leibwächter zu spielen, und sei es für eine unhöfliche Frau wie Mrs. Parker. Dadurch brauchte er nicht in den Stall zurückzukehren, wo seine Schützen nur wieder ihrem Mißvergnügen und ihrer Empörung Luft machen würden. Es hatte eine Zeit gegeben, da die Gesellschaft solcher Männer seine Gewohnheit und sein Vergnügen war. Nun als Offizier blieb ihm ihre Kameradschaft verschlossen. Er empfand eine immense, hoffnungslose Erschöpfung und wünschte sich, daß dieser verfluchte Marsch endlich überstanden wäre.

Sharp trennte noch einen Knopf von der Hose ab, die bereits soweit klaffte, daß ein gutes Stück narbenbedeckten Schenkels zu sehen war, und erstand für sich selbst einen Schlauch Wein. Er trank ihn hastig und in bedrückter Stimmung aus. Dann zog er eine Bank heran, bis sie an der Tür der Familie Parker stand. Die übrigen Gäste im Schankraum waren dem zerlumpten, mürrischen fremden Soldaten gegenüber mißtrauisch und hielten sich von ihm fern. Die Bank stand vor einem kleinen offenen Fenster, von dem aus Sharp den Stall sehen konnte. Er wurde den Verdacht nicht los, daß die Schützen noch eine Meuterei anzetteln, daß sie sich womöglich im Dunkeln davonschleichen würden, um sich wieder ihrem geliebten Major anschließen zu können. Doch bis auf ein paar Männer, die auf dem Hof erschienen, um Wasser zu lassen, wirkte alles still. Still, aber nicht ruhig. Sharp konnte das Gelächter der Männer hören, und es machte seine Einsamkeit noch schlimmer. Allmählich verstummte auch das Lachen.

Er konnte nicht schlafen. Der Schankraum leerte sich bis auf zwei Viehhändler, die fröhlich am ersterbenden Feuer vor sich hinschnarchten, und den Schankkellner, der sich unter der Durchreiche zur Ruhe bettete. Allmählich bekam Sharp Kopfschmerzen. Plötzlich fehlte ihm Vivar. Die gute Laune und Zuversicht des Spaniers hatten ihm den langen Marsch erträglich gemacht. Nun fühlte er sich dem Chaos ausgesetzt. Wie, wenn die britische Garnison in Lissabon wirklich längst aufgelöst war? Oder wenn es vor der Küste keine seetüchtigen Schiffe mehr gab? War er dazu verdammt, durch Spanien zu ziehen, bis eines Tages die Franzosen seine Probleme lösten, indem sie ihn gefangennahmen? Und wenn sie es taten? Der Krieg mußte bald mit einem französischen Sieg enden, und die Franzosen würden ihre Gefangenen heimschicken. Sharp würde als einer von vielen gescheiterten Offizieren nach England zurückkehren und gezwungen sein, bei halbem Sold ein elendes Leben zu fristen. Er drehte das Stundenglas um und machte einen Strich auf die weißgetünchte Wand. Neben den Viehhändlern lag ein halb geleerter Weinschlauch. Sharp nahm ihn an sich. Er spritzte sich das übel schmeckende Gesöff in den Mund, in der Hoffnung, trotz des unangenehmen Geschmacks seine Kopfschmerzen loszuwerden. Er wußte, daß er am nächsten Morgen schlecht gelaunt und unausgeruht sein würde. Seinen Männern würde es gewiß nicht anders ergehen, und die Erinnerung an ihre Verstimmtheit deprimierte ihn noch mehr. Zur Hölle mit ihnen! Zur Hölle mit Williams! Zur Hölle mit Harper! Zur Hölle mit Vivar! Zur Hölle mit Sir John Moore, weil er das verdammt beste Heer ruiniert hatte, das jemals England verlassen hatte! Zur Hölle mit Spanien und den verdammten Parkers und der verdammten Kälte, die immer weiter in den Schankraum vordrang, je schwächer das Feuer brannte!

Da hörte er auf einmal, wie hinter ihm an der Tür der Riegel zurückgeschoben wurde, heimlich und mit ungeheurer Vorsicht. Nach scheinbar endlos langer Zeit quietschte die schwere Tür in den Angeln. Zwei furchtsame Augen richteten sich auf Sharp. »Leutnant?«

»Miss?«

»Ich habe Ihnen dies hier mitgebracht.« Louisa schloß behutsam hinter sich die Tür und kam zu ihm herüber. Sie streckte ihm eine dicke, silberne Taschenuhr entgegen. »Das ist eine Uhr mit Läutwerk«, flüsterte sie. »Ich habe sie so eingestellt, daß sie um vier Uhr morgens schlägt.«

Sharp nahm die gewichtige Uhr entgegen. »Ich danke Ihnen.«

»Ich muß mich bei Ihnen entschuldigen«, sagte Louisa hastig.

»Nein . . .«

»Oh, doch. Ich verbringe viele Stunden damit, mich für das Benehmen meiner Tante zu entschuldigen. Vielleicht wären Sie morgen so freundlich, mir die Uhr zurückzugeben, ohne daß sie es merkt?«

»Natürlich.«

»Außerdem habe ich mir überlegt, daß Sie dies hier brauchen könnten, Leutnant.« Sie lächelte schelmisch und zog eine schwarze Flasche aus ihrem Umhang. Zu Sharps Erstaunen enthielt sie spanischen Branntwein. »Die gehört meinem Onkel«, erläuterte sie, »aber der soll ohnehin nicht davon trinken. Er wird annehmen, meine Tante habe sie gefunden und beseitigt.«

»Ich danke Ihnen.« Sharp nahm einen Schluck von der scharfen Flüssigkeit. Dann wischte er das Mundstück mit linkischer Galanterie an seinem Ärmel ab und bot Louisa die Flasche dar.

»Nein, danke.« Sie lächelte über seine unbeholfene Geste, beschloß, sie als freundliche Einladung zu verstehen, und nahm sittsam am anderen Ende von Sharps Sitzbank Platz. Sie trug nach wie vor Rock, Umhang und Hut.

»Ihr Onkel trinkt also?« fragte Sharp erstaunt.

»Würde es Ihnen nicht genauso gehen? Wenn Sie mit ihr verheiratet wären?« Als sie seine Grimasse sah, lächelte Louisa. »Glauben Sie mir, Leutnant, ich habe mich meiner Tante nur wegen der Gelegenheit angeschlossen, Spanien zu sehen. Auf keinen Fall deshalb, weil ich monatelang ihre Gesellschaft genießen wollte.«

»Ich verstehe«, sagte Sharp, obwohl er in Wahrheit gar nichts verstand, vor allem nicht, warum die junge Frau mitten in der Nacht seine Gesellschaft gesucht hatte. Es schien ihm schwer vorstellbar, daß sie es nur deshalb riskiert hatte, sich den Zorn ihrer Tante zuzuziehen, um ihm eine Uhr auszuleihen. Noch dazu schien sie darauf aus zu sein, sich mit ihm zu unterhalten. Obwohl ihn ihre Gegenwart schüchtern und beklommen machte, wollte er, daß sie dablieb. Das ausgehende Feuer warf gerade genug Licht auf sie, um ihrem Gesicht einen rötlichen Glanz zu verleihen. Diese Frau war wunderschön.

»Meine Tante ist außergewöhnlich unhöflich«, fuhr Louisa mit ihrer Entschuldigung fort. »Sie hatte keinen Grund, sich in der Weise, wie sie es getan hat, über Ihren Rang zu äußern.«

Sharp zuckte die Achseln. »Sie hat ja recht. Ich bin recht alt für einen Leutnant, aber vor fünf Jahren war ich noch Feldwebel.«

Louisa blickte ihn mit neuem Interesse an. »Wirklich?«

»Wirklich.«

Ihr Lächeln trieb Pfeile des Begehrens in Sharps Herz. »Sie müssen ein höchst bemerkenswerter Mann sein, Leutnant, allerdings muß ich Ihnen anvertrauen, daß meine Tante Sie für höchst ungehobelt hält. Sie äußert immer wieder ihr Erstaunen darüber, daß Sie Offizier Seiner Majestät sein sollen, und behauptet, daß Sir Hyde einen Rohling wie Sie niemals als Offizier auf einem seiner Schiffe geduldet hätte.«

Einen Augenblick lang wehrte sich Sharps angeschlagenes Selbstbewußtsein gegen diese Kritik. Aber dann merkte er, daß Louisas Miene eher schelmisch als ernsthaft war. Außerdem sah er ihr an, daß sie es gut mit ihm meinte. Soviel Freundlichkeit war Sharp seit Monaten nicht mehr zuteil geworden, aber obwohl ihn das innerlich erwärmte, ließ ihn seine Unbeholfenheit ungeschickt reagieren. Ein geborener Offizier, dachte er verdrießlich, würde wissen, wie er auf den trockenen Humor des Mädchens zu kontern hatte, aber er konnte nur eine langweilige Frage stellen. »War Sir Hyde Ihr Vater?«

»Er war ein Cousin meines Vaters, ein entfernter Cousin. Wie ich höre, war er kein guter Admiral. Er hielt Nelson für einen Abenteurer.« Sie erstarrte, beunruhigt durch ein plötzliches Geräusch, doch es war nur ein Holzscheit, das in der Glut des Feuers knisterte! »Aber er wurde ein sehr reicher Admiral«, fuhr Louisa fort, »und die Familie hat von dem vielen Prisengeld profitiert.«

»Demnach sind Sie reich?« Sharp konnte nicht anders, er mußte diese Frage stellen.

»Ich nicht. Aber meine Tante hat genug Vermögen geerbt, um in der Welt Unfrieden zu stiften.« Louisa sprach nun mit großem Ernst. »Haben Sie eine Ahnung, Mr. Sharp, wie peinlich es ist, in Spanien den Protestantismus verbreiten zu müssen?«

Sharp zuckte die Achseln. »Sie haben es so gewollt, Miss.«

»Sicher. Und die Peinlichkeit ist der Preis, den ich dafür bezahle, Granada und Sevilla zu sehen.« Ihre Augen leuchteten auf – oder war es nur der Widerschein der Feuersglut? »Ich würde so gern noch mehr sehen!«

»Aber Sie kehren nach England zurück?«

»Meine Tante hält es für angebracht.« Louisas Stimme ließ vorsichtigen Spott erkennen. »Die Spanier, müssen Sie wissen, belohnen ihre Versuche nicht, sie aus dem römischen Joch zu befreien.«

»Aber Sie möchten gern hierbleiben?«

»Das wird kaum möglich sein, oder? Junge Frauen, Mr. Sharp, können sich in dieser Welt nicht frei bewegen. Ich muß nach Godalming zurückkehren, wo mich ein Mr. Bufford erwartet.«

Sharp mußte über ihren Tonfall lachen. »Mr. Bufford?«

»Er ist durch und durch respektabel«, sagte Louisa, als habe Sharp das Gegenteil behauptet, »und natürlich Methodist. Sein Geld verdient er mit der Herstellung von Tinte, einem Gewerbe von solcher Einträglichkeit, daß die künftige Mrs. Bufford sich auf ein großes Haus und ein Leben in beträchtlicher, wenn auch langweiliger Bequemlichkeit freuen kann. Gewiß wird es niemals mit Tinte befleckt werden. Die wird nämlich in sicherer Entfernung in Deptford hergestellt.«

Sharp hatte sich noch nie mit einem Mädchen von Louisas augenscheinlicher Bildung unterhalten. Auch hatte er noch nie jemanden mit solcher Verachtung vom Geldadel reden hören. Er hatte immer angenommen, daß jeder, der zu beträchtlicher, wenn auch langweiliger Bequemlichkeit geboren war, für diese Gabe ewig dankbar sein müßte. »Und die künftige Mrs. Bufford, das sind Sie?«

»So ist es vorgesehen, ja.«

»Aber Sie wollen sich nicht verheiraten?«

»Das möchte ich, glaube ich, schon.« Louisa runzelte die Stirn.

»Sind Sie verheiratet?«

»Ich bin nicht reich genug, um heiraten zu können.«

»Das hat, soviel ich weiß, andere Menschen kaum jemals davon abgehalten.« Louisa tat ihre Vertraulichkeit mit einem Achselzucken ab. »Aber ich hatte nicht gehofft, Sie noch wach vorzufinden, um Sie mit meinen kleinen Nöten zu belästigen. Ich wollte Sie vielmehr fragen, Leutnant, ob unsere Gegenwart es wahrscheinlicher macht, daß Sie und Ihre Männer in französische Gefangenschaft geraten?«

Die Antwort war ein klares Ja, aber ebenso klar war, daß Sharp sie nicht aussprechen durfte. »Nein, Miss. Solange wir in angemessenem Tempo weiterreisen, dürften wir den Schwei . . . – dürften wir ihnen vorausbleiben.«

»Ich hätte Sie ermutigt, uns an die Schwei . . . – an sie auszuliefern, wenn Sie mir wahrheitsgemäß geantwortet hätten.« Louisa lächelte ihr ernsthaft schelmisches Lächeln.

»Ich würde Sie niemals ausliefern, Miss«, sagte Sharp unbeholfen und war froh, daß die spärliche Beleuchtung sein Erröten verbarg.

»Meine Tante ruft immer wieder große Loyalität hervor.«

»Stimmt.« Sharp lächelte, und aus dem Lächeln wurde Gelächter, das sich Louisa jedoch verbat, indem sie den Finger an die Lippen legte.

»Ich danke Ihnen, Leutnant.« Sie stand auf. »Ich hoffe, Sie nehmen es nicht übel, daß wir Ihnen eine solche Last sind.«

»Jetzt nicht mehr, Miss.«

Louisa schlich zur Tür. »Schlafen Sie gut, Leutnant.«

»Sie ebenfalls, Miss.« Sharp sah zu, wie sie durch die Tür schlüpfte, und hielt den Atem an, bis er hörte, wie drinnen der Riegel vorgeschoben wurde. Nun würde sein Schlaf mit Sicherheit durch einige Turbulenzen gestört, denn all seine Gedanken und Sehnsüchte und Träume waren durch dieses sanfte Lächeln auf den Kopf gestellt. Richard Sharp war fern der Heimat, gefährdet durch einen siegreichen Feind. Und zu allem Überfluß hatte er sich nun auch noch verliebt.

Um vier Uhr morgens wurde Sharp durch das helle Läuten von Louisas silberner Uhr geweckt. Er hämmerte an die Tür der Parkers und gab sich erst zufrieden, als ihm ein Stöhnen bedeutete, daß die Familie erwacht war. Dann ging er in den Stall und stellte fest, daß seine Männer sich über Nacht nicht davongestohlen hatten. Sie waren alle da, und sie waren fast alle betrunken.

Sie waren nicht so betrunken wie jene Männer, die man während des Rückzugs an die Franzosen ausgeliefert hatte, aber viel hätte nicht gefehlt. Bis auf einige wenige waren sie völlig benebelt, beduselt, bewußtlos. Die Weinschläuche, die Sharp erstanden hatte, lagen geleert auf dem Boden, aber zwischen dem Bettstroh fanden sich außerdem zahlreiche leere Flaschen *aguardiente*. Da wurde Sharp klar, daß die Zisterziensermönche, als sie die Säcke mit dem Brot angeschleppt hatten, den Branntwein als Teil ihres Geschenks mit eingeschmuggelt hatten. Sharp fluchte.

Feldwebel Williams war benommen, schaffte es jedoch, torkelnd aufzustehen. »Das waren die Jungs, Sir«, sagte er hilflos. »Sie haben sich geärgert.«

»Warum hast du mir nichts von dem Branntwein gesagt?«

»Ihnen, Sir?« Williams war erstaunt, daß er so etwas habe erwarten können.

»Zur Hölle mit Ihnen.« Sharp selbst war benebelt, sein Magen verstimmt, aber sein Nachdurst war nichts gegen den Zustand, in dem sich die Grünjacken befanden. »Sieh zu, daß die Halunken aufstehen!«

Williams bekam einen Schluckauf. Die Laterne verriet, wie hoffnungslos das Unterfangen war, die Schützen zu wecken, aber da er sich vor Sharp fürchtete, unternahm er mehrere klägliche Versuche, dem nächstbesten Mann auf die Beine zu helfen.

Sharp stieß Williams beiseite. Er brüllte die Männer an. Er trat nach ihnen, bis sie wach waren, zerrte sie aus ihrer Dumpfheit und hieb ihnen mit der Faust in die empfindlichen Mägen, so daß die Männer, denen solche Behandlung zuteil wurde, sich auf den Stallboden übergaben. »Auf! Auf! Auf!«

Die Schützen taumelten benommen und verwirrt umher. Das war beim Militär immer eine große Gefahr. Die Männer meldeten sich, weil es dort etwas zu trinken gab. Sie ließen sich nur bei der Stange halten, wenn sie ihre tägliche Ration Rum erhielten. Sie nahmen jede Gelegenheit wahr, ihr Elend im Alkohol zu ertränken. Sharp hatte es als Rotrock nicht anders gehalten. Nun jedoch war er Offizier, und man hatte sich schon wieder gegen seine Autorität aufgelehnt. Er versah sein geladenes Gewehr mit trockenem Zündpulver und spannte den Hahn. Feldwebel Williams zuckte in Erwartung des Knalls vorbeugend zusammen. Sharp drückte auf den Abzug, und der Schuß hallte durch den Stall. »Auf, ihr Halunken! Auf, auf!« Sharp trat erneut um sich. Seine Wut wurde noch verstärkt durch seine vermeintliche Inkompetenz, nichts von dem Branntwein gewußt zu haben. Gleichzeitig war ihm deutlich und unangenehm bewußt, wie abscheulich sein Verhalten Miss Louisa Parker vorkommen würde.

Gegen Viertel nach fünf ließ Sharp in einem Nieselregen, der versprach, den ganzen Tag anzuhalten, die Männer endlich entlang der Straße aufmarschieren. Die Kutsche der Parkers wurde vom Hof des Gasthauses heruntermanövriert, während Sharp im Licht einer von Feldwebel Williams gehaltenen Laterne Waffen und Ausrüstung inspizierte. Er roch an jeder Feldflasche und goß, was von dem Branntwein übrig war, in den Schmutz.

»Feldwebel Williams?«

»Sir?«

»Im Eilmarsch!« Der Eilmarsch der Rifles war unglaublich schnell, und die Männer murrten ob der bevorstehenden Mühsal. »Ruhe!« bellte Sharp. »Rifles, macht kehrt nach rechts! Rechts um!« Die unrasierten Gesichter der Männer waren verquollen, ihre Augen gerötet, ihr Drill schlampig. »Im Eilmarsch!«

Während sie marschierten, dämmerte grau und entmutigend der Morgen. Sharp forcierte ihren Lauf so sehr, daß mehrere Schützen aus der Formation ausscheren mußten, um sich in den überfluteten Straßengräben zu übergeben. Er beförderte sie mit Fußtritten zurück in Reih und Glied. In diesem Moment glaubte er die Männer richtiggehend zu hassen. Fast hätte er sich gewünscht, sie würden sich gegen ihn auflehnen, damit er diese Halunken wegen mangelnder Disziplin beschimpfen und durchprügeln konnte. Er hetzte sie so erbarmungslos voran, daß die Kutsche der Parkers weit zurückblieb.

Sharp nahm keine Rücksicht auf ihr langsames Vorankommen. Statt dessen beschleunigte er die Schritte der Rifles noch mehr, bis Feldwebel Williams, der eine Meuterei der Männer befürchtete, zurückblieb und neben ihm herlief. An diesem Punkt schlängelte sich die Straße über ein langanhaltendes Gefälle einem breiten Wasserlauf entgegen, über den eine Steinbrücke führte. »Sie schaffen es nicht, Sir.«

»Aber besaufen können sie sich, wie? Dann sollen Sie jetzt getrost leiden.«

Feldwebel Williams war anzusehen, wie sehr er litt. Er war

bleich und außer Atem, zog die Füße nach und war scheinbar kurz davor, sich zu übergeben. Anderen Männern erging es noch wesentlich schlechter. »Tut mir leid, Sir«, sagte er kläglich.

»Ich hätte euch den Franzosen überlassen sollen. Euch alle.« Sharps Wut wurde durch Gewissensbisse verschlimmert. Er wußte, daß alles seine Schuld war. Er hätte den Mut aufbringen müssen, am Abend noch den Stall zu inspizieren. Aber er hatte versucht, sich dem Mißfallen der Männer zu entziehen, indem er in der Schankstube blieb. Er dachte erneut an die Betrunkenen, die man während Sir John Moores Rückzug zurückgelassen hatte; Männer ohne Hoffnung, die man der nicht gerade sanften Behandlung durch die nachrückenden Franzosen preisgegeben hatte. Obwohl er ihnen soeben das gleiche Schicksal angedroht hatte, war Sharp klar, daß er diese Männer nicht im Stich lassen würde. Das war nunmehr eine Frage des Stolzes. Er würde diese Schützen vor dem Verderben bewahren. Sie mochten ihm dafür jeden Dank versagen, ihn ihre Ablehnung spüren lassen, aber er würde sie durch die Hölle gehen lassen, wenn dieser Weg in die Sicherheit führte. Vivar hatte behauptet, es sei nicht zu schaffen, aber Sharp würde es gelingen.

»Tut mir leid, Sir.« Williams versuchte immer noch, ihn zu besänftigen.

Sharp sagte nichts. Er überlegte, wieviel einfacher diese Strapazen zu überstehen wären, wenn er einen Feldwebel hätte, der die Männer im Zaum zu halten verstände. Williams ging es zu sehr darum, von allen gemocht zu werden, und seiner Meinung nach gab es keinen anderen, der die Streifen verdient hätte. Gataker war zu wenig vertrauenerweckend und zu sehr auf seinen guten Ruf bei den Schützen bedacht. Tongue war zwar gebildet, aber der schlimmste Trunkenbold der Truppe. Parry Jenkins, der Waliser, hatte das Zeug zum Feldwebel, aber Sharp war der Ansicht, es fehle ihm an der nötigen Rücksichtslosigkeit. Hagman war zu faul. Dodd, der Schweigsame, war zu langsam und hatte kein Selbstvertrauen. Blieb also nur Harper übrig, und Sharp war sicher, daß Harper nichts tun würde, um dem verachteten Quartiermeister zu helfen. Sharp mußte sich mit Williams abfinden, genau wie Williams und die Truppe sich mit Leutnant Sharp abfinden mußten. Der gab den Männern nun, da sie die Steinbrücke erreicht hatten, den Befehl zum Anhalten.

Sie machten halt. In ihren Gesichtern spiegelte sich Erleichterung. Die Kutsche war nicht mehr zu sehen. Sie umrundete wohl die Findlinge jenseits der letzten Hügelkuppe.

»Kompanie!« Sharps laute Stimme veranlaßte einige der Männer, das Gesicht zu verziehen. »Waffen ablegen!«

Wieder machte sich Erleichterung breit, als die Männer ihre schweren Waffen niederlegten, ihre Bajonette und Munitionstaschen abschnallten. Sharp sonderte eine Handvoll Männer ab, die am Morgen nüchtern gewesen waren, und befahl den übrigen, Tornister, Mäntel und Stiefel zu entfernen.

Die Männer glaubten, er sei verrückt geworden, aber alle Soldaten waren es gewohnt, exzentrischen Offizieren willfährig zu sein, daher zogen sie unter den finsteren Blicken des Leutnants ihre Stiefel aus. Die Kutsche erschien auf dem Hügelkamm, und Sharp schnauzte die Männer an, geradeaus zu blicken und nicht hinzusehen. Das Quietschen der Bremsblöcke der Kutsche hörte sich an wie ein Nagel, der über eine Schiefertafel gezogen wird. »Ihr hattet nicht meine Erlaubnis, euch zu betrinken.« Sharps Stimme war jetzt tonlos, nicht länger wütend. »Ich hoffe, daß es euch deswegen gottverdammt elend ergeht.«

Es war nicht zu übersehen, daß Sharps Wut verraucht war, und einige der Männer grinsten, um zu zeigen, daß ihnen in der Tat entsetzlich elend war.

Er lächelte. »Gut. Dann springt in den Bach. Ihr alle.«

Sie starrten ihn an. Das Donnern und Quietschen der Kutschenräder wurde lauter.

Sharp lud mit der flinken Bewegung eines Mannes, der eine lange Heereslaufbahn hinter sich hat, sein Gewehr. Die Männer starrten ihn ungläubig an, als er daraufhin den Messingkolben an die Schulter legte und die Waffe auf ihre vorderste Linie richtete. »Ich sagte, springt in den Bach! Los!«

Er spannte den Hahn.

Die Männer sprangen.

Vom Brückengeländer ging es ungefähr drei Meter in die Tiefe. Der Bach selbst, angeschwollen durch Schmelzwasser und winterliche Niederschläge, war über einen Meter tief. Das Wasser war eiskalt, aber Sharp stand auf dem Geländer und befahl jedem einzelnen, ganz in den eisigen Fluten unterzutauchen. Sein Gewehr diente ihm als Mittel zur Ermutigung. »Du! Steck deinen verdammten Schädel rein! Harper! Untertauchen, Mann, untertauchen!« Nur den Nüchternen, den Verwundeten und Feldwebel Williams, dessen Autorität ohnehin schon auf wackligen Beinen stand, blieb das unangenehme Erlebnis erspart. »Feldwebel! In drei Reihen am Ufer angetreten! Beeilung!«

Die frierenden Männer wateten aus dem Bach und stellten sich zu drei jämmerlichen Reihen auf dem Gras auf. Die Kutsche kam polternd zum Stehen. George Parker purzelte mit besorgter Miene aus der Tür. »Leutnant? Meine liebe Frau macht sich Sorgen, Sie könnten uns bei dem raschen Tempo zurücklassen.« Dann wurde Parker auf die durchnäßte Parade aufmerksam und verhielt mit offenem Mund.

»Sie sind betrunken.« Sharp sprach laut genug, daß die Männer ihn hören konnten. »Bezecht. Besoffen. Zu nichts zu gebrauchen! Ich habe dafür gesorgt, daß die Halunken den gottverdammten Alkohol herausschwitzen.«

Parker hob die Hand, um sich dieser Blasphemie zu erwehren, aber Sharp ignorierte ihn. Statt dessen brüllte er seine Männer an. »Ausziehen!«

Augenblicklich herrschte ungläubiges Schweigen. »Ausziehen!«

Sie zogen sich splitternackt aus. Vierzig frierende Männer, blaß und elend, standen dort im Nieselregen.

Sharp starrte auf sie herab. »Und wenn ihr alle dabei draufgeht, mir soll es verdammt egal sein.« Jetzt war er ihrer Aufmerksamkeit sicher. »Jeden Moment, Ihr Taugenichtse, können die verdammten Franzosen dort herabkommen.« Er wies mit dem Daumen hinter sich auf den Hügel. »Und ich hab' gute Lust, euch ihnen zu überlassen. Ihr taugt zu nichts! Ich dachte, ihr wäret Rifles! Ich dachte, ihr wäret die Besten! Ich habe schon verdammte Milizbataillone zu Gesicht bekommen, die eher wie Soldaten ausgesehen haben!« Diese Beschimpfung war kaum zu überbieten, aber Sharp gab sich Mühe. »Ich hab' schon verdammte Methodisten zu Gesicht bekommen, die zäher waren als ihr Halunken!«

Mrs. Parker riß den Ledervorhang auf, um seinen Flüchen Einhalt zu gebieten, sah die nackten Männer und kreischte auf. Der Vorhang schloß sich wieder.

Sharp starrte die Männer an, bis sie den Blick senkten. Er nahm es ihnen nicht übel, daß sie Angst hatten. Man durfte einem Soldaten sein Entsetzen nicht ankreiden, wenn Niederlage und Chaos ein ganzes Heer vernichtet hatten. Diese Männer waren gestrandet, fern der Heimat. Aber dennoch waren sie Soldaten, die der Disziplin unterworfen waren. Das Wort Disziplin erinnerte Sharp an Major Vivars schlichte Grundsätze. Mit einer unbedeutenden Änderung würden sie ihm nun gut zupaß kommen.

Sharp verlieh seiner Stimme einen weniger barschen Tonfall. »Von nun an wird nach drei Grundregeln verfahren. Drei Regeln, nicht mehr. Wer auch nur gegen eine von ihnen verstößt, bekommt es mit mir zu tun. Keiner von euch wird fremdes Gut an sich nehmen, es sei denn mit meiner Erlaubnis. Keiner von euch wird sich betrinken, es sei denn mit meiner Erlaubnis. Und wenn der Feind sich zeigt, werdet ihr kämpfen wie die Schweinehunde. Habt ihr verstanden?«

Schweigen.

»Ich sagte: Habt ihr verstanden? Lauter! Lauter! Lauter!«

Die nackten Männer brüllten ihre Bestätigung heraus, brüllten wie von Sinnen, brüllten, um sich diesen Wahnsinnigen vom frierenden Leib zu halten. Nun sahen sie wesentlich nüchterner aus.

»Feldwebel Williams!«

»Sir?«

»Mäntel anziehen! Ihr habt zwei Stunden Zeit. Macht Feuer, trocknet euer Zeug. Dann wieder in drei Reihen angetreten. Ich halte solange Wache.«

»Jawohl, Sir.«

Die Kutsche stand still da. Der spanische Kutscher saß mit ausdruckslosem Gesicht auf seinem hohen Bock. Erst als die Schützen wieder in ihre trockenen Mäntel geschlüpft waren, flog die Tür auf, und eine wütende Mrs. Parker erschien. »Leutnant!«

Sharp wußte, was dieser Tonfall verhieß. Er wirbelte herum. »Madam! Werden Sie wohl Ruhe geben!«

»Ich werde . . .«

»Ruhe, verdammt noch mal!« Sharp kam mit großen Schritten auf die Kutsche zu, und Mrs. Parker, die mit Gewalttätigkeiten rechnete, schlug die Tür zu.

Aber Sharp trat nur an die Gepäckkiste und holte eine Handvoll spanischer Bibeln hervor. »Feldwebel Williams? Etwas zum Anfeuern gefällig?« Er warf die Bücher auf die Wiese, während George Parker, der glaubte, die ganze Welt sei verrückt geworden, sich in taktvolles Schweigen hüllte.

Zwei Stunden später brachen die Rifles in geläutertem Schweigen wieder gen Süden auf.

Um die Mittagszeit hörte es zu regnen auf. Der Weg mündete in eine Straße, die zwar breiter als die bisherige war, aber auch schlammiger. Sie sorgte dafür, daß die Kutsche noch langsamer und mühsamer vorankam. In einiger Entfernung konnte Sharp zur Rechten eine Wasserfläche erkennen. Breiter als ein Fluß, es mußte sich entweder um einen See oder um einen Meeresarm handeln, der sich wie die Lochs im schottischen Hochland weit ins Landesinnere erstreckte. George Parker äußerte die Meinung, daß es sich in der Tat um eine *ria* handle, ein Tal, das vom Meer überflutet sei, so daß eine direkte Verbindung zu den patrouillierenden Schiffen der Royal Navy bestehen könne.

Dieser Gedanke und die Gegend, durch die sie nun zogen, verbreiteten Optimismus. Die Straße führte durch Weideland, das von Baumgruppen, Steinmauern und kleinen Bächen durchzogen war. Die Hügel waren sanft gerundet, und die wenigen Gehöfte machten einen wohlhabenden Eindruck. Sharp, der versuchte, sich die von Vivar vernichtete Karte ins Gedächtnis zu rufen, kam zu dem Ergebnis, daß sie sich südlich von Santiago de Compostela befinden mußten. Die Verzweiflung, die er in der vergangenen Nacht verspürt hatte, machte der Hoffnung Platz, auf dem richtigen Weg zu sein, und der bekümmerte Ausdruck in den Gesichtern seiner Männer milderte sich, wozu auch der Anblick des Meeres beitrug. Vielleicht würden sie schon in der nächsten Stadt auf Fischer treffen, die in der Lage wären, die Flüchtlinge dort hinzubringen, wo die Schiffe der Marine patrouillierten. George Parker, der neben Sharp herging, war derselben Meinung. »Und wenn nicht, Leutnant, brauchen wir auf jeden Fall nicht bis Lissabon zu reisen.«

»Nicht, Sir?«

»In Oporto werden wir englische Schiffe vorfinden, die Wein laden. Und wir können nicht mehr als eine Wochenreise von Oporto entfernt sein.«

Eine Woche, bis sie in Sicherheit waren! Sharp jubelte innerlich bei dem Gedanken. Eine Woche harten Marschierens auf seinen zerfetzten Stiefeln. Eine Woche, um zu beweisen, daß er ohne Blas Vivar überleben konnte. Eine Woche, in der er die Schützen so züchtigen konnte, daß sie eine disziplinierte Einheit bildeten. Eine Woche mit Louisa Parker, und dann noch mindestens zwei Wochen auf See, während ihr Schiff sich gegen die Winde der Biskaya gen Norden durchschlug.

Zwei Stunden nach Mittag ließ Sharp haltmachen. Das Meer war immer noch nicht zu sehen, doch sein Salzgeruch hing schwach zwischen den verkrüppelten Pinien, unter denen die Pferde ihr Futter aus getrockneten Maiskörnern erhielten. Die Schützen ließen sich, nachdem sie das letzte Brot der Mönche verteilt hatten, erschöpft fallen. Sie hatten zuletzt überflutetes Weideland durchquert, wo der Morast auf der Straße so tief wurde, daß sie ständig die große Kutsche aus dem Schlamm ziehen mußten. Nun führte die Straße zwischen moosbewachsenen Mauern sanft nach oben, einem steinernen Bauernhaus entgegen, das ungefähr anderthalb Kilometer entfernt auf der nächsten Hügelkuppe stand.

Die Parkers hatten neben ihre Kutsche Decken ausgerollt, und es sich bequem gemacht. Mrs. Parker würdigte Sharp nach seinem Ausbruch am Bach keines Blickes, aber Louisa schenkte ihm ein fröhliches, verschwörerisches Lächeln. Sharp geriet augenblicklich in Verlegenheit, weil er befürchten mußte, daß seine Männer es sehen und zu dem richtigen und unvermeidlichen Schluß kommen mußten, daß ihr Leutnant verliebt sei. Um seine Gefühle nicht zu verraten, entfernte sich Sharp aus dem Pinienhain und ging dorthin, wo ein einzelner Wachtposten neben der Straße kauerte.

»Irgendwas zu sehen?« fragte er.

»Nichts, Sir.« Es war Hagman, der älteste Schütze und einer der wenigen, die sich in der vergangenen Nacht nicht sinnlos betrunken hatten. Er kaute Tabak und starrte unentwegt zum nördlichen Horizont. »Es wird wieder regnen.«

»Meinst du?«

»Ich weiß es.«

Sharp ging ebenfalls in die Hocke. Die Wolken schienen kein Ende zu nehmen, schwarz und grau rollten sie aus Richtung des unsichtbaren Meeres heran. »Warum hast du dich zum Heer gemeldet?« fragte Sharp.

Hagman, dessen zahnloser Mund seinem ohnehin häßlichen Gesicht das Profil eines Nußknackers verlieh, grinste. »Hab' mich beim Wildern erwischen lassen, Sir. Der Magistrat hat mir die Wahl gelassen. Entweder Kerkerhaft oder zum Militär.«

»Verheiratet?«

»Deshalb hab' ich das Militär gewählt, Sir.« Hagman lachte, dann spie er einen Strahl gelblich verfärbter Spucke in eine Pfütze. »Eine gottverdammte, scharfzüngige Hexe war sie, Sir.«

Sharp lachte, dann verstummte er.

»Sir!« sagte Hagman mit gedämpfter Stimme.

»Ich sehe sie.« Sharp sprang auf, drehte sich um und brüllte los. Denn dort am nördlichen Horizont war vor den dunklen Wolken Kavallerie aufgetaucht.

Die Franzosen hatten sie eingeholt.

Kapitel acht

Dies war kein guter Ort, sich einholen zu lassen: weites, offenes Gelände, wo die Kavallerie beinahe nach Belieben manövrieren konnte. Sicher, am Rand der Felder, die wie die Straße von niedrigen Steinmauern gesäumt waren, gab es sumpfige Stellen, aber Sharp war sich darüber im klaren, daß es ihm schwerfallen würde, seine Männer vor dem Zugriff des Feindes zu bewahren.

»Sind Sie sicher, daß es sich um Franzosen handelt?« fragte George Parker.

Sharp machte sich nicht die Mühe, ihm zu antworten. Ein Soldat, der nicht fähig war, den Feind an dessen Silhouette zu erkennen, war es nicht wert, zu überleben. Dasselbe galt für einen Soldaten, der zögerte. »Los! Los!« rief er dem Kutscher zu, und der ließ, aufgeschreckt durch Sharps plötzliches Gebrüll, seine Peitsche auf die vordersten zwei Zugpferde niederknallen. Zugriemen klirrten, Gestänge bog sich unter der Belastung, und die Kutsche fuhr ruckartig an,

Die Schützen zerrten die Lumpen aus ihren Gewehrschlössern. Sharp sprach ein stilles Dankgebet an jene Gottheit, die für die Soldaten zuständig war, daß man diesen Männern just an dem Tag, als sie vom Heer abgeschnitten wurden, soviel Munition ausgeteilt hatte. Sie würden sie brauchen, denn sie waren bei weitem in der Minderzahl, und ihre einzige Hoffnung lag darin, mit Hilfe ihrer Gewehre die Verfolgung durch den Feind aufzuhalten.

Sharp nahm an, daß die Franzosen zehn Minuten brauchen würden, um den Pinienhain zu erreichen, der derzeit die Schützen verbarg. In östlicher oder westlicher Richtung gab es kein Entrinnen. Dort waren nur offene Felder. Er mußte die Hügelkuppe im Süden erreichen, wo das Bauernhaus stand, und hoffen, daß ein Wunder geschah oder daß er dahinter ein für die Reiter unüberwindbares Hindernis vorfinden würde. Sollte auch dort kein Entkommen möglich sein, mußte das Bauernhaus zur Festung verbarrikadiert werden. Aber zehn Minuten reichten nicht aus, um das Gehöft zu erreichen, deshalb hielt Sharp ein Dutzend Männer im Pinienhain zurück. Die übrigen brachen unter Williams' Kommando zusammen mit der Kutsche auf.

Sharp behielt Hagman da, denn der alte Wilderer konnte ungeheuer gut mit dem Gewehr umgehen, und Harper samt seinen Spießgesellen, weil Sharp sie für die besten Kämpfer hielt. »Lange können wir sie nicht aufhalten«, sagte er zu der kleinen Schar von Männern, »aber wir können etwas Zeit gewinnen. Sobald wir den Rückzug antreten, heißt es rennen wie der Teufel.«

Harper bekreuzigte sich. »Gott schütze Irland.« Vor seinen Augen kamen mindestens zweihundert Dragoner hintereinander die morastige Straße entlang, die vor kaum einer Stunde der Kutsche solche Mühe bereitet hatte.

Die Schützen lagen am Rand der Baumgruppe. Für die immer noch eine halbe Meile entfernten Franzosen waren sie unsichtbar. »Verhaltet euch still!« ermahnte Sharp seine Männer. »Zielt auf die Pferde. Wir müssen auf große Entfernung treffen.« Er hätte gern gewartet, bis der Feind auf zweihundert Meter herangekommen war, um das Feuer zu eröffnen, aber das hätte bedeutet, die Reiter allzu nahe heranzulassen. So war er gezwungen, auf äußerste Reichweite seiner Gewehre zu schießen, in der Hoffnung, daß die Kugeln genügend Panik und Verwirrung stiften würden, um die Franzosen ein paar kostbare Minuten lang aufzuhalten.

Sharp stand im Schutz der Dunkelheit, die unter den Pinien herrschte, mehrere Schritte hinter seinen Männern. Er zog sein Teleskop hervor und stützte das lange Rohr gegen einen Pinienstamm.

Er sah blaßgrüne Uniformröcke mit rosa Besatz und Rattenschwänze. Das Fernrohr holte die anrückende französische Marschformation so dicht heran, daß die Linse erfüllt war mit Männern, die sich im Sattel hoben und senkten. Säbelscheiden, Karabiner, Munitions- und Proviantbeutel wippten. Auf diese Entfernung wirkten die Gesichter der Franzosen im Schatten ihrer Feldmützen ausdruckslos und bedrohlich. Hinter die Sättel hatten sie merkwürdige Bündel geschnallt, bei denen es sich, wie Sharp erkannte, um Futternetze für die Pferde handelte. Jetzt machten die Franzosen halt.

Sharp fluchte leise.

Er schwenkte das Teleskop von rechts nach links. Die Dragoner hatten den schlimmsten Morast hinter sich gebracht und in einer reglosen Reihe Stellung bezogen. Einzelne Pferde senkten die Köpfe, um am feuchten Gras zu zupfen.

»Sir?« rief Hagman. »Auf der Straße, Sir! Sehen Sie die Halunken?«

Sharp riß das Fernrohr herum, zurück zur Mitte der feindlichen Linie. Eine Gruppe von Offizieren war dort erschienen.

Ihre Achselschnüre und Epauletten glänzten dumpf golden im Wintersonnenschein. In ihrer Mitte befanden sich der Gardeoffizier im roten Umhang und der Zivilist mit dem schwarzen Mantel und den weißen Stiefeln. Sharp fragte sich, welch übersinnliche Gabe es diesen Männern ermöglicht hatte, seine Spur über das winterliche Land zu verfolgen.

Der Gardeoffizier zog sein Teleskop aus. Sharp hatte das Gefühl, als würde der Franzose direkt in das verräterische Rund seiner eigenen Linse starren. Er rührte sich nicht, bis das andere Teleskop wieder zusammengeschoben wurde. Dann beobachtete er, wie der Oberst einem Dragoneroffizier, offenbar einem Adjutanten, einen Befehl erteilte, worauf dieser in westlicher Richtung davongaloppierte.

Ergebnis des Befehls war, daß eine kleine Abteilung der Dragoner die schweren Helme zur Hand nahm, die von ihren Sattelknäufen hingen. Sechs Männer stülpten sich die Helme auf: ein sicheres Zeichen, daß sie das Kommando zum Vorrücken erhalten hatten. Der Gardeoffizier ahnte, daß sich bei den Pinien ein Hinterhalt verbergen konnte, und sandte deshalb eine Vorhut aus. Sharp hatte den Überraschungsvorteil verloren. Obwohl der Feind nicht wußte, daß sie auf ihn warteten, war er auf Schwierigkeiten gefaßt. Sharp schob sein Fernrohr zusammen und fluchte auf die Vorsicht des französischen Befehlshabers, der ihm nun eine gefährliche Wahl aufzwang.

Sharp konnte die sechs Männer töten lassen, aber ob dadurch die übrigen Dragoner aufgehalten wurden? Würden sie nicht vielmehr, nachdem sie mit Hilfe der wenigen abgefeuerten Schüsse seine Kampfstärke eingeschätzt hatten, zum vollen Galopp ansetzen, der die Mehrzahl der Reiter an die Bäume heranführen würde, lange bevor die Schützen den südlichen Hügelkamm erreicht hatten? Statt zehn Minuten hätte er so nur noch fünf Minuten gewonnen.

Er zögerte. Wenn er jedoch als Soldat eines gelernt hatte, dann die Einsicht, daß jede Entscheidung, und sei es die falsche, besser war als keine Entscheidung. »Rückzug antreten! Schnell! In Deckung bleiben!«

Die Schützen krochen rückwärts und standen erst auf, als die

Bäume sie vor den Franzosen verbargen. Dann folgten sie Sharp auf die Straße und rannten.

»Jesus!« Es war Harper, der diese Verwünschung ausstieß, beim Anblick der Parkerschen Kutsche, die kaum zweihundert Meter vor ihnen steckengeblieben war. Der Kutscher hatte in seiner Hast an einer Wegbiegung ein Rad gegen die Steinmauer gerammt. Williams und seine Männer mühten sich vergebens, das Gefährt freizubekommen.

»Aufhören!« bellte Sharp. »Aufhören!«

Mrs. Parkers Kopf erschien am Fenster der Kutsche. Sie schickte sich an, seinen Befehlen zu widersprechen. »Schiebt! Schiebt!«

»Aussteigen!« Sharp quälte sich durch den Morast. »Aussteigen!« Sollte die Kutsche gerettet werden, mußte man die Pferde zwingen, rückwärts auszuweichen, sich zu drehen und dann wieder vorwärts zu gehen. Das brauchte Zeit, die er nicht hatte, daher mußte das Fahrzeug aufgegeben werden.

Aber Mrs. Parker war nicht gewillt, den Komfort der Kutsche zu opfern. Sie ignorierte Sharp und lehnte sich gefährlich weit aus dem Fenster, um den Kutscher mit ihrem gewickelten Schirm zu bedrohen. »Gib ihnen die Peitsche, du Narr! Fester!«

Sharp packte die Türklinke und drückte sie herunter. »Aussteigen! Raus jetzt!«

Mrs. Parker schlug mit dem Schirm nach ihm, so daß ihm der fleckige Tschako über die Augen rutschte, aber Sharp ergriff ihr Handgelenk und zog. Mit einem Aufschrei stürzte sie in den Schmutz. »Feldwebel Williams?«

»Sir?«

»Zwei Männer, um die Kisten vom Dach zu holen!« Die Kisten enthielten Sharps Ersatzmunition. Gataker und Dodd kletterten hinauf, droschen mit ihren Schwertbajonetten auf die Halteseile ein und warfen den wartenden Schützen die schweren Kisten zu. George Parker wollte Sharp ansprechen, doch der Offizier hatte für seine Sorgen keine Zeit. »Sie müssen wohl oder übel rennen, Sir. Zum Bauernhof!« Sharp drehte den hochgewachsenen Mann in Richtung des Steinhauses und der Scheune: weit und breit die einzige Zuflucht in dieser kahlen Landschaft.

In Louisas Augen spiegelte sich nervöse Erregung. Das Mädchen wurde von Mrs. Parker beiseite gestoßen. Beschmutzt durch ihren unsanften Fall und beinahe von Sinnen, weil sie Kutsche und Gepäck verlieren sollte, versuchte sie, sich auf Sharp zu stürzen. Doch der brüllte die Familie an, sie sollten endlich losrennen. »Sind Sie denn lebensmüde, Frau? Nun aber los! Feldwebel Williams! Eskortieren Sie die Damen! Rettet euch in das Bauernhaus!« Mrs. Parker schrie nach ihrer Reisetasche, die Mr. Parker zitternd wie Espenlaub aus dem Innern der Kutsche barg. Endlich stürmte die Familie, umgeben von Schützen, den Hang hinauf.

»Sir?« Harper hielt Sharp auf. »Straßenblockade?« Er wies auf die Kutsche.

Sharp hatte keine Zeit, sich über die plötzliche Hilfsbereitschaft des Iren zu wundern. Er erkannte jedoch den Wert seines Vorschlags. Wenn die Straße blockiert war, mußten die Franzosen die Steinmauern überwinden, die zu beiden Seiten die Felder säumten. Dadurch war nicht viel gewonnen, aber in dieser verzweifelten Lage kam es auf jede Minute an. Er nickte. »Wenn's geht.«

»Kein Problem, Sir.« Harper hakte die Zugriemen, Gestänge und Deichseln aus, während andere Männer Halfter und Zügel kappten. Der Ire schlug den Tieren auf die Flanke, um das befreite Gespann den Hügel hinaufzutreiben. »So, Jungs! Jetzt kippen wir den Kasten um!«

Die Schützen versammelten sich auf der rechten Seite der Kutsche. Sharp spähte in Richtung der Bäume, wartete auf die Vorhut des Feindes. Dann konnte er der Versuchung nicht mehr widerstehen, sich umzudrehen und zu beobachten, wie der Ire seinen Helfern befahl, die Kutsche anzuheben.

Einen Moment lang wollte sie sich nicht vom Fleck rühren, dann schien Harper das ganze Gewicht des Gefährts auf die eigenen mächtigen Schultern zu nehmen. Er stemmte sich dagegen. Da bewegten sich die Räder im Schlamm, und die Achsnabe kratzte dort, wo sie sich verfangen hatte, am Gemäuer entlang. »Hievt!« Harper dehnte das Wort zu einem langgezogenen Schrei, während die Kutsche sich immer höher in die Lüfte erhob. Eine Sekunde lang drohte sie, rückwärts umzukippen und die Grünjacken unter sich zu begraben. Sharp rannte los, um das riesige Gefährt mit seinem eigenen Gewicht abzustützen. Die Kutsche wankte noch einen Moment, dann stürzte sie mit splitterndem Krachen auf die Seite und versperrte die Straße. Drinnen hagelte es Gepäckstücke und Sitzkissen, und die spanischen Ausgaben des Neuen Testaments verteilten sich im Morast.

»Kavallerie, Sir!« rief Hagman.

Sharp wandte sich nach Norden und sah, wie die sechs feindlichen Reiter ihre Pferde am Rand der Baumgruppe zügelten. Er zielte rasch, zu rasch, und sein Schuß ging fehl. Hagman, der eine Sekunde später schoß, sorgte dafür, daß sich eines der Pferde vor Schmerzen aufbäumte. Die übrigen Dragoner rissen ihre Tiere herum. Zwei weitere Schüsse fielen, ehe sich die feindliche Vorhut unter den Pinien in Sicherheit bringen konnte.

»Los jetzt!« brüllte Sharp.

Die Schützen rannten los. Ihre Bajonette hüpften, und die Tornister schlugen mit dumpfem Laut gegen ihre Rücken, während sie die Straße hinaufeilten. Eine Karabinerkugel, auf große Entfernung abgeschossen, zischte über Sharps Kopf hinweg. Er sah, daß Mrs. Parker von zwei Schützen mitgezerrt werden mußte, und hätte bei dem Anblick am liebsten gelacht. Es war zu lächerlich. Er war der Kavallerie in die Falle gegangen, und zugleich hätte er sich ausschütten können vor Lachen.

Sharp holte zu Feldwebel Williams' Trupp auf. Mrs. Parker war wütend, jedoch zu sehr außer Atem, um ihn anzuschreien. Sie war schlicht zu dick, um schnell voranzukommen. Sharp sah sich nach Harper um. »Schleppt sie einfach mit!«

»Das kann nicht Ihr Ernst sein, Sir!«

»Dann tragt sie, wenn's sein muß!«

Der Ire stemmte sich gegen Mrs. Parker. Louisa lachte, aber Sharp rief dem Mädchen zu, es solle weiterrennen. Er selbst ging mit den verbliebenen Männern im Schutz einer Steinmauer neben der Straße in Stellung und hielt Ausschau nach den Verfolgern.

Sharp hörte, wie sich die Dragoner mit Trompetensignalen untereinander verständigten. Die Vorhut hatte signalisiert, daß der Feind in Sicht und auf der Flucht sei, daher würden die übrigen Dragoner nun losreiten, nachdem sie statt ihrer Feldmützen mit Leinwand überzogene Helme aufgesetzt hatten. Säbel würden rasselnd aus der Scheide fahren, Karabiner von der Schulter genommen. »Die müssen durch die Bäume, also werden wir den Schweinehunden eine Salve verpassen und uns dann aus dem Staub machen! Zielt dorthin, wo die Straße zwischen den Bäumen herauskommt, Jungs!« Sharp hoffte, die Dragoner mindestens eine Minute lang aufzuhalten, oder gar noch länger. Wenn die Spitze der feindlichen Kolonne unter den Bäumen erschien, würde er sie mit einer gut gezielten Salve bedecken, und die nachfolgenden Reiter würden Zeit brauchen, um an den verwundeten Tieren vorbeizukommen.

Hagman lud sorgsam sein Gewehr mit Pulver und Kugel von bester Qualität. Er scheute die fertigen Patronen, die mit gröberem Pulver hergestellt waren. Statt dessen benutzte er für sein Gewehr das feinste Pulver, das jeder der Schützen in einem Horn bei sich trug. Die Kugel hüllte er in das eingefettete Stück Leder, das beim Abschuß der Waffe dafür sorgen würde, daß die sieben spiralförmigen Rillen und Erhebungen griffen, die der Kugel Effet verliehen. Er rammte die lederumhüllte Kugel gegen den Widerstand des Viertelgewindes in den Lauf, dann füllte er die Pfanne mit einer Prise guten Pulvers. Es dauerte lange, ein Gewehr so zu laden, aber der nachfolgende Schuß konnte höllisch genau sein. Als Hagman fertig war, legte er das Gewehr über die Steinmauer an und gab einen Strahl vom Tabak verfärbter Spucke von sich. »Bei dem Wind müßt ihr einen Schritt nach links zielen.«

Auf der Mauer neben Sharp landete ein Regentropfen. Er betete, der Regen möge noch solange auf sich warten lassen, bis seine Gewehre geschossen hatten, und ging dabei zwischen den Männern auf und ab. »Hier wird nicht lange geschossen! Eine Salve, und dann nichts wie weg.«

»Sir?« Ein Mann am Ende ihrer Linie zeigte auf die Bäume östlich der Straße, und als er den Blick dorthin wandte, meinte Sharp, dort eine Bewegung erspäht zu haben. Er knöpfte die Tasche auf, in der er sein Teleskop aufbewahrte, aber noch ehe er das Glas aus seiner Schutzhülle ziehen konnte, brach der

Feind in einer einzigen mächtigen Sturmreihe zwischen den Bäumen hervor.

Sharp hatte erwartet, daß die Franzosen hintereinander durch die Lücke kommen würden, die die Straße zwischen den Pinien freiließ, aber die Dragoner waren nach rechts und links unter die Bäume ausgeschert. Nun preschte, behelmt und mit gezogenen Säbeln, die gesamte Streitmacht des Feindes heran.

»Feuer!«

Was kam, war eine kraftlose Salve. Hätten die Gewehre sich auf eine dicht gedrängte Marschsäule konzentrieren können, wäre es ihnen gelungen, die Straße in ein Schlachthaus schreiender Pferde und blutender Männer zu verwandeln. Aber gegen eine breite Front von Reitern, die in einer einzigen Reihe angriffen, konnten ihre Kugeln kaum mehr Schaden anrichten als die lästigen Pferdefliegen. Nur ein Pferd wurde von Hagmans sorgfältig gezielter Kugel getroffen, strauchelte und fiel hin.

»Und los!« brüllte Sharp.

Die Rifles rannten, als sei ihnen der Teufel auf den Fersen. Die Franzosen hatten ihre Salve vorausgesehen, waren davor auf der Hut gewesen. Nun hatten sie offenes Gelände erreicht und stürmten mit Gebrüll voran wie Jäger, die Blut gerochen haben. Weiter vorn bogen die übrigen Schützen soeben in Richtung Bauernhaus ab. Louisa, sah Sharp, trug den Tornister des verwundeten Cameron und zog den Mann an der Hand hinter sich her.

»Rechts sind die Schweinehunde auch!« rief Hagman warnend. Als Sharp sich umdrehte, sah er, daß die Reiter im Osten den festeren Boden unter sich hatten und daher seine kleine Schar wahrscheinlich am ehesten einholen würden. Die Dragoner ritten wie bei einem Hindernisrennen, die Ahnung des Sieges in den Nüstern. Eine Bresche in der Mauer ermöglichte ihnen zusätzliche Schnelligkeit, sorgte aber zugleich dafür, daß sie dichter zusammenrückten, wie es beim Rennen geschieht, wenn die Beteiligten einer Kurve entgegenstreben. Sharp sah Wasser von den Hufen der Pferde aufsprühen, als die Kavalleristen durch eine sumpfige Stelle ritten, dann jedoch war er verblüfft, als zwei der Pferde außerdem rotes Blut verspritzten und ein Säbel durch die Luft wirbelte. Dann sah er, wie sich ein Mann im Sattel krümmte, herabfiel und von einem verängstigt wiehernden Pferd mitgeschleift wurde. Erst da hörte Sharp vor sich das Krachen von Gewehren.

Harper hatte Mrs. Parker sich selbst überlassen und war am Rande der äußeren Gehöftmauern mit seinen Schützen in Stellung gegangen. Ihre Salve hatte die von Osten kommende Kavallerie zerstreut, so daß Sharps Trupp wenigstens eine geringe Chance bekam. »Los! Los!«

Die Männer schlangen sich ihre Gewehre um und rannten los. Sharp hörte hinter sich feindliches Hufgetrappel. Er hörte das Knirschen der Sättel, die Zurufe der Offiziere und Feldwebel. Weitere Gewehrkugeln zischten an ihm vorüber, abgeschossen vom Bauernhof aus, um ihm Deckung zu gewähren. Louisa starrte mit weit aufgerissenen Augen herüber.

»Links, Sir!« rief ein Mann. »Links!« Nun kamen auch von Westen Kavalleristen herangeritten, jene Männer, die die Straßensperre umrundet hatten und sich nun mit ihren Tieren anschickten, am Straßenrand über die Steinmauer zu setzen. Ein Mann wurde mitten im Sprung von einer Kugel getroffen und herumgerissen. Die anderen ritten unversehrt weiter, und Sharp wußte, daß sein Trupp in der Falle saß. Er zog den großen Degen, stellte sich breitbeinig auf und ließ den ersten Franzosen herankommen. »Rennt weiter!« brüllte er seinen Männern zu. »Weiter!«

Der erste Franzose war ein Dragoneroffizier, der sich tief über die Mähne beugte und die Spitze seines Säbels hielt wie eine Lanze, um damit Sharp den Bauch aufzuschlitzen. Sharp holte mit dem Degen aus und schwang ihn von rechts nach links – ein beidhändiger Hieb, der auf das Maul des Pferdes abzielte. Er traf Knochen und Zähne, das Tier wich ruckartig aus, und Sharp warf sich gegen seinen Leib, so daß der Säbel des Franzosen außen an ihm vorbeistieß und ihn verfehlte. Er versuchte den Reiter aus dem Sattel zu ziehen, bekam ihn aber nicht zu fassen. Sein Tschako flog davon, als das Futternetz ihn umwarf. Die Hinterhand des Pferdes traf seine Hüfte, dann war der Dragoner fort, und Sharp rappelte sich mühsam auf.

»In Deckung!« Das war Harpers Stimme, und Sharp ließ sich

instinktiv fallen, als eine weitere Salve über ihn hinwegbrauste. Ein Pferd schrie auf, glitt aus und fiel in den Morast der Straße. Ein schlegelnder Huf verfehlte Sharps Kopf um wenige Zentimeter.

»Los jetzt!« bellte Harper.

Sharp warf noch einen Blick auf das Blutbad auf der Straße. Harpers Salve, ausgerichtet auf das Getümmel, das in der Enge zwischen den Steinmauern herrschte, hatte die Reiter wirksam aufgehalten. Sharp rannte durch das Tor des Bauerngehöfts. Nun mußte er nur noch eine Weide überqueren, dann war er in Sicherheit. Die Schützen retteten sich bereits einer nach dem anderen ins Bauernhaus, und Sharp entdeckte den ersten Fensterladen, der von einem Gewehrlauf aufgestoßen wurde.

»Hinter Ihnen!« Wieder erklang Hufgetrappel, diesmal von links. Mit einem Knurren drehte er sich um. Seinen Degen stieß er in Richtung des Pferdes, doch das Tier wich ihm aus und zwang seinen Reiter, den schwierigen Hieb nach unten quer über den eigenen Körper hinweg zu versuchen. Als er sich nach vorn warf, spürte Sharp, wie sich sein Degen in den linken Oberschenkel des Dragoners bohrte. Das Tempo von Mann und Pferd riß den Reiter von der Klinge los. Weitere Schüsse ertönten. Eine Kugel pfiff so dicht an Sharp vorbei, daß er sie wie einen Windstoß spürte.

»Los jetzt!« rief Harper erneut.

Sharp rannte. Er erreichte das Bauernhaus, als der letzte Schütze soeben die Schwelle überschritten hatte. Harper stand bereit, um die Tür zu schließen und mit einer Truhe zu versperren. »Danke!« rief Sharp keuchend, nachdem er wie eine Kanonenkugel durch die Tür geschossen war. Harper ignorierte ihn.

Sharp fand sich in einem Durchgang wieder, der von Norden nach Süden durch das gesamte Bauernhaus verlief. Beide Enden des Durchgangs waren mit Türen verschlossen, während zwei weitere Türen ins Innere des Hauses führten. Er wählte die Tür zur Linken und kam in eine geräumige Küche, wo zitternd vor Angst ein Mann und eine Frau neben dem Herdfeuer kauerten. Im Herd hing an einem Topfhaken ein brodelnder Kessel mit stinkender Seifenlauge. Der Kutscher der Parkers redete dem Paar gut zu, dann begann er, eine mächtige Sattelpistole zu laden. Louisa war damit beschäftigt, eine kleine Pistole mit Elfenbeingriff aus ihrem Futteral zu befreien.

»Wo ist Ihre Tante?« fragte Sharp.

»Dort.« Sie zeigte auf eine Tür an der Innenwand der Küche.

»Sehen Sie zu, daß Sie auch dort verschwinden.«

»Aber . . .«

»Ich sagte, verschwinden!« Sharp schloß das Pistolenfutteral und schob Louisa, obwohl diese sehr entrüstet war, in Richtung Vorratskammer, wo ihre Tante und ihr Onkel zwischen hohen Steinkrügen kauerten. Dann trat er hinkend an das nächstgelegene Fenster und sah die Dragoner unweit der kleinen Scheune. Seine Männer schossen auf sie. Ein Pferd bäumte sich auf, ein Franzose fuhr mit der Hand an den getroffenen Arm, und eine Trompete schmetterte.

Die Dragoner zerstreuten sich. Sie entfernten sich nur so weit, daß sie hinter der gemauerten Scheune oder den Feldmauern Schutz suchen konnten. Sharp wußte, daß es nur noch Sekunden dauern konnte, bis sie abgesessen hatten und anfangen würden, das Bauernhaus unter Karabinerbeschuß zu nehmen. »Wie viele Fenster gibt es hier, Feldwebel?«

»Keine Ahnung, Sir.« Williams keuchte immer noch von der Anstrengung, bergauf gerannt zu sein.

Von draußen pfiff eine Kugel durch die Küche. Sie traf hoch über Sharps Kopf einen Deckenbalken. »Haltet eure verdammten Köpfe unten! Und erwidert das Feuer!«

Drunten gab es drei Räume: die große Küche, die ein Fenster nach Norden und eines nach Süden besaß. Die kleine Vorratskammer, in der die Parkers saßen, hatte keine Fenster. Auf der anderen Seite des Durchgangs befand sich außerdem ein wesentlich größerer Raum, eine Stallung für die Tiere. Zwei Schweine und ein Dutzend verschreckter Hühner waren die einzigen Bewohner.

Von der Küche aus führte eine Leiter hinauf in den einzigen Schlafraum. Ein massives Bett und eine Kommode zeugten vom relativen Wohlstand des Gehöfts. Der Raum hatte zwei Fenster, die ebenfalls nach Norden und Süden wiesen. Sharp plazierte Schützen an beide Fenster, dann befahl er Feldwebel Williams, dort oben das Kommando zu übernehmen und in die östlichen und westlichen Wände Schießscharten hauen zu lassen. »Und ins Dach!«

»Ins Dach?« Williams starrte zu den dicken Balken empor, die die Dachziegeln verbargen.

»Damit wir auch nach Westen und Osten Ausschau halten können«, bekräftigte Sharp. Solange er an dieser Flanke blind war, war er einem französischen Überraschungsangriff hilflos ausgesetzt.

Wieder unten angekommen, befahl Sharp, neben dem Schornstein eine weitere Schießscharte zu hauen. Der spanische Bauer nahm, als er verstand, was zu tun war, selbst eine Spitzhacke zur Hand und begann, auf die Mauer einzuschlagen. Ein Kruzifix, das an der weißgetünchten Wand hing, erzitterte unter der Gewalt der Hiebe, die der Mann ausführte.

»Schweinehunde von rechts!« rief Harper drüben am Fenster. Gewehre wurden abgefeuert. Jene Grünjacken, die geschossen hatten, zogen sich in geduckter Haltung zurück und machten anderen Platz. Mehrere unberittene Dragoner hatten versucht, das Bauernhaus im Sturm zu nehmen. Nun lagen drei von ihnen in einer Pfütze. Zwei davon rappelten sich auf und brachten sich hinkend in Sicherheit, der dritte blieb reglos liegen. Sharp sah, wie die Regentropfen die blutgetränkte Wasserfläche trafen.

Dann blieb es einen Moment lang ziemlich ruhig.

Keiner von Sharps Männern war verwundet. Sie waren atemlos und ziemlich naß, aber in Sicherheit. Wegen der Bedrohung durch das Karabinerfeuer, das ständig die Fenster traf, standen sie gebückt, so daß die Kugeln nur am Haus Schaden anrichteten. Sharp spähte erneut nach draußen und sah, daß der Feind in Abzugsgräben beziehungsweise hinter dem Misthaufen in Deckung gegangen war. In der Küche bot die Bauersfrau mit fahrigen Bewegungen den Grünjacken in Scheiben geschnittene Wurst an.

George Parker kam auf Händen und Knien aus der Vorratskammer gekrochen. Ängstlich wartete er, bis Sharp auf ihn aufmerksam wurde. Dann erkundigte er sich, welchem Aktionsplan Leutnant Sharp zu folgen gedenke.

Leutnant Sharp teilte Mr. Parker mit, er habe vor, zu warten, bis es dunkel wurde.

Parker schluckte. »Das kann Stunden dauern!«

»Höchstens fünf, Sir.« Sharp lud sein Gewehr nach. »Es sei denn, Gott läßt die Sonne stillstehen.«

Parker wollte auf diese leichtfertige Bemerkung nicht eingehen. »Und dann?«

»Dann brechen wir aus, Sir. Aber erst, wenn es ganz dunkel ist. Wir verdreschen die Schweinehunde, wenn sie am wenigsten damit rechnen. Bringen ein paar von ihnen um und hoffen, daß die anderen darüber in Verwirrung geraten.« Sharp richtete sein Gewehr waagerecht aus und füllte die Pfanne mit Zündpulver. »Sie können uns nicht viel anhaben, solange wir uns bedeckt halten.«

»Aber ...« Parker zuckte zusammen, als eine Kugel über seinem Kopf in die Wand einschlug. »Meine liebe Frau, Leutnant, wünscht, daß Sie ihr versichern, daß wir unsere Kutsche wiederbekommen.«

»Fürchte, das geht nicht, Sir.« Sharp richtete sich halb auf, sah hinter dem Misthaufen einen Schatten und schoß sein Gewehr ab. Die Waffe rauchte, und auf dem Boden schwelte ein Fetzen Papier. »Dazu wird keine Zeit sein, Sir.« Er duckte sich, holte eine Patrone aus seiner Munitionstasche und biß die Kugel ab.

»Aber meine Bibeln!«

Sharp dachte nicht daran, ihm zu offenbaren, daß die Bücher, als er sie zuletzt gesehen hatte, im spanischen Morast verstreut waren. Er spuckte die Kugel in die Mündung seines Gewehrs. »Ihre Bibeln, Sir, sind Napoleons Heer in die Hände gefallen.« Er rammte Kugel, Füllmaterial und Pulver in den Gewehrlauf. Der Salpeter hatte einen stechenden Geschmack und trocknete ihm den Mund aus.

»Aber ...« Wieder wurde Parker von einer Karabinerkugel zum Schweigen gebracht. Sie traf scheppernd einen Topf, der von einem Balken herabhing, hinterließ ein Loch in dessen Metallboden, prallte gegen den nächsten Deckenbalken und fiel Sharp vor die Füße. Er hob sie auf und ließ sie in der Hand herumrollen, weil sie noch heiß war. Dann roch er daran. Parker runzelte verwirrt die Stirn.

»Es geht das Gerücht, die Franzmänner würden ihre Kugeln

vergiften, Sir.« Sharp sprach laut, so daß seine Männer, darunter einige, die halb von dieser Geschichte überzeugt waren, mithören konnten. »Stimmt aber nicht.«

»Wirklich nicht?«

»Nein, Sir.« Sharp nahm die Kugel in den Mund, grinste und schluckte sie herunter. Seine Männer lachten über George Parkers bekümmerte Miene. Sharp drehte sich um, weil er sehen wollte, wie der Bauer mit seiner Schießscharte vorankam. Die Mauern des Hauses waren ungeheuer dick. Die Spitzhacke des Mannes war dreißig Zentimeter tief in die mittlere Schuttschicht eingedrungen, jedoch noch längst nicht draußen angelangt.

Eine Karabinersalve krachte gegen das rückwärtige Fenster. Die Schützen blieben unverletzt und taten brüllend ihre Verachtung kund. Diese Reaktion konnte der grauhaarige Parker nicht nachempfinden. »Sie sind dem Untergang geweiht, Leutnant!«

»Sir, wenn Sie nichts Besseres . . .«

»Leutnant! Wir sind Zivilisten! Warum sollten wir hierbleiben und mit Ihnen in den Tod gehen!« George Parker hatte unter Beschuß seine Courage wiedergefunden: die Courage, sein ängstliches Gemüt sprechen zu lassen und die Kapitulation zu verlangen.

Sharp versah sein Gewehr mit Zündpulver. »Sie wollen also dort hinausgehen, Sir?«

»Wir brauchen eine weiße Fahne, Mann!« Parker zuckte zusammen, als erneut eine Karabinerkugel schräg über seinem Kopf einschlug.

»Wenn es das ist, was Sie wollen, Sir . . .« Aber noch ehe Sharp seinen Satz beenden konnte, erklang aus dem Obergeschoß Feldwebel Williams' panikartiger Schrei, dann folgte ein hallendes Krachen, als eine massive feindliche Salve die Vorderseite des Hauses traf. Ein Schütze wurde vom Fenster zurückgerissen. Aus seinem Kopf spritzte Blut. Zwei Gewehre schossen, dann weitere im oberen Stockwerk. Als nächstes verdunkelte sich das nördliche Fenster: Französische Dragoner, die um die nicht einsehbare westliche Hausecke herum angegriffen hatten, erschienen im Fensterrahmen. Sie wurden erst zurückgedrängt, als die Bauersfrau, schreiend vor Verzweiflung und mit Kräften, die bei einer so mageren Frau erstaunten, den Kessel von seinem Haken riß und ihn nach dem Feind warf. Die kochend heiße Seifenlauge ließ die Franzosen zurückweichen, als habe man eine Kanone auf sie abgeschossen.

»Sir!« Harper stand an der Küchentür. Im Durchgang war ein Krachen zu hören, als die Franzosen die südliche Tür niederrissen, die der Ire nicht so sicher verbarrikadiert hatte wie die nördliche. Ein Trupp Dragoner hatte sich den massierten Angriff zunutze gemacht, um auf der anderen Hausseite anzugreifen. Dabei waren sie bis in den zentralen Durchgang vorgedrungen. Harper schoß durch die Küchentür, die augenblicklich an zwei Stellen zersplitterte, als die Franzosen das Feuer erwiderten. Beide Kugeln trafen den Tisch.

Die Küche füllte sich mit Pulverdampf. Die Männer wechselten einander ab, durch die Fenster zu schießen, dann luden sie in fieberhafter Eile nach. Der Kutscher leerte seine riesige Pistole durch die Tür und wurde mit einem Schmerzensschrei belohnt.

»Aufmachen!« befahl Sharp.

Harper gehorchte. Ein verblüffter Franzose, der gerade seinen Karabiner anlegen wollte, sah sich mit einem Degen konfrontiert, der von Sharp so ungestüm geführt wurde, daß die Spitze der Klinge die gegenüberliegende Wand des Durchgangs traf, nachdem sie den Leib des Dragoners mühelos durchbohrt hatte. Harper stimmte sein merkwürdiges Kampfgeschrei an und folgte Sharp mit einer Axt, die er von der Küchenwand gerissen hatte. Er hackte damit solange auf einen weiteren feindlichen Soldaten ein, bis der Durchgang glitschig war vor lauter Blut.

Sharp befreite seinen Degen mit stoßenden und drehenden Bewegungen. Die Klinge eines Franzosen streifte seinen Unterarm. Warmes Blut quoll daraus hervor. Sharp stürzte sich auf den Mann, drängte ihn gegen die Wand des Durchgangs und schlug mit dem Heft des Degens auf sein Gesicht ein. Neben seinem Kopf krachte ein Gewehr und riß einen weiteren Dragoner vom Eingang zurück. Aus einem anderen Raum drang das verängstigte Quieken von Schweinen herüber. Sharp stolperte über einen kriechenden Franzosen, der aus einer Bauchwunde blutete. Wieder entlud sich ein Gewehr in den Durchgang, dann rief Harper ihm zu, der Feind habe sich davongemacht.

Die Kugel eines Karabiners schlug in den Durchgang ein, prallte von den Wänden ab und vergrub sich am anderen Ende in die Tür. Sharp betrat den Raum, in dem die Tiere untergebracht waren, und entdeckte einen hölzernen Trog, der im Durchgang als eine Art Barrikade dienen konnte. Er zerrte ihn hinaus, doch da ergriffen die Schweine, noch ehe er die beschädigte äußere Tür zuschlagen und den Trog unter die Kreuzbalken schieben konnte, die Gelegenheit zur Flucht. »Ein Glücksfall für die verfluchten Franzmänner«, meinte Harper. »Schweinefleisch zum Abendbrot.«

Entsetzliche Schreie kündeten vom Tod der Schweine. Sie waren so durchdringend, daß sie vorübergehend das ständige Karabinerfeuer übertönten, dem das Bauernhaus ausgesetzt war. Die Franzosen hatten sich in Sicherheit gebracht. In der Küche lag ein toter Schütze, ein zweiter war verwundet. Sharp trat an die Leiter. »Feldwebel Williams?« Er bekam keine Antwort.

»Feldwebel Williams! Was machen die Schießscharten?«

Es war Dodd, der ihm antwortete. »Er ist tot, Sir. Hat einen Schuß ins Auge abgekriegt.«

»Jesus Christus.«

»Er hat durchs Dach nach draußen geschaut, Sir.«

»Sieh zu, das auch weiterhin jemand Ausschau hält!«

Williams war also tot. Sharp ließ sich am Fuß der Leiter nieder und starrte Patrick Harper an. Er war der offenkundige Ersatz, die einzige Wahl, aber Sharp hatte den Verdacht, daß der große Ire sein Angebot entschieden zurückweisen würde. Daher, überlegte er, konnte ihm der Rang nicht verliehen, sondern nur auferlegt werden. »Harper?«

»Sir?«

»Sie sind ab sofort Feldwebel.«

»Verdammt, das bin ich nicht.«

»Sie sind Feldwebel!«

»Nein, Sir! Nicht in diesem verdammten Heer. Nein.«

»Gott im Himmel!« Sharp spuckte dem hünenhaften Mann die Gotteslästerung entgegen, aber Harper wandte sich nur ab und starrte aus dem Fenster, dorthin, wo kleine Rauchwolken die Position einiger Dragoner in einem Abzugsgraben verrieten.

»Mister Sharp?« Eine zögernde Hand legte sich auf Sharps

verwundeten Arm. Es war wieder George Parker. »Meine liebe Frau und ich haben alles besprochen, Leutnant, und wir würden es sehr begrüßen, wenn Sie mit dem französischen Befehlshaber Kontakt aufnehmen.« Plötzlich bemerkte Parker Sharps Blut an seinen Fingern. Er erbleichte und fuhr stotternd fort: »Bitte glauben Sie nicht, wir würden Sie zu diesem Zeitpunkt im Stich lassen, aber . . .«

»Ich weiß«, unterbrach Sharp ihn, »Sie glauben, wir wären dem Untergang geweiht.« Er sprach mit einer gewissen Heftigkeit, nicht weil er Parkers Wunsch verdammte, sich in Sicherheit zu bringen, sondern weil er, wenn die Parkers fortgingen, Louisa verlieren würde. Er hätte die Familie schon auf der Straße zurücklassen können, wo sie in ihrer Kutsche außer Gefahr gewesen wären, aber er hatte sie zur Flucht angestachelt, weil er nicht auf die Gesellschaft des Mädchens verzichten wollte. Nun jedoch sah Sharp ein, daß ihm keine andere Wahl blieb. Man konnte von den beiden Frauen nicht erwarten, daß sie sich einem französischen Angriff aussetzten oder der Gefahr eines Querschlägers. Louisa mußte fort. Auf dem Tisch, wo der gefallene Schütze, aus dessen nassem Haupthaar immer noch Blut rann, zwischen zerschlagenem Geschirr ruhte, lag ein Stück Leinen, das zwar grau und verschmutzt war, jedoch als Friedensfahne genügen mochte. Sharp spießte den dünnen Stoff mit der Spitze seines Degens auf und trat mit schleppenden Schritten ans Fenster. Die Schützen machten ihm Platz.

Er hob den Arm und schob den Degen aus dem Fenster. Er schwenkte ihn nach rechts und links und wurde mit einem Ruf belohnt, der draußen erscholl. Dann entstand eine Pause, während derer sich Sharp behutsam aufrichtete.

»Was willst du, Engländer?« rief eine Stimme.

»Verhandeln.«

»Dann komm raus. Aber nur ein Mann!«

Sharp nahm den Stoff von der Degenspitze, steckte die Klinge ein und begab sich in den Durchgang. Er stieg über einen toten Dragoner hinweg, rückte die Truhe vor der nördlichen Tür beiseite. Er kam sich merkwürdig nackt und ungeschützt vor, dennoch trat er hinaus in den Regen.

Um mit dem Mann im roten Überwurf zu verhandeln.

Kapitel neun

In der Scheune lagen ein Dutzend französische Verwundete und erfüllten den geräumigen Innenraum mit dem Gestank von Blut, Eiter und Kampferessig. In einer Ecke lagen die Verletzten auf unbequemen Betten aus Heu, in einer anderen hatten die Offiziere ein umgestülptes Wasserfaß in einen Kommandoposten umfunktioniert. Ein halbes Dutzend Offiziere umstand das Faß, darunter der Oberst im roten Husarenumhang. Er begrüßte Sharp freundlich und in fließendem Englisch. »Mein Name ist Oberst Pierre de l'Eclin, und ich habe die Ehre, Jäger der Kaiserlichen Garde Seiner Majestät zu sein.«

Sharp erwiderte seine angedeutete Verbeugung. »Leutnant Richard Sharp von den Rifles.«

»Den Rifles, wie? Aus Ihrem Mund hört sich das an wie ein Grund, sehr stolz zu sein.« De l'Eclin war ein gutaussehender Mann: so groß wie Sharp, kräftig gebaut, mit kantigem Gesicht und goldblondem Haar. Er wies auf eine Karaffe Wein, die auf dem provisorischen Tisch stand. »Ob ein Angehöriger der Rifles wohl bereit wäre, etwas Wein zu nehmen?«

Sharp war nicht sicher, ob man ihn verspotten oder ehren wollte. »Ich danke Ihnen, Sir.«

Der Oberst winkte einen Leutnant beiseite und bestand darauf, die zwei kleinen Silberkelche selbst zu füllen. Einen davon hielt er Sharp hin, zog ihn jedoch, noch ehe der Schütze zugreifen konnte, wieder leicht zurück, als wolle er die Gelegenheit wahrnehmen, das narbenbedeckte Gesicht des Briten zu studieren. »Sind wir uns schon einmal begegnet, Leutnant?«

»An einer Brücke, Sir. Sie haben meinen Säbel zerbrochen.«

De l'Eclin schien das zu freuen. Er überreichte Sharp den Kelch und schnippte mit den Fingern, als die Erinnerung zurückkam. »Sie haben pariert! Eine bemerkenswerte Parade! Oder war es reines Glück?«

»Vermutlich Glück, Sir.«

»Soldaten brauchen Glück, und Sie können sich glücklich schätzen, daß ich Sie nicht auf offenem Gelände eingeholt habe. Wie auch immer, Leutnant, ich muß die ausgezeichnete Verteidigung Ihrer Rifles loben. Wie schade, daß es so enden muß.«

Sharp trank den Wein, um den säuerlichen Geschmack des Schießpulvers aus seinem Mund zu vertreiben. »Das war nicht das Ende, Sir.«

»Nein?« De l'Eclin zog höflich die Brauen hoch.

»Ich, Sir, bin nur um einiger englischer Zivilisten willen hier, die auf dem Bauernhof festsitzen und den Wunsch haben, abzureisen. Sie sind bereit, auf Ihre Güte zu vertrauen, Sir.«

»Meine Güte?« De l'Eclin lachte vergnügt auf. »Ich sagte Ihnen doch, ich bin Jäger der Kaiserlichen Garde, Leutnant. Ein Mann erlangt diesen außergewöhnlichen Ehrentitel oder gar den Rang eines Obersten nicht dadurch, daß er sich in Güte und Mildtätigkeit übt. Dennoch weiß ich zu schätzen, was zweifellos als Kompliment gemeint war. Wer sind diese Zivilisten?«

»Englische Reisende, Sir.«

»Und das sind ihre Bücher?« De l'Eclin zeigte auf zwei verschmutzte Ausgaben des Neuen Testaments in spanischer Sprache, die auf dem umgekehrten Faß lagen. Die zurückgebliebenen Bücher hatten offensichtlich die Neugier der Franzosen erregt, eine Neugier, die Sharp zu befriedigen versuchte. »Es handelt sich um methodistische Missionare, Sir, die Spanien vom Papsttum abbringen wollen.«

De l'Eclin musterte Sharp, um festzustellen, ob er sich auch keinen Spaß erlaube, fand dafür keine Anzeichen und brach in Gelächter aus. »Ebensogut könnten sie darauf hoffen, Leutnant, aus Tigern Kühe zu machen! Es ist das Privileg des Soldaten, den seltsamsten Menschen zu begegnen. Geben Sie mir Ihr Ehrenwort, daß diese Methodisten keine Waffen mitführen?«

Sharp gefiel es, Louisas kleine Pistole zu vergessen. »Mein Ehrenwort, Sir.«

»Sie können sie auf den Weg schicken. Gott weiß, was wir mit ihnen anfangen werden, erschießen werden wir sie jedenfalls nicht.«

»Danke, Sir.« Sharp wandte sich zum Gehen.

»Aber Sie dürfen mich noch nicht verlassen, Leutnant. Ich habe mit Ihnen zu sprechen.« De l'Eclin sah die Besorgnis, die in Sharps Gesicht aufflackerte, und schüttelte den Kopf. »Ich halte Sie nicht gegen Ihren Willen fest, Leutnant. Ich weiß eine Parlamentärsflagge durchaus zu respektieren.«

Sharp trat ans Scheunentor und rief zum Bauernhaus hinüber, daß die Parkers abziehen könnten. Außerdem schlug er vor, daß die drei Spanier auf dem Bauernhof diese Gelegenheit zur Flucht nutzen sollten. Aber es hatte den Anschein, als wolle keiner von ihnen sich auf französische Gastfreundschaft verlassen, denn nur die Familie Parker verließ das umzingelte Haus. Mrs. Parker erschien als erste. Sie stapfte durch Schlamm und Regen und trug ihren Schirm wie eine Waffe. *»Mon dieu«*, murmelte de l'Eclin, der hinter Sharp getreten war. »Warum rekrutiert man sie nicht?«

George Parker trat zögernd in den Regen, dann kam Louisa zum Vorschein, und de l'Eclin seufzte anerkennend. »Es scheint, als hätten wir Ihnen zu danken.«

»Vielleicht verzichten Sie darauf, Sir, wenn Sie die Tante kennenlernen.«

»Ich habe nicht vor, mein Lager mit der Tante zu teilen.« De l'Eclin befahl einem Hauptmann, sich der Zivilisten anzunehmen, dann zog er Sharp zurück in die Scheune. »Nun, mein Leutnant von den Rifles, was haben Sie als nächstes vor?«

Sharp überhörte seinen herablassenden Tonfall und tat so, als verstehe er nicht, »Sir?«

»Lassen Sie mich Ihnen erzählen, wie Ihre Pläne aussehen.« Der hochgewachsene Franzose, dessen Überwurf so elegant von seiner rechten Schulter hing, ging in der Scheune auf und ab. »Es ist Ihnen gelungen, im Obergeschoß des Bauernhauses vorn und hinten Schießscharten zu schlagen, daher kann ich Sie erst nach Einbruch der Dunkelheit überraschen. Ein nächtlicher Überfall könnte zum Erfolg führen, ist aber gefährlich, da Sie im Innern des Hauses zweifellos einen Brennstoffvorrat angelegt haben, mit dem Sie die Umgebung zu erhellen gedenken.« Er bedachte den Schützen mit einem amüsierten Seitenblick, um seine Reaktion festzustellen, doch Sharp ließ sich nichts anmerken. De l'Eclin unterbrach sich, um Sharps Kelch aufzufüllen. »Ich habe den Verdacht, daß Sie glauben, wenigstens noch einen Angriff überstehen zu können. Außerdem rechnen Sie damit, daß ich bis zum Morgengrauen abwarten werde, falls mein Angriff fehlgeschlagen ist. Daher wollen Sie gegen zwei oder drei Uhr morgens, wenn meine Männer besonders ermüdet sind, einen Ausfall wagen. Ich denke, Sie werden gen Westen vordringen, weil sich dort wenige hundert Schritte entfernt ein Abzugsgraben mit Gestrüpp befindet. Dort angekommen, werden Sie relativ ungefährdet sein, und es gibt dort bewaldete Pfade, die ins Hügelland hinaufführen.« De l'Eclin war wieder auf und ab gegangen, doch nun wirbelte er herum und starrte Sharp ins Gesicht. »Habe ich recht?«

Der Gardeoffizier hatte ganz richtig geraten. Sharp hatte von dem Abzugsgraben nichts gewußt, aber von dem Loch im Dach aus hätte er ihn sicher noch entdeckt, und dann hätte er zweifellos beschlossen, seinen Angriff in diese Richtung auszuführen.

»Nun?« beharrte de l'Eclin.

»Ich hatte andere Pläne«, sagte Sharp.

»Oh?« Der Oberst war von ausgesuchter Höflichkeit.

»Ich hatte vor, Ihre Männer gefangenzunehmen und ihnen heimzuzahlen, was sie im Hügelland den spanischen Dorfbewohnern angetan haben.«

»Vergewaltigen wollten Sie sie?« präzisierte de l'Eclin, dann lachte er. »Das könnte einigen meiner Männer sogar gefallen, doch ich versichere Ihnen, daß sich die überwältigende Mehrzahl Ihren bestialischen, aber sicher typisch englischen Gelüsten widersetzen wird.«

Sharp, der sich angesichts der gelassenen Reaktion des Franzosen äußerst dumm vorkam, sagte nichts. Ihm wurde plötzlich bewußt, in was für einem abgerissenen Aufzug er hier auftreten mußte. Seine Jacke war zerschlissen und blutbefleckt, er besaß keine Kopfbedeckung, seine Hose stand offen, weil er die Silberknöpfe als Zahlungsmittel benutzt hatte, und seine billigen Stiefel waren zerfetzt. Im Gegensatz dazu war de l'Eclins Uniform geradezu prächtig. Der Jäger trug eine enge rote Husarenjacke mit goldenen Schlaufen und Knöpfen. Darüber hing der scharlachrote Überwurf, ein gänzlich nutzloses Kleidungsstück, das bei der Kavallerie jedoch sehr beliebt war. Dieser Überwurf war eigentlich eine zweite Jacke, die wie ein Mantel über eine Schulter gehängt wurde. De l'Eclins Überwurf hatte goldene Tressen, hing an einer Goldkette um seinen Hals und war mit weichem, schwarzem Lammfell besetzt. Die leeren Ärmel reichten bis zu den goldfarbenen Ketten herab, mit denen sein Säbel befestigt war. Die Hosenbeine seiner dunkelgrünen Uniform waren innen an Schenkel und Wade mit schwarzem Leder verstärkt, um dem Scheuern eines Sattels standzuhalten, während die äußeren Säume aus roten Tuchstreifen bestanden, die mit goldenen Knöpfen geschmückt waren. Seine hohen Stiefel waren aus weichem, schwarzem Leder. Sharp fragte sich, wieviel so eine Uniform kosten mochte. Er wußte, daß es vermutlich mehr war als sein Sold für ein ganzes Jahr.

De l'Eclin öffnete seine Gurttasche und holte zwei Zigarren heraus. Eine davon bot er dem Engländer an, der keinen Grund sah, das Angebot abzulehnen. Die beiden Männer beugten sich einträchtig über die Flamme eines Feuerzeuges, dann paffte der Franzose seufzend Rauchschwaden über Sharps Kopf hinweg. »Ich denke, Leutnant, Sie und Ihre Rifles sollten sich ergeben.«

Sharp brach sein eigensinniges Schweigen nicht.

De l'Eclin zuckte die Achseln. »Ich will ehrlich mit Ihnen sein, Leutnant.« Er hielt inne. »Sharp, sagten Sie?«

»Jawohl, Sir.«

»Ich will ehrlich mit Ihnen sein, Leutnant Sharp. Ich wünsche nicht, daß meine Männer die Nacht an diesem Ort verbringen. Wir haben die Ehre, Vortrupp unseres Heeres zu sein, und sind daher in exponierter Lage. Das spanische Bauernvolk läßt sich gelegentlich dazu hinreißen, uns zu belästigen. Wenn ich heute nacht hierbleibe, könnte ich in der Dunkelheit eine Handvoll Männer ans Messer liefern, und ich bin nicht der Meinung, daß die besten Kavalleristen der Welt einen so ehrlosen und schmerzhaften Tod erleiden sollten. Daher erwarte ich von Ihnen, daß Sie sich rechtzeitig vor Einbruch der Dunkelheit ergeben. Sollten Sie es nicht gleich tun, gedenke ich mich später sogar zu weigern, Ihre Kapitulation zu akzeptieren. Habe ich mich klar ausgedrückt?«

Sharp verbarg sein Erstaunen ob dieser Drohung. »Ich habe verstanden, Sir.«

Trotz Sharps Zusagen konnte de l'Eclin nicht widerstehen, seine Nötigung ein wenig auszuschmücken. »Sie werden allesamt sterben, Leutnant. Nicht langsam, wie wir die spanischen Bauern töten, aber dennoch sterben. Morgen wird das Heer mich einholen, und ich werde Artillerie aussenden, um Ihre Schützen niederzumachen. Das wird anderen Feinden Frankreichs eine Lehre sein, des Kaisers Zeit nicht zu vergeuden.«

»Jawohl, Sir.«

De l'Eclin lächelte liebenswürdig. »Bedeutet dieses Ja, daß Sie sich ergeben wollen?«

»Nein, Sir. Sehen Sie, Sir, ich halte nichts von Ihren Kanonen. Sie führen Futternetze mit sich.« Sharp zeigte durch die offene Hintertür der Scheune auf die Pferde der Offiziere. Sie waren außer Sichtweite der Schützen festgebunden, und jedes einzelne hatte schwere Netze voller Heu um den Sattelknauf geschlungen. »Wenn Ihr Heer tatsächlich zu Ihnen aufholen würde, Sir, ließen Sie Ihr Futter auf Karren transportieren. Sie sind auf Patrouille, nicht mehr, und wenn ich lange genug Widerstand leiste, werden Sie abziehen.«

Der französische Oberst blickte ihn einige Sekunden lang nachdenklich an. Sein Gesichtsausdruck verriet, daß Sharp, nachdem de l'Eclin einen Moment zuvor Sharps Taktik erraten hatte, nun die des Franzosen vorausgeahnt hatte. De l'Eclin zuckte die Achseln. »Ich bewundere Ihre Courage, Leutnant. Aber Sie wird Ihnen nichts nützen. Sie haben keine andere Wahl. Ihr Heer ist geschlagen und in die Heimat geflohen. Die spanischen Heere sind zerschlagen und versprengt. Niemand wird Ihnen zu Hilfe kommen. Sie können sich jetzt gleich ergeben, oder Sie können eigensinnig sein. Das aber hieße, daß meine Klingen Sie zerfetzen werden.« Seine Stimme hatte ihren gefälligen Plauderton verloren und war nun todernst. »So oder so, Leutnant, ich werde dafür sorgen, daß Sie alle sterben.«

Sharp wußte, daß er keine Chance hatte, die Belagerung zu überstehen, war jedoch zu dickköpfig, um nachzugeben. »Ich brauche Zeit, darüber nachzudenken, Sir.«

»Zeit, um Ihr Schicksal hinauszuzögern, meinen Sie?« Der

Oberst zuckte verächtlich die Achseln. »Das wird Ihnen nicht helfen, Leutnant. Glauben Sie, wir wären soweit gekommen, nur um Major Vivar entkommen zu lassen?« Sharp starrte ihn verständnislos an. De l'Eclin deutete Sharps Ausdruck gründlich falsch. Er hielt das Unverständnis des Schützen für schuldbewußtes Erstaunen. »Wir wissen, daß er sich bei Ihnen aufhält, Leutnant. Er und seine kostbare Truhe!«

»Er . . .« Sharp wußte nicht, was er sagen sollte.

»Sie sehen ein, Leutnant, daß ich nicht ausgerechnet jetzt die Jagd aufgeben werde. Ich bin vom Kaiser persönlich beauftragt worden, die Truhe nach Paris zu schaffen, und ich habe nicht vor, ihn zu enttäuschen.« De l'Eclin lächelte herablassend. »Wenn Sie mir den Major samt seiner Truhe ausliefern, könnte es natürlich sein, daß ich Sie Ihren Weg nach Süden fortsetzen lasse. Ich bezweifle, daß ein paar abgerissene Rifles imstande wären, das Kaiserreich zu gefährden.«

»Er hält sich nicht bei uns auf!« protestierte Sharp.

»Leutnant!« rief de l'Eclin tadelnd.

»Fragen Sie die Methodisten! Ich habe Major Vivar seit zwei Tagen nicht gesehen!«

»Er lügt!« Die Stimme erklang hinter einem Stapel von Matten aus Birkenreisig, die als Schafshürden dienten. Dann kam der hochgewachsene Zivilist mit dem schwarzen Mantel und den weißen Reitstiefeln dahinter hervor. »Sie lügen, Engländer.«

»Zur Hölle mit Ihnen, Sie Schweinehund«, knurrte Sharp angesichts dieser Beleidigung seiner Ehre.

Oberst de l'Eclin warf sich hastig zwischen die beiden aufgebrachten Männer. Er sprach den Mann im schwarzen Mantel auf englisch an, behielt dabei jedoch den Schützen im Auge. »Es will mir scheinen, mein lieber Graf, als hätte Ihr Bruder mit Erfolg ein Gerücht in Umlauf gesetzt. Vielleicht ist er doch nicht gen Süden unterwegs, um Ersatzpferde zu finden?«

»Vivar ist sein Bruder?« Nun war Sharps Verwirrung vollkommen. Vivar, dessen Haß auf die Franzosen so blindwütig war, hatte einen Bruder, der mit dem Feind ritt? Der mitangesehen haben mußte, wie die Dragoner spanische Frauen und Kinder vergewaltigt und getötet hatten? Seine Ungläubigkeit war offenbar an seinem Gesicht abzulesen. De l'Eclin, eindeutig erstaunt, daß Sharp von dieser Verwandtschaft nichts gewußt hatte, übernahm nun die offizielle Vorstellung. »Erlauben Sie, daß ich Ihnen den Grafen von Mouromorto vorstelle, Leutnant. Er ist in der Tat Major Vivars Bruder. Sie müssen verstehen, daß es im Gegensatz zu den Lügen, die in den englischen Zeitungen stehen, viele Spanier gibt, die unsere Anwesenheit begrüßen. Sie halten es für an der Zeit, den alten Aberglauben und gewisse Praktiken zu beseitigen, die Spanien so lange gelähmt haben. Der Graf ist einer dieser Männer.« De l'Eclin verneigte sich vor dem Spanier, als er seine Erläuterung abgeschlossen hatte, doch der Graf starrte weiterhin grimmig den Engländer an.

Sharp erwiderte seinen feindseligen Blick. »Sie lassen zu, daß diese Schweinehunde Ihr eigenes Volk umbringen?«

Eine Sekunde lang sah es so aus, als wolle der Graf nach ihm schlagen. Er war größer als Blas Vivar, aber aus der Nähe konnte Sharp die Familienähnlichkeit erkennen. Er hatte die gleiche streitlustig wirkende Kinnpartie, die gleichen feurigen Augen, die Sharp nun voller Abneigung musterten. »Was wissen Sie schon von Spanien, Leutnant«, fragte der Graf, »oder von Spaniens verzweifelten Nöten? Oder von den Opfern, die sein Volk bringen muß, um seine Freiheit zu erlangen?«

»Was wissen Sie von Freiheit? Sie sind nichts als ein verdammter, mörderischer Schweinehund.«

»Genug!« De l'Eclin hob die linke Hand, um Sharps Wut im Zaum zu halten. »Sie behaupten also, Major Vivar sei nicht bei Ihnen?«

»Er ist nicht bei mir, auch nicht seine verdammte Truhe. Falls es Sie etwas angeht, und es geht Sie nichts an: Ich habe mich im Streit von Major Vivar getrennt, und es würde mir nichts ausmachen, ihn nie wiederzusehen! Aber Sie hat er ganz schön an der Nase herumgeführt, hab' ich recht?«

De l'Eclin schien sich über Sharps Wut zu amüsieren. »Mag sein, aber Sie sind nun das Opferlamm, Leutnant, und Sie werden büßen müssen. Sie und Ihre Rifles.« Der Oberst schien von dieser Bezeichnung fasziniert zu sein. Er kannte Husaren, Jäger, Ulanen, Dragoner und Kanoniere, er war vertraut mit Pionieren und Kürassieren, Grenadieren und Füsilieren, doch von den

›Rifles‹ hatte er noch nie gehört. »Andererseits«, fuhr de l'Eclin fort, »würden Sie, sollte Major Vivar doch bei Ihnen sein, seine Gegenwart bestimmt abstreiten, nicht wahr? Und Sie würden ihn verteidigen, was Ihre Beharrlichkeit in diesem aussichtslosen Kampf erklären würde.«

»Er ist nicht hier«, wiederholte Sharp ungeduldig. »Fragen Sie die Methodisten.«

»Ich werde gewiß das Mädchen fragen«, versicherte de l'Eclin fröhlich.

»Tun Sie das«, konterte Sharp. Blas Vivar, dachte er, hatte sich ungeheuer schlau verhalten, hatte ein Gerücht ausgenutzt, um die Franzosen zu überzeugen, daß er mit den Rifles nach Süden geflohen sei, und hatte sie dadurch geopfert. Aber das konnte Sharp dem Spanier nicht einmal verargen, er empfand nur widerstrebende Bewunderung. Er warf seine Zigarre auf den Scheunenboden. »Ich gehe jetzt zurück.«

De l'Eclin nickte. »Ich gebe Ihnen zehn Minuten, um sich hinsichtlich der Kapitulation zu entscheiden. *Au revoir,* Leutnant.«

»Zur Hölle mit Ihnen.«

Sharp begab sich zurück ins Bauernhaus. Sie saßen in der Falle und würden als Opferlämmer sterben. Das war sozusagen Vivars Rache dafür, daß Sharp ihn im Stich gelassen hatte, und Sharp lachte darüber, denn es blieb ihm nichts anderes übrig. Außer zu kämpfen.

»Was hat der Kerl denn gewollt?« erkundigte sich Harper.

»Er will, daß wir uns ergeben.«

»Sieht ihm ähnlich.« Harper spuckte ins Feuer.

»Wenn wir uns jetzt nicht ergeben, werden sie es später nicht mehr zulassen.«

»Dem geht wohl der Arsch auf Grundeis, stimmt's? Hat er Angst vor der Nacht?«

»Ja, so ist es.«

»Und was haben Sie nun vor, Sir?«

»Ich sagte ihm, er soll zur Hölle gehen. Und dich ernenne ich zum Feldwebel.«

Harper verzog das Gesicht. »Nein, Sir.«
»Wieso nicht, zum Teufel?«
Der Ire schüttelte den Kopf. »Es macht mir nichts aus, unseren Männern zu sagen, was sie im Kampf zu tun haben, Sir. Hauptmann Murray hat mir immer erlaubt, das zu tun, wahrhaftig. Und genau das tue ich, ob es Ihnen recht ist oder nicht. Aber weiter gehe ich nicht. Ich nehme Ihnen nicht ab, die Männer zu bestrafen, und lasse mir von Ihnen nicht so ein Abzeichen verpassen.«
»Um Himmels willen, wieso denn nicht?«
»Warum, zur Hölle, sollte ich?«
»Warum, zur Hölle, hast du mir vorhin das Leben gerettet?« Sharp wies auf das Gelände jenseits des Bauernhofs, wo ihn bei der panischen Flucht vor den Dragonern einzig Harpers Salven gerettet hatten.
Der große Ire blickte verlegen drein. »Daran wird Major Vivar schuld gewesen sein, Sir.«
»Was, zum Teufel, soll das heißen?«
»Nun ja, Sir, er hat zu mir gesagt, Sie seien mit einer Ausnahme der beste Mann im Kampf, den er je gesehen hat. Und daß ich Sie, Sir, solange die heidnischen Engländer für ein freies katholisches Spanien kämpfen, am Leben erhalten soll.«
»Der Beste?«
»Mit einer Ausnahme.«
»Und wer ist das?«
»Ich, Sir.«
»Der Major ist ein verlogener Schweinehund«, sagte Sharp, dem allmählich dämmerte, daß er nehmen mußte, was ihm angeboten wurde, nämlich Harpers Unterstützung auf dem Schlachtfeld. Das war immerhin besser als gar keine Unterstützung. »Wenn du so ein gottverdammt guter Kämpfer bist, dann sage mir gefälligst, wie wir aus diesem gottverdammten Loch herauskommen!«
»Vermutlich werden wir nicht herauskommen, Sir, und das ist die Wahrheit. Aber wir werden dem Gesindel einen teuflisch guten Kampf liefern, damit es beim nächsten Mal, wenn es auf die Rifles trifft, nicht mehr so verflucht selbstsicher ist.«
Durch das Küchenfenster pfiff ein Karabinergeschoß herein.

Die Zehn-Minuten-Frist war verstrichen, und de l'Eclin nahm den Kampf wieder auf.

Durch eines der Löcher im Dach sah Sharp den dichtbewachsenen Abzugsgraben, von dem der französische Oberst gesprochen hatte. Direkt nördlich davon, in einem ummauerten Pferch, weideten die meisten Dragonerpferde. »Hagman!«

Der ehemalige Wilderer kletterte die Leiter herauf. »Sir?«

»Such dir eine Feuerstellung und fang an, Pferde abzuschießen. Damit halten wir das Gesindel auf Trab.«

Drunten war die Bauersfrau mit der Essensausgabe beschäftigt. Sie schleppte eine Kiste mit gesalzenen Makrelen und Weißfischen heran. Beweis für die Tatsache, daß das Meer nicht weit sein konnte, und verteilte sie unter die Soldaten. Ihr Mann hatte, nachdem seine Schießscharte fertig war, eine Vogelflinte mit Schießpulver und Schrot geladen, das er mit ohrenbetäubendem Krachen gen Osten verschoß.

Die Franzosen verlegten ihre Pferde weiter nach Norden. Aus der Scheune drang der quälend köstliche Duft von gebratenem Schweinefleisch. Während es langsam zu regnen aufhörte, setzten die Franzosen das Gehöft weiter unter Beschuß, richteten jedoch nicht viel Schaden an. Ein Schütze erlitt eine Fleischwunde am Arm und mußte sich, als er aufschrie, von seinen Kameraden verspotten lassen.

Am Spätnachmittag unternahmen einige Dragoner einen halbherzigen Vorstoß durch den Obstgarten im Norden, ließen sich aber leicht entmutigen. Sharp ging von einem Fenster zum anderen und fragte sich, was für eine Teufelei de l'Eclin ausgeheckt haben mochte. Außerdem fragte er sich, wie Blas Vivar die Zeit nutzen würde, die er gewonnen hatte, als er de l'Eclin auf die falsche Fährte gelockt hatte. Die Truhe war offenbar von noch größerer Wichtigkeit, als Sharp angenommen hatte; so wichtig, daß der Kaiser persönlich den Oberst entsandt hatte, um sie an sich zu bringen. Sharp ging davon aus, daß er nie erfahren würde, was sie enthielt. Entweder würde er hier gefangengenommen oder getötet werden, oder sie würden, sobald die Franzosen in ihrer Wachsamkeit nachließen, von hier abziehen, und Sharp würde sich nach Süden wenden. Er würde sich ein Schiff in die Heimat suchen und sich erneut dem Hauptheer anschließen. Bei dem Gedanken an seinen Posten als Quartiermeister tat sein Herz einen kurzen Ruck. Erst in den letzten Tagen war ihm klargeworden, wie sehr ihm diese gottverdammte Aufgabe mißfiel.

»Sir!« Die Stimme klang erschrocken. »Sir!«

Sharp rannte zum vorderen Küchenfenster. »Feuer!«

Die Franzosen hatten aus den Schafshürden Schutzschilde gebaut. Sie hatten sie zusammengebunden, so daß schwere Matten aus Birkenreisig entstanden, die groß genug waren, um ein halbes Dutzend Männer zu verbergen, und widerstandsfähig genug, um Gewehrkugeln abzuhalten. Die schwerfälligen Schilde rückten über den Hof hinweg immer weiter vor, und Sharp wußte sogleich, daß die Franzosen, sobald sie das Haus erreicht hatten, von Äxten und Stangen Gebrauch machen würden, um die Türen aufzubrechen. Er schoß sein Gewehr ab, obwohl ihm klar war, daß die Kugel gegen das elastische Holz nichts ausrichten konnte. Das Karabinerfeuer nahm erneut zu.

Sharp zwängte sich am Tisch vorbei zum nördlichen Fenster. Aus dem Obstgarten stieg Pulverdampf auf, der verriet, daß die Dragoner diesen Fluchtweg abgeschnitten hatten, doch er war seine einzige Hoffnung. Er trat an die Leiter und rief nach oben. »Runterkommen!«

Er wandte sich an Harper. »Wir nehmen die Spanier mit. Wir brechen nach Süden aus.«

»Sie werden uns einfangen.«

»Das ist besser, als wie die Ratten in der Falle zu sterben. Bajonette aufsetzen!« Er spähte die Leiter hinauf ins Schlafgemach. »Beeilt euch!«

»Sir!« Es war Dodd, der seinen Ruf erwiderte; der stille Dodd, der nun aus der Schießscharte im Dach starrte und ungewohnt erregt wirkte. »Sir!«

Denn nun schallte ein neues Trompetensignal gen Himmel.

Major Blas Vivar riß seinen Säbel aus der Scheide. Er hob ihn hoch und ließ ihn niedersausen, als die Trompete ihren schrillen höchsten Ton ausstieß.

Die Pferde stürmten los. Es waren einhundert Tiere: alle, die Leutnant Davila aus Orense herangeschafft hatte. Sie erklommen die Böschung des Abzugsgrabens, fanden festen Boden auf der Weide und preschten vorwärts.

Der Galicier in der karmesinroten Uniform, der den lanzenartigen Stab der Standarte trug, senkte dessen Spitze. Die Fahne flatterte im Wind. Unberittene französische Dragoner drehten sich entsetzt danach um.

»Santiago! Santiago!« Vivar dehnte die letzte Silbe seines Kriegsgeschreis, während hinter ihm seine Cazadores herangaloppierten. Die Überlebenden seiner scharlachrot uniformierten Elitetruppe waren da, verstärkt durch ihre blauberockten Kameraden, die Leutnant Davila nach Norden begleitet hatten. Von den Hufen der Pferde spritzten Erdklumpen hoch in die Luft. »Santiago!« Vor ihnen befand sich eine Mulde, besetzt mit Dragonern, die bisher das Bauernhaus beschossen hatten. Nun standen sie auf, drehten sich hastig um und zielten auf die spanische Kavallerie. Eine Kugel zischte an Vivars Gesicht vorbei. »Santiago!« Er erreichte die Mulde, sprang darüber hinweg und schlug mit sausender Klinge einem Franzosen das Gesicht blutig.

Die Lanze traf einen Dragoner, vergrub die Standarte in seiner Brust. Der Standartenträger riß den Schaft frei, brüllte seine persönliche Herausforderung. Doch dann wurde er von einer Karabinerkugel in den Hals getroffen. Ein Reiter, der hinter ihm herkam, fing den fallenden Schaft auf und hob erneut die blutgetränkte Standarte.

»Santiago!«

Die unberittenen Dragoner versuchten, sich auf den Hof zu retten. Die spanische Kavallerie ritt sie nieder, Klingen senkten sich herab. Verängstigte Pferde verrenkten die Hälse, schnappten mit gelblichen Zähnen zu und schlugen mit ihren Hufen aus. Säbel kreuzten sich, hell klingend wie Schmiedehämmer. Ein Spanier fiel aus dem Sattel, ein Franzose schrie auf, als ein Säbel ihn an die Scheunenwand nagelte. Die Schafshürden lagen vergessen im Schlamm.

Der Angriff hatte die Franzosen vom Hof getrieben und in der Mulde im Osten ein Blutbad angerichtet. Der Trompeter gab das Signal zum Neuformieren. Vivar zügelte sein Pferd, machte kehrt und ritt zurück. Ein französischer Dragoner, der von der ersten Attacke her auf unsicheren Beinen stand, führte einen schwachen Hieb gegen den Major aus und wurde mit einer durchgetrennten Kehle belohnt. »Rifles! Rifles!« rief Vivar.

Aus der Scheune kamen einige französische Offiziere gerannt, und Vivar trieb sein Pferd auf sie zu, dicht gefolgt von seinen Männern. Die Franzosen drehten um und flohen. Die Cazadores ritten in gebückter Haltung, um dem Oberbalken auszuweichen, geradewegs in die Scheune, und von drinnen ertönten Schreie. Dann erschienen berittene Dragoner, und Vivar brüllte seinen Männern zu, sie sollten eine Linie bilden, angreifen und für Santiago kämpfen.

An diesem Punkt kamen die Schützen aus dem Haus. Sie rissen die von Geschossen durchlöcherte Tür nieder und rannten mit aufgesetzten Bajonetten auf den Hof. Sie jubelten den Spaniern zu. »Nach Osten!« übertönte Vivar ihre Rufe und deutete mit dem Säbel. »Nach Osten!«

Die Schützen rannten nach Osten, weg vom Meer und hinab zu dem bewaldeten Abzugsgraben, wo sie vor den französischen Dragonern vorübergehend in Sicherheit waren. Nachdem die Dragoner sich von dem Schock erholt hatten, von Vivar angegriffen zu werden, und nachdem sie begriffen hatten, daß sie gegenüber den spanischen Reitern in der Überzahl waren, formierten sie sich auf der Straße unterhalb des Bauernhofs neu. Die französische Trompete blies zum Vorrücken.

Vivar ließ den Gegenangriff kommen. Er wich zurück, zufrieden damit, daß die Franzosen den Gebäudekomplex zurückeroberten, während er sich in Richtung Abzugsgraben zurückzog. Seine Männer schossen vom Sattel aus. Beim Nachladen rammten sie die Kugeln mit Hilfe von Ladestöcken in den Karabinerlauf, die mit einer Gelenkmanschette an den Mündungen ihrer Waffen befestigt waren, damit sie nicht herunterfielen. Der Bauer, seine Frau und der Kutscher der Parkers flohen zusammen mit den Grünjacken.

Der letzte der spanischen Cazadores preschte die Böschung hinab. Sharps Schützen hatten ihren Rand besetzt und schossen auf die Franzosen, deren Angriff, so enthusiastisch er vorgetragen wurde, zum Scheitern verurteilt war. Das Dickicht und Dornengebüsch des Abzugsgrabens würde die Dragoner zwingen, sich an die schmalen Pfade zu halten, die von den Rifles gesichert wurden. De l'Eclin, dem die Gefahr nicht entging, rief seine Männer zurück. Doch einige Franzosen galoppierten wutentbrannt weiter, und Sharp sah zu, wie die Gewehrkugeln ihre verstreute Attacke zunichte machten. »Feuer einstellen!«

»Folgt uns!« rief Vivar ihnen vom anderen Ufer aus zu.

»Sir!« brüllte Harper warnend, und Sharp drehte sich um.

Mit der Linken ihren Rock hochraffend und mit der Rechten ihren Hut festhaltend, kam Louisa Parker über die Wiese gerannt. Aus der Scheune erklang ein wütender Aufschrei, offenbar der verzweifelte Protest ihrer Tante, doch die Nichte achtete nicht darauf. Sie umrundete ein gefallenes, blutendes Pferd. Ein Franzose nahm die Verfolgung auf, doch Hagman brachte den Mann mit einem gezielten Schuß zu Fall.

»Leutnant! Leutnant!« rief Louisa.

»Allmächtiger Gott!« Harper mußte lachen, als die junge Frau keuchend und mit Augen, die vor Erregung weit aufgerissen waren, die Böschung herabstürzte und sich Sharp in die Arme warf, als könne er sie vor der ganzen Welt beschützen.

Sharp breitete überglücklich die Arme aus, um ihre kopflose Flucht zu beenden. Eine Sekunde lang klammerte sie sich lachend und atemlos an ihn, dann wich sie zurück. Sharps Männer bejubelten die Tollkühnheit des Mädchens.

»Leutnant!« Vivar war zurückgekommen, um die Schützen zum Rückzug anzuhalten. Nun starrte er verblüfft auf das Mädchen an Sharps Seite. »Leutnant?«

Doch es war keine Zeit für Erklärungen, keine Zeit für etwas anderes als panische Flucht gen Osten, weg von der trügerischen Sicherheit, die das Meer versprochen hatte, und zurück zu den Geheimnissen, die Blas Vivars Truhe barg. Das Opferlamm war in Sicherheit.

Kapitel zehn

Sie marschierten die ganze Nacht, stiegen immer höher hinauf und hatten dabei einen Wind im Gesicht, der die Kälte des Schnees in den Senken der unteren Hänge mit sich führte. Nach Mitternacht sah Sharp von einem bewaldeten Vorsprung aus das ferne Glitzern des Meeres im Westen. Viel näher und unter ihm auf den dunklen Gefilden der Tiefebene verrieten fahle Lagerfeuer, wo Männer ihre Zelte aufgeschlagen hatten. »Die Franzosen«, bemerkte Vivar leise.

»Die der Meinung waren, ich würde Sie nach Süden begleiten«, sagte Sharp vorwurfsvoll.

»Später! Später!« erwiderte Vivar, wie jedesmal, wenn Sharp versuchte, aus dem Spanier eine Erklärung für sein Verhalten herauszuholen. Hinter Vivar schleppten sich die Rifles, gebeugt von der Last ihrer schweren Tornister, den Bergpfad hinauf. Die Cazadores führten ihre Pferde, um die Kräfte der Tiere für die lange Reise zu bewahren, die vor ihnen lag. Nur die Verwundeten durften aufsitzen. Sogar Louisa Parker hatte sich damit abfinden müssen, zu Fuß zu gehen. Vivar, der das Mädchen vorbeigehen sah, wandte sich stirnrunzelnd an Sharp. »Ich lasse Sie zwei Tage allein, und Sie finden ein englisches Mädchen?«

Sharp hörte die Abneigung des Spaniers heraus und beschloß, mit Sanftmut zu antworten. »Sie ist ihrer Tante und ihrem Onkel davongelaufen.«

Vivar spuckte den Hang hinab. »Von denen habe ich wohl gehört! Die Parkers, nicht wahr? Sie nennen sich Missionare, aber ich nenne sie englische Wichtigtuer. Man hat mir erzählt, der Bischof habe sie aus Santiago de Compostela vertreiben wollen, sehe jedoch, daß uns die Franzosen bereits den Gefallen getan haben. Warum ist sie davongelaufen?«

»Ich glaube, sie ist auf Abenteuer aus.«

»Das können wir ihr bieten«, sagte Vivar säuerlich, »aber ich war noch nie der Meinung, daß Soldaten die richtige Gesellschaft für ein junges Mädchen sind; nicht einmal ein protestantisches junges Mädchen.«

»Soll ich sie erschießen?« erbot sich Sharp gehässig.

Vivar wandte sich wieder dem Pfad zu. »Das besorge ich schon selbst, Leutnant, wenn sie irgendwelche Schwierigkeiten macht. Wir haben unsere eigene Mission, und die darf nicht aufs Spiel gesetzt werden.«

»Was für eine Mission?«

»Später! Später!«

Sie kletterten immer höher, verließen den Schutz der Bäume und erreichten einen windigen Abhang mit spärlichem Gras und ausgehöhlten Felsbrocken. Die Nacht war dunkel, doch die Kavalleristen kannten sich aus. Sie überquerten ein Gebirgstal, durchwateten einen Wasserlauf und setzten ihren Aufstieg fort. »Ich bin unterwegs«, sagte Vivar, »an einen fernen Ort. Irgendwohin, wo uns die Franzosen nichts anhaben können.« Sie gingen schweigend ein paar Schritte weiter. »Sie sind also Tomas begegnet?«

Sharp spürte, daß es Vivar sehr schwerfiel, diese Frage beiläufig zu stellen. Er versuchte, seine Antwort ebenso gleichmütig klingen zu lassen. »So heißt also Ihr Bruder?«

»Wenn er mein Bruder ist. Ich kann einen Verräter nicht zu meinen Brüdern zählen.« Vivar machte nun keinen Hehl mehr aus seiner Scham und Erbitterung. Er war bisher nicht bereit gewesen, über den Grafen von Mouromorto zu sprechen, und das ließ sich auf Dauer nicht totschweigen. Sharp hatte den Grafen kennengelernt, und das bedurfte einer Erklärung. »Wie ist er Ihnen vorgekommen?«

»Wütend«, lautete Sharps unzulängliche Beschreibung.

»Wütend? Schämen sollte er sich. Er glaubt, es sei Spaniens einzige Hoffnung, sich mit Frankreich zu verbünden.« Sie gingen auf einem hohen Grat dahin, und Vivar mußte seine Stimme erheben, so laut brauste der Wind. »Wir nennen solche Männer *afrancesados*, Französlinge. Sie haben sich französische Ideen zu eigen gemacht, aber in Wahrheit sind sie gottlose Verräter. Tomas hat sich schon immer gern von nördlichem Gedankengut hinreißen lassen, aber daraus erwächst kein

Lebensglück, Leutnant, nur eine große Unzufriedenheit. Er wäre bereit, Spanien das Herz aus dem Leibe zu reißen und durch eine französische Enzyklopädie zu ersetzen. Er möchte Gott vergessen und Vernunft, Tugend, Gleichheit, Freiheit und all den anderen Unsinn auf den Thron erheben, der Männer vergessen läßt, daß sich der Brotpreis verdoppelt hat und nur Tränen im Überfluß zu haben sind.«

»Sie glauben also nicht an die Vernunft?« Sharp lenkte das Gespräch ab von dem schmerzlichen Thema der Loyalität des Grafen Mouromorto.

»Vernunft ist die Mathematik des Denkens, nicht mehr. Man lebt sein Leben nicht nach derart trockenen Regeln. Mathematik weiß keine Erklärung für Gott, auch nicht die Vernunft, und ich glaube an Gott! Ohne ihn sind wir nichts als verderbt. Aber ich habe vergessen, daß Sie ja auch keinen Glauben haben.«

»Nein«, sagte Sharp schlicht.

»Aber dieser Unglaube ist besser als Tomas' Stolz. Er hält sich für größer als Gott, aber noch ehe dieses Jahr um ist, Leutnant, werde ich ihn der Gerechtigkeit Gottes ausliefern.«

»Und wenn die Franzosen etwas anderes im Sinn haben?«

»Auf die Absichten der Franzosen pfeife ich. Mir geht es nur um den Sieg. Deshalb habe ich Sie gerettet. Deshalb marschieren wir heute nacht durch die Dunkelheit.« Vivar gab keine weiteren Erklärungen ab, denn er brauchte all seine Kraft, um die müde werdenden Männer immer weiter und höher hinauf zu treiben. Louisa Parker, so erschöpft, daß sie kein Wort mehr herausbrachte, wurde auf ein Pferd gehoben. Der Pfad führte weiter bergan.

Im Morgengrauen sah Sharp unter einem wolkenlosen Himmel, an dem der Morgenstern über dem bereiften Land verblaßte, daß sie auf eine Festung zu marschierten, die auf einem Berggipfel errichtet worden war.

Es war keine moderne Festung mit niedrigen Bauten hinter steilen Erdwällen, wo die Kanonen hoch über Gräben und Schanzen hinwegfeuern konnten, sondern eine hohe Festung von uralter und finsterer Bedrohlichkeit. Sie sah nicht gerade einladend aus. Es war nicht der Sitz eines prunksüchtigen Herrschers, sondern ein Bollwerk, erbaut, um bis ans Ende aller Zeiten das Land zu verteidigen.

Die Festung stand seit hundert Jahren leer. Sie war zu entlegen und zu hoch, um sich leicht versorgen zu lassen, und Spanien hatte Orte wie diesen nicht nötig gehabt. Nun jedoch führte Blas Vivar die ermatteten Cazadores im kalten Morgengrauen unter dem alten moosbewachsenen Torbogen hindurch auf einen Innenhof mit Kopfsteinpflaster und üppigem Bewuchs aus Unkraut und Gräsern. Einige seiner Männer hatten unter dem Kommando eines Feldwebels die alte Festung besetzt gehalten, während der Major fort war, und der Geruch ihrer Herdfeuer war nach der Kälte der Nacht sehr einladend. Sonst wirkte die Festung eher abschreckend: Die Wälle waren von Unkraut überwuchert, im Hauptturm nisteten die Raben und Fledermäuse, und die Keller standen unter Wasser. Doch die Begeisterung, mit der Vivar nun Sharp überall herumführte, wirkte ansteckend.

»Der Ahnherr der Vivars hat vor beinahe tausend Jahren diesen Bau errichtet! Er war unsere Heimstatt, Leutnant. Unsere Fahne wehte von jenem Turm, und die Mauren haben ihn niemals eingenommen.«

Er geleitete Sharp zur nördlichen Bastion, die wie der Horst eines großen Raubvogels über unermeßliche Tiefen hinausragte. Tief drunten im Tal waren verschwommen Bäche und bereifte Pfade auszumachen. Von hier aus hatten jahrhundertelang Männer in stählernen Helmen Ausschau gehalten nach dem Glitzern reflektierten Sonnenlichts auf fernen heidnischen Schildern. Vivar zeigte auf eine tief verschattete Kluft im nördlichen Gebirge, wo der Reif wie Schnee ganze Flächen bedeckte. »Sehen Sie diesen Paß? Ein Graf Mouromorto hat diese Straße einst drei Tage gegen eine muslimische Horde gehalten. Er hat die Hölle mit ihren jämmerlichen Seelen gefüllt, Leutnant. Es heißt, man könne dort in den Felsspalten immer noch verrostete Pfeilspitzen und Teile ihrer Kettenhemden finden.«

Sharp drehte sich um und blickte zum Turm hinauf. »Jetzt gehört die Burg Ihrem Bruder?«

Vivar nahm die Frage als Angriff auf seinen Stolz. »Er hat den Namen der Familie entehrt. Daher ist es meine Pflicht, ihre Ehre wiederherzustellen. Mit Gottes Hilfe wird es mir gelingen.«

Diese Worte waren ein unzweideutiger Hinweis auf den Ehrgeiz, der den Spanier trieb, doch Sharp war es um ein ganz anderes Problem gegangen, das er nun auf direktem Wege ansteuerte. »Wird Ihr Bruder nicht wissen, daß Sie hier sind?«

»Oh, sicher. Aber die Franzosen würden zehntausend Mann brauchen, um diesen Hügel zu umzingeln, und noch einmal fünftausend, um die Festung anzugreifen. Sie werden nicht kommen. Sie fangen gerade erst an, zu begreifen, was für Probleme ihnen ihr Sieg bereiten wird.«

»Probleme?« fragte Sharp.

Vivar lächelte. »Die Franzosen, Leutnant, stellen fest, daß in Spanien große Heere verhungern und kleine Heere geschlagen werden. Hier kann man nur siegen, wenn man vom Volk ernährt wird, und das Volk lernt derzeit, die Franzosen aus ganzem Herzen zu hassen.« Er ging voran, von der Wallanlage herunter. »Versetzen Sie sich in die Lage der Franzosen! Marshall Soult hat Ihr Heer nach Nordwesten verfolgt, und wohin? Nirgendwohin! Er hat sich in den Bergen verirrt und ist von nichts umgeben als von Schnee, schlechten Straßen und rachsüchtigen Bauern. Alles, was er ißt, muß er selber finden, und im galicischen Winter gibt es nicht viel zu finden, wenn es dem Volk gefällt, es zu verbergen. Nein, seine Lage ist ziemlich hoffnungslos. Seine Boten werden umgebracht, seine Patrouillen in Hinterhalte gelockt, und bisher ist nur ein Bruchteil des Volkes am Widerstand beteiligt! Wenn sich erst das ganze Land gegen ihn erhebt, wird sein Leben zur blutigen Quälerei werden.«

Diese Prophezeiung sprach der Major mit solchem Nachdruck aus, daß Sharp von ihrer Richtigkeit überzeugt war. Er erinnerte sich, wie de l'Eclin freimütig seine Angst vor der Nacht gestanden hatte; seine Angst vor den Messern der Bauern in der Dunkelheit.

Vivar wandte sich erneut der Kluft zwischen den Bergen zu, wo einst sein Urahn ein islamisches Heer niedergemetzelt hatte. »Einige aus dem Volk kämpfen bereits, Leutnant, aber die Übrigen sind verängstigt. Sie sehen die Franzosen siegen und fühlen sich von Gott verlassen. Sie brauchen ein Zeichen. Sie brauchen, wenn man es so nennen will, ein Wunder. Es handelt sich um einfache Bauern. Sie kennen keine Vernunft, aber sie kennen ihre Kirche und ihr Land.«

Sharp spürte, wie seine Haut kribbelte, nicht von der morgendlichen Kälte, nicht vor Angst, sondern weil er etwas kommen sah, das sein Vorstellungsvermögen überstieg. »Ein Wunder?«

»Später, mein Freund, später!« Vivar lachte über die Verwirrung, die er mit voller Absicht gestiftet hatte. Dann stieg er die Stufen hinab auf den Innenhof. Seine Stimme klang plötzlich schelmisch, voller Lust und Laune. »Sie haben sich noch gar nicht dafür bedankt, daß ich Sie gerettet habe!«

»Mich gerettet! Guter Gott! Ich war dabei, diese Schweinehunde zu vernichten, aber Sie mußten sich einmischen!« Sharp folgte ihm die Stufen hinab. »Sie haben sich noch gar nicht dafür entschuldigt, daß Sie mich belogen haben.«

»Das habe ich auch nicht vor. Andererseits verzeihe ich Ihnen, daß Sie bei unserer letzten Begegnung mir gegenüber aus der Haut gefahren sind. Ich hab' Ihnen ja gesagt, Sie würden ohne mich keinen Tag überstehen!«

»Hätten Sie mir nicht die verdammten Franzosen hinterhergeschickt, wäre ich inzwischen auf halbem Wege nach Oporto!«

»Aber ich hatte guten Grund, sie hinter Ihnen herzuschikken!« Vivar war am Fuß der Treppe angelangt, die vom Festungswall herabführte, und wartete dort auf Sharp. »Ich wollte die Franzosen aus Santiago de Compostela weglocken. Ich dachte mir, wenn sie Sie verfolgen, könnte ich in ihrer Abwesenheit die Stadt betreten. Deshalb habe ich das Gerücht verbreitet. Man hat mir geglaubt, aber die Stadt blieb trotzdem besetzt. Nun ja!« Er zuckte die Achseln.

»Mit anderen Worten, Sie können ohne mich keinen Krieg gewinnen.«

»Überlegen Sie doch, wie sehr Sie sich in Lissabon gelangweilt hätten! Keine Franzosen zum Töten, kein Blas Vivar zum Bewundern!« Vivar hakte sich freundschaftlich bei Sharp unter, wie es in Spanien der Brauch war. »Allen Ernstes, Leutnant, ich bitte um Verzeihung für mein Verhalten. Ich kann meine Lügen rechtfertigen, nicht aber meine Beschimpfungen. Dafür entschuldige ich mich.«

Sharp wurde von peinlicher Verlegenheit gepackt. »Ich habe mich auch schlecht benommen. Das tut mir leid.« Dann erinnerte er sich noch einer anderen Pflicht. »Und ich danke Ihnen für unsere Rettung. Ohne Sie wären wir zum Tode verurteilt gewesen.«

Vivars Überschwang kehrte zurück. »Nun muß ich noch ein Wunder herbeiführen. Wir müssen uns an die Arbeit machen, Leutnant! Arbeit! Arbeit! Arbeit!«

»Ein Wunder?«

Vivar löste seinen Arm, damit er Sharp ins Gesicht sehen konnte. »Mein Freund, ich will Ihnen gern alles erzählen, wenn ich kann. Ich will es Ihnen sogar noch heute nach dem Abendessen erzählen, wenn ich kann. Aber es sind ein paar Männer hierher unterwegs, und ich bedarf ihrer Erlaubnis, zu verraten, was die Truhe enthält. Sind Sie bereit, mir zu vertrauen, bis ich mit diesen Männern gesprochen habe?«

Sharp hatte keine andere Wahl. »Natürlich.«

»Dann machen wir uns an die Arbeit.« Vivar klatschte in die Hände, um die Aufmerksamkeit seiner Männer zu erregen. »Arbeit! Arbeit! Arbeit!«

Alles, was Vivars Männer brauchten, mußte den Berg hinaufgetragen werden. Aus Kavalleriepferden wurden Packpferde für Feuerholz, Brennstoff und Futter, Nahrungsmittel kamen aus den Bergdörfern, wurden zum Teil meilenweit auf den Rücken von Maultieren oder Menschen herangeschleppt. Der Major hatte im Land seiner Väter verbreiten lassen, daß Vorräte gebraucht wurden, und Sharp beobachtete mit Erstaunen die Reaktion. »Mein Bruder«, sagte Vivar mit grimmiger Befriedigung, »hat seinen Untertanen befohlen, nichts zu unternehmen, was die Franzosen behindert. Ha!«

Den ganzen Tag über trafen die Vorräte in der Festung ein: Töpfe voller Getreide und Bohnen, Kisten voll mit Käse, Netze voller Brot und Häute voller Wein. Für die Pferde gab es Heu. Klafterweise wurde das Holz den steilen Pfad hinaufgezogen, wurden Reisigbündel gebracht, die als Zunder verwendet werden konnten. Ein Teil des Reisigs wurde zu Besen verarbeitet, um damit den Turm auszufegen. Aus Satteldecken wurden Vorhänge und Teppiche, und Feuerstellen erwärmten das kalte Gemäuer.

Die Männer, die Vivar erwartete, trafen um die Mittagszeit ein. Ein Trompetensignal kündete mit feierlichem Klang vom Herannahen der Besucher. Einige der Cazadores gingen den steilen Pfad hinab, um die beiden Männer in die Festung zu eskortieren. Die Neuankömmlinge waren Priester.

Sharp beobachtete ihre Ankunft vom Fenster in Louisa Parkers Kammer. Er hatte die junge Engländerin aufgesucht, um zu erfahren, warum sie ihrer Familie entflohen war. Sie hatte den ganzen Morgen geschlafen und schien sich vollständig von den Anstrengungen der Nacht erholt zu haben. Sie blickte an ihm vorbei auf die Priester, die soeben von ihren Pferden stiegen, und erschauderte mit vorgetäuschtem Entsetzen. »Ich werde einfach das Gefühl nicht los, daß das römische Priestertum etwas äußerst Unheimliches an sich hat. Meine Tante ist davon überzeugt, daß sie Schwänze und Hörner besitzen.« Sie sah zu, wie die Priester durch ein Ehrenspalier dorthin traten, wo Blas Vivar darauf wartete, sie zu begrüßen. »Ich denke, sie haben tatsächlich Schwänze und Hörner, und obendrein gespaltene Hufe. Meinen Sie nicht auch?«

Sharp wandte sich vom Fenster ab. Er war verlegen, und ihm war unbehaglich zumute. »Sie dürften überhaupt nicht hier sein.«

Louisa riß die Augen auf. »Was für ein grimmiger Tonfall.«

»Tut mir leid.« Sharp drückte sich schroffer aus, als ihm lieb war. »Es geht nur darum, daß . . .« Seine Stimme verklang.

»Sie glauben, Ihre Soldaten würden durch meine Gegenwart in Unruhe versetzt?«

Sharp war nicht gewillt, ihr zu erzählen, daß Blas Vivar durch Louisas impulsives Verhalten bereits in Unruhe versetzt war. »Dies ist kein schicklicher Ort für Sie«, sagte er statt dessen. »Sie sind so etwas nicht gewohnt.« Er deutete mit einer ausladenden Handbewegung auf die Kammer, als wolle er deren Mängel demonstrieren. In Wahrheit hatten Vivars Cazadores alles, was in ihrer Macht stand, getan, um es der schönen Ausländerin bequem zu machen. Der Raum war zwar klein, besaß jedoch einen Kamin, in dem Holzscheite glühten. Außerdem gab es ein Bett aus Farnkraut und karmesinroten Satteldecken. Andere Habseligkeiten hatte sie keine, nicht einmal Wäsche zum Wechseln.

Sharps strenger Ton schien sie zu bestürzen. »Es tut mir leid, Leutnant.«

»Nein.« Sharp versuchte, ihre Entschuldigung abzutun, obwohl er sie herausgefordert hatte.

»Meine Gegenwart bringt Sie in Verlegenheit?«

Sharp wandte sich erneut dem Fenster zu und beobachtete, wie sich die Cazadores um die zwei Priester scharten. Einige seiner Schützlinge sahen neugierig zu.

»Wäre es Ihnen vielleicht lieber, wenn ich zu den Franzosen zurückginge?« fragte Louisa kokett.

»Natürlich nicht.«

»Ich glaube doch, es wäre Ihnen lieber.«

»Seien Sie doch nicht so verdammt töricht!« fuhr Sharp sie an, schämte sich jedoch gleich darauf. Er wollte verhindern, daß sie merkte, wie froh er darüber war, daß sie ihrer Tante und ihrem Onkel davongelaufen war. In seinem Bemühen, diese Freude zu verbergen, hatte er die Beherrschung über seine Stimme verloren. »Es tut mir leid, Miss.«

Louisa stand ihm an Zerknirschung nicht nach. »Nein, mir tut es leid.«

»Ich hätte nicht fluchen dürfen.«

»Ich kann mir nicht vorstellen, daß Sie das Fluchen aufgeben könnten, nicht einmal mir zuliebe.« Sie sagte es mit einer Spur ihrer gewohnten Schalkhaftigkeit, einem angedeuteten Lächeln, und Sharp war hoch erfreut.

»Es geht nur darum, daß sich Ihre Tante und Ihr Onkel um Sie sorgen werden«, versuchte er zu argumentieren. »Und wir müssen wahrscheinlich wieder kämpfen, und auf dem Schlachtfeld ist für eine Frau kein Platz.«

Louisa sagte einen Moment lang nichts, dann zuckte sie die Achseln. »Der Franzose, de l'Eclin hieß er? Er hat mich beleidigt. Ich glaube, er hat mich als Kriegsbeute betrachtet.«

»Er wurde Ihnen gegenüber ausfallend?«

»Wahrscheinlich hielt er sich für sehr galant.« Louisa ging in ihrem blauen Rock und Mantel, den Kleidungsstücken, die sie seit ihrer Flucht aus der Reisekutsche trug, in ihrer Kammer auf und ab. »Würde es Sie erzürnen, wenn ich sage, daß ich Ihren Schutz dem seinen vorziehe?«

»Ich bin geschmeichelt, Miss.« Sharp hatte das Gefühl, in eine Verschwörung hineingezogen zu werden. Er war gekommen, um Louisa zu warnen, daß Blas Vivar ihre Gegenwart mißfiel, und um ihr zu sagen, sie solle dem Spanier so gut wie möglich aus dem Weg gehen; statt dessen spürte er den Reiz ihrer Munterkeit.

»Ich war versucht, bei den Franzosen zu bleiben«, gestand Louisa, »nicht wegen der inneren Werte des Obersten, sondern weil man in Godalming sicherlich sehr interessiert gewesen wäre, von meinen Abenteuern beim Heer des korsischen Ungeheuers zu hören, oder etwa nicht? Vielleicht wären wir nach Paris geschickt und der Meute vorgeführt worden, wie die alten Briten den Römern vorgezeigt wurden.«

»Das bezweifle ich«, sagte Sharp.

»Ich habe es auch bezweifelt. Statt dessen sah ich äußerst ermüdende Zeiten auf mich zukommen, in denen ich gezwungen sein würde, mir die endlosen Klagen meiner Tante anzuhören, über den Krieg, die verlorenen Ausgaben des Neuen Testaments, die Furchtsamkeit ihres Gemahls, meine Dreistigkeit, das Wetter, ihre Hühneraugen – wünschen Sie, daß ich fortfahre?«

Sharp lächelte. »Nein.«

Louisa entwirrte mit den Fingern ihre dunklen Locken. »Ich bin, Leutnant, aus einer Laune heraus mitgekommen. Wenn ich schon in einen Krieg verwickelt sein soll, dann lieber auf meiner eigenen Seite als unter Feinden.«

»Major Vivar befürchtet wohl, daß Sie uns behindern werden, Miss.«

»Oh«, sagte Louisa mit gespieltem Entsetzen. Dann trat sie ans Fenster und blickte stirnrunzelnd auf den Spanier hinab, der immer noch bei den zwei Priestern stand. »Hat Major Vivar etwas gegen Frauen?«

»Ich glaube nicht.«

»Er ist nur der Meinung, sie seien hinderlich?«

»In der Schlacht sind sie es. Wenn Sie mir verzeihen, Miss.«

Louisa verspottete Sharp mit einem abschätzigen Lächeln. »Ich verspreche Ihnen, ich will Ihrem Degen nicht im Wege sein, Leutnant. Und es tut mir leid, wenn ich Ihnen Unannehmlichkeiten bereitet habe. So, nun erzählen Sie mir, warum wir hier sind und was Sie vorhaben. Ich kann Ihnen nicht aus dem Weg gehen, es sei denn, ich wüßte genauestens Bescheid, wohin der Weg führt, nicht wahr?«

»Ich weiß selbst nicht, was vorgeht, Miss.«

Louisa schnitt eine Grimasse. »Heißt das, Sie trauen mir nicht?«

»Es heißt, daß ich nicht Bescheid weiß.« Sharp erzählte ihr von der Truhe und Vivars Geheimnistuerei, und von ihrer langen Reise, auf der sie von den französischen Dragonern verfolgt worden waren. »Ich weiß nur, daß der Major die Truhe nach Santiago schaffen will. Warum, das weiß ich nicht, und was sie enthält, weiß ich auch nicht.«

Louisa war entzückt über dieses Geheimnis. »Aber Sie werden es irgendwann erfahren?«

»Ich hoffe es.«

»Ich werde Major Vivar direkt danach fragen!«

»Ich finde, das sollten Sie sein lassen, Miss.«

»Natürlich werde ich es sein lassen. Dieser menschenfressende papistische Spanier will mich nicht an seinem Abenteuer teilhaben lassen.«

»Es geht nicht um Abenteuer, Miss, sondern um Krieg.«

»Krieg ist der Moment, Mr. Sharp, wenn wir die Fesseln der Konvention ablegen, finden Sie nicht auch? Ich schon. Und diese Fesseln sind sehr eng, besonders in Godalming. Ich bestehe darauf, zu erfahrern, was sich in Major Vivars Truhe befindet! Glauben Sie, es handelt sich um Juwelen?«

»Nein, Miss.«

»Die Krone Spaniens! Zepter und Reichsapfel! Das muß es sein, Mr. Sharp. Napoleon wünscht sich, die Krone aufs eigene Haupt zu setzen, und Ihr Freund verweigert sie ihm!« Sie klatschte vor Vergnügen in die Hände. »Ich werde darauf bestehen, diese Schätze zu sehen. Major Vivar wird Ihnen alles anvertrauen, nicht wahr?«

»Er hat gesagt, nach dem Abendessen werde er mir möglicherweise davon erzählen. Ob es dazu kommt, hängt wohl von diesen Priestern ab.«

»In dem Fall werden wir's vielleicht nie erfahren.« Louisa verzog das Gesicht. »Kann ich wohl mit Ihnen zu Abend essen?«

Die Bitte brachte Sharp in Verlegenheit, denn er bezweifelte, daß der Major Louisas Gegenwart dulden würde. Andererseits wußte er nicht, wie er dem Mädchen taktvoll beibringen sollte, daß es zu vorwitzig sei. »Ich kann nicht«, sagte er kläglich.

»Natürlich kann ich mit Ihnen zum Dinner gehen! Sie können doch nicht von mir erwarten, daß ich verhungere, oder? Heute abend, Mr. Sharp, werden wir die Juwelen eines Königreichs sehen!« Louisa war von dem Gedanken wie besessen. »Ach, wenn mich jetzt Mr. Bufford sehen könnte!«

Sharp erinnerte sich, daß Mr. Bufford der methodistische Tintenfabrikant war, der darauf hoffte, Louisa zu ehelichen. »Er würde bestimmt für Sie beten.«

»In tiefster Demut.« Sie lachte. »Aber es ist grausam, ihn zu verspotten, Mr. Sharp, insbesondere dann, wenn ich nur den Zeitpunkt aufschiebe, an dem ich seine Hand akzeptieren muß.« Angesichts dieser Aussicht verflüchtigte sich eindeutig ihre Begeisterung. »Darf ich annehmen, daß Sie nach Lissabon gehen werden, sobald Sie dieses Rätsel gelöst haben?«

»Wenn es dort immer noch eine Garnison gibt, ja.«

»Und ich muß mit Ihnen gehen.« Sie seufzte wie ein Kind, dem ein Vergnügen genommen wird, noch ehe es begonnen hat. Dann hellte sich ihr Gesicht auf, nahm erneut einen Ausdruck schalkhaften Vergnügens an. »Aber Sie werden Major Vivars Erlaubnis einholen, daß ich mit den Herren speise? Ich verspreche, mich gesittet zu benehmen.«

Sharp war überrascht, daß Blas Vivar sich von Louisas Ansinnen nicht aus der Fassung bringen ließ. »Natürlich kann sie mit uns zu Abend essen.«

»Sie ist sehr neugierig bezüglich der Truhe«, warnte Sharp.

»Aber natürlich. Sie etwa nicht?«

So kam es, daß Louisa an jenem Abend zugegen war, als

Sharp endlich erfuhr, warum Blas Vivar ihn belogen hatte, warum die Cazadores herangeritten waren, um ihn zu retten, und warum der spanische Major mit solcher Beharrlichkeit durch das vom Winter und der spanischen Niederlage gestiftete Chaos gen Westen gezogen war.

An eben diesem Abend fühlte sich Sharp außerdem immer tiefer verstrickt in eine Welt voller Geheimnisse und Merkwürdigkeiten; eine Welt, in der die *estadea* wie Flammenzungen durch die Nacht schwebten und in der die Bäche voller Naturgeister waren; die Welt von Blas Vivar.

Sharp, Louisa, Vivar und Leutnant Davila speisten in einem Saal mit dicken Säulen, die eine gewölbte Decke stützten. Zu ihnen gesellten sich die beiden Priester. Ein Feuer wurde entzündet, Decken auf dem Boden ausgebreitet und Schüsseln mit Hirse, Bohnen, Fisch und Hammelfleisch aufgetragen. Einer der Priester, Pater Borellas, war ein kleiner, rundlicher Mann, der ein passables Englisch sprach und es zu genießen schien, sich mit Sharp und Louisa darin zu üben. Borellas erzählte ihnen, er habe eine Gemeinde in Santiago de Compostela; eine kleine, sehr arme Gemeinde. Während er Sharp Wein einschenkte und eifrig aufpaßte, daß der Teller des Engländers niemals leer wurde, gab er sich die allergrößte Mühe, seinen niederen Rang überdeutlich werden zu lassen. Der andere Priester, erläuterte er, sei ein Mann auf dem Weg nach oben, ein wahrer *Hidalgo* und künftiger Kirchenfürst.

Dieser andere Geistliche war Sakristan der Kathedrale von Santiago, ein Stiftsherr, der von Anfang an keine Zweifel aufkommen ließ, daß er Leutnant Richard Sharp nicht ausstehen konnte und ihm mißtraute. Falls Pater Alzaga der englischen Sprache mächtig war, so wußte er das Sharp gegenüber sehr gut zu verbergen. Alzaga nahm kaum von ihm Notiz und beschränkte sich auf das Gespräch mit dem Major, den er als gesellschaftlich ebenbürtig anzuerkennen schien. Seine Feindseligkeit war so offenkundig und so kraß, daß Borellas sich genötigt sah, sie zu erklären. »Er hat nichts für Engländer übrig.«

»Das geht vielen Spaniern so«, bemerkte Louisa trocken, obwohl die feindselige Atmosphäre im Raum sie anscheinend bedrückte.

»Ihr seid Ketzer, müßt ihr wissen. Und euer Heer hat die Flucht ergriffen.« Der Priester sprach in sanftem, entschuldigendem Tonfall. »Ach, die Politik. Ich verstehe nichts von Politik. Ich bin nur ein bescheidener Pater, Leutnant.«

Aber Borellas war ein bescheidener Pater, dessen Kenntnis der Gassen und Plätze von Santiago de Compostela den Sakristan vor den Franzosen gerettet hatte. Er erzählte Sharp, wie sie sich in der Werkstatt eines Stukkateurs versteckt hatten, während die französischen Kavalleristen die Häuser durchsuchten. »Sie haben viele Leute erschossen.« Er bekreuzigte sich. »Wenn ein Mann nur eine Vogelflinte besaß, hieß es gleich, er sei ein Feind. Peng. Wenn jemand gegen das Töten protestierte, peng.« Borellas zerkrümelte ein hart gewordenes Stück Brot. »Ich hatte nicht damit gerechnet, erleben zu müssen, daß ein feindliches Heer spanischen Boden betritt. Wir schreiben das neunzehnte Jahrhundert, nicht das zwölfte!«

Sharp betrachtete das ausgemergelte Gesicht Alzagas, der offenbar nicht damit gerechnet oder gar darauf gehofft hatte, protestantischen Engländern auf spanischem Boden zu begegnen. »Was ist ein Sakristan?«

»Er ist Schatzmeister der Kathedrale. Kein minderer Schreiberling. Sie verstehen schon.« Borellas war sehr darauf bedacht, daß Sharp den Priester nicht unterschätzte. »Er ist der Mann, der für die Schätze der Kathedrale verantwortlich ist. Doch er ist nicht deswegen hier, sondern weil er ein überaus wichtiger Mann der Kirche ist. Don Blas wäre es lieber gewesen, wenn der Bischof gekommen wäre, aber der Bischof war nicht bereit, mich anzuhören, und der wichtigste Mann, den ich auftreiben konnte, war Pater Alzaga. Er haßt die Franzosen, müssen Sie wissen.« Er zuckte zusammen, als der Sakristan wütend die Stimme hob. Wie um seine Verlegenheit zu verbergen, bot er Sharp noch eine Portion luftgetrockneten Fisch an und hob zu einer langen Erklärung über die Fischsorten an, die an der galicischen Küste gefangen wurden.

Aber keine noch so lebhafte Debatte über die schmackhaften Meerestiere konnte über die Tatsache hinwegtäuschen, daß Vivar und Alzaga sich auf einen erbitterten Wortwechsel eingelassen hatten; sie versteiften sich auf gegensätzliche Standpunkte, bei denen es, das war offensichtlich, um Sharp persönlich ging. Das sah so aus, daß Vivar ein Argument anführte und dabei auf den Engländer zeigte, während Alzaga es widerlegte und dabei hohnlächelnd in seine Richtung blickte. Leutnant Davila konzentrierte sie auf das Essen. Er hatte nicht die Absicht, sich in die heftige Auseinandersetzung einzumischen. Pater Borellas dagegen gab seine Versuche auf, Sharp abzulenken, und erklärte sich widerstrebend bereit, das Gesagte zu erklären. »Pater Alzaga verlangt von Don Blas, nur spanische Soldaten einzusetzen.« Er sprach so leise, daß der andere es nicht hören konnte.

»Spanische Soldaten, wozu?«

»Das muß Ihnen Don Blas selber erklären.« Borellas hörte einen Moment lang zu. »Don Blas sagt, um spanische Infanterie zu finden, müßte er einen Generalhauptmann überreden, und sämtliche Generalhauptleute halten sich versteckt; außerdem würde ein Generalhauptmann zögern oder behaupten, er brauche die Genehmigung der galicischen Junta, und die Junta ist aus La Coruña geflohen, also müßte er sich an die Zentraljunta in Sevilla wenden. Und ein bis zwei Monate später könnte der Generalhauptmann sagen, er könne möglicherweise Männer zur Verfügung stellen, aber dann würde er darauf bestehen, einen seiner Lieblingsoffiziere mit dem Oberbefehl der Expedition zu betrauen. Und bis dahin, sagt Don Blas, wäre es ohnehin zu spät.« Pater Borellas zuckte die Achseln. »Ich denke, Don Blas hat recht.«

»Zu spät wofür?«

»Das muß Ihnen Don Blas selber erklären.«

Vivars Worte klangen jetzt unerbittlich. Er führte mit der Hand abrupte, heftige Gesten aus, die den Widerstand des Priesters zu dämpfen schienen. Als er geendet hatte, schien Alzaga, wenn auch widerstrebend, zumindest teilweise nachzugeben, und dieses Zugeständnis veranlaßte Blas Vivar, sich Sharp zuzuwenden. »Würde es Ihnen sehr viel ausmachen, Ihren Werdegang zu schildern, Leutnant?«

»Meinen Werdegang?«

»Langsam? Einer von uns wird dolmetschen.«

Sharp zuckte verlegen die Achseln. »Ich bin geboren am ...«

»Das meinte ich nicht«, sagte Vivar hastig. »Ihre Laufbahn als Soldat, Leutnant. Wo war Ihre erste Schlacht?«

»In Flandern.«

»Fangen Sie damit an.«

Zehn unbehagliche Minuten lang sprach Sharp über die Schlachten, an denen er teilgenommen hatte. Als erstes erzählte er von Flandern, wo er einer der unseligen Zehntausend des Herzogs von York gewesen war, dann breitete er mit etwas mehr Selbstvertrauen seine Abenteuer in Indien aus. Der Saal mit seinen Säulen, nur erhellt vom Kiefernholzfeuer im Kamin und von billigen Binsenlichtern, war wohl ein ungewöhnlicher Ort, um von Seringapatam, Assaye, Argaum und Gawilghur zu sprechen. Doch die anderen hörten aufmerksam zu, und selbst Alzaga schien fasziniert von den eigens für ihn übersetzten Schilderungen ferner Schlachten auf unfruchtbaren Ebenen. Louisa folgte mit leuchtenden Augen seiner Erzählung.

Als Sharp seine Beschreibung des stürmischen Angriffs auf die Lehmmauern von Gawilghur beendet hatte, herrschte einen Moment lang Schweigen. Im Kamin flammte Harz auf. Alzaga brach mit seiner rauhen Stimme das Schweigen, und Vivar übersetzte. »Pater Alzaga sagt, ihm sei zu Ohren gekommen, der Tippoo Sultan habe ein Uhrwerksmodell von einem Tiger besessen, der dabei ist, einen Engländer zu zerfleischen.«

Sharp blickte dem Priester in die Augen. »Ein Modell in Lebensgröße, ja.«

Wieder übersetzte Vivar. »Dieses Modell hätte er zu gern gesehen.«

»Ich nehme an, es befindet sich jetzt in London«, sagte Sharp.

Der Priester mußte die Herausforderung wahrgenommen haben, die diese Worte enthielten, denn er sagte etwas, das Vivar nicht übermittelte.

»Was war das eben?« erkundigte sich Sharp.

»Ach, nichts«, sagte Vivar ein wenig zu lässig. »Wo haben Sie nach Indien gekämpft, Leutnant?«

»Pater Alzaga hat gesagt«, verblüffte Louisa die Anwesenden, indem sie die Stimme hob, womit sie zugab, daß sie offenbar Spanisch verstand, was sie bislang für sich behalten hatte, »daß er heute nacht für die Seele des Tippoo Sultan beten wird, weil der Tippoo Sultan viele Engländer abgeschlachtet hat.«

Bis jetzt hatte Sharps Verlegenheit darüber angehalten, von seiner Laufbahn erzählen zu müssen, doch der Hohn des Priesters focht seinen Soldatenstolz an. »Und ich habe den Tippoo Sultan getötet.«

»Tatsächlich?« Pater Borellas Stimme klang schrill vor lauter Staunen.

»Im Tunnel der Wasserschleuse in Seringapatam.«

»Hatte er denn keine Leibgarde?« fragte Vivar.

»Sechs Mann«, sagte Sharp. »Ausgesuchte Krieger.« Er sah den Anwesenden in die Gesichter und wußte, daß er nicht mehr zu sagen brauchte. Alzaga verlangte nach einer Übersetzung und grunzte, als er sie vernommen hatte.

Vivar hingegen freute sich über Sharps Leistungen und lächelte dem Schützen zu. »Und wo haben Sie nach Indien gekämpft, Leutnant? Waren Sie letztes Jahr in Portugal?«

Sharp beschrieb die portugiesischen Schlachtfelder von Rolica und Vimeiro, wo Sir Arthur Wellesley, ehe er nach England zurückbeordert wurde, die Franzosen niedergemacht hatte. »Ich war damals nur Quartiermacher«, sagte er, »aber ich habe einige Kämpfe miterlebt.«

Wieder herrschte Schweigen, und Sharp, der den feindseligen Priester beobachtete, merkte, daß er eine Art Prüfung bestanden hatte. Alzaga ergriff mit deutlichem Widerwillen das Wort, und seine Worte sorgten dafür, daß Vivar wieder lächeln konnte. »Sie müssen verstehen, Leutnant, daß ich für mein Vorhaben den Segen der Kirche brauche, und wenn Sie mir helfen sollen, muß auch das von der Kirche genehmigt werden. Der Kirche wäre es lieber, wenn ich spanische Soldaten einsetzen würde, aber das ist leider nicht möglich. Nach einigem Zögern akzeptiert nun Pater Alzaga, daß Ihre Erfahrung im Kampf uns ein wenig zugute kommen wird.«

»Aber was . . .«

»Später.« Vivar hob die Hand. »Sagen Sie mir zunächst, was Sie über Santiago de Compostela wissen.«

»Nur, was Sie mir erzählt haben.«

Daraufhin erzählte Vivar, daß vor tausend Jahren Schäfer

Myriaden von Sternen in einem Nebelschleier gesehen hätten, der über dem Hügel hing, auf dem nun die Stadt erbaut sei. Die Schäfer hätten Theudemirus, dem Bischof von Iria Flavia, von ihrer Vision berichtet, und er habe sie als Zeichen des Himmels erkannt. Er habe befohlen, den Hügel auszuheben, und in seinen Eingeweiden habe man das lang vergessene Grabgewölbe Santiagos, des Heiligen Jacob, entdeckt. Seitdem sei die Stadt als Santiago de Compostela bekannt, als St. Jacob vom Sternenfeld.

Vivars Stimme hatte etwas an sich, das Sharp frösteln machte. Das Kerzenlicht ließ hinter den Säulen unheimliche Schatten flackern. Irgendwo auf der Festungsmauer waren die stampfenden Schritte eines Wachtpostens zu hören. Selbst Louisa wirkte unnatürlich bedrückt ob der Schauer, die die Stimme des Spaniers auslöste.

Über der verloren geglaubten Gruft war ein Grabmal errichtet worden, und obwohl die muslimischen Heerscharen die Stadt erobert und die erste Kathedrale zerstört hatten, war die Gruft selbst verschont geblieben. Als man die Heiden vertrieben hatte, war eine neue Kathedrale erbaut worden, und die Stadt vom Sternenfeld war ein Reiseziel für Pilger geworden, das nur Rom selbst nachstand. Vivar blickte Sharp an. »Sie wissen, wer Santiago ist, Leutnant?«

»Sie sagten, er sei ein Apostel gewesen.«

»Er ist weit mehr.« Vivar sprach leise und ehrfürchtig, mit einer Stimme, die Sharps Haut zum Kribbeln brachte. »Er ist der Heilige Jacob, der Bruder von Johannes, dem Evangelisten. St. Jacob, der Schutzheilige Spaniens. St. Jacob, Kind des Donners. St. Jacob der Große, Santiago.« Seine Stimme war lauter geworden, und nun hallte sie bis an die hohe gewölbte Decke, als Vivar den letzten, den bedeutendsten, den klangvollsten Titel des Heiligen aussprach: »Santiago Matamoros!«

Sharp blieb zunächst stumm. »Matamoros?«

»Der Schlächter der Mauren. Schlächter der Feinde Spaniens.« Aus Vivars Munde klang das wie eine Herausforderung.

Sharp wartete. Kein Laut war zu hören, bis auf das Knistern des Feuers und das Knirschen der Stiefel auf der Festungsmauer. Davila und Borellas starrten auf ihre leeren Teller, als hätte es eine Gefährdung des magischen Augenblicks bedeutet, sich zu bewegen oder etwas zu sagen.

Es war wieder Alzaga, der das Schweigen brach. Der Sakristan erhob einen Protest, den Vivar barsch und schnell unterband. Die beiden Männer stritten sich einen Moment lang, doch es war klar ersichtlich, daß Vivar an diesem Abend den Sieg davongetragen hatte. Als wolle er seinen Sieg verkünden, stand er nun auf und begab sich zu einem dunklen Torbogen. »Kommen Sie, Leutnant.«

Hinter dem Torbogen verbarg sich die uralte Kapelle der Festung. Auf ihrem Steinaltar stand ein schlichtes Holzkreuz zwischen zwei Kerzen.

Louisa eilte herbei, um der Enthüllung des Geheimnisses beizuwohnen, doch Vivar verweigerte ihr den Zugang zur Kapelle, bis sie ihr Haupt bedeckt hatte. Hastig legte sie sich ein Tuch über ihre dunklen Locken.

Sharp trat an ihr vorbei und betrachtete den Gegenstand, der vor dem Altar lag, den Gegenstand, von dem er gewußt hatte, daß er hier sein mußte: der Kern des Geheimnisses, die Verlockung, die französische Dragoner bewogen hatte, über das vereiste Land zu ziehen, der Schatz, um dessentwillen man Sharp in diese hochgelegene Festung gebracht hatte. Die Truhe.

Kapitel elf

Vivar trat beiseite, damit Sharp sich den Stufen zum Altar nähern konnte. Der Spanier wies auf die Truhe. »Öffnen Sie sie.« Seine Stimme klang schroff und kühl, als habe die lange Auseinandersetzung darüber, ob das Geheimnis enthüllt werden dürfe, nie stattgefunden.

Sharp zögerte. Er hatte keine Angst, nur das Gefühl, daß dieser Moment eine gewisse Feierlichkeit verlangte. Er hörte, wie hinter ihm die Priester die Kapelle betraten und Louisa sich neben Vivar stellte. Das Gesicht des Mädchens war ernst.

»Nur zu«, ermunterte Vivar den Leutnant.

Jemand hatte bereits das Wachstuch aufgeschlitzt und die Vorhängeschlösser von den beiden Haspen entfernt. Sharp bückte sich, um die Haspen auszuhaken, und spürte den Widerstand der uralten Scharniere. Dann warf er einen Blick auf Vivar, als wolle er seinen Segen empfangen.

»Machen Sie weiter, Leutnant«, sagte Vivar. Pater Alzaga erhob ein letztes Mal Protest, doch Vivar brachte ihn mit einer Geste zum Schweigen, ehe er Sharp beruhigte: »Es ist rechtens, daß Sie wissen, was ich von Ihnen will. Ich bezweifle nicht, daß Sie es als unsinnig erachten werden, doch vermutlich gibt es auch in England Dinge, die Ihnen heilig sein werden und die ich nicht anerkennen würde.«

Als er niederkniete, scharrte Sharps metallene Schwertscheide über den Steinfußboden der Kapelle. Er nahm diese Demutshaltung nicht aus Ehrfurcht ein, sondern weil er auf den Knien leichter den Inhalt der Truhe erkunden konnte. Er stemmte sich gegen den schweren Deckel und verzog das Gesicht, als die großen Scharniere knirschten und quietschten.

Drinnen befand sich eine Schatulle. Sie bestand aus einem Leder, das genauso alt zu sein schien wie die Holztruhe. Dieses Leder war einmal rot gewesen, nun jedoch war es so verblaßt und abgeschabt, daß es die Farbe getrockneten Blutes angenommen hatte. Die Schatulle war wesentlich kleiner als die Truhe; gerade fünfundvierzig Zentimeter lang, dreißig Zentimeter breit und dreißig Zentimeter hoch. Ihr Deckel war mit einer Verzierung versehen, die dereinst durch Blattgold hervorgehoben worden war, von dem jetzt aber nur noch einzelne Schuppen übrig waren. Die Verzierung setzte sich aus einer komplizierten Borte und einem gebogenen Schwert mit breiter Klinge zusammen. »Santiago wurde mit diesem Schwert getötet«, sagte Vivar leise, »und es ist nach wie vor sein Symbol.«

Sharp hob die lederne Schatulle aus der Truhe, stand auf und legte sie auf den Altar. »Ist Santiago hier ums Leben gekommen?«

»Er hat das Christentum in Spanien eingeführt.« In Vivars Erläuterung mischte sich ein Hauch von Widerstreben. »Dann ist er ins Heilige Land zurückgekehrt, wo er den Märtyrertod starb. Anschließend wurde sein Leichnam auf einem Schiff aufgebahrt, das weder Ruder noch Segel besaß und keine Besatzung hatte, das ihn jedoch heil an die Küste Galiciens zurückbrachte, wo er sich gewünscht hatte, begraben zu werden.« Vivar verstummte. »Ich wußte, Sie würden das unsinnig finden, Leutnant.«

»Nein.« Sharp, überwältigt von der Bedeutung dieses Augenblicks, machte sich an dem goldenen Haken zu schaffen, der die Schatulle verschlossen hielt.

»Seien Sie vorsichtig beim Öffnen«, sagte Vivar, »und fassen Sie nicht an, was Sie darin vorfinden.«

Sharp hakte den goldenen Verschluß auf. Der Deckel war so steif, daß er befürchtete, sein ledernes Rückgrat zu brechen, das als Scharnier diente, doch er zwängte ihn auf, bis die Schatulle offen vor ihm lag.

Die Priester und die beiden spanischen Offiziere bekreuzigten sich, und Sharp hörte Pater Alzagas tiefe Stimme ein leises Gebet sprechen. Das Kerzenlicht war schwach. Über der soeben eröffneten Schatulle hing eine Staubwolke. Louisa hielt den Atem an und stellte sich auf die Zehenspitzen, um zu sehen, was darin lag.

Die Lederschatulle war mit Samt ausgekleidet, von dem Sharp annahm, daß er einst die Farbe königlichen Purpurs gehabt hatte. Nun war er so verblaßt und abgewetzt, daß er einen hellen, beinahe fadenscheinigen Lilaton angenommen hatte. Auf der Auskleidung lag ein bestickter Stoffbeutel, der etwa so groß war wie die Feldflasche eines Schützen. Der Beutel war prall gefüllt und mit einer goldenen Schnur zusammengehalten. Das Muster der Stickerei bestand aus Schwertern und Kreuzen.

Vivar bedachte Sharp mit einem angedeuteten Lächeln. »Wie Sie sehen, sind keine Papiere vorhanden.«

»Nein.« Außerdem konnte es sich weder um Familienschmuck noch um die Krone Spaniens handeln. Außer dem bestickten Beutel gab es nichts.

Vivar erklomm die Stufen zum Altar. »Vor nahezu dreihundert Jahren wurden die Schätze aus Santiagos Schrein versteckt. Wissen Sie, warum sie verborgen werden mußten?«

»Nein.«

»Wegen der Engländer. Ihr Francis Drake war in der Umgebung von Santiago de Compostela eingefallen, und man befürchtete, er werde die Kathedrale erreichen.«

Sharp sagte nichts. Vivar hatte mit so bitterer Stimme von Drake gesprochen, daß es eindeutig angebracht war, zu schweigen.

Vivar blickte auf den merkwürdigen Schatz hinab. »In England, Leutnant, wird sicherlich Drakes Trommel aufbewahrt. Haben Sie sie gesehen?«

»Nein.«

Im Kerzenlicht wirkte das Gesicht des Spaniers wie aus glühendem Gestein gehauen. »Aber Sie kennen die Legende von Drakes Trommel?«

Sharp, der sich darüber im klaren war, daß alle Anwesenden ihn beobachteten, schüttelte den Kopf.

»Die Legende besagt«, mischte sich Louisa mit gedämpfter Stimme ein, »daß diese Trommel, wenn England in Gefahr schwebt, geschlagen werden muß. Dann wird Drake seinem Wassergrab entsteigen und die Dons vom Ozean vertreiben.«

»Nur handelt es sich nicht um die Dons, nicht wahr?« Immer noch war aus Vivars Stimme die Erbitterung herauszuhören. »Die Trommel kann geschlagen werden, wer immer der Feind sein mag?«

Louisa nickte. »So heißt es.«

»Und noch eine Geschichte gibt es in Ihrem Land: Wenn Britannien die Niederlage droht, wird König Artus sich in Avalon erheben und noch einmal seine Ritter in die Schlacht führen?«

»Ja«, sagte Louisa. »Und die Hessen glauben, daß Karl der Große schlafend in Oldenburg liege, bereit, wieder aufzuwachen, wenn der Antichrist das Christentum bedroht.«

Vivar freute sich über Louisas Worte. »Sie stehen vor dem gleichen Phänomen, Leutnant. Sie sehen vor sich das Gonfalon Santiagos, das Banner des Heiligen Jacob.« Er trat rasch näher und beugte sich über den Beutel. Alzaga versuchte zu protestieren, doch Vivar ignorierte ihn. Er ergriff mit seinen starken, kurzen Fingern die goldene Schnur und riß sie durch, anstatt den Knoten zu öffnen. Er öffnete den bestickten Beutel, und Sharp erblickte darin ein gefaltetes, schmutzig weißes Tuch. Er hielt es für Seide, war jedoch nicht sicher, da der gefaltete Stoff so alt war, daß er wohl bei einer einzelnen Berührung mit dem Finger in Staub zerfallen wäre. »Seit Jahren«, sagte Vivar ruhig, »gilt das Gonfalon als königlicher Schatz, aber immer war meine Familie sein Hüter. Deshalb habe ich es in Sicherheit gebracht, ehe es den Franzosen in die Hände fallen konnte. Das ist meine Pflicht, Leutnant.«

Sharp empfand einen Anflug von Enttäuschung, daß es sich bei dem Schatz nicht um eine alte Krone oder um aufgehäufte Juwelen handelte, die im Kerzenlicht glitzerten, konnte jedoch die Ehrfurcht nicht leugnen, die ihn angesichts des gefalteten Seidentuchs erfüllte. Er starrte es an und versuchte zu erraten, welche Magie seinen staubigen Falten innewohnte.

Vivar trat zurück von der Schatulle. »Vor tausend Jahren, Leutnant, hatte es den Anschein, als würden die Mohammedaner ganz Spanien unterwerfen. Von Spanien aus wären ihre Heerscharen dann nach Norden gezogen, über die Pyrenäen, um die gesamte Christenheit herauszufordern. Ihre Ketzerei würde selbst jetzt noch in Europa regieren. Es gäbe kein Kreuz, nur einen Halbmond.«

Ein kalter Wind, der durch das unverglaste Spitzbogenfenster hereinwehte, ließ die Kerzen erzittern. Sharp stand da, wie verzaubert von dem Banner, während Vivars Stimme fortfuhr, die Geschichte aus alter Zeit zu erzählen.

»Sie müssen wissen, Leutnant, daß den Mauren, obwohl sie fast ganz Spanien erobert hatten, in diesem nördlichen Gebirge Einhalt geboten wurde. Sie waren entschlossen, unseren Widerstand hier zu brechen, daher kamen sie zu Tausenden, während wir nur Hunderte waren. Wir konnten nicht siegen, aber uns ergeben konnten wir auch nicht, deshalb zogen unsere Ritter in eine aussichtslose Schlacht nach der anderen.« Vivar sprach jetzt ganz leise, aber seine Stimme ließ die Anwesenden im Raum reglos verharren. »Wir verloren eine Schlacht nach der anderen. Unsere Kinder wurden als Sklaven verschleppt, der Islam vergnügte sich an unseren Frauen, und unsere Männer wurden zur Feldarbeit herangezogen oder auf den feindlichen

Galeeren eingesetzt. Die Niederlage stand bevor, Leutnant! Das Licht des Christentums war nichts als die ersterbende Flamme einer Kerze, die dem Licht einer großen, aber bösen Sonne trotzen muß. Dann kam die letzte Schlacht.«

Blas Vivar hielt inne. Dann erzählte er mit einer Stimme, die in ihrem Stolz geradezu wie ein Symbol Spaniens wirkte, daß eine kleine Schar christlicher Ritter auf erschöpften Pferden gegen das muslimische Heer angetreten war. Er erzählte die Geschichte so gut, daß Sharp das Gefühl hatte, mitzuerleben, wie die spanischen Ritter ihre Lanzen gesenkt und unter sonnenhellen Bannern in trägen Galopp verfallen waren. Schwerter trafen auf Krummsäbel. Männer schlugen und hieben um sich. Pfeile surrten durch die Luft, und Banner fielen in den blutgetränkten Staub. Männer, denen die Eingeweide aus den Bäuchen quollen, wurden von Streitrössern niedergetrampelt, und die Schreie der Sterbenden wurden vom Donner immer neuer Attacken und heidnischem Siegesgeheul übertönt.

»Die Heiden standen kurz davor, zu siegen, Leutnant.« Vivar sprach, als habe er selbst vom Staub dieses fernen Schlachtfeldes gekostet. »Doch in äußerster Not, beim letzten Flackern der Kerze, rief einer der Ritter Santiago an. Es war Santiago, der die Botschaft des Christentums nach Spanien gebracht hatte; würde der Heilige nun zulassen, daß Christus daraus vertrieben wurde? Der Ritter sprach ein Gebet, und das Wunder geschah!«

Sharps Haut kribbelte. Er hatte so lange den bestickten Beutel angestarrt, daß sich ringsum die Schatten in der Kapelle wanden und verschoben wie seltsame Untiere.

»Santiago erschien!« Vivars Stimme klang nun triumphierend und laut. »Er kam auf einem weißen Pferd, Leutnant, und in der Hand hatte er ein Schwert aus schärfstem Stahl, und er hieb sich eine Bresche durch den Feind wie ein Racheengel. Sie starben zu Tausenden! An diesem Tag füllten wir die Hölle mit ihren erbärmlichen Seelen, und wir hielten sie auf, Leutnant! Wir geboten ihnen Einhalt! Es sollte Jahrhunderte dauern, Spanien von ihrem Unflat zu befreien; Jahrhunderte voller Kampf und Streit. Aber jener Tag, als sich Santiago den Beinamen Matamoros verdiente, war wie ein Fanal zum Neubeginn. Und dies«, Vivar trat erneut an die Schatulle und berührte sanft die gefaltete Seide in ihrem Beutel, »ist das Gonfalon, das er trug, Leutnant. Dies ist Santiagos Banner, das meiner Familie anvertraut ist, seit der erste Graf Mouromorto darum gebeten hat, Santiago möge kommen und den Mördern Christi einen Sieg abringen.«

Sharp blickte sich um und sah, daß Louisa wie in Trance war. Die Priester beobachteten ihn, um einschätzen zu können, welchen Eindruck die Geschichte auf den fremden Soldaten gemacht hatte.

Vivar schloß die lederne Schatulle und legte sie behutsam wieder in die Kassette. »Zwei Legenden ranken sich um das Gonfalon, Leutnant. Die erste besagt, daß Spanien vernichtet wird, wenn es den Feinden Spaniens in die Hände fällt. Das ist der Grund, warum Pater Alzaga Ihre Unterstützung ablehnt. Er glaubt, die Engländer würden auf ewig unsere Feinde bleiben und die derzeitige Allianz sei eine Behelfslösung, die nicht von Dauer ist. Er befürchtet, Sie werden das Banner des Heiligen Jacob stehlen.«

Sharp drehte sich zögernd nach dem hochgewachsenen Priester um. Er wußte nicht, ob Alzaga Englisch sprach, versuchte ihm aber dennoch mit ungeschickten Worten zu versichern, daß er nicht die Absicht habe, so etwas zu tun. Dabei kam er sich wie ein Narr vor, und Alzagas verächtliches Schweigen vertiefte nur Sharps Unbehagen.

Vivar ignorierte wie der Priester seinen Einspruch. »Die zweite Legende ist bedeutsamer, Leutnant. Sie besagt, daß das Gonfalon, wenn Spanien in Gefahr ist, wenn noch einmal die Barbaren unser Land niedertrampeln, vor dem Hochaltar von Santiagos Grabmal entfaltet werden muß. Dann wird sich Matamoros erheben und kämpfen. Er wird den Sieg erlangen. Dies ist das Wunder, das ich bewirken will, damit das Volk von Spanien, wie viele Leben es auch lassen muß, weiß, daß Santiago mit ihm reitet.«

Als Vivar den Deckel der Truhe schloß, knarrten die Scharniere. Der Wind wirkte plötzlich kälter und bedrohlicher, wie er so durch das schmale Fenster pfiff und das Kerzenlicht flackern ließ. »Ihr Bruder«, Sharp hatte Mühe, es auszusprechen, »will das Banner nach Frankreich schaffen?«

Vivar nickte. »Tomas glaubt nicht an die Legende, aber er versteht wohl ihre Macht. Genau wie der Kaiser Napoleon. Sollte das spanische Volk erfahren, daß Santiagos Gonfalon in Paris nur eine Trophäe unter vielen ist, könnte es verzweifeln. Tomas weiß darum, und ebenso weiß er, daß das spanische Volk, die guten Kräfte im spanischen Volk, an den Sieg glauben werden, wenn es gelingt, das Banner in Santiago zu entfalten. Dann wird es nicht darauf ankommen, Leutnant, wenn Tausende und Abertausende von Franzosen durch unsere Straßen ziehen, denn mit Santiagos Beistand kann uns kein französischer Kaiser besiegen.«

Sharp entfernte sich vom Altar. »Demnach muß das Gonfalon nach Santiago de Compostela gebracht werden?«

»Ja.«

»Das von den Franzosen besetzt gehalten wird?«

»In der Tat.«

Sharp zögerte, dann äußerte er seine Vermutung. »Sie wollen also, daß ich Ihnen helfe, die Stadt zu überfallen?« Noch während er sie aussprach, erschien sie ihm als Wahnsinn, doch die Atmosphäre in der Kapelle befreite seine Stimme von jeglicher Skepsis. Er starrte die Truhe an und fuhr fort: »Wir müssen ihre Verteidigungslinien nehmen, in die Kathedrale eindringen und sie so lange halten, wie Ihre Zeremonie dauert? Ist es das?«

»Nein. Wir brauchen einen Sieg, Leutnant. Es muß für alle erkennbar sein, daß Santiago einen Sieg erringt! Das darf keine finstere Tat sein, die heimlich und hastig ausgeführt wird. Das darf kein Überfall sein. Nein, wir werden den Franzosen die Stadt nehmen. Wir werden sie erobern, Leutnant, und wir werden sie so lange halten, bis das Volk weiß, daß auch dieser neue Feind gedemütigt werden kann. Wir werden einen großen Sieg erringen, Leutnant, für Spanien!«

Sharp starrte ihn ungläubig an. »Mein Gott.«

»Natürlich mit seiner Hilfe.« Vivar lächelte. »Und vielleicht, denn ich kann keine spanische Infanterie auftreiben, mit Hilfe Ihrer Rifles.«

Irgendwie hatte Sharp damit gerechnet, daß man ihm gar keine Wahl lassen würde. Er hatte angenommen, allein durch die Tatsache, daß er Vivars Geheimnis zu sehen bekam, an der

Verschwörung teilzuhaben. Nun jedoch, hier in der kalten Kapelle, wußte er, daß er sich weigern konnte. Was Vivar verlangte, war Irrsinn. Eine Handvoll geschlagener Männer, Briten und Spanier, sollten einem siegreichen Feind eine Stadt entreißen, und nicht nur entreißen, sondern gegen die Übermacht des französischen Heers halten, das nur einen Tagesmarsch entfernt sein würde.

»Nun?« fragte Vivar ungeduldig.

»Natürlich wird er Ihnen helfen!« sagte Louisa mit einem Eifer, der an ihren blitzenden Augen abzulesen war.

Die Männer ignorierten sie, und Sharp hüllte sich weiter in Schweigen.

»Ich kann Sie nicht zwingen, mir zu helfen«, sagte der Major leise, »und wenn Sie sich weigern, Leutnant, werde ich Ihnen Proviant überlassen und einen Führer, der Sie ungefährdet in den Süden bringt. Vielleicht sind die Briten ja noch in Lissabon. Wenn nicht, werden Sie irgendwo entlang der Küste ein Schiff finden. Die soldatische Vernunft verlangt, daß Sie diesen abergläubischen Unsinn vergessen und nach Süden aufbrechen, nicht wahr?«

»Ja«, sagte Sharp tonlos.

»Aber Siege werden nicht immer mit Vernunft errungen, Leutnant. Logik und Vernunft können durch Gläubigkeit und Stolz zu Fall gebracht werden. Ich glaube daran, daß ein uraltes Wunder sich erfüllen wird, und ich lasse mich vom Stolz leiten. Ich muß den Verrat meines Bruders rächen, sonst wird der Name Vivar die Annalen Spaniens mit seinem Gestank durchdringen.« Vivar sprach so beiläufig, als gehöre das Rächen brüderlichen Verrats zum Alltag eines jeden Menschen. Nun blickte er Sharp in die Augen und schlug einen anderen Ton an. »Darum erflehe ich Ihre Hilfe. Sie sind Soldat, und ich glaube, daß Gott Sie als Werkzeug für dieses Vorhaben geschickt hat.«

Sharp wußte, wie schwer es Vivar fiel, diese Bitte zu äußern, denn er war ein stolzer Mann und nicht gewohnt, als Bittsteller aufzutreten. Pater Alzaga protestierte mit einem kehligen Knurren, während Sharp immer noch zögerte. Es verging fast eine halbe Minute, ehe der Engländer endlich das Wort ergriff. »Meine Hilfe hat einen Preis, Major.«

Vivar versteifte sich augenblicklich. »Einen Preis?«

Sharp nannte den Preis, und indem er ihn Vivar sagte, ließ er sich auf einen Irrsinn ein. Um seiner Rifles willen hatte er vor, einen Heiligen aus dem ewigen Schlaf zu erwecken. Er würde sich aufmachen zu der Stadt vom Sternenfeld und sie dem Feind abnehmen. Aber nur gegen einen Preis.

Am nächsten Tag nach der Morgenparade verließ Sharp die Festung und begab sich an einen Ort, von dem aus er meilenweit die Winterlandschaft überblicken konnte. Die fernen Hügel waren kahl und verblaßt, hoben sich stählern vom weißen Himmel ab. Der Wind war kalt, ein Wind, der Männer und Pferde auszehrte. Wenn Vivar nicht bald aufbrach, dachte er, konnten die Pferde der Spanier nicht mehr mitziehen.

Sharp saß allein am Rand des Pfades, dort wo der Hügel steil abfiel. Er sammelte eine Handvoll Steine auf, die von der Größe her Musketenkugeln glichen, und schleuderte sie gegen den großen weißen Felsbrocken, der etwa zwanzig Schritt unter ihm am Hang lag. Er redete sich ein, daß ein Marsch auf die Kathedralenstadt dann gelingen würde, wenn er ihn fünfmal hintereinander traf. Die ersten vier Kieselsteine fanden ihr Ziel, prallten ab und verschwanden im Bewuchs und Geröll des Hügels. Er war beinahe versucht, den fünften schräg zu werfen, doch statt dessen prallte der Stein senkrecht von der Mitte des Findlings ab. Gottverdammt, er war wirklich verrückt! Am vergangenen Abend hatte er sich von der Feierlichkeit des Anlasses überwältigen und von Vivars packender Erzählung eines uralten Mythos hinreißen lassen. Das Banner eines Heiligen, der seit fast zweitausend Jahren tot war! Er warf noch einen Kieselstein und sah zu, wie er über den Felsbrocken wegsauste und in einen Flecken Jakobskreuzkraut fiel, das nach dem spanischen Schutzpatron benannt war.

Er starrte in die Ferne, wo immer noch Reif in jenen Falten des Hügellandes lag, die die Sonne noch nicht berührt hatte. Hinter ihm fraß der Wind an dem hohen Turm und dem dicken Gemäuer der Festung. Dieser Wind fühlte sich unermeßlich rein und kalt an, wie eine Prise Vernunft nach der sinnverwirrenden Düsterkeit und dem Kerzengestank der vergangenen Nacht. Irrsinn war es, gottverdammter Irrsinn! Sharp hatte sich überreden lassen, und außerdem wußte er, daß Louisas Begeisterung für die ganze idiotische Angelegenheit ihn beeinflußt hatte. Er warf eine ganze Handvoll Kieselsteine von sich, die sich wie Kartätschen aus der Mündung einer Kanone ausbreiteten und um den weißen Findling herum verstreuten.

Hinter Sharp erklangen Schritte, dann verweilten sie ein Stück Weges von ihm entfernt. Nach kurzem Schweigen war eine gereizte Stimme zu hören. »Sie wollten mich sprechen, Sir?«

Sharp stand auf. Er rückte seinen Degen gerade, dann drehte er sich um und sah Harper in die empörten Augen.

Harper zögerte, ehe er zum formellen Gruß seine Kappe abnahm.

»Sir.«

»Harper.«

Wieder herrschte Schweigen. Harper wandte den Blick ab, dann sah er seinen Vorgesetzten wieder an. »Es ist nicht fair, Sir. Ganz und gar nicht.«

»Mach gefälligst nicht so eine jämmerliche Figur. Wer käme darauf, daß es im Soldatenleben fair zugehen sollte?«

Harper versteifte sich, als er von Sharp so angesprochen wurde, ließ es sich jedoch nicht nehmen, Widerspruch anzumelden. »Feldwebel Williams war ein fairer Mann, Hauptmann Murray ebenfalls.«

»Und jeder von ihnen ist ein toter Mann. Wir bleiben nicht dadurch am Leben, daß wir gefällig sind, Harper. Wir bleiben am Leben, weil wir schneller und niederträchtiger sind als der Feind. Hast du die Streifen mitgebracht?«

Harper zögerte wieder, dann nickte er widerstrebend. Er kramte in seiner Munitionstasche und holte einen Satz neuer, aus weißer Seide gefertigter Feldwebelwinkel hervor. Er zeigte sie Sharp, dann schüttelte er den Kopf. »Und ich sage immer noch, es ist nicht fair, Sir.« Das war Sharps Preis gewesen: Vivar sollte den Iren überreden, seine Pflicht anzunehmen. Wenn Harper bereit sei, den Rang eines Feldwebels zu akzeptieren, werde Sharp gen Santiago de Compostela marschieren.

Der Major hatte sich über diesen Preis amüsiert, sich jedoch einverstanden erklärt.

»Ich nehme die Streifen nicht an, um Ihnen einen Gefallen zu tun, Sir.« Harper benahm sich mit Absicht provokativ, als hoffe er, durch sein unbotmäßiges Verhalten Sharps Meinung zu ändern. »Ich tue es ausschließlich dem Major zuliebe. Er hat mir von seinem Gonfalon erzählt, Sir. Ich werde es für ihn in die Kathedrale schaffen und Ihnen dann diese Streifen vor die Füße werfen.«

»Du bist Feldwebel nach meinem Gutdünken, Harper. Solange ich dich brauche und will. Das ist mein Preis, und das ist es, was du zu akzeptieren hast.«

Abermals betretenes Schweigen. Der Wind zerrte am Hügelkamm und ließ die seidenen Streifen in Harpers Hand flattern. Sharp fragte sich, wie man in dieser entlegenen Festung so edles, glänzendes Material aufzutreiben vermochte, dann vergaß er diese müßige Überlegung, denn ihm wurde schlagartig klar, daß er schon wieder den falschen Kurs eingeschlagen hatte. Er hatte seine Feindseligkeit erkennen lassen, anstatt zu demonstrieren, daß er auf die Unterstützung dieses großen Mannes angewiesen war. Ebenso wie Blas sich herabgelassen hatte, Sharp um Hilfe zu bitten, mußte nun Sharp sich herablassen, diesen Mann auf seine Seite zu bringen.

»Auch ich habe die Streifen nicht gewollt, als man sie mir zum ersten Mal angeboten hat«, sagte Sharp ungeschickt.

Harper zuckte die Achseln, als wolle er zeigen, daß ihn diese seltsame Enthüllung nicht interessiere.

»Ich hatte keine Lust, der Wachhund eines Offiziers zu werden«, fuhr Sharp fort. »Meine Freunde waren einfache Soldaten, meine Feinde Feldwebel und Offiziere.«

Er mußte den richtigen Ton getroffen haben, denn der Ire verzog halb ärgerlich, halb amüsiert das Gesicht.

Sharp bückte sich und hob einige Kiesel auf. Er warf sie auf den weißen Felsbrocken und sah zu, wie sie den Hügel hinabrollten. »Wenn wir wieder mit dem Bataillon vereint sind, wird man mich wahrscheinlich zurück in die Beschaffung stecken, und du kannst aufs neue einfacher Soldat sein.« Sharp wollte Harper mit dem halben Versprechen beschwichtigen, daß er nicht gezwungen sein würde, die weißen Streifen zu behalten, schaffte es jedoch nicht, die Spuren seiner Abneigung aus seiner Stimme zu bannen. »Bist du damit zufrieden?«

»Jawohl, Sir.« Harpers Zustimmung klang weder eifrig noch erbittert. Er bestätigte lediglich einen Waffenstillstand, den die Vernunft gebot.

»Du mußt mich nicht gern haben«, sagte Sharp, »aber vergiß nicht, ich habe schon Schlachten geschlagen, als dieses Bataillon noch nicht fertig aufgestellt war. Als du ein Kind warst, habe ich bereits eine Muskete getragen. Ich bin immer noch am Leben. Und ich bin nicht dadurch am Leben geblieben, daß ich fair war, sondern weil ich meine Sache gut gemacht habe. Und wenn wir diese Schlacht überleben wollen, Harper, müssen wir allesamt gut sein.«

»Wir sind gut. Major Vivar hat es gesagt«, wandte Harper ein.

»Wir sind auf halbem Wege, gut zu sein.« Sharp sagte das mit ungewöhnlicher Intensität. »Aber wir werden, verdammt noch mal, die Besten sein. Wir werden die Hähne auf dem schmutzigen Misthaufen Europas sein. Wir werden dafür sorgen, daß die Franzosen mit Schaudern an uns denken. Wir werden gut sein!«

Der Ausdruck in Harpers Augen war schwer zu deuten. Sie wirkten kalt und hart wie die Steine am Hügel, doch in seiner Stimme regte sich nun ein Anflug von Interesse. »Und Sie brauchen mich, um das zu vollbringen?«

»Ja, ich brauche dich. Nicht, damit du den verdammten Schoßhund spielst. Deine Aufgabe ist es, sich für die Männer einzusetzen. Nicht wie Williams, dem es nur darum ging, daß ihn alle gern hatten. Du sollst gute Soldaten aus unseren Männern machen. Das ist unsere einzige Chance, in die Heimat zurückzukehren, wenn der Krieg vorbei ist. Du willst Irland doch wiedersehen, nicht wahr?«

»O ja, das will ich.«

»Nun, du wirst es nicht wiedersehen, wenn du sowohl gegen die eigene Sache ankämpfst als auch gegen die verdammten Franzosen.«

Harper stieß einen tiefen, beinahe entrüsteten Seufzer aus. Es war offensichtlich, daß er die Streifen, wenn auch mit Widerwillen, deshalb akzeptiert hatte, weil Vivar sie ihm aufgedrängt hatte. Nun mußte er mit ebensolchem Widerwillen erleben, wie Sharp ihn halb überzeugte. »Nicht wenige von uns werden die Heimat nie wiedersehen«, sagte er vorsichtig, »wenn wir dem Major zuliebe zu dieser Kathedrale aufbrechen.«

»Bist du der Meinung, wir sollten nicht gehen?« erkundigte sich Sharp voller echter Neugier.

Harper dachte darüber nach. Er wog nicht etwa ab, welche Antwort er geben sollte, denn entschieden hatte er sich längst, sondern welchen Tonfall er wählen sollte. Er konnte mürrisch sein und damit sicherstellen, daß Sharp um den Fortbestand seiner Verärgerung wußte, oder er konnte sich Sharps versöhnlichem Ton anschließen. Am Ende verwarf er beides und sprach mit tonloser, pflichtbewußter Stimme. »Ich bin der Meinung, wir sollten gehen, Sir.«

»Um einen Heiligen auf einem weißen Pferd zu sehen?«

Wieder besann sich der Ire auf die Alternativen. Er starrte zum kahlen Horizont, dann zuckte er die Achseln und sagte entschieden: »'s ist nicht gut, an einem Wunder zu zweifeln, Sir. Wenn man ihm den Kern nimmt, bleibt einem nichts davon übrig.«

Sharp hörte die Zustimmung heraus und wußte, daß man ihm seinen Preis bezahlen würde. Harper würde ihn unterstützen, aber Sharp wünschte sich, daß diese Unterstützung willig war. Er wollte, daß der unsichere Waffenstillstand mehr wurde als eine Behelfslösung. »Bist du ein guter Katholik?« fragte er, da ihm nicht klar war, wie er seinen neuen Feldwebel einzuschätzen hatte.

»Ich bin nicht so fromm wie der Major, Sir. Das sind nicht viele, stimmt's?« Harper unterbrach sich. Er schloß seinen Frieden mit Sharp, aber es würde nicht zu einer förmlichen Beendigung der Feindseligkeiten kommen. Er hatte nicht vor, das Vergangene zu bedauern, sondern wollte einen neuen Anfang machen, der an diesem kalten Abhang zögernd in Gang kommen mußte. Beide Männer waren zu stolz, um sich zu entschuldigen, daher mußte man auf Entschuldigungen verzichten. »Religion ist für die Frauen da, wahrhaftig«, fuhr Harper fort,

»aber ich bezeuge der Kirche meine Ehrerbietung, wenn es sein muß, und ich hoffe, daß Gott nicht hinsieht, wenn ich nicht will, daß er sieht, was ich tue. Aber ich bin gläubig, ja.«

»Und du hältst es für sinnvoll, eine alte Flagge in eine Kathedrale zu schaffen?«

»O ja, das tue ich«, sagte Harper rundheraus. Dann runzelte er die Stirn und versuchte, sich eine Erklärung dafür einfallen zu lassen, warum er an Vivars Mission glaubte. »Haben Sie die kleine Kirche in Salamanca gesehen, wo die Statue der Jungfrau Maria bewegliche Augen hatte? Der Priester dort behauptete, das sei ein Wunder, aber man konnte die Schnur sehen, an der dieser Kerl zog, damit die hölzernen Augäpfel sich bewegten!« Er hatte sich nun ein wenig beruhigt und lachte bei dem Gedanken. »Warum sich die Mühe mit der Schnur machen? Das habe ich mich damals gefragt. Weil das Volk nach Wundern verlangt, deshalb. Und wenn sich ein paar Leute ein Wunder ausdenken, heißt das noch lange nicht, daß es keine echten Wunder gibt, oder? Es bedeutet das genaue Gegenteil, wahrhaftig, denn warum sollte man etwas nachmachen, das es nicht gibt? Vielleicht handelt es sich um das echte Gonfalon. Vielleicht werden wir den Heiligen Jacob persönlich zu Gesicht bekommen, wie er in all seiner Pracht am Himmel reitet.« Harper runzelte eine Sekunde lang die Stirn. »Wenn wir es nicht versuchen, werden wir es nie erfahren, stimmt's?«

»Stimmt.« Sharps Zustimmung war halbherzig, denn er konnte Vivars Aberglauben nicht als etwas Natürliches hinnehmen. Aber er hatte Harper nach seiner Meinung gefragt, denn die Entscheidung des vergangenen Abends machte ihm eindeutig zu schaffen. Welches Recht hatte ein einfacher Leutnant, Männer in die Schlacht zu schicken? Gewiß bestand seine Pflicht doch darin, diese Männer in Sicherheit zu bringen und sie nicht gegen eine von den Franzosen besetzte Stadt marschieren zu lassen. Dennoch ließ sich die spontane Abenteuerlust nicht leugnen, die ihn so weit gebracht hatte, und Sharp hatte wissen wollen, ob Harper bereit war, demselben Impuls zu folgen. Allem Anschein nach war dem so, und das bedeutete, daß die übrigen Grünjacken es ihm gleichtun würden. »Glaubst du, daß die Männer zum Kampf bereit sind?« fragte Sharp unumwunden.

»Einer oder auch zwei werden sich aufregen.« Harper gefiel diese Aussicht nicht. »Gataker wird zetern, nehme ich an, aber ich werde ihn gehörig zurechtstutzen. Wohlgemerkt, sie werden ohne Ausnahme wissen wollen, wofür sie kämpfen, Sir.« Er hielt inne. »Warum, zum Teufel, sagt man Gonfalon dazu? Es handelt sich um eine gewöhnliche Fahne, wahrhaftig.«

Sharp, der Vivar dieselbe Frage gestellt hatte, lächelte. »Ein Gonfalon ist etwas Besonderes. Es handelt sich um einen langen Tuchstreifen, der von einem Querstab an einer Stange herabhängt. Eine altmodische Bezeichnung für Banner.«

Nun stellte sich verlegenes Schweigen ein. Wie fremde Hunde, die einander begegnen, hatten sie sich angeknurrt, hatten rauhbeinig Frieden geschlossen und blieben nun vorsichtig auf Distanz. Sharp beendete das Schweigen, indem er mit einem Nicken ins Tal hinabwies, wo tief unterhalb des Hochpfades Männer herankamen: Dorfbewohner, zähe Galicier vom anderen Ende der Grafschaft Mouromorto, Hirten, Bergarbeiter, Schmiede, Fischer und Schäfer. »Können wir«, fragte er Harper, »diesen Haufen in einer Woche zu Infanteristen ausbilden?«

»Ist das unsere Aufgabe, Sir?«

»Der Major wird Dolmetscher bereitstellen, und wir bringen Ihnen bei, Infanteristen zu sein.«

»Innerhalb einer Woche?« fragte Harper erstaunt.

»Du glaubst doch an Wunder, nicht wahr?« sagte Sharp leichthin.

Harper tat es ihm gleich. Er wedelte mit den Streifen in seiner Hand und grinste. »Ich glaube an Wunder, Sir.«

»Dann machen wir uns an die Arbeit, Feldwebel.«

»Gottverdammt.« Harper hörte zum ersten Mal, daß man ihn als Feldwebel bezeichnete. Er schien überrascht zu sein. Dann jedoch grinste er schelmisch, und Sharp, der vor Jahren das gleiche durchgemacht hatte, wußte, daß sich der Ire insgeheim freute. Harper mochte sich gegen die Streifen gewehrt haben, doch sie bedeuteten eine Anerkennung seiner Leistungen, und er war zweifellos der Ansicht, daß kein anderer Mann aus dem Trupp sie verdient hatte. Nun also hatte Harper seine Feldwebelwinkel, und Sharp hatte einen Feldwebel.

Und beide hatten ein Wunder zu bewirken.

Kapitel zwölf

Am Abend scharten sich die Männer um das Feuer auf dem Festungshof und sangen. Sie sangen nicht etwa die ausgelassenen Marschlieder, die dafür sorgen konnten, daß unter harten Stiefeln die Meilen dahinschmolzen, sondern die sanften, melancholischen Lieder ihrer Heimat. Sie sangen von den Mädchen, die sie zurückgelassen hatten, von ihren Müttern und Kindern.

Jeden Abend flackerten im tiefen Tal unterhalb der Festungsmauern, wo Vivars Freiwillige kampierten, die Lagerfeuer. Diese Freiwilligen kamen überall aus dem Herrschaftsbereich des Grafen von Mouromorto. Sie hatten sich in einer geschützten Einbuchtung des Hügels niedergelassen, wo an einem Bach Kastanienbäume wuchsen, und sie bauten sich Hütten aus Holz und Torf. Sie waren Bauern, die dem althergebrachten Ruf zu den Waffen folgten, wie schon ihre Vorfahren ihre Sensen geschultert hatten und den Mauren entgegenmarschiert waren. Diese Männer waren nicht gewillt, ihre Frauen zurückzulassen, daher sah man des Abends berockte Gestalten zwischen den Feuern, und aus den Torfhütten drang Kindergeschrei. Sharp hörte, wie Harper die Schützen vor den Reizen der Frauen warnte. »Eine Berührung«, sagte er, »und ich schlage euch den Schädel ein wie ein verdammtes Ei.« Es kam kein Widerspruch auf, und Sharp bewunderte die mühelose Art, mit der Harper eine Autorität, die er gar nicht gewollt hatte, ausübte.

Tagsüber wurde Arbeit geleistet, harte Arbeit, dringliche Arbeit, um aus der Niederlage einen Sieg zu machen. Die Priester skizzierten eine Karte der Stadt, in die Vivar detailgenau die französischen Stellungen einzeichnete. Täglich trafen Nachrichten von den Vorbereitungen des Feindes ein, in die Berge getragen von Flüchtlingen, die sich vor den Eroberern in Sicherheit brachten und nun von Verhaftungen und Hinrichtungen erzählten.

Die Stadt war nach wie vor von den verfallenen Mauern ihrer mittelalterlichen Verteidigungsanlagen umgeben. Diese Mauern waren stellenweise ganz verschwunden, und an anderen Stellen waren Häuser hochgezogen worden, die neue Außenbezirke bildeten, doch die Franzosen stützten ihre Verteidigung auf den alten Verlauf der Stadtmauern. Wo Steine herabgefallen waren, hatten sie Barrikaden errichtet. Ihre Befestigungen waren alles andere als furchteinflößend; Santiago de Compostela war keine Frontstadt, umgeben von Vor- und Sternschanzen, aber die Wälle konnten für einen Infanterieangriff dennoch ein erhebliches Hindernis darstellen. »Wir greifen kurz vor Morgengrauen an«, verkündete Vivar Anfang der Woche.

Sharp nickte zustimmend. »Und wenn sie innerhalb der Mauern Wachtposten aufgestellt haben?«

»Damit ist zu rechnen. Wir ignorieren sie.«

Dann berichtete er Sharp vom ersten Risiko, das eingegangen werden sollte, vom ersten Verzicht auf Sicherheit in diesem verzweifelten Zugriff auf den unmöglichen Sieg. Vivar verließ sich darauf, daß Dunkelheit und Ermüdung die Franzosen benebeln würden. Doch es bedurfte nur eines Soldaten, der in der Finsternis stolperte, eines Schusses aus einer fehlgezündeten Muskete, und der ganze Überfall wäre verraten. Vivar schlug vor, mit ungeladenen Musketen anzugreifen. Es werde sich, sagte er, nach der ersten Überraschung genügend Zeit finden, daß die Männer ihre Gewehre laden konnten. Sharp, ein Infanterist, der sich weitaus stärker auf seine Schußwaffe verließ als ein Kavallerist wie Vivar, gefiel der Gedanke gar nicht. Vivar übte Druck aus, aber Sharp sagte lediglich zu, sich diesen Plan noch einmal durch den Kopf gehen zu lassen.

Die Pläne wurden nach und nach detaillierter, und mit ihnen wuchsen Sharps Befürchtungen wie dunkle Wolken am Himmel. Es war leicht, auf dem Papier einen Sieg zu erringen. Dort gab es keine bellenden Hunde, keine Steine, die einen zu Fall bringen konnten, keinen Regen, der das Pulver durchnäßte, und der Feind benahm sich so verschlafen, wie es sich Vivar nur wünschen konnte. Aber in der Wirklichkeit? »Die Franzosen werden doch sicher wissen, daß wir kommen?« wandte Sharp ein.

»Sie werden den Verdacht haben, daß wir kommen«, gab Vivar zu. Die Menschenansammlung in den Bergen konnte den Franzosen kaum entgangen sein, obwohl es denkbar war, daß sie eine solche Bedrohung als geringfügig abtun würden. Immerhin hatten sie die Heere Spaniens und Britanniens zerschlagen, was hatten sie also von ein paar Bauern zu befürchten? Doch der Graf von Mouromorto und Oberst de l'Eclin würden genau wissen, was Blas Vivar im Schilde führte, und sie hielten sich beide in Santiago auf. Die Flüchtlinge bestätigten es. Marschall Neys Kavallerie hatte die Stadt eingenommen und war dann nach La Coruña geritten, um sich Marschall Soult anzuschließen. Innerhalb der verfallenen Rundmauern blieben zweitausend französische Kavalleristen zurück.

Man hatte sie nicht zurückgelassen, um zu verhindern, daß ein altes Banner ein Grabmahl erreichte, sondern um Furage aus den Küstentälern Galiciens zu beschaffen. Nachdem er die Briten aus Spanien vertrieben hatte, wollte Marschall Soult nun nach Süden marschieren. Seine Offiziere brüsteten sich in den Tavernen von La Coruña offen mit ihren Plänen, und ihre Worte wurden Vivar getreulich übermittelt. Die Franzosen würden sich, sobald ihre durch Verwundung und Frost ausgezehrten Reihen aufgefüllt waren, in südliche Richtung nach Portugal wenden. Sie würden das Land erobern und die Briten aus Lissabon verbannen. Damit wäre dem britischen Handel die gesamte Küste Europas verschlossen, und der Würgegriff des Kaisers wäre nicht mehr aufzubrechen.

Soults Weg nach Süden würde durch Santiago de Compostela führen. Daher hatte er befohlen, die Stadt zu einer vorgelagerten Versorgungsbasis zu machen. Sein Heer würde die angelegten Vorräte abholen, um den Angriff nach Süden zu stärken. Die französische Kavallerie patrouillierte derzeit aktiv das Land, auf der Suche nach Lebensmitteln und Futter, die nach Aussage der Flüchtlinge in den umliegenden Häusern der Plaza vor der Kathedrale gelagert wurden. »Sie sehen also«, erklärte Vivar eines Abends Sharp, als sie sich wie üblich trafen, um die Karte der Stadt zu studieren und ihren Angriffsplan zu präzisieren, »nun haben Sie einen eigenen Grund zum Angriff, Leutnant.«

»Einen eigenen?«

»Sie können behaupten, nicht nur einem verrückten Spanier einen Gefallen getan zu haben. Sie schützen ihre Lissaboner Garnison, indem sie den französischen Nachschub stören. Habe ich nicht recht?«

Doch Sharp war nicht in Stimmung, sich besänftigen zu lassen. Er starrte die Karte an und stellte sich die französischen Wachtposten vor, wie sie in die Nacht hinausblickten. »Sie werden wissen, daß wir kommen.« Sharp wurde die Befürchtung nicht los, daß der Feind gut vorbereitet sein würde.

»Aber nicht, wo wir angreifen werden, und wann.«

»Wenn nur de l'Eclin nicht dort wäre.«

Vivar lachte über seine Besorgnis. »Glauben Sie etwa, die Kaiserliche Garde habe es nicht nötig, zu schlafen?«

Sharp ging nicht auf diese ironische Bemerkung ein. »Er ist nicht dort, um Bestände anzulegen. Er ist damit beauftragt, das Gonfalon zu erobern, und er weiß, daß wir es ihm bringen werden. Was immer wir planen, Major, er hat bereits daran gedacht. Er wartet auf uns! Er ist auf uns vorbereitet!«

»Sie haben Angst vor ihm.« Vivar lehnte sich gegen die Wand des Turmzimmers, in dem die Karte aufbewahrt wurde. Drunten im Hof flackerte Feuerschein, während ein Spanier ein getragenes, trauriges Lied sang.

»Ich habe Angst vor ihm«, bestätigte Sharp, »weil er seine Sache gut versteht. Zu gut.«

»Er ist nur gut, wenn es ums Angreifen geht. Er kann nicht verteidigen! Als Sie seinen Hinterhalt attackiert haben, und ich ihn auf dem Bauernhof angegriffen habe, ist er nicht sonderlich schlau vorgegangen, nicht wahr?«

»Nein«, gestand Sharp ein.

»Und nun versucht er eine Stadt zu verteidigen! Er ist Chasseur, also ein Jäger wie der Cazador, und er versteht nichts von Verteidigung.« Vivar war nicht bereit, Defätismus zuzulassen. »Natürlich werden wir siegen! Dank Ihrer Ideen werden wir siegen.«

Das Lob zielte darauf ab, Enthusiasmus bei Sharp hervorzurufen, der inzwischen eine ausführliche Strategie für den Überfall vorgeschlagen hatte. Der Angriff sollte die Stadt nicht Haus für Haus und Straße für Straße einnehmen, sondern schnell und heftig gegen das Stadtzentrum ausgeführt werden. Dann sollten die Angreifer, aufgeteilt in zehn Trupps, je einer für jede Straße, die durch die alten Stadtmauern nach draußen führte, die Franzosen hinaustreiben aufs offene Land. »Sollen sie ruhig entkommen!« hatte Sharp argumentiert. »Solange Sie die Stadt einnehmen.«

Wenn es tatsächlich gelang, die Stadt einzunehmen, was Sharp bezweifelte, durften sie nicht damit rechnen, sie länger als sechsunddreißig Stunden zu halten. Soults Infanterie, die aus La Coruña heranmarschierte und durch die hervorragende französische Artillerie verstärkt wurde, würde die Männer des Majors bald vernichten. »Ich brauche nur einen Tag«, sagte Vivar zögernd. »Wir erobern im Morgengrauen die Stadt, wir spüren die Verräter gegen Mittag auf, wir zerstören die Vorräte, und am Abend entfalten wir das Gonfalon. Am nächsten Tag ziehen wir ruhmreich ab.«

Sharp trat an das schmale Fenster. Fledermäuse, durch die Ankunft der Soldaten in der Festung aus ihrem Winterschlaf aufgeschreckt, flatterten im roten Feuerschein. Die Hügel lagen im Dunklen. Irgendwo an jenen schwarzen Hängen unternahm eine Patrouille der Rifles unter Feldwebel Harper einen langen Marsch auf gewundenen Wegen. Die Patrouille diente nicht nur dazu, kampierende französische Patrouillen aufzuspüren, sondern auch dazu, die Männer abzuhärten und an die Unwägbarkeiten des nächtlichen Marschierens zu gewöhnen. Vivars kleine Truppe, darunter auch die halb ausgebildeten Freiwilligen, hatte so eine Wanderung vor sich, und Sharp, der erlebt hatte, welches Chaos so ein Nachtmarsch bei den Soldaten anrichten konnte, erschauerte innerlich. Er dachte an das schreckliche Ungleichgewicht. In Santiago de Compostela gab es zweitausend französische Kavalleristen. Nicht alle würden dort sein, wenn Vivar angriff; einige würden auf den Feldern lagern, die sie geplündert hatten, aber dennoch würde die Übermacht des Feindes gewaltig sein.

Und gegen diese Übermacht würden fünfzig Rifles antreten, einhundertfünfzig Cazadores, von denen nur einhundert Pferde besaßen, und an die dreihundert halb ausgebildete Freiwillige.

Ein wahnsinniges Unterfangen! Sharp wandte sich an den Spanier. »Warum warten Sie nicht, bis die Franzosen nach Süden aufgebrochen sind?«

»Weil Abwarten nicht für eine Geschichte sorgen würde, die in jeder spanischen Taverne erzählt wird. Weil ich einen Bruder habe, der sterben muß. Weil man mich, wenn ich warte, für ebenso rückgratlos halten wird wie die übrigen Offiziere, die nach Süden geflohen sind. Weil ich geschworen habe, es zu tun. Weil ich mich nicht mit der Niederlage abfinden mag. Nein. Wir brechen bald auf, sehr bald.« Vivar sprach wie zu sich selbst, während er auf die mit Kohle eingezeichneten Stellungen der Franzosen starrte. »Sobald die Freiwilligen soweit sind, brechen wir auf.«

Sharp sagte nichts. Die Wahrheit war, daß er den Angriff nun erst recht für Irrsinn hielt, doch war dies ein Irrsinn, bei dessen Planung er geholfen und dessen Ausführung zu unterstützen er geschworen hatte.

Etwa so, wie das unschuldige Scharren eines Eulenkükens im Dachgeschoß durch die Furcht eines Kindes in die nächtlichen Schritte eines entsetzlichen Ungeheuers verwandelt werden kann, ging es Sharp nun mit seinen Befürchtungen, die mit der Zeit immer größer wurden.

Er konnte seine Gewißheit, daß der Überfall zum Scheitern verurteilt war, niemandem mitteilen. Er wollte sich nicht Vivars Spott einhandeln, indem er sie zugab, und einen anderen gab es nicht, dem er sich hätte anvertrauen können. Harper schien wie der Major beseelt von heiterer Zuversicht, daß der Angriff Erfolg haben würde. »Allerdings, Sir, wird der Major noch eine Woche warten müssen.«

Der Gedanke an einen Aufschub ließ in Sharp Hoffnung aufkommen. »Er wird warten müssen?«

»Diese Freiwilligen, Sir. Sie sind noch nicht so weit, ganz und gar nicht.« Harper, der die Aufgabe übernommen hatte, die Freiwilligen in der Kunst des Pelotonfeuerns zu unterrichten, hörte sich ernstlich besorgt an.

»Hast du es dem Major schon gesagt?«

»Er kommt morgen zur Inspektion, Sir.«

»Ich werde da sein.«

Und am nächsten Morgen ging Sharp durch einen Regen, der die Felsen dunkel verfärbte und von den Bäumen tropfte, hinab ins Tal, wo Leutnant Davila und Feldwebel Harper dem Major die Ergebnisse der einwöchigen Ausbildung vorführten.

Es war eine Katastrophe. Vivar hatte lediglich verlangt, daß man den dreihundert Mann die Grundlagen des Musketendrills beibrachte, damit sie wie ein halbes Bataillon in drei Reihen dastehen und jene unablässigen Pelotonsalven abgeben konnten, die eine angreifende Streitmacht aufhalten würde.

Aber die Freiwilligen konnten die geraden, engen Reihen nicht einhalten, die das Musketenfeuer in tödliche Kanäle leitete. Das Problem nahm seinen Anfang, als die Männer in der hinteren Reihe instinktiv zurücktraten, um sich mehr Platz für die Handhabung ihrer langen Landestöcke zu schaffen, während die mittlere Reihe ebenfalls einen Schritt zurück tat, um Abstand von den Männern vor ihnen zu gewinnen. Dadurch löste sich die gesamte Formation auf. Unter Feuer würde sich dieser Rückzug instinktiv fortsetzen, und nach wenigen Salven würden die Franzosen diese Männer in die Flucht geschlagen haben. Hinzu kam, daß sie ohne Munition geübt hatten, denn es gab dafür nicht genug Pulver und Kugeln. Sie hatten den ganzen Musketendrill nur durchgespielt. Wie die vordere Reihe auf den Widerhall der Musketenschüsse aus den hinteren Reihen reagieren würde, wagte Sharp sich nicht auszudenken.

Als ›Muskete‹ wurde jede Schußwaffe eingesetzt, die die Männer mitgebracht hatten. Da gab es altersschwache Vogelflinten, altmodische Musketen mit kurzem Lauf und weiter Bohrung, Sattelpistolen und sogar ein Gewehr mit Luntenschloß. Einige der Bergarbeiter hatten nicht einmal Feuerwaffen, sondern nur ihre Spitzhacken mitgebracht. Zweifellos ließen sich aus solchen Männern furchterregende Kämpfer machen, wenn sie sich ihren Feinden erst genähert hatten, aber die Franzosen würden das nicht zulassen. Sie würden diese Männer zerfleischen.

Es war nicht so, daß es den Freiwilligen an Mut gefehlt hätte; ihre Anwesenheit in diesem entlegenen Tal zeugte von ihrer Bereitschaft, zu kämpfen, aber sie ließen sich nicht so einfach in Soldaten verwandeln. Es dauerte Monate, um einen Infanteristen auszubilden. Es verlangte stahlharte Disziplin, um einen Mann so weit zu bringen, daß er in der Schlachtreihe stehen und sich den zahllosen Trommeln und schimmernden Bajonetten der Franzosen stellen konnte. Natürliche Tapferkeit oder übertriebener Eigensinn waren kein Ersatz für Ausbildung; eine Tatsache, die der Kaiser immer wieder unter Beweis gestellt hatte, wenn seine Veteranen Europas schlecht gedrillte Heere ausschalteten.

Ein französischer Infanterieangriff war eine eindrucksvolle Angelegenheit. Die französischen Truppen griffen nicht in Linien, sondern in riesigen Marschsäulen an. Reihe um Reihe dicht gedrängt marschierten die Männer im Rhythmus der Trommeln, die mitten unter ihnen von Knaben geschlagen wurden. Vorn und an den Flanken stürzten einzelne Männer, wenn Stoßtrupps über die Marschsäule herfielen; gelegentlich fegte eine Kanonenkugel durch die engen Reihen, doch immer schlossen sich die Franzosen erneut zusammen und marschierten voran. Der Anblick war furchterregend, der Eindruck von Gewalt erschreckend, und selbst die tapfersten Männer konnten beim bloßen Anblick zusammenbrechen, wenn sie nicht monatelanger Drill gelehrt hatte, standzuhalten.

»Aber wir werden es nicht mit Infanterie zu tun bekommen.« Vivar suchte angesichts der Katastrophe nach einem Hoffnungsfunken. »Nur mit der Kavallerie.«

»Keine Infanterie?« Sharps Stimme klang zweifelnd.

»Es gibt nur ein paar Infanteristen zum Schutz des französischen Hauptquartiers«, sagte Vivar verächtlich.

»Aber wenn sie sich so ausbreiten«, Sharp wies auf die entmutigten Freiwilligen, »können sie keiner Kavallerie standhalten, geschweige denn Infanterie.«

»Die französischen Kavalleristen sind erschöpft.« Vivar war deutlich von Sharps ständigem Pessimismus pikiert. »Sie haben ihre Pferde bis auf die Knochen niedergeritten.«

»Wir sollten abwarten«, sagte Sharp. »Abwarten, bis sie nach Süden aufgebrochen sind.«

»Glauben Sie denn, sie werden Galicien nicht weiter besetzt halten?« Vivar bestand auf seiner Weigerung, zu warten. Er winkte Davila und Harper heran: Wie lange es dauern würde, die Freiwilligen in Form zu bringen?

Davila, der kein Infanterist war, blickte Harper an. Der Ire zuckte die Achseln. »Die Lage ist zum Verzweifeln, Sir. Ungeheuer schwierig.«

Harpers Antwort widersprach so sehr seiner üblichen Zuversicht, daß sogar Vivar sich davon deprimieren ließ. Der Spanier brauchte nichts weiter, als daß diese Freiwilligen auf ein Mindestmaß an Kampftüchtigkeit gebracht wurden, ehe er seinen Angriff ausführte, aber die Niedergeschlagenheit des Iren schien die Notwendigkeit anzudeuten, ihn auf unbestimmte Zeit zu verschieben oder gar ganz abzublasen.

Harper räusperte sich. »Was ich allerdings nicht verstehe, Sir, ist der Grund, warum Sie überhaupt Soldaten aus ihnen machen wollen.«

»Um eine Schlacht zu gewinnen«, warf Sharp höhnisch ein.

»Wenn es zu einer direkten Auseinandersetzung zwischen diesen Burschen und französischen Dragonern kommt, werden wir nicht als Sieger hervorgehen«, Harper hielt inne, »wenn ich mir die Bemerkung erlauben darf, Sir.« Keiner der Offiziere sagte etwas. Harpers Stimme nahm einen Beiklang von Autorität an, wie immer, wenn ein praktisch denkender Mann Toren eine einfache Angelegenheit klarmacht. »Was hat es für einen Sinn, sie zur offenen Schlacht auszubilden, wenn Sie mit so einer Schlacht nicht rechnen? Warum müssen sie lernen, wie man Pelotonsalven abfeuert? Diese Burschen müssen in den Straßen kämpfen, Sir. Das bedeutet Nahkampf, wahrhaftig, und ich möchte wetten, darin sind sie so gut wie jeder Franzose. Schaffen Sie sie in die Stadt, dann lassen Sie sie los. Ich hätte keine Lust, mich diesen Halunken zu stellen.«

»Zehn ausgebildete Männer können einen Pöbelhaufen in Schach halten.« Sharp, der seine Hoffnung auf einen Aufschub durch Harpers Worte zunichte gemacht sah, hatte sich barsch zu Wort gemeldet.

»Jawohl, aber wir haben zweihundert ausgebildete Männer«, sagte Harper, »und die setzen wir jeweils dort ein, wo es echte Probleme gibt.«

»Mein Gott!« Vivar war plötzlich begeistert. »Feldwebel, Sie haben recht!«

»Nichts für ungut, Sir.« Harper freute sich offensichtlich über dieses Lob.

»Sie haben recht!« Vivar klopfte dem Iren auf die Schulter. »Ich hätte selbst darauf kommen müssen. Das Volk, nicht das Heer, wird Spanien befreien, warum also soll man das Volk in ein Heer verwandeln? Und wir vergessen, meine Herren, was für Kräfte innerhalb der Stadt auf unserer Seite stehen werden. Die Bürger! Sie werden sich erheben und für uns kämpfen, und wir würden uns nicht einfallen lassen, ihre Hilfe abzulehnen, weil sie nicht ausgebildet sind!« Vivars Optimismus, ausgelöst durch Harpers Worte, stand in voller Blüte. »Demnach können wir bald aufbrechen, meine Herren. Wir sind soweit!«

Nun würde man also auch noch auf jegliche Ausbildung verzichten, dachte Sharp. Ein zahlenmäßig unterlegener Haufen würde zum Marsch auf eine ganze Stadt antreten. Aus Vivars Munde klang alles so einfach, als ginge es darum, eine Grube mit Ratten zu füllen und dann die Terrier loszulassen. Aber diese Grube war eine Stadt, und die Ratten warteten auf sie.

Vivars Freiwillige mochten keine ausgebildeten Soldaten sein, aber der Major bestand darauf, sie auf den Dienst an der spanischen Krone zu vereidigen. Die Priester führten die Zeremonie durch, und der Name jedes einzelnen Mannes wurde feierlich auf Papier festgehalten, als ordnungsgemäß vereidigter Soldat Seiner Christlichsten Majestät, Ferdinand VII. Nun durften die Franzosen Vivars Freiwillige nicht wie zivile Kriminelle behandeln.

Andererseits brauchten Soldaten Uniformen, und es gab kein farbiges Tuch, um leuchtend bunte Röcke anzufertigen, geschweige denn andere Ausrüstungsgegenstände des Soldaten wie Tschakos, Koppel, Munitionsbeutel oder Gamaschen. Aber es war reichlich grober brauner Wollstoff vorhanden, und aus diesem dürftigen Material ließ Vivar einfache Jacken nähen. Außerdem hatte man aus einem zwanzig Meilen entfernten Nonnenkloster weißes Leinen herangeschafft, aus dem man Schärpen herstellte. Heraus kam eine improvisierte Uniform, mit Schlaufen und knöchernen Knöpfen befestigt, aber wenn man Vivars Expedition überhaupt nach militärischen Kriterien beurteilen durfte, genügten die braunen Jacken durchaus als Soldatenröcke.

Die Frauen der Freiwilligen schnitten die braunen Jacken zu und nähten sie zusammen, während Louisa Parker hoch droben in der Festung den Schützen half, ihre grünen Jacken zu flicken. Sie waren abgewetzt, zerrissen, fadenscheinig und angesengt, doch das Mädchen erwies sich als außerordentlich geschickt im Umgang mit Nadel und Faden. Sie nahm Sharps grünen Rock an sich und sorgte in weniger als einem Tag dafür, daß er so gut wie neu aussah. »Ich habe das Ungeziefer mit dem Bügeleisen vertrieben«, sagte sie fröhlich und hob eine Naht am Kragen an, um ihm zu beweisen, daß die Läuse tatsächlich mit Hilfe des zerbrochenen Säbels ausgerottet worden waren, den sie als Bügeleisen verwendet hatte.

»Ich danke Ihnen.« Sharp nahm den Rock entgegen und sah, daß sie den Kragen gewendet, die Ärmel ausgebessert und die schwarzen Aufschläge geflickt hatte. Bei seiner Hose ließ sich das ursprüngliche Grau ohnehin nicht wiederherstellen, daher hatte sie Flicken aus braunem Wollstoff auf die schlimmsten Risse aufgesetzt. »Sie sehen aus wie ein Harlekin, Leutnant.«

»Wie ein Narr?«

Ihre Unterhaltung fand am Abend jenes Tages statt, an dem Harper Vivar von der Nutzlosigkeit überzeugt hatte, die Freiwilligen auszubilden. Sharp ging, wie an den vorangegangenen Abenden auch, mit Louisa auf der Festungsmauer spazieren. Diese Momente waren ihm teuer. Während die Angst vor der Niederlage in ihm heranwuchs, bot jedes Gespräch, für das er sich Zeit nahm, vorübergehend Hoffnung. Er liebte es, ihr vom Feuerschein erleuchtetes Gesicht zu betrachten, liebte die Sanftheit, die gelegentlich ihre Lebhaftigkeit dämpfte. Als sie sich jetzt gegen die Brustwehr lehnte, war sie in sanfter Stimmung. »Glauben Sie, mein Onkel und meine Tante werden in Santiago sein?«

»Möglich.«

Louisa war in den scharlachroten Mantel eines Cazadors gehüllt und trug eine eng anliegende Kappe. »Vielleicht wird meine Tante mich nicht wiederhaben wollen. Vielleicht empfindet sie mein schreckliches Betragen als so skandalös, daß ich aus Haus und Gemeinde verstoßen werde.«

»Halten Sie das für möglich?«

»Ich weiß es nicht«, erwiderte Louisa nachdenklich. »Manchmal habe ich den Verdacht, daß ich es mir wünsche.«

»Wünschen?« Sharp war überrascht.

»Dem größten Abenteuer der Welt vorbehaltlos ausgesetzt zu werden? Warum denn nicht?« Louisa lachte. »Als Kind, Leutnant, hat man mir weisgemacht, es sei gefährlich, die Dorfwiese zu überqueren. Dort könnten mich die Zigeuner holen. Und sollten jemals Soldaten im Dorf erscheinen . . .« Sie schüttelte den Kopf, um die enorme Gefahr anzudeuten, die ein derartiges Ereignis in den Augen ihrer Umgebung war. »Nun stecke ich mitten im Krieg und befinde mich ausschließlich in Gesellschaft von Soldaten!« Sie lächelte über ihre mißliche Lage, dann bedachte sie Sharp mit einem Blick, in dem sich Neugier und Zärtlichkeit vermengten. »Don Blas sagt, Sie seien der beste Soldat, dem er je begegnet ist.«

Sharp fand es seltsam, daß sie Vivars Vornamen benutzte. Dann nahm er an, das Kompliment entspreche einer Gepflogenheit der *Hidalgos*. »Er übertreibt.«

»Wörtlich hat er gesagt«, Louisa sprach langsam, und Sharp spürte, daß sie ihm eine Botschaft übermittelte, »wenn Sie mehr Vertrauen in sich selbst hätten, wären Sie der beste Soldat überhaupt. Wahrscheinlich hätte ich Ihnen das nicht sagen dürfen?« Er fragte sich, ob diese Kritik berechtigt war. Louisa, die sein Schweigen fälschlich als Betroffenheit interpretierte, entschuldigte sich.

»Ich bin sicher, daß es der Wahrheit entspricht«, sagte Sharp hastig.

»Sind sie gern Soldat?«

»Ich habe immer davon geträumt, einen Bauernhof zu besitzen. Gott weiß warum, denn ich verstehe nichts von diesem Gewerbe. Vermutlich würde ich die Rüben verkehrt herum einpflanzen.« Er blickte auf die Lagerfeuer im tiefen Tal: winzige Funken von Wärme und Licht in der weiten kalten Finsternis. »Ich habe mir vorgestellt, ein paar Pferde im Stall zu haben, einen Bach zum Angeln . . .« Er unterbrach sich, zuckte die Achseln: ». . . Kinder.«

Louisa lächelte. »Ich habe immer davon geträumt, in einem großen Schloß zu leben. Dort sollte es Geheimgänge geben, Verliese und geheimnisvolle Reiter, die des Nachts mit Botschaften eintreffen. Ich hätte es sicherlich vorgezogen, zu Zeiten der Königin Elizabeth zu leben. Katholische Priester im Gebüsch und Spanier im Ärmelkanal? Aber diese alten Feinde sind inzwischen unsere Freunde, nicht wahr?«

»Selbst die Priester?«

»Sie sind nicht die Ungeheuer, für die ich sie gehalten habe.« Sie schwieg eine Sekunde lang. »Aber wenn man zu streng nach einem Glaubensbekenntnis erzogen ist, wird man zwangsläufig neugierig auf den Feind, ist es nicht so? Und uns Engländern hat man immer beigebracht, die Katholiken zu hassen.«

»Mir nicht.«

»Aber Sie wissen, was ich meine. Sind Sie denn nicht neugierig auf die Franzosen?«

»Eigentlich nicht.«

Louisa runzelte die Stirn. »Ich bin jedenfalls neugierig auf die Katholiken. Derzeit hege ich sogar eine höchst unprotestantische Zuneigung zu ihnen. Ich bin sicher, Mr. Bufford wäre empört.«

»Wird er je davon erfahren?« fragte Sharp.

Louisa zuckte die Achseln. »Ich werde ihm meine Abenteuer schildern müssen, nicht wahr? Und ich werde gestehen müssen, daß die Inquisition mich nicht gefoltert oder versucht hat, mich auf dem Scheiterhaufen zu verbrennen.« Sie starrte hinaus in die Nacht. »Eines Tages wird mir das alles wie ein Traum vorkommen.«

»Wirklich?«

»Ihnen natürlich nicht«, sagte sie wehmütig. »Mir dagegen wird es eines Tages schwerfallen, zu glauben, daß sich alles so abgespielt hat. Ich werde Mrs. Bufford aus Godalming sein, eine höchst respektable, langweilige Dame.«

»Sie könnten doch hierbleiben«, sagte Sharp und fand, daß er sehr tapfer sei, so etwas zu äußern.

»Könnte ich?« Louisa wandte sich ihm zu. Zu ihrer Linken war ein Glühen zu erkennen, wo einer der Schützen an seiner Pfeife zog, doch sie achtete nicht darauf. Sie wandte sich ab und zog ein unsichtbares Muster auf der Brustwehr nach. »Wollen Sie damit sagen, daß das britische Heer in Portugal bleiben wird?«

Die Frage überraschte Sharp, der geglaubt hatte, auf eine intimere Gesprächsebene vorgedrungen zu sein. »Das weiß ich nicht.«

»Ich glaube, die Lissaboner Garnison ist längst aufgelöst«, sagte Louisa mit tonloser Stimme. »Und wenn nicht, was für einen Nutzen hätte so eine kleine Garnison, wenn die Franzosen gen Süden marschieren? Nein, Leutnant, der Kaiser hat uns eine tüchtige Lehre erteilt, und ich fürchte, wir werden nicht noch einmal wagen, unser Heer aufs Spiel zu setzen.«

Sharp fragte sich, woher sie ihre festen Überzeugungen zu Fragen der Strategie hatte. »Als ich sagte, sie könnten hierbleiben, habe ich gemeint . . .« begann er linkisch.

»Verzeihen Sie mir, ich weiß«, unterbrach Louisa ihn rasch. Dann herrschte zwischen ihnen ein ausgesprochen verlegenes Schweigen, ehe sie erneut das Wort ergriff. »Ich weiß, was Sie sagen wollten, und ich bin mir der Ehre nur allzu bewußt, die Sie mir erweisen, aber ich will nicht, daß Sie etwas von mir verlangen.« Sie sprach ihre förmliche Ablehnung mit sehr kleinlauter Stimme aus.

Sharp hatte sagen wollen, daß er bereit sei, ihr alles in seiner Macht Stehende zu bieten. Das mochte nicht viel sein; was das Geld anging, war es nichts, doch in bezug auf sklavische Anbetung alles. Er hatte es nicht gesagt, doch Louisa hatte sein zusammenhangloses Gerede richtig verstanden, und nun fühlte er sich peinlich berührt und zurückgewiesen.

Louisa spürte offenbar seine Verlegenheit und bedauerte, sie herbeigeführt zu haben. »Ich will nicht, daß Sie im Augenblick etwas von mir verlangen, Leutnant. Werden Sie mir Zeit lassen, bis die Stadt erobert ist?«

»Natürlich.« Erneut flammte in Sharp die Hoffnung auf und

vermischte sich mit der Scham, die sein ungeschickter Antrag hinterlassen hatte. Er ging davon aus, daß er zu früh gesprochen hatte, und zu ungestüm, doch Louisas offensichtliches Verlangen, in Spanien zu bleiben und dem Schicksal einer Ehe mit Mr. Bufford zu entgehen, hatte seine Worte provoziert.

Der Wachtposten entfernte sich von ihnen, und der Geruch seines Tabaks wehte hinter ihm her. Das Feuer im Hof loderte hoch auf, als ein Mann einen Holzscheit nachlegte. Louisa drehte sich um und sah zu, wie die Funken bis zu den Turmzinnen emporsprühten. Irgendwo aus der Tiefe der Festung drang der klagende Laut eines galicischen Dudelsacks, der Sharps Männern jedesmal gespielte Schreie des Entsetzens entlockte. Sie lächelte, als sie die pflichtschuldigen Proteste hörte, dann wandte sie sich mit einem anklagenden Stirnrunzeln an Sharp. »Sie glauben also nicht, daß Don Blas mit der Eroberung der Stadt Erfolg haben wird, wie?«

»Natürlich glaube ich . . .«

»Nein«, unterbrach sie ihn. »Ich habe Ihnen zugehört. Sie denken, es seien zu viele Franzosen in Santiago. Und insgeheim meinen Sie, daß wir es mit Don Blas' Wahnsinn zu tun haben.«

Sharp geriet ob dieser Anschuldigung ein wenig aus der Fassung. Er hatte Louisa gegenüber seine wahren Befürchtungen nicht geäußert, doch sie hatte sie ganz und gar durchschaut. »Es ist in der Tat Wahnsinn«, wandte er ein. »Sogar Major Vivar gibt das zu.«

»Er sagt, es sei Gottes Wahnsinn, und das ist etwas anderes«, erwiderte Louisa in sanftem Tadel. »Aber es würde sich eher ausführen lassen, nicht wahr, wenn weniger Franzosen in der Stadt wären?«

»Es würde sich sehr eher ausführen lassen«, sagte Sharp trocken, »wenn ich vier Bataillone bester Rotröcke hätte, zwei Batterien mit Neunpfündern und weitere zweihundert Rifles.«

»Einmal angenommen«, begann Louisa, dann brach sie ab.

»Fahren Sie fort.«

»Einmal angenommen, die Franzosen würden glauben, Sie seien zu einem Versteck in der Nähe der Stadt marschiert. An einen Ort, wo sie den Tag über warten wollen, um kurz nach Einbruch der Dunkelheit anzugreifen. Und einmal angenommen«, fuhr sie eilig fort, um zu verhindern, daß er sie unterbrach, »die Franzosen wüßten, wo sich dieses Versteck befindet?«

Sharp zuckte die Achseln. »Sie würden natürlich Männer aussenden, um uns abzuschlachten.«

»Und wenn Sie sich nun an einem ganz anderen Ort aufhalten würden«, sagte Louisa nun mit der gleichen Begeisterung, die sie für das Geheimnis der Truhe aufgebracht hatte, »könnten Sie Ihren Angriff durchführen, während sie aus der Stadt heraus sind!«

»Das ist alles reichlich kompliziert«, äußerte Sharp mit kritischem Wohlwollen.

»Aber einmal angenommen, ich würde ihnen davon erzählen?«

Sharp schwieg verblüfft. Dann schüttelte er abrupt den Kopf. »Machen Sie sich nicht lächerlich!«

»Nein, im Ernst! Wenn ich nach Santiago ginge«, übertönte Louisa mit erhobener Stimme seinen Protest, »wenn ich dorthin ginge und sagen würde, das sei es, was Sie vorhätten, würde man mir glauben! Ich könnte sagen, daß Sie mich nicht mitnehmen wollten und darauf bestanden hätten, ich müsse allein nach Portugal reisen, ich aber hätte mich lieber auf die Suche nach meiner Tante und meinem Onkel gemacht. Man würde mir glauben!«

»Niemals!« Sharp wollte diesem Anfall von Wahnsinn ein Ende machen. »Major Vivar hat ihnen diesen Streich bereits einmal gespielt. Er hat das Gerücht verbreitet, er sei mit mir unterwegs, worauf die Franzosen eilig nach Süden gejagt sind. Sie werden nicht noch einmal darauf hereinfallen.« Es tat ihm leid, so viel Enthusiasmus zerstören zu müssen, aber ihre Idee war absolut unbrauchbar. »Selbst wenn Sie den Franzosen mitteilen, daß wir uns irgendwo verstecken, würden sie erst nach Sonnenaufgang Kavallerie aussenden, um uns zu finden. Und dann wäre es zu spät, noch anzugreifen. Wenn es einen Weg gäbe, die Garnison bei Nacht unterzubesetzen . . .« Er zuckte die Achseln, um anzudeuten, daß es so einen Weg nicht gebe.

»Das war nur so eine Idee.« Louisa starrte kläglich den Fledermäusen nach, die an den Festungsmauern vorbei durch die Nacht flatterten.

»Es war freundlich von Ihnen, daß Sie uns helfen wollten.«

»Ich will in der Tat helfen.«

»Sie helfen mir, indem Sie einfach da sind.« Sharp versuchte, galant zu sein. Der Wachtposten machte am anderen Ende der Brustwehr kehrt und kam wieder langsam auf sie zu. Sharp spürte, daß sich das Mädchen nun jeden Augenblick in ihr Gemach zurückziehen würde, und konnte, obwohl das Risiko weiterer Peinlichkeiten bestand, den Augenblick nicht verstreichen lassen, ohne seine schwache Hoffnung zu nähren. »Habe ich Sie vorhin beleidigt?« fragte er unbeholfen.

»Wie kommen Sie nur darauf? Geschmeichelt bin ich.« Louisa betrachtete die Lichter im tiefen Tal.

»Ich kann nicht glauben, daß wir aus Spanien fliehen.« Wenn das Louisas ganzer Einwand gegen seinen Antrag war, dann war Sharp entschlossen, ihn zu zerstreuen, nicht weil er wußte, daß die Garnison in Lissabon erhalten bleiben würde, sondern weil er nicht hinnehmen konnte, daß die britische Intervention gescheitert war. »Wir werden bleiben. Die Lissaboner Garnison wird verstärkt werden, und wir werden erneut angreifen!« Er hielt inne, dann wagte er sich näher an den Kern der Dinge vor. »Und beim Heer gibt es Offiziersfrauen. Einige leben in Lissabon, andere bleiben einen Tagesmarsch oder so hinter dem Heer, aber immerhin kommt es vor.«

»Mr. Sharp.« Louisa legte ihm eine behandschuhte Hand auf den Arm. »Geben Sie mir Zeit. Ich weiß, Sie wollen mir sagen, ich solle den Augenblick nutzen, aber ich weiß nicht, ob dieser Augenblick jetzt gekommen ist.«

»Tut mir leid.«

»Es gibt nichts, was Ihnen leid tun müßte.« Sie raffte ihren Mantel um sich. »Darf ich mich jetzt zurückziehen? Ich bin recht müde vom Nähen.«

»Gute Nacht, Miss.«

Kein Mensch auf der Welt, dachte Sharp, kommt sich so töricht vor wie ein zurückgewiesener Mann, doch er redete sich ein, er sei nicht zurückgewiesen worden. Er sagte sich, daß sie ihm eine Antwort versprochen hatte, nachdem Santiago de

Compostela erobert war. Es war seine Ungeduld, die eine frühere Antwort verlangte. Diese Ungeduld würde ihm keine Ruhe lassen und ihn vorantreiben in den Kampf um eine Stadt, von dem er triumphierend oder geschlagen zurückkehren würde, um die Antwort zu erhalten, nach der er sich sehnte.

Der nächste Tag war ein Sonntag. Im Innenhof der Festung wurde die Messe gelesen, und anschließend traf ein Trupp Reiter aus dem Norden ein: finster dreinblickende, schwer bewaffnete Männer, die Vivar mit argwöhnischer Höflichkeit gegenübertraten. Später erzählte er Sharp, daß diese Männer *rateros* seien, Straßenräuber, die ihre Gewalttätigkeit vorübergehend gegen den gemeinsamen Feind zu richten bereit waren.

Die *rateros* brachten Neuigkeiten von einem französischen Kurier, den sie mit seiner Eskorte vier Tage zuvor samt seiner verschlüsselten Depesche gefangengenommen hatten. Die Depesche sei verlorengegangen, aber man habe ihren Inhalt dem französischen Offizier entlockt, ehe er starb. Der Kaiser sei ungeduldig. Soult habe zu lange gewartet. Portugal müsse fallen, und die Briten, falls sie immer noch in Lissabon herumlungerten, müßten vor Ende Februar vertrieben werden. Marschall Ney solle im Norden bleiben und unter den feindlichen Kräften in den Bergen aufräumen. Es stand also fest, daß es, selbst wenn Vivar gewartet hätte, bis Soult unterwegs war, weiterhin französische Truppen in Santiago de Compostela geben würde.

Wenn Vivar dagegen jetzt angriff, während Soult noch zwölf Tagesreisen entfernt im Norden war und der kostbare Nachschub in der Stadt gelagert wurde, ließ sich ein doppelter Schlag austeilen: Die Vorräte konnten zerstört und das Banner konnte entfaltet werden.

Vivar dankte den Reitern, dann zog er sich ein Stunde lang allein zum Gebet in die Festungskapelle zurück.

Anschließend suchte er Sharp auf. »Wir brechen morgen auf.«

»Nicht heute?« Wenn Eile so dringend geboten war, warum zusätzliche vierundzwanzig Stunden warten?

Doch Vivar ließ sich nicht davon abbringen. »Morgen. Wir brechen morgen vormittag auf.«

Am kommenden Morgen, noch ehe er sich rasiert oder gar einen Becher von dem heißen, bitteren Tee getrunken hatte, den die Rifles so liebten, entdeckte Sharp, warum Vivar noch einen Tag gewartet hatte. Der Spanier versuchte, die Franzosen mit einer weiteren falschen Spur irrezuführen. Zu diesem Zweck hatte er am Vorabend Louisa aus der Festung entsandt. Ihr Gemach war leer, ihr Bett kalt, und sie war verschwunden.

Kapitel dreizehn

»Warum?« Sharps Frage war sowohl eine Herausforderung als auch ein Protest.

»Sie wollte behilflich sein«, sagte Vivar fröhlich. »Sie wollte unbedingt helfen, und ich sah keinen Grund, warum sie es nicht tun sollte. Miss Parker hat tagelang meine Mahlzeiten gegessen und meinen Wein getrunken, warum also sollte sie sich nicht für die erwiesene Gastfreundschaft erkenntlich zeigen?«

»Ich habe ihr gesagt, es sei Unsinn! Die Franzosen werden binnen Minuten ihre Geschichte durchschaut haben!«

»Meinen Sie?« Vivar saß in der Nähe eines Wasserfasses direkt hinter dem inneren Festungstor und bestrich Fußlappen mit dem Fett, das zum Schutz gegen Blasen an jeden Soldaten ausgegeben wurde. Er unterbrach diese unangenehme Aufgabe und starrte Sharp indigniert an. »Warum sollte es den Franzosen seltsam vorkommen, daß ein junges Mädchen den Wunsch hat, sich mit seiner Familie zu vereinen? Ich kann daran nichts Seltsames finden. Außerdem, Leutnant, hatte ich es nicht für nötig befunden, Ihre Zustimmung oder Ihre Meinung einzuholen.«

Sharp ignorierte seinen Tadel. »Sie haben sie einfach in die Nacht hinausgeschickt?«

»Seien Sie nicht albern. Zwei meiner Männer begleiten Miss Parker so weit wie möglich. Dann kann sie den Rest des Weges in die Stadt zu Fuß zurücklegen.« Vivar wickelte einen der fertig beschmierten Lappen um seinen rechten Fuß, dann wandte er sich mit gespieltem Erstaunen um, als habe er soeben erst den wahren Grund für Sharps Mißvergnügen erkannt. »Sie sind in sie verliebt!«

»Nein!« protestierte Sharp.

»Dann kann ich mir Ihre Besorgnis nicht erklären. Eigentlich müßten Sie entzückt sein. Miss Parker wird die Franzosen mit gut gespieltem Widerstreben informieren, daß unser Angriff abgeblasen wurde.« Vivar zog den rechten Stiefel hoch.

Sharp war verblüfft. »Sie haben ihr erzählt, der Angriff sei abgeblasen worden?«

Vivar begann seinen linken Fuß einzuwickeln. »Außerdem habe ich ihr erzählt, wir würden morgen früh in der Dämmerung die Stadt Padron erobern. Diese Stadt liegt etwa fünfzehn Meilen südlich von Santiago de Compostela.«

»Das werden sie niemals glauben!«

»Im Gegenteil, Leutnant, sie werden die Geschichte für höchst glaubwürdig halten, wesentlich glaubwürdiger als den hirnrissigen Überfall auf Santiago de Compostela! Sie werden sich amüsieren, daß ich einen derartigen Überfall jemals in Betracht gezogen habe, aber mein Bruder wird volles Verständnis dafür haben, daß ich die kleinere Stadt Padron gewählt habe. Dort ist nämlich Santiagos Bestattungsschiff an der Küste gelandet, daher gilt sie als heilige Stätte. Zugegeben, sie ist nicht so heilig wie Santiagos Grabmal, aber Louisas weitere Indiskretionen werden erklären, warum Padron mir genügt.«

»Was für weitere Indiskretionen?«

»Sie wird ihnen erzählen, daß das Gonfalon durch Zeit und Verfall soweit zerstört sei, daß es sich nicht mehr entfalten läßt. Deshalb lautet mein Plan, daß ich seine Fetzen zu Staub zerkrümeln und diesen ins Meer streuen werde. So kann ich zwar nicht das gewünschte Wunder vollbringen, aber zumindest dafür sorgen, daß das Gonfalon niemals den Feinden Spaniens in die Hände fällt. Kurz gesagt, Leutnant, Miss Parker wird Oberst de l'Eclin mitteilen, daß ich den Angriff aufgegeben habe, weil ich die Stärke ihrer Verteidigungsmaßnahmen fürchte. Dieses Argument müßte ihnen doch auch einleuchten, habe ich recht? Sie versichern mir doch ständig, wie übermächtig unser Feind ist.« Vivar hatte seinen linken Stiefel angezogen und stand auf. »Meine Hoffnung besteht darin, daß Oberst de l'Eclin heute abend die Stadt verlassen wird, um unserem Anmarsch auf Padron eine Falle zu stellen.«

Wenigstens besaß Vivars falsche Fährte eine Glaubwürdigkeit, die Louisas enthusiastischen Ideen gefehlt hatte. Dennoch war Sharp erstaunt, daß der Spanier bereit war, das Leben des Mädchens aufs Spiel zu setzen. Er zerbrach die dünne Eisschicht auf dem Wasserfaß, holte sein Rasiermesser heraus und legte es auf den Rand des Fasses. »Die Franzosen werden so unvernünftig nicht sein, nachts die Stadt zu verlassen.«

»Wenn sie der Meinung sind, sie könnten unseren Anmarsch aufhalten oder das Gonfalon an sich bringen? Ich halte es für denkbar. Louisa wird sie außerdem informieren, daß Sie und ich uns zerstritten haben und daß Sie mit Ihren Rifles nach Süden aufgebrochen sind, in Richtung Lissabon. Sie wird sagen, es seien Ihre unziemlichen Aufmerksamkeiten, die sie veranlaßt hätten, den Schutz ihrer Familie zu suchen. Also wird de l'Eclin Ihre Rifles nicht fürchten und sich möglicherweise aus seinem Bau locken lassen. Und wenn sie nicht abziehen? Was haben wir dann verloren?«

»Wir könnten Louisa verloren haben!« sagte Sharp ein wenig zu heftig. »Sie könnte dabei umkommen!«

»Stimmt, aber es sterben viele Frauen für Spanien, warum sollte nicht Miss Parker für Britannien sterben?« Vivar zog sein Hemd aus und holte sein Rasiermesser und eine Spiegelscherbe hervor. »Ich glaube, Sie sind in sie vernarrt«, sagte er anklagend.

»Nicht sonderlich.« Sharp gab sich Mühe, in beiläufigem Ton zu sprechen. »Aber ich fühle mich für sie verantwortlich.«

»Das ist eine höchst gefährliche Empfindung gegenüber einer jungen Frau; Verantwortungsgefühl kann zu Zuneigung führen, und Zuneigung, denke ich, die daraus entsteht, ist nicht so dauerhaft wie ...« Vivars Stimme versiegte. Sharp hatte sich das abgewetzte, zerrissene Hemd über den Kopf gezogen, und der Spanier starrte entsetzt auf seinen nackten Rücken. »Leutnant?«

»Ich wurde ausgepeitscht.« Sharp, der den Anblick seiner

schrecklichen Narben gewohnt war, empfand jedesmal Überraschung, wenn andere Leute sie bemerkenswert fanden. »Das war in Indien.«

»Was hatten Sie denn verbrochen?«

»Nichts. Ein Feldwebel hatte etwas gegen mich, das ist alles. Der Schweinehund hat gelogen.« Sharp steckte den Kopf in das eiskalte Wasser, dann tauchte er prustend und tropfend wieder auf. Er bog das Rasiermesser auf und begann seine dunklen Bartstoppeln am Kinn zu bearbeiten. »Das ist sehr lange her.«

Vivar erschauerte. Er spürte, daß Sharp nicht mehr darüber reden wollte, und tauchte sein eigenes Rasiermesser ins Wasser. »Ich persönlich glaube nicht, daß die Franzosen Louisa umbringen werden.«

Sharp grunzte, als wolle er andeuten, daß es ihm so oder so gleichgültig sei.

»Die Franzosen, denke ich«, fuhr Vivar fort, »hassen die Engländer nicht so sehr wie die Spanier. Außerdem ist Louisa ein Mädchen von großer Schönheit, und solche Mädchen rufen bei den Männern Verantwortungsgefühl hervor.« Vivar zeigte mit seinem Rasiermesser auf Sharp, als sei damit seine Behauptung erwiesen. »Sie besitzt außerdem eine Aura der Unschuld, die dafür sorgen wird, daß de l'Eclin sie beschützen und ihr glauben wird.« Er verstummte, um sich seitlich am Unterkiefer zu rasieren. »Ich habe ihr gesagt, sie solle in Tränen ausbrechen. Männer glauben weinenden Frauen alles.«

»Er könnte sich veranlaßt sehen, ihr den verdammten Kopf abzuhacken«, sagte Sharp brüsk.

»Es würde mir leid tun, wenn es dazu käme«, sagte Vivar langsam. »Sehr leid.«

»Wirklich?« Zum ersten Mal hatte die Stimme des Spaniers eine echte Gefühlsregung verraten. Sharp starrte Vivar an und wiederholte seine vorwurfsvolle Frage: »Wirklich?«

»Warum denn nicht? Natürlich kenne ich sie kaum, aber sie erscheint mir als höchst bewundernswerte junge Dame.« Vivar hielt inne, offenbar um Louisas Tugenden zu überdenken, dann zuckte er die Achseln. »Zu schade, daß sie eine Ketzerin ist, aber besser eine Methodistin als ein Ungläubiger wie Sie. Wenigstens ist sie auf halbem Wege in den Himmel.«

Sharp empfand einen Anflug von Eifersucht. Es war nicht zu übersehen, daß Blas Vivar sich mehr für Louisa interessierte, als er bisher geglaubt oder für möglich gehalten hatte.

»Nicht, daß es darauf ankäme«, sagte Vivar lässig. »Ich hoffe, daß sie am Leben bleibt. Und wenn sie stirbt? Dann werde ich für ihre Seele beten.«

Sharp erschauerte in der Kälte und fragte sich, wie viele Seelen wohl Gebete brauchen würden, wenn die nächsten zwei Tage verstrichen waren.

Vivars Truppe schleppte sich durch einen kalten Nieselregen, der gegen Ende des Tages seinen Höhepunkt erreicht hatte.

Sie folgten Gebirgspfaden, die sich über kahle Ausläufer schlängelten und durch wilde Täler führten. Einmal passierten sie ein Dorf, das die Franzosen geplündert hatten. Kein Gebäude war intakt, kein Mensch zu sehen, kein Tier am Leben geblieben. Vivars Männer sagten nichts, als sie an den verkohlten Balken vorbeikamen, von denen langsam der Regen tropfte.

Sie waren lange vor Mittag aufgebrochen, denn sie mußten vor Einbruch der Dunkelheit viele Meilen zurücklegen. Vivars Cazadores waren vorn. Eine Schwadron berittener Kavalleristen patrouillierte vor der Marschkolonne das Land. Hinter dieser Vorhut kamen jene Cazadores, die ihre Pferde führten. Dahinter marschierten die Freiwilligen. Die beiden Priester ritten direkt vor Sharp und seinen Rifles her, die die Nachhut bildeten. Die Truhe reiste mit den beiden Priestern. Man hatte die kostbare Fracht auf einem *macho* festgebunden, einem Maultier, dessen Stimmbänder durchschnitten waren, damit es nicht schreien und den Feind warnen konnte.

Feldwebel Patrick Harper freute sich, in den Kampf ziehen zu können. An seinem abgewetzten Ärmel leuchteten die weißseidenen Streifen. »Den Burschen geht es gut, Sir. Meine Jungs sind entzückt, wahrhaftig.«

»Sie alle sind Ihre Jungs«, sagte Sharp. Damit meinte er, daß Harpers besondere Verpflichtung über die Gruppe irischer Soldaten hinausging.

Harper nickte. »So ist es, Sir, wahrhaftig.« Er warf einen

raschen Seitenblick auf die marschierenden Grünjacken und war eindeutig der Meinung, daß es keines weiteren Ansporns bedurfte, um ihre Schritte zu beschleunigen. »Sie werden froh sein, gegen die Schweinehunde antreten zu können, wahrhaftig.«

»Einige werden sich doch sicher Sorgen machen?« fragte Sharp in der Hoffnung, Harper über einen angeblichen Vorfall zu Anfang der Woche auszuhorchen, doch der Feldwebel ging wohlgemut über seine Andeutung hinweg.

»Man bekämpft diese verfluchten Froschfresser nicht, ohne sich Sorgen zu machen, Sir, aber denken Sie nur, wie groß die Sorgen der Franzosen wären, wenn sie wüßten, daß die Rifles kommen. Noch dazu irische Rifles!«

Sharp beschloß, ihn direkt zu fragen. »Was ist zwischen dir und Gataker vorgefallen?«

Harper warf ihm einen durch und durch unschuldigen Blick zu. »Nichts, Sir.«

Sharp drang nicht in ihn. Er hatte gehört, daß Gataker, ein schlauer und gerissener Mann, sich gegen ihre Einbeziehung in Vivars Plan ausgesprochen hatte. Die Grünjacken seien nicht dazu da, Privatfehden auszutragen, hatte er angeführt, vor allem solche, bei denen mit einiger Sicherheit die meisten von ihnen umkommen oder verwundet würden. Sein Pessimismus hätte sich leicht ausbreiten können, aber Harper hatte ihm rücksichtslos Einhalt geboten, und Gatakers blaues Auge war mit einem Sturz von der Treppe im Torhaus erklärt worden. »Ungeheuer dunkles Treppenhaus«, mehr hatte Harper nicht dazu gesagt.

Es waren genau diese raschen Lösungen, um derentwillen Sharp die Beförderung des Iren betrieben hatte, und sie hatte sich augenblicklich bezahlt gemacht. Harper hatte ohne Aufhebens die Befehlsgewalt übernommen, und wenn seine Autorität eher auf seine starke Persönlichkeit zurückzuführen war als auf die seidenen Streifen an seinem rechten Ärmel, um so besser. Hauptmann Murrays letzte Worte hatten sich bestätigt; mit Harper an seiner Seite hatte Sharp nur halb so viele Probleme.

Die Schützen marschierten in die Nacht hinein. Es wurde dunkel wie im Hades, und obwohl gelegentlich ein Granitausläufer noch schwärzer aufragte als die umgebende Finsternis, kam es Sharp so vor, als würden sie blind durch ein einförmiges Land ziehen.

Aber es war das Land der Freiwilligen von Blas Vivar. Unter ihnen gab es Hirten, die diese Hügel so gut kannten, wie Sharp in seiner Kindheit die Gassen um St. Giles in London gekannt hatte. Diese Männer waren nun als Führer über die gesamte Kolonne verteilt und wurden mit Hilfe der Zigarren, die Vivar an seine kleine Streitmacht verteilt hatte, dazu ermuntert, ihren Dienst auszuüben. Er war sicher, daß es so tief in den Bergen keine Franzosen gab, die den Tabak hätten riechen können, und die kleinen glühenden Punkte dienten als winzige Leuchtfeuer, um die Marschierenden zusammenzuhalten.

Trotz der Führer und der Zigarren verlangsamten sich in der Nacht ihre Schritte, und sie wurden noch langsamer, als der Regen die Pfade schlüpfrig machte. Die zahlreichen Wasserläufe waren angeschwollen, und Vivar bestand darauf, daß jeder von ihnen mit Weihwasser besprüht wurde, ehe die Vorhut sie überquerte. Die Männer waren müde und hungrig, und in der Dunkelheit machten ihnen ihre Ängste zu schaffen; die Ängste von Männern, die in einen ungleichen Kampf ziehen und in denen Besorgnis schwelt, die leicht in pures Entsetzen umschlägt.

Zwei Stunden vor Morgengrauen hörte der Regen auf. Es war windstill. Der Frost machte das Gras brüchig. Die Zigarren waren aufgeraucht, aber mit ihrer Nützlichkeit war es ohnehin vorbei, denn die letzten Täler vor der Stadt waren in Nebel gehüllt.

Als der Regen aufhörte, gab Vivar den Befehl zum Anhalten.

Er zog nicht weiter, weil Gefahr bestand, daß die Franzosen in den Bergdörfern um die Stadt stark bemannte Wachtposten stationiert hatten. Die Flüchtlinge aus Santiago de Compostela wußten nichts von solchen Vorsichtsmaßnahmen, aber Vivar wollte sichergehen, indem er befahl, jedes Ausrüstungsteil festzuzurren, das eventuell rasseln oder klappern könnte. Musketen und Gewehrgurte, Feldflaschen und Kochgeschirr, alles wurde umwickelt. Als sie endlich weitermarschierten, kam es Sharp dennoch vor, als würde die Truppe genügend Lärm veranstalten, um die Toten aufzuwecken: Hufe klapperten auf Stein, und eisenbeschlagene Stiefelabsätze stampften die gefrorene Erde. Doch kein französischer Vorposten durchbrach die Finsternis mit einer Salve Musketenfeuer, das die ferne Stadt gewarnt hätte.

Nun gingen die Schützen voran. Vivar folgte mit seiner Kavallerie, aber die Grünjacken übernahmen die Führung, weil sie die erfahrenen Infanteristen waren, die in vorderster Linie angreifen sollten. Die Kavallerie war nicht in der Lage, eine befestigte Stadt zu überfallen; nur die Infanterie konnte so etwas wagen, und diesmal mußten sie es ohne geladene Schußwaffen tun. Sharp hatte widerstrebend eingewilligt, daß seine Schützen den Angriff allein mit dem Bajonett ausführen würden.

Ein Steinschloß war eine gefährliche Sache. Selbst wenn der Hahn nicht gespannt war, konnte es vorkommen, daß die Waffe schoß, falls die Spitze des Feuersteins an einem Zweig hängenblieb, sich verschob und dann wieder loskam. Jeder Schuß, und sei es aus Versehen, würde die französischen Späher alarmieren.

Seinen Männern zu befehlen, sie sollten nicht schießen, war eine Sache; man konnte ihnen sagen, daß von einer lautlosen Annäherung ihr Leben abhing, aber in der nebligen Finsternis kurz vor Morgengrauen, wenn das Blut eines Mannes gefror und seine Ängste ihn zugleich schwitzen machten, konnte bloßes Katzengeheul genügen, um einen Schützen so zu erschrecken, daß er blind in die Nacht feuerte. Ein einziger derartiger Schuß konnte dafür sorgen, daß die Franzosen aus ihren Wachhäusern stolperten.

Daher hatte Sharp, obwohl sein Zugeständnis in dieser Sache seine Besorgnis vergrößert hatte, die Vernunft von Vivars Ansinnen erkannt und sich bereit erklärt, mit ungeladenen Waffen anzutreten. Somit konnte kein Schuß die Stille der Nacht zerreißen.

Dennoch war es möglich, daß die Franzosen auf sie aufmerksam wurden. Derlei Befürchtungen waren Sharps unruhige Begleiter auf dem langen und immer zögerlicher verlaufenden Marsch. Vielleicht hatten die Franzosen ihre eigenen Spione in den Bergen, die Vivars Kommen in ähnlicher Weise verrieten, wie die Flüchtlinge Informationen an Vivar weitergegeben hatten. Oder vielleicht hatte de l'Eclin, ein Mann, dessen Rücksichtslosigkeit keine Grenzen kannte, die Wahrheit aus Louisa herausgeprügelt? Vielleicht hatte man Artillerie aus La Coruña geholt, die jetzt, mit Kartätschen geladen, darauf wartete, die jämmerlichen Angreifer zu begrüßen? Noch dazu Angreifer, die müde und durchgefroren waren und keine geladenen Gewehre hatten. Die ersten Momente eines solchen Kampfes wären ein Gemetzel.

Sharps Befürchtungen keimten weiter auf, und fern von Vivars unverbrüchlicher Fröhlichkeit ließ er zu, daß die Zweifel an ihm nagten. Er durfte diese Zweifel nicht äußern, denn das hieße, das ganze Vertrauen zu zerstören, das seine Männer in seine Führerschaft setzten. Er konnte nur hoffen, daß er die gleiche Zuversicht ausstrahlte wie Patrick Harper, der die letzten Meilen den Hang hinab mit Feuereifer zu bewältigen schien. Einmal, als sie gerade eine feuchte Wiese unterhalb der dunklen Linie eines Kiefernwäldchens überquerten, sprach Harper begeistert davon, wie sehr er sich darauf freute, Miss Louisa wiederzusehen.

»Sie ist ein tapferes Mädel, Sir.«

»Und ein törichtes dazu«, erwiderte Sharp mürrisch, denn er konnte nicht verwinden, daß man ihr Leben aufs Spiel gesetzt hatte.

Und doch war Louisa das Gegengift zu Sharps Befürchtungen; der Trost, der ihn wie ein Leitstern in immenser Finsternis in Bewegung hielt. Sie war seine ganze Hoffnung, aber gegen diese Hoffnung waren die Dämonen der Angst aufmarschiert. Mit jedem erzwungenen Aufenthalt plagten ihn diese Dämonen schlimmer. Sharps Führer, ein Schmied aus der Stadt, führte sie auf Umwegen um die Dörfer herum. Außerdem blieb der Mann des öfteren stehen und schnupperte, als könne er sich allein mit dem Geruchssinn zurechtfinden.

Endlich zufrieden, beschleunigte er seine Schritte. Die Schützen rutschten einen steilen Abhang herunter, erreichten einen Bach, der die Wiesen überflutet und den Talboden in einen Morast aus dünnem Eis und flachem Wasser verwandelt hatte.

Am Rande dieses Sumpfs blieb Sharps Führer stehen. *»Agua, Señor.«*

»Was will er?« zischte Sharp.

»Er redet von Wasser«, antwortete Harper.

»Ich weiß, daß das gottverdammtes Wasser ist.« Sharp wollte weitergehen, doch der Führer wagte es, den Schützen am Ärmel zu zupfen.

»Agua bendita! Señor!«

»Ach so!« Es war Harper, der ihn verstand. »Er verlangt nach dem Weihwasser, Sir, wahrhaftig.«

Sharp verfluchte die Idiotie dieses Verlangens. Die Schützen waren spät dran, und dieser Narr forderte ihn auf, einen Morast mit Weihwasser zu beträufeln? »Kommt schon!«

»Sind Sie sicher . . .« hob Harper an.

»Kommt schon!« Sharps Stimme klang wegen der Ängste, die in ihm brodelten, ungewöhnlich barsch. Dieser gesamte Feldzug war unrecht und ein Wahnsinn! Doch der Stolz ließ ihn weder umkehren noch Vivars Wassergeistern seine Ehrerbietung erweisen. »Ich habe kein verdammtes Weihwasser!« knurrte er. »Außerdem handelt es sich um abergläubischen Unsinn, Feldwebel, das weißt du selbst am besten.«

»Ich weiß es keineswegs, Sir.«

»Kommt!« Sharp watete allen voran durch den Bach und fluchte, weil seine zerrissenen Stiefel kaltes Wasser einließen. Die Rifles folgten ihm, ohne den Grund für die kurze Verzögerung am Ufer zu kennen. Am Boden des Tals wirkte der Nebel dichter, und der Führer, der neben Sharp den Bach durchquert hatte, blieb zögernd am anderen Ufer stehen.

»Beeilung!« knurrte Sharp, obwohl das eine sinnlose Mahnung war, denn der Schmied sprach kein Englisch. »Beeilung! Beeilung!«

Der Führer, der nun eindeutig nervös wurde, wies auf einen schmalen Schafspfad, der am gegenüberliegenden Hang nach oben führte. Während er ihn erklomm, wurde Sharp klar, daß sie der Stadt sehr nahe sein mußten. Sie verriet sich durch den Pestgestank ihrer Straßen, der ihm wie ein Vorgeschmack auf die Schrecken erschien, die auf seine Männer warteten.

Plötzlich bemerkte Sharp, daß sie das Geklapper und Gerassel der Kavallerie hinter sich gelassen hatten, und wußte, daß Vivar die Cazadores auf ihren Umweg nach Norden geschickt haben mußte, der verhindern sollte, daß sie von den französischen Spähern gehört wurden. Die schlecht ausgebildete Infanterie der Freiwilligen mußte jetzt zwei- bis dreihundert Schritt hinter Sharp zurückgeblieben sein. Die Schützen waren allein in vorderster Front und der Stadt des Heiligen Jacob inzwischen sehr nahe.

Und sie waren spät dran, denn der Nebel wurde von der ersten Andeutung des Morgengrauens versilbert. Sharp konnte Harper neben sich erkennen, er sah sogar die Tautropfen am oberen Rand von Harpers Tschako. Seine eigene Kopfbedeckung hatte Sharp im Kampf um den Bauernhof verloren. Statt dessen trug er jetzt die Feldmütze eines Cazadors. Die Mütze war hellgrau, und Sharp wurde gepackt von der plötzlichen irrationalen Gewißheit, daß das helle Tuch seinen Kopf zur Zielscheibe für einen französischen Heckenschützen über ihm am Hang machte. Er riß die Mütze herunter und warf sie in ein Dornengebüsch. Er konnte den eigenen Herzschlag hören. Seine Eingeweide schmerzten, und sein Mund war trocken.

Der Schmied bewegte sich jetzt sehr vorsichtig. Er führte die Schützen über eine holprige Weide und dann in einen Ulmenhain, der auf dem Hügelgrat wuchs. Die kahlen Zweige tropften, und die Nebelschwaden waberten in der Dunkelheit. Sharp roch ein Feuer, obwohl er es nicht sehen konnte. Er fragte sich, ob es zu einem der französischen Wachtposten gehörte, und der Gedanke an die wartenden Späher veranlaßte ihn, sich schrecklich allein und verwundbar zu fühlen. Der Morgen graute. Dies war der Moment, in dem der Angriff stattfinden sollte. Aber der Nebel verbarg die Wegzeichen, die zu beachten Vivar ihm eingeschärft hatte. Zu seiner Rechten hätte sich eine Kirche befinden müssen, zu seiner Linken die aufragende Stadt, und er hätte nicht auf einer Hügelkuppe stehen dürfen, sondern in einem tiefen Einschnitt, der die Annäherung der Schützen verbergen sollte.

Ohne diese Wegzeichen ging Sharp davon aus, daß er noch ein Stück zu gehen hatte, daß sie noch in den Einschnitt hinabsteigen mußten. Aber der Schmied blieb unter den Bäumen stehen und bedeutete ihm mit Hilfe der Zeichensprache, daß links von ihnen die Stadt liege. Sharp antwortete nicht, und der Führer zupfte wieder am grünen Ärmel des Schützen und zeigte nach links. »Santiago! Santiago!«

»Großer Gott.« Sharp ging in die Knie.

»Sir?« Harper kniete sich neben ihn.

»Wir sind, verdammt noch mal, am falschen Ort!«

»Gott schütze Irland!« Die Stimme des Feldwebels war kaum mehr als ein Flüstern. Als der Führer den Grünjacken keine verständliche Antwort entlocken konnte, verschwand er in der Dunkelheit.

Wieder fluchte Sharp. Er war am falschen Ort. Dieser Fehler besorgte und irritierte ihn, aber am meisten ärgerte er sich darüber, daß Vivar sicherlich sagen würde, es sei deshalb passiert, weil er die Wassergeister, die *Xanes*, mißachtet hatte. Gottverdammt, was für ein Unsinn! Dennoch war Sharp vom Weg abgekommen, er würde zu spät kommen, und er wußte nicht, wo Vivars andere Truppen waren. Die Angst überwältigte ihn. So durfte kein Angriff beginnen! Es verlangte ihn nach Trompeten und Bannern im Nebel! Statt dessen war er allein, verloren, den Cazadores und Freiwilligen weit voraus. Er redete sich ein, er habe gewußt, daß so etwas passieren würde! Er hatte es schon einmal erlebt, in Indien. Damals hatten sich gute Soldaten, die zu einem nächtlichen Angriff gezwungen wurden, verirrt und in ihre Ängste verstrickt, und waren geschlagen worden.

»Was sollen wir tun, Sir?« fragte Harper.

Sharp antwortete nicht, denn er wußte es selbst nicht. Er war versucht, zu sagen, sie sollten sich zurückziehen und den ganzen Überfall aufgeben, doch dann bewegte sich zu seiner Linken eine Gestalt, Stiefel raschelten auf dem gefrorenen Gras, und der Schmied tauchte wieder aus dem dem Nebel auf, Blas Vivar an seiner Seite. »Sie sind zu weit marschiert«, flüsterte Vivar.

»Gottverdammt, das weiß ich!«

Der Schmied versuchte offensichtlich zu erklären, daß die Schützen die Possen der *Xanes* herausgefordert hatten, aber Vivar hatte keine Zeit für seine Beteuerungen. »Bis zur Kirche sind es zweihundert Schritte. In diese Richtung.« Vivar zeigte nach links. Die Kirche hätte sich rechts von ihnen befinden müssen.

Vivars Streitmacht hatte im Schutz der Dunkelheit die Stadt umrundet und näherte sich nun von Norden her. Die nördliche Stadtmauer war seit langem zerstört, und man hatte ihre Steine verwandt, um die neueren Häuser zu errichten, die sich entlang der Straße nach La Coruña über die Grenzen der mittelalterlichen Befestigung hinaus ausgebreitet hatten. Er hatte diese Straße nicht nur deshalb für seinen Anmarsch ausgewählt, weil sie nicht durch die uralte Mauer versperrt war, sondern auch, weil die dort aufgestellten Wachen annehmen würden, daß es sich bei sämtlichen herannahenden Truppen um Franzosen aus Soults Heer handeln mußte.

Die Kirche, die zu dem neueren Vorort gehörte, war zum Wachtposten der Franzosen ausgebaut worden. Sie lag dreihundert Meter außerhalb der Hauptverteidigungslinie, die aus Barrikaden bestand. Jede Straße, die in die Stadt führte, besaß so ein Wachlokal, das dazu gedacht war, frühzeitig Alarm zu geben, falls Santiago überfallen wurde. Die Späher, die dort stationiert waren, mochten bei einem Angriff umkommen, aber der Lärm, der dabei entstand, würde die Hauptverteidigung der Stadt alarmieren. »Ich glaube«, flüsterte Vivar Sharp zu, »daß Gott auf unserer Seite ist. Er hat den Nebel geschickt.«

»Er hat uns, verdammt noch mal, an den falschen Ort geschickt.«

Die Schützen hätten eine Viertelmeile weiter südlich in der sumpfigen Mulde bleiben müssen, und sie hätten eine Stunde früher dort ankommen sollen. Die Mulde verlief hinter der Kirche und reichte bis an die Häuser direkt außerhalb der Hauptverteidigungslinie. Sie hatten die Chance eingebüßt, sich unerkannt zu nähern. Außerdem konnten sie so dicht am Feind und dem trüben Dämmerlicht des Morgengrauens so nahe keine Zeit erübrigen, im Schutze des Nebels zurück zu schleichen.

»Überlassen Sie das Wachhaus mir«, sagte Vivar.

»Sie wollen, daß ich geradewegs daran vorbeistürme?«

»Ja.«

Für Vivar war das kein Problem, aber es bedeutete eine

Änderung gegenüber dem Plan, die den gesamten Angriff gefährdete. Weil sie zu spät und am falschen Ort angekommen waren, verloren die Schützen das Überraschungsmoment. Vivar schlug vor, Sharps Attacke solle das Wachlokal außer acht lassen. Das war möglich, nur daß die französischen Späher sie nicht übersehen würden. Ihre Reaktion würde Zeit brauchen. Verblüffte Männer verlieren wertvolle Sekunden, und weitere Sekunden würden verlorengehen, falls die feindlichen Musketen, feucht geworden vom Nebel, Fehlschüsse produzierten. Es mochte sogar passieren, daß die Dunkelheit die Schützen verschluckt haben würde, ehe die Franzosen zum Schuß kamen, Aber schießen würden sie, und das Morgengrauen mit ihrem Lärm erfüllen, ehe die Grünjacken die dreihundert Meter von der Kirche bis zu den Verteidigungsanlagen der Stadt zurückgelegt hatten. Die Wachtposten auf den Barrikaden würden gewarnt sein. Sie würden warten, und Vivars Truppe konnte bestenfalls ein paar Häuser an der Nordseite der Stadt besetzt halten. Wenn dann der Tag heller wurde und der Nebel sich zerstreute, würde ihnen die Kavallerie den Rückzug abschneiden. Um Mittag, dessen war sich Sharp sicher, würden sie allesamt Gefangene der Franzosen sein.

»Nun?« Vivar entnahm Sharps Schweigen und seiner Untätigkeit, daß der Schütze die Schlacht bereits verloren glaubte.

»Wo ist Ihre Kavallerie?« fragte Sharp, nicht aus Interesse, sondern um die schreckliche Entscheidung aufzuschieben.

»Davila führt sie an. Sie werden am vorgesehenen Platz sein. Die Freiwilligen warten hinter Ihnen auf der Weide.« Als keine Antwort erfolgte, berührte Vivar Sharps Arm. »Mit oder ohne Sie, ich werde es wagen. Ich muß es wagen, Leutnant. Es wäre mir egal, wenn der Kaiser persönlich mit allen Mächten der Hölle die Stadt bewachte. Ich müßte es dennoch wagen. Es gibt keine andere Möglichkeit, die Schande meine Familie auszulöschen. Ich habe einen Bruder, der ein Verräter ist, daher muß der Verrat mit Feindesblut fortgespült werden. Und Gott wird meinem Wunsch mit Gnade begegnen, Leutnant. Sie sagen, Sie hätten keinen Glauben, aber ich denke, kurz vor der Schlacht spürt jeder Mann den Atem Gottes.«

Das war eine gelungene Rede, aber Sharp fügte sich nicht.

»Wird Gott dafür sorgen, daß es im Wachhaus ruhig bleibt?«

»Wenn er es so will.« Der Nebel erhellte sich. Sharp konnte die kahlen, bleichen Äste der Ulme über sich erkennen. Jede Sekunde Verzögerung machte den Angriff gefährlicher, und Vivar wußte es. »Nun?« fragte er wieder. Sharp sagte immer noch nichts, worauf der Spanier mit einer verächtlichen Geste aufstand. »Wir Spanier werden es allein wagen, Leutnant.«

»Himmel Donnerwetter, nein! Rifles!« Sharp erhob sich. Er dachte an Louisa; sie hatte davon gesprochen, den Augenblick zu nutzen, und trotz der Dämonen, die ihm zu schaffen machten, dachte Sharp daran, daß er sie verlieren könnte, wenn er jetzt nicht handelte. »Mäntel und Tornister ablegen!« Die Schützen gehorchten. Auf diese Weise konnten sie ungehindert kämpfen. »Laden!«

Vivar wollte sich dagegen wehren, daß die Gewehre geladen wurden, aber Sharp war nicht bereit, nicht nur ohne Überraschungsmoment, sondern auch ohne geladene Waffen zum Angriff überzugehen. Sie mußten das Risiko eines Fehlschusses eingehen. Er wartete, bis auch der letzte Ladestock eingeführt und das letzte Schloß mit Zündpulver versehen war. »Bajonette aufsetzen!«

Klingen schabten, dann klickte es, als die gefederten Arretierungen der Bajonette an den Gewehrmündungen einrasteten. Sharp schlang sich das eigene Gewehr über die Schulter und zog seinen großen, plumpen Degen. »In Reih und Glied, Feldwebel! Und sag den Männern, sie sollen verdammt nur ja kein Geräusch machen!« Er blickte Vivar an. »Ich lasse nicht zu, daß Sie denken, es würde uns an Mut fehlen.«

Vivar lächelte. »Darauf wäre ich nie gekommen. Hier.« Er griff sich an den Hut, zog einen winzigen getrockneten Rosmarinzweig heraus und steckte ihn in eine lose Schlaufe an Sharps Rock.

»Macht mich das zum Angehörigen Ihrer Elitetruppe?« fragte Sharp.

Vivar schüttelte den Kopf. »Dieses Kraut hält das Böse fern, Leutnant.«

Eine Sekunde lang war Sharp versucht, diesen Aberglauben von sich zu weisen, doch dann dachte er daran, wie er die

Xanes mißachtet hatte, und ließ den Rosmarinzweig, wo er war. Was sie an diesem Morgen vorhatten, war so ausssichtslos, daß er sogar zu glauben bereit war, daß ihm ein vertrocknetes Kraut Schutz bieten konnte. »Vorwärts!«

Mitgefangen, mitgehangen, dachte Sharp, und verdammt noch mal, er hatte sich damals in der Festungskapelle auf Vivars Wahnsinn eingelassen, als er sich von dem Geheimnis des Gonfalons hatte überwältigen lassen wie von den schweren Düften eines dunklen, angewärmten Weins. Jetzt war nicht die Zeit, sich von Ängsten überwältigen zu lassen.

Also vorwärts. Vorwärts durch die Bäume, vorbei an einer Steinmauer. Dann trafen Sharps Stiefel plötzlich auf Kies, und er sah, daß sie die Straße erreicht hatten. Rechts von ihnen ragte ein dunkles Gebäude auf, und vor sich konnte er endlich das Feuer des Wachlokals erkennen. Seine Flammen wirkten düster, sie verschwammen im Nebel, aber es war vor der Kirche entfacht worden und beleuchtete die Straße. Nun konnten sie jede Sekunde angerufen werden. »Aufschließen!« flüsterte Sharp Harper zu. »Finger weg vom Abzug!«

»Aufschließen!« zischte Harper. »Und auf keinen Fall schießen!«

Sharp wollte das Wachhaus im Laufschritt passieren. Dann würde der Lärm anheben, aber das ließ sich nicht ändern. Er würde mit vereinzelten Musketen- und Gewehrschüssen beginnen und in der totalen Kakophonie des Todes enden. Im Augenblick jedoch war nur das Scharren von Stiefeln auf Kies zu hören, das dumpfe Geräusch sorgsam umwickelter Ausrüstungsteile und das heisere Atmen der Männer, die bereits durch stundenlanges Marschieren erschöpft waren.

Harper bekreuzigte sich. Der andere Ire in der Truppe tat es ihm nach. Sie grinsten, nicht vor Freude, sondern vor Angst. Die Schützen zitterten, und ihre Gedärme drangen darauf, sich zu entleeren. Maria, Mutter Gottes, wiederholte Harper ein ums andere Mal. Er nahm an, daß er jetzt ein Gebet an den Heiligen Jacob hätte richten müssen, aber er kannte keines, daher wiederholte er in seiner Nervosität die vertrautere Anrufung. *Steh uns bei, jetzt und in der Stunde unseres Todes. Amen.*

Sharp führte sie an. Er schritt langsam aus und starrte dabei unentwegt auf das verschwommene Licht des Wachfeuers. Die Flammen spiegelten sich in seiner Klinge, die er gesenkt hielt. Weit hinter dem ersten Feuer konnte er jetzt andere Feuer ausmachen, die wohl am Rand der französischen Stellungen brannten. Der Nebel wurde zunehmend silbern, hellte sich auf, und er glaubte, sogar das schwach sichtbare Gewirr von Türmen und Kuppeln zu erkennen, das die Stadt vom Himmel abhob. Es handelte sich um eine kleine Stadt, hatte Vivar gesagt; eine Handvoll Häuser um die Abtei herum, ein paar Wirtshäuser, eine Kathedrale samt Vorplatz, aber immerhin eine Stadt, die von den Franzosen besetzt gehalten wurde und von einem zusammengewürfelten kleinen Heer erobert werden mußte.

Von einer zusammengewürfelten, braun gekleideten Streitmacht, die vom Glauben eines Einzelnen beflügelt wurde. Vivar, dachte Sharp, mußte gottesfürchtig sein, wenn er glaubte, der mottenzerfressene Seidenfetzen könne ein Wunder bewirken. Das war der reine Irrsinn. Hätte man beim britischen Heer gewußt, daß ein ehemaliger Feldwebel Schützen in einen solchen Kampfeinsatz führte, würde man ihn vors Militärgericht stellen. Sharp hielt sich für ebenso verrückt wie Vivar. Der einzige Unterschied bestand darin, daß Vivar von Gott angestachelt wurde, und Sharp von dem eigensinnigen, törichten Stolz eines Soldaten, der seine Niederlage nicht eingestehen kann.

Allerdings, erinnerte sich Sharp, hatten andere Männer sich mit ebenso aberwitzigen Träumen Ruhm erworben. Jene paar Ritter, die vor tausend Jahren von den übermächtigen Heerscharen Mohammeds zum Rückzug in ihre Bergfestungen gezwungen worden waren, mußten die gleiche Verzweiflung empfunden haben. Als diese Ritter ihre Gurte enger geschnallt und die Lanzen aus ihrer Halterung am Steigbügel gehoben hatten, als sie unter den flatternden Bannern das gewaltige Halbrund der Feinde erblickt hatten, mußten sie gewußt haben, daß die Stunde ihres Todes gekommen war. Dennoch hatten sie ihre Visiere heruntergeklappt, ihre Rösser angespornt und angegriffen.

Ein Stein, der unter seinem Fuß knirschte, brachte Sharp wieder in die Gegenwart zurück. Sie befanden sich nun auf einer Straße, hatten das freie Land endgültig hinter sich gelassen. Die Fenster der umliegenden stillen Häuser hatten eiserne Gitter. Die Straße stieg zwar nicht steil, aber doch spürbar an, um den Angriff noch mehr zu erschweren. Am Feuer regte sich ein Schatten, dann erkannte Sharp ein provisorisches Hindernis quer über der Straße, das seinem wilden Sturm auf die Hauptverteidigungsanlagen der Stadt ein Ende bereiten würde. Das Hindernis bestand aus zwei Handkarren und einigen Stühlen, erfüllte jedoch seinen Zweck als Barriere.

Aus dem beweglichen Schatten am Wachfeuer wurde eine menschliche Silhouette; ein Franzose, der sich soeben bückte, um mit einem brennenden Fidibus aus dem Feuer seine Pfeife anzuzünden. Der Mann hatte keinen Verdacht geschöpft und blickte auch nicht nach Norden, wo er den Widerschein des Feuers an aufgesetzten Bajonetten hätte sehen können.

Dann bellte rechts in einem Haus ein Hund. Sharp war so angespannt, daß er beiseite sprang. Der Hund stimmte ein immer wilderes Gebell an. Ein weiterer Hund nahm den Alarm auf, dann krähte herausfordernd ein Hahn. Instinktiv beschleunigten die Schützen ihre Schritte.

Der Franzose am Feuer richtete sich auf und drehte sich um. Sharp konnte die verräterischen Umrisse der Mütze des Mannes ausmachen: ein Infanterist. Kein unberittener Kavallerist, sondern ein gottverdammter französischer Infanterist, der auch sogleich seine Muskete abnahm und auf die Schützen richtete. »*Qui vive?*«

Mit diesem Ruf begann die Schlacht des Tages. Sharp holte tief Luft und rannte los.

Kapitel vierzehn

Es war erstaunlich, wie schnell sich, nachdem das Warten vorbei war, alle Ängste verflüchtigten.

Sharp rannte bergan. Seine Stiefelsohlen, die am vergangenen Tag so sorgfältig angenäht worden waren, hatten sich erneut gelöst. Obwohl er auf der harten Kiesfläche der Straße dahin rannte, hatte es den Anschein, als stürme er durch dicken, klumpigen Schlamm. Doch seine Ängste vergingen, weil die Würfel gefallen waren und nun das Spiel zu Ende gespielt werden mußte.

»*Qui vive?*«

»*Ami! Ami! Ami!*« Vivar hatte ihm einen ganzen französischen Satz eingetrichtert, der dazu geeignet war, einen aufmerksam gewordenen Späher zu verwirren, aber Sharp hatte es nicht vermocht, sich die fremdartigen Worte zu merken, daher hatte er sich mit dem einfacheren Wort für ›Freund‹ zufriedengegeben. Er brüllte es immer lauter und zeigte gleichzeitig hinter sich, als sei er auf der Flucht vor einem im Nebel verborgenen Feind.

Der Wachtposten zögerte. Vier weitere Franzosen waren aus der Kirchentür getreten. Einer von ihnen hatte Feldwebelstreifen auf seinem blauen Ärmel, aber er wollte offenbar nicht die Verantwortung auf sich nehmen, seinerseits zu schießen, denn er rief im Innern der Kirche nach einem Offizier. »*Hauptmann! Hauptmann!*« Dann wandte sich der Feldwebel, ohne Tschako und noch damit beschäftigt, seine Jacke zuzuknöpfen, wieder den herannahenden Schützen zu. »*Halte, là!*«

Sharp hob seine linke Hand, als wolle er seinen Männern befehlen, langsamer zu laufen. Er selbst verlangsamte seine Schritte und brüllte wieder: »*Ami! Ami!*« Er tat so, als würde er erschöpft vorwärtstaumeln, und dieses unbeholfene Täuschungsmanöver brachte ihn bis auf zwei Schritte an den feindlichen Feldwebel heran. Dann blickte er dem Franzosen in die Augen und sah darin den plötzlichen Schrecken der Erkenntnis.

Zu spät. Sharps Ängste und die Erlösung von diesen Ängsten, all das fand Eingang in seinen ersten Degenstreich. Ein Schritt nach vorn, der wütende Hieb, schon klappte der Feldwebel über der hin- und hergedrehten Klinge zusammen, und der erste Wachtposten öffnete den Mund zum Schrei, als Harpers Bajonett sich aufwärts in seinen Bauch bohrte. Die Finger des Franzosen schlossen sich krampfhaft um den Abzug seiner Muskete. Sharp war dem Mann so nahe, daß er das Mündungsfeuer nicht sah, nur die Explosion in der Zündpfanne. Ein Funken brennenden Pulvers zischte über seinen Kopf hinweg, um ihn herum stieg Rauch auf, dann riß er seinen Degen aus dem Fleisch des Franzosen. Der Feldwebel fiel rückwärts in das Wachfeuer, und sein Haar, an dem er sich so oft die fettigen Hände abgewischt hatte, loderte einen Moment lang hell auf.

Die übrigen drei Franzosen zogen sich in Richtung Kirchentür zurück, doch die Schützen waren schneller. Ein weiterer Musketenschuß zerriß das Morgengrauen, dann taten die Bajonette ihre Arbeit. Ein Franzose schrie erbärmlich.

»Bring den Kerl zum Schweigen!« knurrte Harper. Eine Klinge stach zu, dann ein erstickter Laut, dann nichts mehr.

Aus Richtung Kirchentür knallte eine Pistole. Ein Grünrock keuchte, wand sich und stürzte ins Feuer. Zwei Gewehre feuerten und warfen eine dunkle Gestalt zurück ins schattige Innere der Kirche. Der brennende Schütze schrie entsetzlich, als er aus den Flammen gezogen wurde. Die Köter bellten wie Höllenhunde.

Mit der Überraschung war es vorbei, und sie hatten noch dreihundert Meter Straße zu überwinden. Sharp zerrte einen der Handkarren beiseite, machte die Straße für die nachfolgende Kavallerie frei. »Laßt diese Lumpen!« Es befanden sich weitere Franzosen in der Kirche, doch sie mußten ignoriert werden, wenn der Überfall überhaupt Aussicht auf Erfolg haben sollte. Selbst Sharps eigene Verwundete mußten zurückgelassen werden, wenn die Stadt wirklich fallen sollte. »Laßt sie! Kommt!«

Die Rifles gehorchten. Einer oder auch zwei blieben zurück,

suchten Schutz in der Dunkelheit, doch Harper erkundigte sich, ob es ihnen lieber wäre, ihn zu bekämpfen oder die Franzosen, worauf die Zauderer ihren Mut wiederfanden. Sie folgten Sharp in den Nebel, der längst nicht mehr so dunkel wie noch vor wenigen Stunden war. In der Stadt erschallten Hornsignale. Das bedeutete noch keinen Alarm, nur den allgemeinen Ruf zu den Waffen, aber ihr Klang trieb die Grünjacken zur Eile an. In ihrer Hast ging jegliche Ähnlichkeit mit einem geordneten Vormarsch verloren; sie rückten weder hintereinander noch in Schützenlinie vor, sondern als stampfende Horde, die den Hang empor auf die Stadt zurannte.

Wo inzwischen wohl die Verteidigung in Alarmbereitschaft war. Nun fand die Angst Zeit, sich wieder einzuschleichen, und sie wurde dadurch verschlimmert, daß Sharp sah, wie die Franzosen jene Häuser abgerissen hatten, die der alten Mauer am nächsten waren, damit die Wachen hinter den Barrikaden eine klare Schußlinie bekamen.

Die Franzosen feuerten hinter ihnen aus der Kirche. Eine Kugel flog über ihre Köpfe hinweg, eine zweite schoß zwischen den Schützen vorbei und schlug vor ihnen in eine verfallene Mauer ein. Sharp stellte sich vor, wie die Musketen und Karabiner über die Barrikaden der Stadt geschoben wurden. Er stellte sich einen französischen Offizier vor, der den Soldaten befahl, zu warten, bis der Feind näher gekommen sei. Nun war der Moment des Todes gekommen. Nun würden, falls es in den Stellungen Kanonen gab, die breiten Mündungen ihre Kartätschen ausstreuen. Die Schützen würden bei lebendigem Leibe zerfetzt werden, ihre Bäuche aufgerissen, ihre Eingeweide über zehn Meter entlang einer unwirtlichen Straße verteilt.

Aber die Schüsse blieben aus, und Sharp erkannte, daß sich die Franzosen der Stadt von den Schüssen aus der Kirche hatten verwirren lassen. Für einen Mann in der Hauptverteidigungslinie mußte es so aussehen, als seien die heranstürmenden Rifles die letzten der Besatzung des Wachlokals, die vom Musketenfeuer eines fernen Feindes verfolgt wurden. Er brüllte das magische Wort, so laut er nur konnte, in der Hoffnung, dadurch diesen Irrtum zu bestärken. »*Ami! Ami!*«

Sharp konnte jetzt die Hauptstellungen sehen. Man hatte

einen Viehkarren quer über die nächste Straßenmündung geschoben, um eine provisorische Barrikade zu errichten, die sich tagsüber entfernen ließ, damit die Kavalleriepatrouillen in die Stadt einreiten und sie wieder verlassen konnten. Er wurde von einem Feuer angestrahlt, das außerdem die Umrisse von Männern erkennen ließ, die soeben die Ladefläche des Karrens erstiegen. Sharp sah, wie sie ihre Bajonette aufpflanzten. Zugleich konnte er links von dem Karren eine schmale Bresche ausmachen, wo seine Deichsel das einzige Hindernis darstellte.

Von dem Karren wurde ihnen eine Frage zugerufen, und Sharp wußte bis auf das eine Wort keine Antwort darauf. »*Ami!*« Er keuchte, so schnell war er bergauf gerannt, schaffte es jedoch, seinen Männern einen Befehl zuzurufen. »Nicht zusammendrängen! Verteilt euch!«

Dann ertönte aus der Kirche hinter ihm Hörnerklang. Es mußte sich um ein verabredetes Signal handeln, allerdings eines, das sich durch den Tod sowohl des Wachoffiziers als auch des Feldwebels verzögert hatte. Dies war der Alarm, schrill und verzweifelt, und er provozierte eine augenblickliche Salve vom Viehkarren her.

Die Musketen knallten, doch die Verteidiger hatten zu früh geschossen und – wie viele Soldaten, wenn sie bergab schießen – zu hoch. Die Erkenntnis ließ in Sharp plötzlich Hoffnung aufkommen. Er stieß einen Kriegsruf aus, nichts Verständliches, nur einen mörderischen Wutschrei, der ihn bis dicht vor die feindliche Stellung begleiten würde. Harper rannte stampfenden Schritts neben ihm, und die Schützen verteilten sich über die Straße, damit sie keine massierte Zielscheibe für die französischen Soldaten abgaben, die auf den Karren kletterten, um die Plätze jener Männer einzunehmen, die ihr Pulver verschossen hatten.

»*Tirez!*« Der Degen eines feindlichen Offiziers sauste hernieder.

Aus den Mündungen der französischen Musketen schossen ellenlange Stichflammen. Rauch stieg auf und verbarg den Karren, und ein Schütze wurde zurückgeworfen, als hätte man ihn mit einem gespannten Tau von den Beinen gerissen.

Sharp hatte nach links die eigentliche Straße verlassen und

stolperte über das Geröll der abgerissenen Häuser. Er sah einen Schützen stehenbleiben, um zu zielen, und brüllte ihm zu, er solle weiterlaufen. Sie durften jetzt nicht haltmachen, auf keinen Fall, denn wenn dieser Angriff seine Schnelligkeit einbüßte, würde der Feind ihn mühelos abwehren. Sharp bereitete sich auf den schrecklichen Moment vor, wenn sie die Bresche angehen mußten.

Er sprang auf die Lücke zu und schrie seine Herausforderung, um unter jenen, die dort auf ihn warteten, Furcht und Schrecken zu verbreiten. Drei Franzosen waren es, die mit ihren Bajonetten zustießen, und Sharps Degen rutschte klirrend von ihren Klingen ab, um sich in das Holz einer Muskete zu bohren. Er stolperte über die Deichsel, wurde beiseite gestoßen, als Feldwebel Harper durch die schmale Bresche stürmte. Andere Schützen griffen nach den Seitenwänden des Karrens, versuchten ihn zu erklimmen. Ein Franzose stach mit dem Bajonett auf sie ein, wurde jedoch von einer Gewehrkugel zurückgeworfen. Weitere Gewehre schossen. Ein Franzose zielte auf Sharp, hatte jedoch in seiner Nervosität vergessen, seine Muskete mit Zündpulver zu versehen. Der Feuerstein schlug in einer leeren Pfanne auf, der Mann schrie, und dann hatte Sharp das Gleichgewicht wiedergefunden und stieß zu. Harper zog soeben sein Schwertbajonett mit einer Drehbewegung aus den Rippen eines Feindes. Immer mehr Schützen schlugen sich durch die Bresche, während andere über den Karren stiegen und die Franzosen zurückdrängten. Die Verteidiger waren in der Minderzahl, und sie hatten zu lange gewartet, erst das Hornsignal hatte ihrer Unschlüssigkeit ein Ende bereitet. Nun starben sie entweder, oder sie flohen.

»Der Karren! Der Karren!« Sharp riß seinen Degen von dem Mann los, der vergessen hatte, seine Waffe zu laden. Harper stieß mit dem Gewehrkolben auf den letzten Franzosen ein, dann rief er den Schützen zu, sie sollten den Karren aus dem Weg räumen. »Zieht, ihr Halunken! Zieht!« Die Grünjacken warfen sich gegen die Räder, und langsam schob sich der Karren quietschend ins Freie, wo die Franzosen sich die Schußlinie frei geräumt hatten.

Die meisten französischen Wachsoldaten waren über die vor

ihnen liegende Straße geflohen. Es handelte sich um eine schmale, gepflasterte Straße mit einem Rinnstein in der Mitte. Links und rechts zweigten andere Straßen ab, dort entlang, wo einst die Stadtmauer gestanden hatte. Überall strömten Franzosen aus den Häusern, und einige blieben stehen, um auf die Rifles zu schießen. Eine Pistolenkugel prallte vom Gitter des Fensters direkt neben Sharps Kopf ab.

»Laden! Laden!« Sharp entfernte die Reste des Wachfeuers, um einen Durchgang für Vivars Berittene zu schaffen. Er stieß mit dem Fuß flammende Holzscheite in einen Durchgang und versengte sich dabei Stiefel und Hosenbeine. Die Schützen suchten Deckung in den Torwegen, stopften Kugeln in Mündungen und stießen mit ihren eisernen Ladestöcken nach. Auf der Straße erklangen Rufe, und der erste Schütze, der geladen hatte, schoß auf den Feind. Sharp drehte sich um und entdeckte in kaum zweihundert Metern Entfernung die drei Glockentürme der Kathedrale. Die schmale Straße verlief bergauf und bog fünfzig Schritte weiter oben sanft nach links ab. Der Nebel wurde immer heller, obwohl das eigentliche Morgengrauen noch lange nicht da war. Ein paar Franzosen kamen in Reithosen, Stiefeln und Hemden aus den Häusern gerannt, Waffen und Helme noch in der Hand. Ein feindlicher Kürassier geriet in Panik, rannte auf die Grünjacken zu und wurde vom Schlag eines Gewehrkolbens am Kopf getroffen. Andere suchten Schutz in Toreinfahrten, um auf die Eindringlinge zu schießen.

»Feuer!« rief Sharp. Weitere Gewehre bellten, trieben den verwirrten Feind tiefer in die Stadt hinein. Sharps Gewehr schlug gegen seine Schulter wie ein Maultier, und das brennende Pulver aus der Pfanne versengte seine Wange. Harper war damit beschäftigt, die Leichen der Franzosen beiseite zu räumen. Er zerrte die Körper über den gefrorenen Boden in den zentralen Rinnstein.

Unheimliche Stille breitete sich aus. Die Schützen hatten den Überraschungseffekt geschickt ausgenutzt, und die Stille kennzeichnete jene kostbaren und gefährlichen Augenblicke, in denen die Franzosen sich über den unvermuteten Alarm klarzuwerden versuchten. Sharp wußte, daß bald mit einem Gegenangriff zu rechnen war, doch im Augenblick herrschte nur diese gespenstische, unerwartete und bedrohliche Stille. Er brach sie, indem er seinen Männern zurief, wo sie in Stellung gehen sollten. Er placierte eine Abteilung so, daß sie die westliche Querstraße sicherte, eine andere, um nach Osten Ausschau zu halten. Die Mehrzahl der Rifles behielt er bei sich, um die schmale Straße zu bewachen, die ins Stadtzentrum führte. Seine Stimme hallte von den steinernen Mauern wider. Plötzlich wurde ihm die Dreistigkeit dessen klar, was er getan und Blas Vivar anzuordnen gewagt hatte. Ein französisches Horn blies zur *reveille*, dann kündete es den allgemeinen Alarm, und stimmte übergangslos das Angriffssignal an. Eine Glocke begann ihr eindringliches Geläut, und tausend Tauben erhoben sich vom Spitzdach der Kathedrale, um die Luft mit erschrockenem Geflatter zu erfüllen. Sharp drehte sich um und spähte nach Norden. Er fragte sich, wann Vivars Hauptstreitmacht eintreffen würde.

»Sir!« Harper hatte die Tür des nächststehenden Hauses eingetreten, wo sich ein halbes Dutzend Franzosen halb von Sinnen vor Angst im Wachraum verkrochen hatten. Im Herd brannte ein Feuer, und ihr Bettzeug war wahllos über den kahlen Holzboden verstreut. Sie hatten geschlafen, und ihre Musketen standen noch neben der Tür. »Holt die Waffen heraus!« befahl Sharp. »Sims! Tongue! Cameron!«

Die drei Schützen kamen zu ihm gerannt.

»Schneidet ihnen Riemen, Hosenträger, Schnürsenkel, Gurte und Knöpfe ab. Dann laßt die Schweinehunde, wo sie sind. Nehmt ihre Bajonette mit. Nehmt, verdammt noch mal, alles, was ihr wollt, aber beeilt euch!«

»Jawohl, Sir.«

Harper ging auf der Straße vor dem Wachraum neben Sharp in die Hocke. »Das war viel leichter, als ich mir ausgerechnet hatte.«

Sharp hatte angenommen, der große Ire habe keine Angst gehabt, doch seine Worte deuteten eine Erleichterung an, die er nur zu gut nachempfinden konnte. Als er von der Kirche weg bergauf gerannt war, hatte Sharp erwartet, daß aus der Gebäudereihe mit Blitz und Donner eine überwältigend starke Verteidigung erfolgen würde; statt dessen hatte eine halb benommene

Feldwache zwei Salven abgefeuert und war dann geflohen. »Sie haben uns nicht erwartet«, bot er als Erklärung an.

Ein weiteres feindliches Horn nahm den dringlichen Ruf auf und versuchte das Bellen der Hunde und das Glockengeläut zu übertönen. Die nächstgelegenen Straßen waren jetzt leer bis auf den zerreißenden Nebel und die gekrümmten Gestalten zweier Franzosen, die umgekommen waren, als sie aus ihren Quartieren traten. Sharp wußte, daß dies der Moment war, in dem der Feind seinen Gegenangriff ausführen mußte. Wenn auch nur ein französischer Offizier seinen Verstand beisammen hatte und zwei Kompanien Soldaten auftreiben konnte, waren die Rifles geschlagen. Er blickte nach rechts, doch von den Cazadores war immer noch nichts zu entdecken. »Laden! Dann schußbereit bleiben!«

Sharp lud seine eigene Waffe. Als er die Kugel aus ihrer Hülse biß, schmeckte der Salpeter bitter und unangenehm. Noch ein paar Schüsse, das wußte er, dann würde er von dem salzigen Pulvergeschmack rasenden Durst bekommen. Er spuckte die Kugel in die Gewehrmündung und rammte sie hinab in die Füllung. Er schob den Ladestock ein und füllte die Pfanne mit Zündpulver.

»Sir! Sir!« Es war Dodd, einer der Männer, die die Straße nach Westen sicherten. Er schoß. »Sir!«

»Ruhe bewahren!« Sharp rannte zur Straßenecke und sah einen einzelnen französischen Offizier zu Pferde. Dodds Kugel hatte den Mann verfehlt, der noch siebzig Schritte entfernt war. »Ganz ruhig jetzt!« rief Sharp. »Nicht schießen!«

Der französische Offizier, ein Kürassier, warf sich mit einer Geste, die ebenso geringschätzig wie tapfer war, die Zipfel seines Umhangs über die Schulter. Seine stählerne Brustplatte schimmerte hell im dunstigen Licht. Der Mann zog seinen langen Degen. Sharp bereitete sich zum Schuß vor. »Harvey! Jenkins!«

»Sir?« Beide Rifles antworteten zugleich.

»Holt euch den Schweinehund, wenn er kommt.«

Sharp blickte sich um. Er fragte, wo zum Teufel Vivars Cazadores blieben. Hufgetrappel veranlaßte ihn, sich wieder umzudrehen, und er sah, daß der Offizier nun im Trab die Straße entlang ritt. Aus den Nebenstraßen gesellten sich weitere Kürassiere zu ihm. Sharp zählte zehn Reiter, dann noch einmal zehn. Mehr konnte der Feind nicht aufbringen. Die übrigen Kavalleristen in der Stadt waren wohl immer noch dabei, ihre Pferde zu satteln oder auf Befehle zu warten.

Der Franzose, der zu den tapfersten gehörte, denen Sharp je begegnet war, bellte ein Kommando. »*Casques en tête!*« Die Reiter setzten ihre federgeschmückten Helme auf. Die Straße war nur so breit, daß drei Berittene nebeneinander Platz hatten. Die Kürassiere schwangen ihre Degen. »Blöder Schweinehund«, verfluchte Harper den französischen Offizier, der in seinem Trachten nach Ruhm Männer in den Tod führte.

»Anlegen!« Sharp gefiel gar nicht, was er zu tun hatte. Auf jeden der vorderen Franzosen kam ein halbes Dutzend Gewehre. Und wenn sie starben, würden sie für die Nachkommenden die Straße blockieren. »Ruhig Blut, Jungs! Wir werden uns diese Schweinehunde allesamt holen! Tief zielen!«

Die Gewehre senkten sich. Gebogene Hähne wurden gespannt. Hagman hatte das rechte Knie auf den Boden gestützt. Dann verlagerte er sein Gewicht so nach hinten, daß er auf der Ferse kauerte. Dadurch hatte seine linke Hand, gestützt auf sein linkes Knie, die schwere Waffe samt Bajonett besser im Griff. Einige der Rifles hatten eine ähnliche Haltung angenommen, während andere ihre Gewehre an Türstürzen stabilisierten. Auf der Straße lagen die schwelenden Reste des Wachfeuers und hüllten die herankommenden Reiter in Dunst, die nun zum Galopp ansetzten.

Der französische Offizier hob seinen Degen. »*Vive l'Empereur!*« Er ließ den Degen niedersausen.

»Feuer!«

Die Gewehre feuerten. Sharp hörte, wie die Kugeln von den Brustplatten abprallten. Es klang so, als würde man mit Kieseln nach einem Stück Blech werfen. Ein Pferd schrie auf und erhob sich auf die Hinterhand. Sein Reiter geriet unter die Hufe eines heranstürmenden Pferdes. Degen fielen klirrend aufs Pflaster. Der Offizier lag am Boden. Er wand sich in Krämpfen und spuckte Blut. Ein reiterloses Pferd klapperte in eine Gasse. Ein Kürassier machte kehrt und floh. Ein zweiter war vom Pferd gefallen und hinkte nun auf eine offene Tür zu. Die Kavalleristen weiter hinten versuchten, sich nicht nach vorn durchzuzwängen, sondern rissen ihre Tiere herum und flohen.

»Nachladen!«

Aus mehreren Fenstern entlang der Straße schossen Rauchwolken hervor. Eine Kugel schlug mit erschreckender Gewalt neben Sharp in die Mauer ein, während eine andere von den Pflastersteinen abprallte und das Bein eines Schützen traf. Der Mann gab einen zischenden Schmerzenslaut von sich, stürzte und streckte die Hand nach dem Blut aus, das sich dick über seine schwarze Hose ausbreitete. Es war schwer, die Franzosen hinter den schwarz vergitterten Fenstern auszumachen, und noch schwerer, diese Männer abzuschießen. Weitere schattengleiche Gestalten erschienen am anderen Ende der Straße, und aus diesen heraus loderte Musketenfeuer auf die Schützen zu. Es war jetzt hell genug, daß Sharp eine französische Trikolore ausmachen konnte, die von der hohen Kuppel der Kathedrale flatterte. Er sah, daß ein klarer, kalter Tag bevorstand, ein Tag zum Töten, und wenn Vivar nicht bald seine Hauptstreitmacht heranführte, war es den Rifles bestimmt, den Tod zu erleiden.

Dann erklang hinter ihm die Trompete.

Die Cazadores kämpften nicht nur um die Ehre, nicht nur für ihr Land, obwohl beide Gründe genügt hätten, sie durch die Pforten der Hölle zu treiben. Sie kämpften für den Schutzheiligen Spaniens. Dies war Santiago de Compostela, wohin die Engel eine Sternenwolke entsandt hatten, um eine vergessene Gruft zu erhellen, und die spanische Kavallerie ritt für Gott und für Santiago, für Blas Vivar und für Santiago.

Sie kamen heran wie eine schreckliche Flut. Als ihre Pferde an Sharp vorbeidonnerten, sprühten die Hufe Funken. Ihre Säbel blitzten im grauen Morgenlicht. Sie drangen vor ins Herz der Stadt, angeführt von Blas Vivar, der den Schützen ein unverständliches Dankeswort zurief, als er an ihnen vorbeigaloppierte.

Und hinter den Cazadores kam aus jener Mulde, in der Sharp bei Morgengrauen hätte sein müssen, die Infanterie der

Freiwilligen geklettert. Auch sie hatten sich den Namen des Heiligen als Kampfruf erkoren. Trotz ihrer provisorischen Uniformen aus braunen Jacken und weißen Schärpen wirkten diese Männer, bewaffnet mit Musketen, Spitzhacken, Degen, Messern, Lanzen und Sensen, nicht wie Soldaten, sondern wie rachsüchtiger Pöbel.

Als sie vorbeirannten, warf Sharp den Männern ohne Schußwaffen die erbeuteten französischen Musketen zu, doch die Freiwilligen waren nur darauf erpicht, das Zentrum der Stadt zu erreichen. Zum ersten Mal sah Sharp, daß die Aussicht bestand, zu siegen, nicht durch gekonnte Taktik, sondern durch Ausnutzung des Hasses einer Nation.

»Was sollen wir tun, Sir?« Harper trat mit einem Bündel erbeuteter Bajonette aus dem Wachhaus.

»Hinterher! Vorwärts! Achtet auf die Flanken! Behaltet die oberen Fenster im Auge!«

Doch derartige Ratschläge trafen nun auf taube Ohren. Die Schützen hatten sich vom Wahnsinn dieses Morgens anstecken lassen. Es kam ihnen nur darauf an, die Stadt einzunehmen. Die Ängste der langen, kalten Nacht waren verschwunden, und überschäumende, unglaubliche Zuversicht war an ihre Stelle getreten.

Sie stürzten sich ins Chaos. Franzosen, die von dem Getümmel geweckt wurden, rannten in Gassen, wo rachsüchtige Spanier sie erst jagten und dann töteten. Einzelne Bewohner der Stadt schlossen sich der Hetzjagd an und halfen Vivars Männern. Diese schwärmten aus in die überdachten mittelalterlichen Straßen, die um die zentralen Gebäude herum ein Labyrinth bildeten. In Trupps aufgeteilte Cazadores preschten von einer Straße zur anderen. Ein paar Franzosen leisteten vom Obergeschoß ihrer Quartiere aus immer noch Widerstand, doch sie wurden einer nach dem anderen abgeschlachtet. Sharp sah, wie sein ehemaliger Führer, der Schmied, einem Lanzenträger mit dem Hammer den Schädel einschlug. In den Rinnsteinen floß Blut. Ein Priester kniete neben einem sterbenden Freiwilligen.

»Zusammenbleiben!« Sharp befürchtete, daß in einem Schreckensmoment ein Schütze in dunkler Uniform für einen

Franzosen gehalten werden könnte. Er erreichte einen kleinen Platz, wandte sich wahllos in eine Richtung und führte seine Männer eine Straße entlang, auf der drei Franzosen tot in rinnenden Blutlachen lagen. Auf den Stufen einer Kirche zog eine Frau einem Mann die Uniform vom Leibe. Ein vierter Franzose lag im Sterben. Zwei Kinder, nicht älter als zehn Jahre, stachen mit Küchenmessern auf ihn ein. Ein beinloser Krüppel, der auf Plünderung aus war, schwang sich auf schwieligen Knöcheln an die Seite eines Leichnams.

Sharp bog nach links in die nächste Straße ein und wich zurück, als spanische Kavalleristen an ihm vorbeistürmten. Aus einem Haus floh ein Franzose, geriet einem Reiter in den Weg. Er schrie, dann traf ein Säbelhieb sein Gesicht, und er verschwand unter den eisenbewehrten Hufen. Irgendwo in der Stadt krachte wie Donner eine Musketensalve. Ein französischer Infanterist kam aus einer Gasse, sah Sharp und fiel auf die Knie. Er bettelte buchstäblich darum, gefangengenommen zu werden. Sharp verfrachtete ihn nach hinten, in den Gewahrsam der Schützen, während weitere Franzosen aus der Gasse strömten. Sie warfen ihre Musketen fort und wollten nichts anderes als Schutz.

Vor ihnen wurde es jetzt hell und weniger eng, eine Abwechslung nach der naßkalten Finsternis der schmalen Straßen, und Sharp führte seine Männer auf die weite Plaza zu, die die Kathedrale umgab. Aus einer Bäckerei drang der Geruch von Brot, doch dieser angenehme Duft wurde sogleich überlagert vom Gestank des Pulverdampfes. Die Schützen rückten vorsichtig auf den Platz vor, von wo aus eine weitere Riesensalve den Morgen zerriß. Sharp konnte zwischen den Unkräutern, die in den Ritzen der Steinplatten wuchsen, Leichen herumliegen sehen. Neben den toten Pferden lagen an die zwanzig Gefallene, hauptsächlich Spanier. Der Rauch aus den Musketen war dicker als der Nebel. »Die Schweinehunde leisten Widerstand«, brüllte Sharp zu Harper hinüber.

Er schob sich vorwärts in Richtung Straßenecke. Zu seiner Linken stand die Kathedrale. Drei Männer in braunen Jacken lagen auf ihren Stufen. Aus ihren Körpern rann Blut. Rechts von Sharp und direkt gegenüber der Kathedrale ragte ein reich geschmücktes Gebäude auf. Über dem Haupteingang hing eine Trikolore, und jedes der Kirchenfenster war mit Pulverdampf umkränzt. Die Franzosen hatten das große Bauwerk in eine Festung verwandelt, die den Platz beherrschte.

Dies war nicht der Zeitpunkt, sich mit einer Horde in die Enge getriebener, verzweifelter Franzosen einzulassen, sondern es galt festzustellen, ob die übrige Stadt eingenommen war. Die Schützen umrundeten im Schutz der Hinterhöfe die Plaza. Die Gefangenen blieben von allein bei ihnen, denn die Rache, die die Stadtbewohner an anderen gefangenen Franzosen übten, erfüllte sie mit Schrecken. Die Stadt brachte einen rachelustigen Pöbel hervor, und Sharps Soldaten mußten von ihren Gewehrkolben Gebrauch machen, um die Gefangenen zu schützen.

Sharp führte seine Männer nach Süden. Sie kamen an einem sterbenden Pferd vorbei, dem Harper den Gnadenschuß gab. Augenblicklich fielen zwei Spanier mit Messern über den Kadaver her und schnitten große Stücke warmen Fleisches heraus. Ein Buckliger mit blutender Kopfhaut grinste, als er einem toten Dragoner die Zöpfe abschnitt. Sharp fiel auf, daß dies der erste Dragoner war, den er in Santiago de Compostela zu Gesicht bekommen hatte. Er fragte sich, ob Louisas Täuschungsmanöver tatsächlich funktioniert haben konnte und die Mehrzahl der grün gekleideten französischen Kavallerie nach Süden geritten war.

»Dort hinein!« Sharp entdeckte zu seiner Linken einen Innenhof, und er stieß die Gefangenen durch den Torbogen. Er ließ zu ihrer Bewachung ein halbes Dutzend Grünjacken zurück, dann kehrte er in das mittelalterliche Straßengewirr zurück, in dem heftig gekämpft wurde. Manche Gassen lagen friedlich da, während in anderen kurze, heftige Feuergefechte stattfanden, wann immer verzweifelte Franzosen in die Enge getrieben wurden. Ein Kürassier, der in eine Sackgasse geraten war, hieb mit dem Degen um sich und schlug sechs Freiwillige in die Flucht, ehe krachende Musketenkugeln seinen Widerstand brachen. Die meisten Franzosen verbarrikadierten sich in ihren Quartieren. Spanische Musketen sprengten die Türen, und Männer starben, als sie die schmalen Treppen hinaufstürmten, doch die Franzosen waren zahlenmäßig unterlegen. Zwei Häuser gerieten in Brand, und Männer schrien entsetzlich, als sie bei lebendigem Leibe verbrannten.

Die meisten überlebenden Feinde, abgesehen von jenen, die das große Gebäude an der Plaza besetzt hielten, befanden sich im Süden der Stadt, wo sie in einer Ansammlung von Häusern von ihren Offizieren zusammengehalten wurden und sich standhaft wehrten. Sharps Männer eroberten zwei Obergeschosse, und ihre Gewehrschüsse vertrieben die Franzosen von den Fenstern und Innenhöfen. Vivar war mit einem unberittenen Trupp Cazadores unterwegs, und Sharp sah zu, wie die rot und blau uniformierte Kavallerie in die vom Feind besetzten Häuser flutete.

Vivars sorgfältiger Plan, der vorsah, Männer zu jeder Ausfallstraße der Stadt zu beordern, war in der Hitze des Sieges untergegangen. So kam es, daß Männer, die den Feind in östliche Richtung hätten vertreiben sollen, mordeten und plünderten, so gut sie nur konnten. Doch es war gerade dieses Ungestüm, das die Angreifer durch die Stadt schwärmen ließ und die Franzosen zur Flucht veranlaßte, entweder hinaus aufs Land oder zum französischen Hauptquartier an der Plaza.

Die aufgehende Sonne offenbarte, daß die Trikolore von der hohen Kuppel der Kathedrale verschwunden war. An ihrer Stelle fing eine spanische Standarte, leuchtend wie ein Juwel, die sanfte Brise ein. Sie war mit dem Wappen des spanischen Königshauses geschmückt; ein Banner für den Morgen, wenn auch noch nicht das Banner Santiagos, das man erst in der Kathedrale entfalten würde. Sharp überlegte, wie schön doch die Stadt im Morgenlicht aussah. Er betrachtete das komplizierte Gewirr aus Kirchtürmen, Spitzdächern, Kuppeln und Kastellen, verschleiert durch Rauch und Sonnenlicht. Die ganze Szene wurde von der Kathedrale selbst überragt. Eine Gruppe blauberockter Franzosen erschien auf dem mit einer Balustrade versehenen Balkon eines der Glockentürme. Sie feuerten in die Tiefe, dann trieb sie eine Salve von unten zurück. Eine der spanischen Kugeln traf eine Glocke. Die übrigen Kirchenglocken der Stadt läuteten zum Sieg, obwohl vereinzelte Musketenschüsse von den letzten Resten französischen Widerstands zeugten.

Ein Schütze neben Sharp entdeckte zwei Franzosen, die in fünfzig Metern Entfernung über ein Dach krochen. Das Baker-Gewehr schlug gegen seine Schulter, dann rutschte einer der Feinde blutend über die Schindeln und stürzte auf die Straße. Der andere warf sich hastig über den Dachfirst, um dahinter zu verschwinden. Vivars Männer hatten mit Säbel und Karabiner die Verfolgung aufgenommen, und Sharp konnte französische Soldaten in die südlichen Felder rennen sehen. Er befahl seinen Männern, das Feuer einzustellen, dann führte er sie wieder hinab auf die Straße, wo die Schönheit des Stadtbildes durch den gräßlichen Gestank von Blut überlagert wurde. Ein Hund leckte im Rinnstein das Blut auf und knurrte, als die Schützen ihm zu nahe kamen.

Sharp begab sich wieder an den Rand der Plaza, wo immer noch Musketenfeuer über die Steinplatten peitschte. Der weite Platz war bis auf die Toten und Gefallenen leer. Die Franzosen hatten ihre Stellung in dem riesigen, eleganten Gebäude gehalten, von wo aus sie Musketendonner erschallen ließen, sobald ein Spanier wagte, sich auf der Plaza zu zeigen.

Sharp sorgte dafür, daß seine Schützen in Deckung blieben. Er schlich sich ganz bis an die Straßenecke vor, von wo aus er begutachten konnte, welch üppigen Reichtum ein toter Heiliger über das Stadtzentrum gebracht hatte. Die Plaza war von aufsehenerregend schönen Gebäuden umgeben. Ein Schrei veranlaßte ihn, sich umzudrehen, und er sah, wie ein Franzose von einem Glockenturm der Kathedrale geworfen wurde. Sein Körper zappelte im Fallen, dann wurde der Anblick gnädig von einer niedrigen Häuserzeile verborgen. Die Kathedrale war ein Wunderwerk aus fein behauenem Stein mit verschlungenen Verzierungen, doch an diesem Tag starben Menschen im Labyrinth seiner geschnitzten Dächer. Auf dem Glockenturm wurde eine weitere spanische Standarte gehißt, nachdem man dort den letzten Franzosen getötet hatte. Die großen Glocken stimmten ihr fröhliches Geläut an, während eine Salve Musketenfeuer von der französischen Seite der Plaza her versuchte, an den Spaniern Rache zu nehmen, die das Banner ins Morgenlicht gehängt hatten.

Ein Spanier stürmte aus der westlichen Pforte der Kathedrale und schwang eine eroberte französische Fahne. Augenblicklich ergoß sich ein Geschoßhagel vom Westen her auf den Platz, und die Kugeln umschwirrten krachend den Mann. Wie durch ein Wunder überlebte er. Im Bewußtsein, an diesem Tag unverwundbar und unsterblich zu sein, kam der Mann verwegen die Stufen der Kathedrale herabstolziert und trat zwischen die verstreuten Leichen auf der Plaza. Auf Schritt und Tritt zerfetzten die zischenden Kugeln die erbeutete Fahne des Feindes. Der Mann jedoch blieb unverletzt, und die Schützen jubelten, als er endlich gemächlich seine zerrissene Trophäe in einer Straße in Sicherheit brachte.

Im Schatten stehend, hatte Sharp das von Franzosen besetzte Gebäude beobachtet und herauszufinden versucht, wie viele Musketen oder Karabiner von seiner Fassade aus abgefeuert wurden. Er schätzte mindestens einhundert Schuß und wußte, daß es sich, falls die Franzosen auf der anderen Seite des mächtigen Baus noch einmal so viele Männer hatten, als schwierig erweisen würde, ihn einzunehmen.

Er drehte sich um, als hinter ihm Hufgetrappel erklang. Es war Blas Vivar, der um die Gefahr wissen mußte, die draußen auf dem Platz drohte, denn er glitt ein gutes Stück vor dem Ende der Straße aus dem Sattel. »Haben Sie Miss Louisa gesehen?«

»Nein!«

»Ich auch nicht.« Vivar lauschte dem Musketenfeuer, das von der Plaza herüberdrang. »Sie sind also immer noch im Palast?«

»Massiert«, antwortete Sharp.

Vivar spähte um die Straßenecke herum auf das Gebäude. Es war von Männern auf dem Dach der Kathedrale unter Beschuß genommen worden. Fensterscheiben zersplitterten. Französische Musketen erwiderten das Feuer. Sie spuckten Rauch in die aufgehende Sonne. Vivar fluchte. »Ich kann sie dort nicht einfach lassen.«

»Es wird verdammt schwierig werden, sie herauszutreiben.« Sharp wischte Blut von der Klinge seines Degens. »Sind wir auf Artillerie gestoßen?«

»Ich habe keine zu Gesicht bekommen.« Vivar zuckte zurück, als dicht neben seinem Kopf eine Musketenkugel einschlug. Er grinste, als müsse er sich für seine Schwäche entschuldigen. »Vielleicht werden sie sich ergeben?«

»Nicht, wenn sie glauben, daß sie dann abgeschlachtet werden.« Sharp wies hinter sich auf die Straße, wo ein französischer Leichnam bezeugte, welches Schicksal einen Feind erwartete, der sich vom Stadtvolk einfangen ließ.

Vivar trat von der Straßenecke zurück. »Vielleicht ergeben Sie sich Ihnen.«

»Mir!«

»Sie sind Engländer. Sie trauen den Engländern.«

»Ich muß ihnen versprechen können, daß sie am Leben bleiben.«

Ein Spanier mußte sich irgendwo am Rande der Plaza gezeigt haben, denn plötzlich kam wieder hallendes Musketenfeuer auf, das verriet, wie viele Soldaten die Franzosen tatsächlich im Palast versammelt hatten. Vivar wartete, bis die ohrenbetäubenden Salven verstummt waren. »Sagen Sie ihnen, ich werde den Palast in Brand stecken, wenn sie sich nicht ergeben.«

Sharp bezweifelte, ob sich der steinerne Bau anzünden ließ, aber das war nicht die Drohung, vor der sich die Franzosen am meisten fürchteten. Sie fürchteten die Folter und einen schrecklichen Tod. »Können die Offiziere ihre Degen behalten?« fragte er.

Vivar zögerte, dann nickte er. »Ja.«

»Und Sie garantieren jedem Franzosen Sicherheit?«

»Natürlich.«

Sharp hatte nicht den Wunsch, die Kapitulation auszuhandeln; er fand, daß derartige diplomatische Aufgaben besser von Blas Vivar erledigt worden wären, aber der Spanier schien überzeugt zu sein, daß ein englischer Offizier beruhigender auf die Franzosen wirken würde. Ein Trompeter der Cazadores blies zum Waffenstillstand.

Man fand ein Laken, befestigte es an einem Besenstiel und schwenkte es an der Straßenecke. Der Trompeter wiederholte das Signal zum Einstellen der Kampfhandlungen, aber es dauerte eine volle Viertelstunde, um die rachelustigen Spanier am Rand des Platzes zu überzeugen, daß dieses Signal ernstgemeint war. Weitere zehn Minuten vergingen, ehe sich aus dem Palast eine mißtrauische französische Stimme meldete.

Vivar übersetzte. »Sie wollen nur einen Mann sprechen. Ich hoffe nur, daß das keine Falle ist, Leutnant.«

»Ich auch.« Sharp steckte seinen Degen weg.

»Und fragen Sie nach Louisa!«

»Das hatte ich ohnehin vor«, sagte Sharp und trat hinaus ins Sonnenlicht.

Kapitel fünfzehn

Keine Salve begrüßte Sharp, nur Stille. Die aufgehende Sonne warf den vielzackigen Schatten der Kirchtürme auf die von Kugeln vernarbte Mauer des Palastes, brach durch den frühmorgendlichen Nebel, den der Musketenqualm verdichtet hatte. Seine Schritte hallten von den Gebäuden wider. Ein Verwundeter stöhnte und wälzte sich in seinem Blut.

Sharp vermochte der Art und Weise, wie sich die Verwundeten und Toten über den Platz verteilten, einen Teil der Ereignisse des Morgens zu entnehmen. Franzosen, die sich in den Palast retten wollten, waren von ihren spanischen Verfolgern abgestochen worden, die wiederum von den Salven der Franzosen niedergestreckt wurden, die dort bereits in Sicherheit waren. Diese Franzosen beobachteten nun, wie er sich seinen Weg durch die furchtbaren Überreste der Schlacht bahnte.

Manche der Gefallenen lagen mit geballten Fäusten da. Ein totes Pferd entblößte im Morgenlicht seine gelblichen Zähne. Die halb polierte Brustplatte eines Kürassiers lag neben einem einzelnen Trommelschlegel. Fetzen verkohlter Kartuschpappe kräuselten sich auf dem Kopfsteinpflaster. Ein Block Pfeifenton war zu weißem Staub zerkrümelt. Ein spanischer Stiefelsporn, der sich aus seiner Halterung gelöst hatte, lag neben einem verbogenen Ladestock. Zwischen den Unkräutern, die sich durch die Ritzen des Pflasters gedrängt hatten, fanden sich eine leere

Säbelscheide, ein Helmvisier, Kartuschen und zurückgelassene französische Tschakos. Eine Katze fauchte Sharp an, dann machte sie sich rasch davon.

Sharp schritt durch die Unordnung und war sich bewußt, daß man ihn vom Palast aus mißtrauisch beobachtete. Außerdem wurde er das Gefühl nicht los, für den diplomatischen Auftrag, der ihm bevorstand, schlecht gerüstet zu sein. Seine Stiefelsohle hing lose herab und scharrte über die Steinplatten. Er hatte keine Kopfbedeckung, die Nähte an seiner Hose waren erneut gerissen, während seine Gesichtshaut und seine Lippen vom Pulverdampf geschwärzt waren. Er hatte sein Gewehr über die rechte Schulter gehängt, und er überlegte, daß er die Waffe hätte ablegen müssen, da sie für diese Mission unpassend war.

Sharp bemerkte die gußeisernen *reias*, mit denen die Fenster im unteren Stockwerk des Palastes vergittert waren; diese Gitterstäbe sorgten dafür, daß ein Angriff nur auf das Doppelportal möglich war. Als er sich dem Portal näherte, wurde ein Türflügel vorsichtig einen Spalt breit geöffnet. Man hatte in seine Holzverkleidung Schießscharten geschlagen. Glasscherben, die entstanden waren, als die Franzosen mit den Kolben ihrer Musketen die Fenster ausgeschlagen hatten, lagen inmitten verbeulter Musketenkugeln auf dem Pflaster. An der Fassade des Palastes hafteten Schwaden von Pulverdampf, der nach faulen Eiern roch.

Sharp stieg behutsam über das zerbrochene Glas. Vom Portal her wurde eine Frage in gebrochenem Spanisch gestellt. »Englisch«, rief er daraufhin. »Englisch.« Es entstand eine Pause, dann wurde der Türflügel geöffnet.

Sharp trat ein und stand in einer hohen Säulenhalle, wo ihn eine Gruppe französischer Infanteristen mit ihren Bajonetten empfing. Die Männer hatten hinter einem provisorischen Bollwerk aus vollen Säcken Stellung bezogen. Sie hatten offenbar mit einem Angriff auf das Portal gerechnet. Sicherlich, überlegte Sharp, hätten die Franzosen nicht zugelassen, daß er diese Vorkehrungen sah, wenn sie nicht bereits entschlossen wären, sich zu ergeben. Der Gedanke verlieh im Selbstvertrauen.

»Sie sind Engländer?« Die Frage kam von einem Offizier, der sich links von Sharp in den Schatten hielt.

»Ich bin Engländer. Mein Name ist Sharp, und ich habe das Kommando über einen Trupp der 95th Rifles Seiner Majestät, der sich in dieser Stadt aufhält.« Es erschien ihm derzeit angebracht, nicht seinen niedrigen Rang zu verraten, der kaum geeignet war, Männer zu beeindrucken, die in so verzweifelter Lage waren wie diese Franzosen.

Doch dieses kleine Täuschungsmanöver fruchtete nichts, denn aus dem Treppenhaus vor ihm meldete sich eine weitere Stimme. »Leutnant Sharp!« Es war Vivars Bruder, der Graf von Mouromorto. »Sind Sie etwa der beste Emissär, den man auftreiben konnte, Leutnant?«

Sharp sagte nichts. Er wischte sich mit dem Ärmel das Gesicht ab, so daß das rußähnliche Pulver auf seinen Wangen gänzlich verschmiert wurde. Irgendwo am Stadtrand war eine Salve Musketenfeuer zu hören, dann näher an der Plaza ein Jubelschrei. Der französische Offizier rückte seinen Degen gerade. »Hier entlang, Leutnant.« Er führte ihn die Treppe hinauf, vorbei an dem Grafen, der wie immer seinen schwarzen Reitmantel und die seltsamen weißen Stulpenstiefel trug und nun hinter ihnen herkam. Sharp fragte sich, ob wohl auch Louisa hier im Palast sei. Er war versucht, den Offizier danach zu fragen, nahm jedoch an, daß diese Frage besser an Oberst de l'Eclin zu richten war, beziehungsweise an denjenigen, der droben wartete, um über die Kapitulation zu verhandeln.

»Ich muß Ihnen gratulieren, Leutnant.« Der französische Offizier hatte wie Sharp eine Stimme, die von der Anstrengung, im Kampfgetümmel Befehle brüllen zu müssen, ganz heiser war. »Wie ich höre, waren es Ihre Rifles, die den ersten Angriff ausgeführt haben?«

»Richtig.« Sharp erschien der höfliche Umgangston, der bei Waffenruhe gepflegt wurde, immer aufs neue unpassend. Männer, die bei Sonnenaufgang versucht hatten, sich gegenseitig zu verstümmeln, machten einander eine Stunde später blumige Komplimente.

»Der Leutnant war töricht genug, seine Männer dem Wahnsinn meines Bruders zu opfern.« Der Graf von Mouromorto war offenbar nicht geneigt, Komplimente zu machen, weder blumige noch anders geartete. »Ich hatte angenommen, die Briten seien vernünftiger.«

Sharp und der französische Offizier ignorierten die Bemerkung. Sharp deutete die Gegenwart des Grafen so, daß in der Tat de l'Eclin am Ende dieser Treppe auf ihn warten würde, und ihm wurde klar, daß er die Begegnung fürchtete. Er konnte sich nicht vorstellen, de l'Eclin zur Kapitulation überreden zu können; dazu war der Offizier der Kaiserlichen Garde zu schlau, und Sharp wußte, daß sein empfindliches Selbstvertrauen vor dem wissenden und skeptischen Blick des Obersten ins Wanken geraten würde.

»Hier entlang, Leutnant.« Der französische Offizier führte ihn auf dem Treppenabsatz an einer weiteren Barrikade vorbei und dann auf eine Tür zu, die zu einem hohen, ehedem eleganten Raum führte, von dem aus man in andere, ähnliche Räume gelangte. Die Palastfenster, an denen Infanteristen mit geladener Waffe inmitten der Glasscherben kauerten, befanden sich rechts von ihnen. Die obere Rückwand des Raums trug die Narben einschlagender Musketenkugeln, ebenso die feine Stuckdecke. Ein riesiger Spiegel über dem Kamin war zerbrochen, und die spitzen Glassplitter staken gefährlich aus dem vergoldeten Rahmen. Das Porträt eines streng blickenden Mannes mit altertümlicher Halskrause war von Kugeln durchlöchert. Die Soldaten drehten sich in schweigender, feindseliger Neugier nach Sharp um.

Auch im nächsten Raum hatten sich an die zwanzig Soldaten hinter den Fenstern verschanzt. Wie die Männer im ersten Raum gehörten sie hauptsächlich der Infanterie an. Unberittene Kürassiere oder Ulanen waren selten. Keine Dragoner, vermerkte Sharp. Die Männer wurden von Kissen und umgekippten Möbelstücken geschützt oder durch Säcke, aus denen Mehl oder Getreide auf den Parkettboden rann, weil sie vom Musketenfeuer getroffen waren. Sharps Zuversicht, daß die Franzosen sich ergeben würden, schwand langsam dahin. Er konnte sehen, daß dieses französische Hauptquartier für eine Belagerung genügend Männer und Munition besaß. Seine Stiefel knirschten auf den Splittern eines zerschmetterten Lüsters, als er in den dritten Raum geführt wurde, wo eine Gruppe von Offizieren auf seine Ankunft wartete.

Zu Sharps Erleichterung befand sich de l'Eclin nicht unter den Franzosen, die nun Haltung annahmen, als er in der Tür erschien. Statt dessen war es ein blauberockter Oberst der Infanterie, der vortrat und eine Verbeugung andeutete.

»Sir«, grüßte Sharp, obwohl seine Stimme wegen der Heiserkeit kaum mehr war als ein Krächzen.

Der linke Arm des Obersten steckte in einer Schlinge, und seine Wange war zerkratzt und hatte so stark geblutet, daß sein weißer Stehkragen am Hals durchtränkt war. Die linke Spitze seines Schnurrbarts war auf ähnliche Weise vom Blut verfärbt. »Coursot«, sagte er knapp. »Oberst Coursot. Ich habe die Ehre, die Hauptquartiersgarde dieser Stadt zu befehligen.«

»Sharp. Leutnant Sharp. 95th Rifles, Sir.«

Der Graf von Mouromorto, der Sharp von der Treppe bis hierher gefolgt war, trat an ein Fenster, von wo aus er auf die schattige Fassade der Kathedrale hinausblicken konnte. Er schien die Vorgänge drinnen mit Verachtung zu strafen, als sei das Schicksal Spaniens über derart kleinliche Verhandlungen erhaben.

Doch Oberst Coursots einleitende Worte muteten Sharp alles andere als kleinlich an. Der Franzose holte eine Uhr aus seiner Westentasche und drückte auf den Knopf, der ihren Deckel aufspringen ließ. »Sie haben eine Stunde Zeit, die Stadt zu verlassen, Leutnant.«

Sharp war verblüfft. Er war in der Erwartung gekommen, das Ultimatum zu stellen, doch statt dessen war es dieser hochgewachsene, grauhaarige Franzose, der so selbstbewußt die Bedingungen diktierte. Coursot klappte den Uhrendeckel wieder zu. »Sie müssen wissen, Leutnant, daß aus dem Norden ein Heereskorps in diese Stadt unterwegs ist. Es wird binnen weniger Stunden hier eintreffen.«

Sharp zögerte, denn er wußte nicht, was er sagen sollte. Sein Mund war ausgetrocknet. Um Zeit zu gewinnen, entkorkte er seine Feldflasche, spülte sich den Salzgeschmack des Schießpulvers von der Zunge und spuckte in die Asche im Kamin. »Das nehme ich Ihnen nicht ab.« Seine Antwort, wußte Sharp, mochte zwar kläglich sein, aber sie entsprach der Wahrheit. Wenn Marschall Soult oder Marschall Ney aus La Coruña aufgebrochen wären, hätte die Nachricht Vivar längst erreichen müssen.

»Ungläubigkeit ist Ihr Privileg, Leutnant«, sagte Coursot, »aber ich versichere Ihnen, daß das Heereskorps kommen wird.«

»Und ich versichere Ihnen«, sagte Sharp, »daß wir Sie besiegen werden, ehe es ankommt!«

»Diese Mutmaßung ist ebenfalls Ihr Privileg«, sagte der Oberst gleichmütig, »aber sie wird mich nicht zur Kapitulation veranlassen. Ich nehme doch an, daß Sie gekommen sind, um meine Kapitulation zu verlangen?«

»Jawohl, Sir.«

Nun setzte gespanntes Schweigen ein. Sharp fragte sich, ob wohl einige der Offiziere im Raum Coursot bedrängt hatten, sich zu ergeben; diese Franzosen waren in der Minderzahl, sie waren umzingelt, und jeder Augenblick, in dem die Auseinandersetzung weiterging, würde weitere Verwundete über jene hinaus kosten, die bereits in den Ecken des Raumes lagen. »Wenn Sie nicht sofort kapitulieren«, argumentierte Sharp unbeholfen, »werden wir Ihnen keine weitere Gelegenheit geben. Wollen Sie, daß der Palast um Sie herum abbrennt?«

Coursot schmunzelte. »Ich versichere Ihnen, Leutnant, daß ein Gebäude aus Stein nicht so leicht Feuer fängt. Ihnen fehlt es wohl an Artillerie? Worauf also hoffen Sie? Daß Ihnen der Heilige Jacob das himmlische Feuer herabschicken wird?«

Sharp errötete. Der Graf von Mouromorto übersetzte die Stichelei, und die Stimmung im Raum entspannte sich, als die französischen Offiziere darüber lachten.

»Oh, ich weiß alles über Ihr Wunder«, sagte Coursot spöttisch. »Allerdings erstaunt es mich, daß ein englischer Offizier an diesem Unsinn beteiligt ist. Ah, der Kaffee!« Er drehte sich um, als ein Adjutant mit einem Tablett voller Tassen den Raum betrat. »Haben Sie Zeit für Kaffee?« fragte er Sharp. »Oder müssen Sie zum Gebet eilen, um einen göttlichen Blitzschlag zu erflehen?«

»Ich werde Ihnen sagen, was ich tue.« Sharp gab seine diplomatischen Bemühungen auf und sprach mit beißender Härte. »Ich werde meine besten Schützen auf diese Glockentürme beordern.« Er zeigte durch das Fenster auf die Kathedrale. »Ihre Musketen sind auf diese Entfernung nicht treffsicher, aber meine Männer können Ihnen noch aus doppelt so weiter Entfernung die Augen aus Ihren Franzosenschädeln schießen. Sie haben dafür den ganzen Tag Zeit, Oberst, und sie werden diese Räume in ein Schlachthaus verwandeln. Offen gestanden, mich kümmert's nicht. Es ist mir lieber, Franzosen abzuschießen als mit ihnen zu sprechen.«

»Das glaube ich Ihnen gern.« Falls der Oberst von Sharps Drohung erschüttert war, wußte er das gut zu verbergen. Andererseits verzichtete er darauf, seine eigene Drohung von einem herannahenden Heereskorps zu wiederholen, die er, meinte Sharp, nur der Form halber ausgesprochen hatte. Statt dessen stellte er eine Tasse Kaffee vor dem Schützen auf den Tisch. »Sie können gewiß viele Männer umbringen, Leutnant, und ich kann die Verwirklichung Ihres Wunders empfindlich stören.« Coursot ließ sich von dem Adjutanten eine Tasse geben, dann sah er Sharp amüsiert an. »Das Gonfalon Santiagos? Ist es nicht so? Glauben Sie nicht auch, daß Sie sich an einen Strohhalm klammern, wenn Sie zum Sieg so eine unsinnige Spielerei nötig haben?«

Sharp stimmte weder zu, noch stritt er es ab.

Der Oberst nippte an seinem Kaffee. »Natürlich bin ich kein Experte, Leutnant, aber ich stelle mir vor, daß Wunder am besten in einer Atmosphäre andächtigen Friedens bewirkt werden, sind Sie nicht auch der Meinung?« Er wartete auf eine Antwort, doch Sharp blieb stumm. Coursot lächelte. »Ich schlage einen Waffenstillstand vor, Leutnant.«

»Einen Waffenstillstand?« Sharp konnte sein Erstaunen nicht verbergen.

»Einen Waffenstillstand!« Coursot wiederholte das Wort, als müsse er es einem Kind erklären. »Ich nehme doch an, daß Sie nicht glauben, Ihre Besetzung von Santiago de Compostela könne ewig dauern? Na, sehen Sie. Sie sind hergekommen, um Ihr kleines Wunder zu schaffen, dann wollen Sie wieder abziehen. Schön und gut. Ich verspreche, weder auf Ihre Männer zu schießen noch auf irgendeine andere Person in der Stadt, nicht einmal auf den Heiligen Jacob persönlich, solange Sie versprechen, nicht auf meine Männer zu schießen oder dieses Gebäude anzugreifen.«

Der Graf von Mouromorto erhob unvermittelt und leidenschaftlich Protest gegen diesen Vorschlag. Als Coursot ihn ignorierte, wandte er sich empört ab. Während er seinen Kaffee trank, überlegte Sharp, daß er das Mißvergnügen des Grafen verstehen konnte. Er hatte immer aufs neue versucht, das Gonfalon an sich zu bringen, und nun sollte er untätig zusehen, wenn es in der Kathedrale entfaltet wurde. Aber würden diese Franzosen tatsächlich untätig zusehen?

Coursot sah Sharps Zögern. »Leutnant, ich habe zweihundertunddreißig Mann in diesem Gebäude, davon einige Verwundete. Was könnte ich Ihnen anhaben? Wollen Sie den Palast inspizieren? Tun Sie es ruhig, tun Sie es unbedingt!«

»Ich kann mich umsehen?« fragte Sharp mißtrauisch.

»Von oben bis unten! Und Sie werden einsehen, daß ich die Wahrheit sage. Zweihundertunddreißig Mann. Darüber hinaus sind ungefähr zwanzig Spanier da, wie der Graf von Mouromorto ausnahmslos Freunde Frankreichs. Glauben Sie wirklich, Leutnant, daß ich diese Männer der Rache ihrer Landsleute preisgeben werde? Kommen Sie!« Beinahe zornig riß Coursot eine Tür auf. »Sehen Sie sich im Palast um, Leutnant! Sehen Sie sich ruhig an, was für eine geringe Zahl von Männern Ihnen einen Schrecken eingejagt hat!«

Sharp rührte sich nicht. »Ich bin nicht in der Lage, Ihren Vorschlag anzunehmen, Sir.«

»Das kann nur Major Vivar?« Der Oberst schien sich zu ärgern, daß Sharp auf sein Angebot, einen Waffenstillstand auszurufen, nicht mit augenblicklicher Begeisterung reagiert hatte. »Ich darf doch annehmen, daß Major Vivar das Kommando hat?« hakte er nach.

»Jawohl, Sir.«

»Dann berichten Sie ihm davon!« Coursot winkte ab, als handle es sich um einen geringfügigen Botengang. »Trinken Sie Ihren Kaffee aus, und dann erstatten Sie ihm Bericht! Bis dahin will ich von Ihnen eine Zusicherung haben. Ich nehme an, Sie haben heute einige Franzosen gefangengenommen? Oder haben Sie sie alle abgeschlachtet?«

Sharp ignorierte die Erbitterung des Franzosen. »Ich habe Gefangene gemacht, Sir.«

»Ich verlange Ihr Ehrenwort als britischer Offizier, daß sie anständig behandelt werden.«

»Das werden sie, Sir.« Sharp hielt inne. »Und Sie, Sir, haben eine britische Familie unter Ihrer Obhut?«

»Wir haben ein englisches Mädchen im Palast.« Coursot schien nach wie vor aufgebracht durch Sharps Mißtrauen gegenüber seinem Waffenstillstandsangebot. »Eine Miss Parker, soviel ich weiß. Ihre Familie wurde letzte Woche nach La Coruña geschickt, aber ich versichere Ihnen, daß Miss Parker keinerlei Gefahr droht. Ich nehme an, sie wurde ausgesandt, um uns irrezuführen?«

Die Gelassenheit, mit der er diese Frage stellte, verriet nicht, ob das Täuschungsmanöver funktioniert hatte oder nicht, doch Sharp ging es in diesem Augenblick ausschließlich um Louisas Schicksal. Sie war am Leben und in der Stadt, und damit waren auch seine Hoffnungen lebendig. »Ich weiß nichts davon, daß sie ausgesandt worden sein soll, Sie irrezuführen, Sir«, sagte er pflichtschuldigst.

»Nun, sie hat es getan!« sagte Coursot verdrießlich. Der Graf von Mouromorto blickte Sharp finster an, als sei der Schütze persönlich dafür verantwortlich.

»Miss Parker hat Sie irregeführt?« Sharp versuchte, mehr Informationen herauszuholen, ohne Besorgnis erkennen zu lassen.

Coursot zögerte, dann zuckte er die Achseln. »Oberst de l'Eclin ist heute morgen um drei Uhr aufgebrochen, Leutnant, und mit ihm eintausend Mann. Er glaubt, Sie seien nach Süden marschiert und Major Vivar sei in Padron zu finden. Ich gratuliere Ihnen zu dieser erfolgreichen *ruse de guerre.*«

Sharps Herz setzte einen Schlag aus. Es hatte tatsächlich funktioniert! Er versuchte, ein ausdrucksloses Gesicht zu behalten, war jedoch sicher, daß es seine Freude verriet.

Coursot schnitt eine Grimasse. »Aber seien Sie versichert, Leutnant, daß Oberst de l'Eclin noch heute nachmittag zurückkehren wird, und ich rate Ihnen, Ihr Wunder zu vollbringen, ehe es soweit ist. So! Sind Sie nun bereit, Major Vivar zu Rate zu ziehen, was meinen Vorschlag angeht?«

»Jawohl, Sir.« Sharp rührte sich immer noch nicht. »Und darf ich annehmen, daß Sie Miss Parker in unsere Obhut geben werden?«

»Wenn sie selbst es wünscht, werde ich sie in Ihre Obhut geben, sobald Sie mit Major Vivars Antwort wiederkommen. Denken Sie daran, Leutnant! Wir werden nicht auf Sie schießen, solange Sie nicht auf uns schießen!« Mit kaum verhüllter Ungeduld geleitete der französische Oberst Sharp zur Tür. »Ich gebe Ihnen eine halbe Stunde, um mit Ihrer Antwort zurückzukehren. Andernfalls werde ich annehmen, daß Sie unser großzügiges Angebot ablehnen. *Au revoir,* Leutnant.«

Nachdem Sharp den Raum verlassen hatte, trat Coursot an eines der tiefen Erkerfenster. Er klappte erneut seinen Uhrendeckel auf und starrte, scheinbar ohne sie wahrzunehmen, auf die Filigranzeiger. Erst als er Sharps Schritte auf den Steinplatten der Plaza hörte, blickte er auf und sah dem Schützen nach. »Beiß an, kleiner Fisch, beiß an«, flüsterte er ganz leise.

»Er ist töricht genug, den Köder zu schlucken.« Der Graf Mouromorto hatte die gemurmelten Worte vernommen. »Genau wie mein Bruder.«

»Wollen Sie damit sagen, sie besäßen so etwas wie Ehrgefühl?« erkundigte sich Coursot mit überraschender Boshaftigkeit. Dann spürte er, daß er zu weit gegangen war, und lächelte. »Ich denke, wir werden noch mehr Kaffee brauchen, meine Herren. Mehr Kaffee für unsere Nerven.«

Blas Vivar war weniger erstaunt über den Vorschlag des Obersten als Sharp erwartet hatte. »Das ist nicht ungewöhnlich«, sagte er. »Ich kann nicht behaupten, ich wäre erfreut, aber die Idee an sich ist gar nicht so schlecht.« Der Spanier nutzte die Waffenruhe, um auf die Plaza zu treten und die Fassade des Palastes in Augenschein zu nehmen. »Halten Sie es für denkbar, daß wir ihn erobern?«

»Ja«, sagte Sharp, »aber wir müßten fünfzig Gefallene und doppelt so viele Schwerverwundete hinnehmen. Und das werden unsere besten Männer sein. Gegen diese Schweinehunde kann man keine halb ausgebildeten Freiwilligen antreten lassen.«

Vivar nickte zustimmend. »Oberst de l'Eclin ist tatsächlich nach Süden geritten?«

»Coursot behauptet es.«

Vivar drehte sich um und rief den Zivilisten, die sich in den Straßen um den Platz drängten, etwas zu. Ein Chor von Stimmen erhob sich. Alle bestätigten sie, daß die französische Kavallerie mitten in der Nacht in südliche Richtung die Stadt verlassen hatte. Wieviel Kavallerie? fragte er und erhielt zur Antwort, es seien Hunderte und noch einmal Hunderte berittener Männer durch die Stadt gezogen.

Vivar blickte wieder zum Palast hinüber, nicht um seine strenge Schönheit zu bewundern, sondern um die Dicke seiner Steinmauern abzuschätzen. Er schüttelte den Kopf. »Diese Fahne muß herunter«, er zeigte auf die durchlöcherte Trikolore, die über dem Portal hing, »und sie müssen sich bereit erklären, sämtliche Fensterläden zu schließen. Sie dürfen an einem Fenster auf jeder Seite des Gebäudes Beobachter aufstellen, mehr nicht.«

»Können Sie die Türen von außen verbarrikadieren?« fragte Sharp.

»Warum nicht?« Vivar sah auf die Uhr. »Und warum teile ich ihnen nicht selbst unsere Bedingungen mit? Wenn ich in fünfzehn Minuten nicht zurück bin, greift ihr an.«

Sharp wollte derjenige sein, der Louisa in Empfang nahm und heil aus dem französischen Hauptquartier herausschaffte. »Soll ich nicht lieber wieder gehen?«

»Ich denke, mir droht keine Gefahr«, sagte Vivar, »und ich will mich persönlich im Palast umsehen. Das hat nichts damit zu tun, daß ich Ihnen nicht vertraue, Leutnant, aber ich denke, das obliegt meiner Verantwortung.«

Sharp nickte verständnisvoll. Einerseits war da die Bereitschaft der Franzosen, die Inspektion des Palastes zuzulassen, die ihn von ihrer Vertrauenswürdigkeit überzeugt hatte, andererseits hätte er an Vivars Stelle auch darauf bestanden, sie persönlich vorzunehmen. Sein Wiedersehen mit Louisa mußte warten, und es würde durch diese Verzögerung nicht weniger reizvoll werden.

Vivar brach nicht sofort auf. Er klatschte fröhlich in die

Hände und führte zwei unbeholfene Tanzschritte aus. »Wir haben es geschafft, mein Freund! Wir haben es wahrlich geschafft!«

Sie hatten den Sieg errungen.

Der Sieg bedeutete Arbeit. Erbeutete Musketen und Karabiner wurden südlich der Kathedrale auf der Plaza aufgestapelt, und die französischen Gefangenen wurden ins Stadtgefängnis gesperrt, wo sie von Grünjacken bewacht wurden. Die Tornister und warmen Mäntel der Rifles wurden aus dem Buchenhain im Norden der Stadt geholt. Leichen wurden in den Stadtgraben gezerrt und angemessene Verteidigungsanlagen errichtet. Sharp ging von Posten zu Posten und überzeugte sich, daß Vivars Freiwillige in Stellung waren. Im Süden der Stadt wurden immer noch einzelne französische Flüchtlinge gesichtet, doch ein paar Gewehrschüsse genügten, um sie ganz zu vertreiben. Die Straße nach Süden, sah Sharp, zeugte mit zahlreichen Kothaufen und Hufspuren von Oberst de l'Eclins Abwesenheit. Späher in den Glockentürmen der Kathedrale und Cazadorwachen an den Ausfallstraßen würden dafür sorgen, daß die Rückkehr der Dragoner nicht unbemerkt blieb. Sharp sicherte sich gegen diese Eventualität ab, indem er seinen Männern befahl, ihre Gewehre zu reinigen und ihre Bajonette zu schärfen.

Ein Sieg war errungen, und nun konnte Beute gemacht werden: Uniformen aus den französischen Quartieren, und Pferde aus ihren Ställen. Jedes Haus, in dem sich die Franzosen einquartiert hatten, besaß einen kleinen Schatz an Nahrungsmitteln. Da gab es Zwieback, Mehl in Säcken, Bratwürste, Räucherschinken, gepökeltes Schweinefleisch, luftgetrocknete Makrelen, Wein in Schläuchen und Käse mit dicker Rinde. Viele der Nahrungsmittel wurden ihnen von den Stadtbewohnern weggeschnappt, aber Vivars Cazadores behielten genug zurück, um zwanzig Maultierkörbe zu füllen.

Sharp machte sich auf die Suche nach der größeren Beute, nach den Vorräten, die in den vergangenen Wochen gesammelt und für Soults Marsch in den Süden gelagert worden waren. In zwei Kirchen der Stadt fand er Heu, Mehl und Wein, aber die Mengen reichten kaum aus, um Soults Männer und Pferde zu ernähren. In einer dritten, die wie jede andere Kirche in Santiago de Compostela ihrer Schätze beraubt worden war, fand Sharp die Überreste weiterer Vorräte. Der Steinboden der Kirche war mit verschüttetem Hafer bedeckt und mit Spuren fortgezerrter Säcke übersät. Der Gemeindepriester erklärte in stockendem Englisch, die Franzosen hätten am vergangenen Nachmittag alle Vorräte aus der Kirche geschafft und zum Raxoy-Palast verfrachtet.

»Der Raxoy-Palast? An der Plaza?«

»*Si, Señor.*«

Sharp fluchte leise. Die Franzosen hatten begonnen, die Vorräte an einer zentralen Verteilerstelle zusammenzuziehen, und Vivars Eroberung der Stadt hatte diesen Prozeß zu spät unterbrochen. Die meisten der kostbaren Vorräte befanden sich in den Säcken, die Sharp im Palast gesehen hatte; Säcke, die nun den Franzosen, die dort festsaßen, als Brustwehr dienten. Die Erkenntnis machte ihn wütend. Es hatte von Anfang an nur drei Beweggründe für die Einnahme dieser Stadt gegeben. Der erste, das Gonfalon zu entfalten, war nichts als abergläubischer Irrsinn. Der zweite, die Rettung Louisas, war ein persönliches Motiv Sharps und militärisch unerheblich. Der dritte, nämlich Soults Nachschub zu vernichten, war die einzige echte Rechtfertigung, und seine Verwirklichung war zum großen Teil fehlgeschlagen.

Obwohl jedoch die meisten Vorräte im Palast in Sicherheit waren, konnte Sharp Marschall Soult immer noch vorenthalten, was übrig blieb. Er beanspruchte das Heu für Vivars Pferde und ließ das Mehl an die Bewohner der Stadt verteilen. Den Wein befahl er, fortzuschütten.

»Fortschütten?« fragte Harper entsetzt.

»Wollen Sie, daß die Männer betrunken sind, wenn de l'Eclin den Gegenangriff ausführt?«

»Das ist sündhafte Verschwendung, Sir, wahrhaftig.«

»Vernichtet ihn!« Sharp verlieh seinen Worten Nachdruck, indem er einen Haufen Weinschläuche mit dem Degen durchbohrte. Die rote Flüssigkeit ergoß sich auf den Steinboden der

Kirche und sickerte durch die Ritzen in die darunter liegende Krypta. »Und wenn sich auch nur ein Mann betrinkt«, sagte er mit erhobener Stimme, »hat er sich vor mir persönlich zu verantworten!«

»Jawohl, Sir!« Harper wartete, bis Sharp gegangen war, dann rief er Gataker zu sich. »Treib einen Schankwirt auf, hol ihn her und sieh zu, wieviel Bargeld er bietet. Beeil dich!«

Sharp nahm eine Abteilung Schützen mit auf die Suche nach weiteren französischen Lagern mit Getreide oder Heu. Sie fanden nichts. Dagegen entdeckten sie eine Reserve französischer Infanterietornister aus Rindsleder, die von wesentlich besserer Qualität waren als die gewöhnlichen britischen. Die Tornister wurden beschlagnahmt, ebenso drei Dutzend Paar Reitstiefel, die Sharp zu seiner Enttäuschung alle zu klein waren. Die Schützen fanden französische Geschoßhülsen, um ihre Kartuschen aufzufüllen; die französische Musketenkugel war minimal kleiner als ihr britisches Gegenstück, ließ sich jedoch in Baker-Gewehren verwenden. Allerdings wurde die feindliche Munition nur im Notfall eingesetzt, weil das französische Pulver die Gewehrläufe verschmutzte. Außerdem entdeckten sie Wintermäntel und Strümpfe, Hemden und Handschuhe, nur kein Getreide oder Heu.

Auch das Stadtvolk war auf Beute aus. Die Bewohner von Santiago de Compostela scherten sich nicht darum, daß der überwiegende Teil der französischen Vorräte im Palast in Sicherheit war. Ihnen ging es nur darum, daß sie wenigstens einen Tag lang frei waren. Sie machten den Wintertag zum Karneval, indem sie sich mit Beutestücken kostümierten, bis die Stadt aussah, als sei sie von einer fröhlichen Menge halb angezogener feindlicher Soldaten bevölkert. Selbst die Frauen trugen französische Mäntel und Tschakos.

Um die Mittagszeit trug eine Kolonne von Maultieren einen Großteil der Nahrungsmittel und die Tornister der Rifles an einen sicheren Ort im östlichen Bergland. Vivar wollte verhindern, daß seine Männer durch persönliche Habseligkeiten behindert wurden, falls die Stadt verteidigt werden mußte. Daher sollten die Tornister und Beutestücke im geheimen Versteck darauf warten, nach ihrem Rückzug abgeholt zu werden.

Sobald die Maultiere aufgebrochen waren, befahl Sharp den meisten seiner Männer, sich auszuruhen, während er selbst seine ungeheure Erschöpfung niederkämpfte und sich auf die Suche nach Blas Vivar machte. Er begab sich als erstes zum Palast, den er beinahe verlassen vorfand, bis auf einen Posten Cazadores, die aufmerksam die geschlossenen Fensterläden des Palastes beobachteten. Außerdem waren einige Zivilisten dabei, aus Möbeln, leeren Weinfässern und Karren eine provisorische Barrikade zu errichten. Wenn sie fertig war, würde sie das ganze Gebäude umgeben, an das glücklicherweise auf den übrigen drei Seiten Straßen anschlossen.

In der Palastfassade war ein einzelnes Fenster unverschlossen, obwohl sich dahinter kein Beobachter sehen ließ. Die Fahne über dem Doppelportal war verschwunden, das Portal selbst mit Planken verbarrikadiert, die mit Holzstreben abgestützt waren. Die Franzosen saßen demnach in ihrem riesigen Bau fest.

Eine Menschenmenge, die von den Cazadores abgehalten wurde, den großen Platz zu füllen, sich jedoch auf den kleineren offenen Flächen im Norden und Süden der Kathedrale versammelt hatte, rief den Franzosen Schimpfworte zu. Als die Leute Sharp entdeckten, jubelten sie, doch dann setzten sie ihre Schmährufe gegen die unsichtbaren Feinde fort. Der Lärm wurde verstärkt durch lautes Dudelsackspiel. Kinder verspotteten den Feind mit Tänzen, während die Glocken der Stadt immer noch in wilder Kakophonie läuteten. Sharp brachte seine Freude über die festliche Stimmung der Bürger mit einem müden Lächeln zum Ausdruck, dann kletterte er die Stufen hinauf, die zum reich geschmückten Westeingang der Kathedrale führten. Auf halbem Wege blieb er stehen, nicht aus Erschöpfung, sondern weil er plötzlich überwältigt war von der Schönheit der Fassade: Säulen und Bögen, Statuen und Balustraden, Wappen und Schnörkel, alles war herrlich geschnitzt zum Ruhme Santiagos, der im Innern begraben lag. Nach wochenlanger Not und Kälte, Kampf und Wut ließ die Kathedrale die Bestrebungen der Männer, die überall in Spanien kämpften, kleinlich erscheinen. Dann wurde Sharp bewußt, daß diese Kathedrale Vivars Zielsetzung glich. Der Spanier setzte sich für etwas ein, an das er glaubte, während Sharp nur wie ein Pirat kämpfte, aus eigensinnigem, mörderischem Stolz.

»Erkenne ich im Auge des Soldaten so etwas wie Bewunderung?« Die Frage, in einem neckischen Tonfall gestellt, kam von einer Gestalt, die nun auf die Steinfläche an der Spitze der Treppenflucht trat.

Sharp vergaß augenblicklich die Herrlichkeit der Kathedrale. »Miss Parker?« Er wußte, daß er grinste wie ein Tor, doch er konnte nicht anders. Es war nicht nur Piratenstolz, der ihn veranlaßt hatte, zu kämpfen, sondern auch die Erinnerung an ein Mädchen, das einen blauen Rock und einen rostroten Umhang trug und ihm so oft ein bezauberndes Lächeln schenkte. Er drehte sich um und wies auf den stillen Palast, der von den Franzosen gehalten wurde. »Ist es nicht zu gefährlich, sich hier aufzuhalten?«

»Mein lieber Leutnant, ich habe einen ganzen Tag in der Höhle des Löwen verbracht! Glauben Sie, ich wäre in größerer Gefahr, nachdem Sie einen derartigen Sieg errungen haben?«

Sharp lächelte über das Kompliment. Während er die letzten Stufen hinter sich brachte, erwiderte er es. »Ein Sieg, Miss Parker, zu dem Sie entscheidend beigetragen haben.« Er verneigte sich vor ihr. »Meine untertänigste Gratulation. Ich hatte unrecht, und Sie hatten recht.«

Louisa, die sich über das Lob ehrlich freute, lachte auf. »Oberst de l'Eclin glaubt, er könne Ihnen im Ulla-Tal östlich von Padron eine Falle stellen. Ich habe ihn um drei Uhr heute morgen beobachtet.« Sie trat in die Mitte der vorgelagerten Steinfläche, die über der weiten Plaza eine Art Bühne bildete. »Hier hat er gestanden, Leutnant, und eine Rede an seine Männer gehalten. Sie haben den Platz gefüllt. Reihe um Reihe blanker Helme, die im Fackelschein schimmerten. Und all diese Männer haben dem Oberst zugejubelt. Ich hätte nie geglaubt, jemals so etwas miterleben zu können! Gejubelt haben sie, und dann sind sie fortgeritten, ihrem großen Sieg entgegen.«

Sharp überlegte, wie knapp doch der Sieg dieses Tages errungen worden war. Zusätzliche tausend Mann unter de l'Eclins rücksichtslosem Kommando hätten Vivars Angriff abgeschlagen. Doch der Oberst der Jäger hatte sich von Louisa täuschen und nach Süden locken lassen. »Wie haben Sie es nur geschafft, ihn zu überzeugen?«

»Mit reichlich Tränen und gut gespieltem Widerstreben, ihm überhaupt etwas anzuvertrauen. Erst nach langem Zureden hat er die fatale Wahrheit aus mir herausgeholt.« Louisa schien sich über die eigene Gerissenheit lustig zu machen. »Am Ende hat er mich vor die Wahl gestellt: Ich könne in der Stadt bleiben oder mit meiner Tante in La Coruña wiedervereint werden. Wenn ich mich entschieden hätte, hierzubleiben, hätte das in seinen Augen bedeutet, daß ich noch Hoffnungen auf eine Wende habe, und er hätte meiner Information nicht getraut. Daher habe ich ihn angefleht, mich mit meiner trauernden Familie zu vereinen, und der Oberst ist losgeritten.« Sie drehte vor Freude eine Pirouette. »Ich sollte heute mittag nach La Coruña aufbrechen. Sehen Sie nun, was für ein Schicksal Sie mir erspart haben?«

»Hatten Sie denn keine Angst, zu bleiben?«

»Natürlich, hatten Sie denn keine Angst, zu kommen?«

Er lächelte. »Ich werde dafür bezahlt, Angst zu haben.«

»Und angst zu machen. Sie sehen furchteinflößend aus, Leutnant.« Louisa begab sich zu mehreren Kisten, die offen neben dem Eingang zur Kathedrale standen, ließ sich auf einer davon nieder und strich sich eine widerspenstige Locke aus den Augen. »Diese Kisten«, sagte sie, »waren mit Beutegut aus der Kathedrale gefüllt. Die Franzosen haben das meiste davon in der vergangenen Woche weggeschafft, aber Don Blas hat einiges gerettet.«

»Das wird ihn freuen.«

»Nicht sehr«, erwiderte Louisa schnippisch. »Die Franzosen haben die Kathedrale entweiht. Sie haben ihre Schätze geplündert und die meisten Wandbehänge heruntergerissen. Don Blas ist nicht glücklich. Aber das Gonfalon ist heil angekommen und unter Bewachung, deshalb kann das Wunder seinen Lauf nehmen.«

»Gut.« Sharp setzte sich, zog seinen Degen, legte sich die Klinge über die Knie und kratzte das Blut ab, weil sonst die Gefahr bestanden hätte, daß die Klinge durchrostete.

»Don Blas ist drinnen. Er bereitet den Hochaltar für diesen

Unsinn vor.« Louisa entschärfte das Wort mit einem Lächeln. »Zweifellos wünschen Sie sich, er möchte sich damit beeilen, damit Sie sich zurückziehen können?«

»In der Tat, ja.«

»Aber das wird er nicht«, sagte Louisa überzeugt. »Die Priester bestehen darauf, daß der Unsinn richtig gemacht wird, mit der gebührenden Feierlichkeit. Es handelt sich um ein Wunder, Leutnant, das von Zeugen beobachtet werden muß, die die Nachricht in ganz Spanien verbreiten sollen. Wir warten noch auf die Ankunft einiger Mönche und Klosterbrüder.« Sie lachte fröhlich. »Das ist wie im Mittelalter, nicht wahr?«

»In der Tat.«

»Aber Don Blas meint es ernst, daher müssen wir beide es auch ernst nehmen. Sollen wir hineingehen und ihn aufsuchen?« Louisa sprach mit plötzlicher Begeisterung. »Außerdem müssen Sie sich das Himmelstor ansehen, Leutnant, eine wahrhaft außergewöhnliche Steinmetzarbeit. Viel eindrucksvoller als die Türen methodistischer Gemeindehäuser, obwohl es ungeheuer verräterisch von mir ist, so etwas zu sagen.«

Sharp schwieg einige Sekunden lang. Er hatte keine Lust, sich jetzt das sogenannte Himmelstor anzusehen und die Gesellschaft des Mädchens mit den Spaniern zu teilen, die dabei waren, die Kathedrale für die Salbaderei des Abends vorzubereiten. Er wollte hier mit Louisa sitzenbleiben und den Augenblick des Sieges genießen.

»Ich bin ehrlich der Meinung«, sagte sie, »daß dies die glücklichsten Tage meines Lebens waren. Ich beneide Sie.«

»Mich beneiden?«

»Es liegt am Fehlen jeglicher Restriktionen, Leutnant. Plötzlich gibt es keine Spielregeln mehr, nicht wahr? Sie wollen eine Lüge erzählen? Also lügen Sie einfach! Sie sehnen sich danach, eine Stadt zu schleifen? Sie tun es einfach! Sie möchten ein Feuer entfachen? Dann schlagen Sie einfach den Feuerstein an! Vielleicht sollte ich einer Ihrer Schützen werden.«

Sharp lachte. »Ich nehme das Angebot an.«

»Aber statt dessen«, sagte Louisa und verschränkte spröde die Arme, »muß ich in den Süden nach Lissabon reisen und dort ein Schiff nach England nehmen.«

»Müssen Sie das denn wirklich?« sprudelte es aus Sharp hervor.

Louisa schwieg einen Moment. Rauchgeruch von einem der brennenden Häuser trieb über die Plaza, dann wurde er von einem Windstoß verweht. »Entspricht das nicht dem, was Sie vorhaben?« fragte sie.

Hoffnung stieg in ihm auf. »Das hängt davon ab, ob wir in Lissabon eine Garnison behalten. Ich bin sicher, daß wir sie behalten werden«, fügte er hinzu, aber es klang alles andere als sicher.

»Mir erscheint es unwahrscheinlich, nach unserer Niederlage.« Louisa drehte sich um und beobachtete eine Gruppe spanischer Jugendlicher, die es geschafft hatten, an den mit der Bewachung der Plaza betrauten Cazadores vorbeizuschlüpfen. Die Knaben hielten eine erbeutete Trikolore hoch, die sie erst in Brand steckten und dann vor dem eingeschlossenen Feind schwenkten. Falls sie gehofft hatten, die Franzosen im Palast mit ihrer Schmähung aufzustacheln, schlug ihr Vorhaben fehl.

»Ich bin also dazu verdammt, in die Heimat zurückzukehren.« Louisa blickte zu den herumtollenden Knaben hinüber, während sie das sagte. »Und wozu, Leutnant? In England werde ich meine Näherei wieder aufnehmen und Stunden mit meinen Wasserfarben verbringen. Zweifellos werde ich eine Zeitlang eine Kuriosität sein; der Gutsherr wird von meinen drolligen Abenteuern hören wollen. Mister Bufford wird seine Avancen fortsetzen und mir versichern, daß ich, solange er noch Atem in seinem Körper hat, nie wieder so gräßlichen Gefahren ausgesetzt werden soll! Ich werde das Pianoforte spielen und Wochen auf die Entscheidung verwenden, ob ich für die Ballkleider der nächsten Saison rosa oder blaue Bänder kaufen soll. Ich werde den Armen Almosen geben und mit den Damen der Stadt Tee trinken. Und alles wird ohne jegliche Anstrengung verlaufen, Leutnant Sharp.«

Sharp fühlte sich einer Ironie ausgesetzt, die ganz zu verstehen er sich nicht zutraute. »Sie haben also beschlossen, Mr. Bufford zu heiraten?« fragte er besorgt, denn er fürchtete, die Antwort könnte all seine leisen Hoffnungen zunichte machen.

»Ich habe nicht genug geerbt, um einen edleren Freier zu

gewinnen«, sagte Louisa mit gespieltem Selbstmitleid. Sie wischte sich Asche vom Rock. »Aber es wäre sicherlich vernünftig von mir, es zu tun, nicht wahr, Leutnant? Mr. Bufford zu heiraten und in seinem sehr hübschen Haus zu wohnen? Ich werde an der Südmauer Rosen pflanzen lassen, und in gewissen Zeitabständen, in sehr langen Zeitabständen, werde ich in den Zeitungen einen Artikel entdecken, der von einer fernen Schlacht berichtet, und ich werde mich erinnern, wie gräßlich Pulverdampf riecht und wie traurig ein Soldat aussehen kann, wenn er das Blut von seinem Degen kratzt.«

Ihre letzten scheinbar so intimen Worte gaben seinem Optimismus Nahrung. Er blickte zu ihr auf.

»Sehen Sie, Leutnant«, kam Louisa ihm zuvor, »jeder Mensch steht im Laufe seines Lebens einmal vor einer grundsätzlichen Entscheidung. Ist es nicht so?«

Die Hoffnung, so unbegründet, so vage und doch so unwiderstehlich, regte sich in Sharp. »Ja«, sagte er. Er wußte zwar nicht genau, wie sie es schaffen wollte, beim Heer zu bleiben, oder wie es um die Finanzen stand, an denen die meisten unpraktischen Romanzen scheiterten, aber andere Offiziersfrauen hatten Häuser in Lissabon, warum also nicht Louisa?

»Ich bin mir nicht sicher, ob ich wirklich die Rosen und die Stickarbeit haben will.« Louisa wirkte plötzlich nervös wie ein unerfahrenes Pferd, das sich scheu der Kampflinie nähert. »Ich weiß, ich sollte mir diese Dinge wünschen, und ich weiß, daß ich töricht bin, wenn ich sie verschmähe, aber mir gefällt es in Spanien! Mir gefällt die Aufregung hier. In England ist es immer so ruhig.«

»Ja.« Sharp wagte kaum, sich zu bewegen, als könne er dadurch verhindern, daß sie ihn ablehnte.

»Finden Sie es falsch, daß ich mich nach Aufregung sehne?« Louisa wartete nicht auf Antwort, sondern stellte eine weitere Frage. »Glauben Sie wirklich, das britische Heer wird dableiben, um in Portugal zu kämpfen?«

»Natürlich!«

»Ich glaube es nicht.« Louisa wandte sich erneut ab und beobachtete die Jugendlichen, die jetzt auf der Asche der verbrannten französischen Fahne herumtrampelten. »Sir John

Moore ist tot«, fuhr sie fort, »sein Heer ist fort, und wir wissen nicht einmal, ob die Lissaboner Garnison noch existiert. Und wenn sie noch da ist, Leutnant, wie soll so eine kleine Garnison den Heerscharen Frankreichs widerstehen?«

Sharp klammerte sich hartnäckig an seinen Glauben, daß das britische Heer die Hoffnung nicht aufgegeben hatte. »Den letzten Neuigkeiten zufolge, die wir aus Lissabon erhalten haben, besteht die Garnison weiter. Sie kann jederzeit verstärkt werden! Wir haben im letzten Jahr in Portugal zwei Schlachten gewonnen, warum nicht dieses Jahr noch mehr?«

Louisa schüttelte den Kopf. »Ich denke, wir Briten sind geschlagen, Leutnant, und ich habe den Verdacht, daß wir Portugal seinem Schicksal überlassen werden. Es ist hundert Jahre her, daß ein britisches Heer in Europa erfolgreich war, wie kommen Sie darauf, zu glauben, daß wir jetzt Erfolg haben können?«

Sharp sah nun endlich ein, daß Louisas Wünsche und seine Hoffnungen doch nicht in die gleiche Richtung gingen. Ihre Nervosität war nicht die eines Mädchens, das scheu einen Antrag annimmt, sondern die eines Mädchens, das ängstlich darauf bedacht ist, mit ihrer Ablehnung niemanden zu verletzen. Er blickte zu ihr auf. »Ist das Ihre Meinung, Miss Parker? Oder die von Major Vivar?«

Louisa schwieg zunächst, dann sagte sie so leise, daß ihre Stimme über den Lärm der Kirchenglocken hinweg kaum zu Sharp durchdrang. »Don Blas hat mich gebeten, in Spanien zu bleiben, Leutnant.«

»Oh.« Sharp schloß die Augen, als ob sie vom Sonnenlicht auf der Plaza schmerzten. Er wußte nicht, was er sagen sollte. Nichts ist törichter, sagte er sich wieder, als ein abgewiesener Mann.

»Ich kann mich im katholischen Glauben unterweisen lassen«, sagte Louisa, »und ich kann Teil dieses Landes werden. Ich will nicht aus Spanien fort. Ich will nicht nach England zurückkehren und an all die Aufregung denken, die hier winkt. Und ich kann nicht . . .« Sie hielt verlegen inne.

Es war nicht nötig, daß sie den Satz beendete. Sie konnte sich nicht an einen gemeinen Soldaten verschwenden, an einen alternden Leutnant, an einen Habenichts in einer zerfetzten Uniform, dessen Zukunftsaussichten darin bestanden, in einer Provinzbaracke langsam zugrunde zu gehen. »Ja«, sagte Sharp hilflos.

»Ich kann mir die Gelegenheit nicht entgehen lassen«, sagte sie dramatisch.

»Ihre Familie . . .« setzte Sharp an.

»Wird entsetzt sein!« Louisa zwang sich ein Lachen ab. »Ich versuche mir gerade einzureden, daß das nicht der einzige Grund ist, warum ich Don Blas' Angebot annehme.«

Sharp mußte sich zwingen, zu ihr aufzublicken. »Sie werden heiraten?«

Sie sah ihm ernst ins Gesicht. »Ja, Mr. Sharp, ich werde Don Blas heiraten.« Nun, da die Wahrheit heraus war, klang ihre Stimme erleichtert. »Das ist eine plötzliche Entscheidung, ich weiß, aber ich muß den Mut aufbringen, den Augenblick auszunutzen!«

»Ja.« Etwas anderes fiel ihm nicht ein.

Louisa betrachtete ihn schweigend. In ihren Augen standen Tränen, aber Sharp sah sie nicht. »Tut mir leid«, begann sie.

»Nein.« Sharp erhob sich. »Ich hatte keine Erwartungen, überhaupt keine.«

»Ich freue mich, das zu hören«, sagte Louisa sehr förmlich. Sie wich einen Schritt zurück, während Sharp an den Rand der Steinfläche trat. Dann runzelte sie die Stirn, als er anfing, die Stufen hinabzugehen. »Wollten Sie nicht Don Blas aufsuchen?«

»Nein.« Sharp war jetzt alles egal. Er steckte seinen Degen weg und ging davon. Er hatte das Gefühl, umsonst gekämpft zu haben. Nichts war geblieben, für das es sich zu kämpfen lohnte, und seine Hoffnungen waren wie die Asche der verbrannten Fahne auf der leeren Plaza. Alles umsonst.

Kapitel sechzehn

Daß der Leutnant Miss Louisa Parker begehrte, war auf seine Weise ein ebenso kühnes Unterfangen wie Vivars Plan, eine vom Feind besetzte Stadt zu erobern. Louisa stammte aus einer respektablen Familie, die zwar hin und wieder drohte, in vornehmer Armut zu versinken, jedoch weit über Sharps niedrigem Stand angesiedelt war. Er war von Hause aus zum Bauern, vom Zufall zum Offizier und vom Schicksal zum Habenichts auserkoren.

Und was, fragte sich Sharp, hatte er von dem Mädchen erwartet? Hatte er sich vorgestellt, daß Louisa bereitwillig einen Feldzug nach dem anderen mitmachen würde, oder daß sie ein verwahrlostes Haus in der Nähe der Kaserne finden, sich mit seinem unzureichenden Sold durchschlagen und ihn für Fleischreste und Brot vom Vortag ausgeben würde? Sollte sie die seidenen Kleider zugunsten wollener Unterröcke aufgeben? Oder hatte er von ihr erwartet, daß sie ihm in die westindische Garnison folgen würde, wo das Gelbfieber ganze Regimenter ausrottete? Er sagte sich, daß seine Hoffnungen auf das Mädchen ebenso dumm wie unrealistisch gewesen seien, doch damit war der jähe Schmerz nicht geheilt. Er sagte sich, daß es kindisch sei, überhaupt verletzt zu sein, aber das machte es nicht erträglicher.

Er stürzte sich vom Wintersonnenschein der Plaza in den Gestank einer Gasse, wo er unter einer Arkade eine Weinstube entdeckte. Sharp hatte kein Geld, um den Wein zu bezahlen, doch sein Benehmen und die Art, wie er mit der Hand auf den Tisch schlug, veranlaßten den Wirt der Taverne, am Faß eine große Flasche zu füllen. Sharp trug die Flasche und einen Zinnbecher zu einer Nische hinten im Schankraum. Die wenigen Kunden, die um das Feuer kauerten und sein bitteres Gesicht sahen, beachteten ihn nicht – bis auf eine Hure, die sich auf

Geheiß des Wirts zögernd neben den fremden Soldaten auf die Bank setzte. Zunächst war Sharp versucht, sie zu verscheuchen, doch dann winkte er, ihm einen zweiten Becher zu bringen.

Der Schankwirt wischte den Becher an seiner Schürze ab und stellte ihn auf den Tisch. Über dem Bogen der Nische wurde ein Vorhang aus Sackleinen von einer Schlaufe zurückgehalten. Der Wirt griff danach und zog fragend die Augenbrauen hoch.

»Ja«, sagte Sharp barsch. »*Si.*«

Der Vorhang fiel, und es wurde dunkel um Sharp und die junge Frau. Sie kicherte, legte ihm die Arme um den Hals und flüsterte ihm spanische Koseworte zu, bis er sie mit einem Kuß zum Schweigen brachte.

Der Vorhang wurde aufgerissen. Die Frau schrie ängstlich auf.

Blas Vivar trat in die Nische. »Es ist sehr einfach, einem Fremden durch spanische Straßen zu folgen. Hatten Sie gehofft, sich vor mir zu verstecken, Leutnant?«

Sharp legte den linken Arm um die Hure und zog sie an sich, so daß ihr Kopf an seiner Schulter lehnte. Er umschloß mit einer Hand ihre Brust. »Ich habe zu tun, Sir.«

Vivar ignorierte die Provokation und ließ sich Sharp gegenüber auf die Bank nieder. Er rollte eine Zigarre über den Tisch. »Inzwischen«, sagte er, »muß Oberst de l'Eclin klargeworden sein, daß Miss Parker ihn angelogen hat.«

»Mit Sicherheit«, sagte Sharp lässig.

»Er wird sich auf den Rückweg machen. Bald wird er einem Flüchtling aus der Stadt begegnen und von der Tragweite seines Fehlers erfahren.«

»Ja.« Sharp zerrte an den Schnüren am Mieder der Hure. Die Frau versuchte vergebens, ihn davon abzuhalten, doch er blieb beharrlich und schaffte es, ihr Kleid aufzureißen.

Vivars Stimme klang sehr geduldig. »Also rechne ich damit, daß de l'Eclin uns angreifen wird, Sie etwa nicht?«

»Ich nehme an, das wird er.« Sharp fuhr mit der Hand unter das offene Kleid der Frau und blickte Vivar herausfordernd an.

»Die Verteidigung ist bereit?« fragte Vivar im Tonfall sanfter Vernunft. Die Hure aus der Taverne hätte genauso gut nicht dasein können, so wenig Notiz nahm er von ihr.

Sharp antwortete nicht gleich. Er goß sich mit der freien Hand Wein ein, trank den Becher leer und schenkte nach. »Warum in Christi Namen führen Sie Ihren verdammten Unsinn nicht einfach weiter, Vivar? Wir hängen in dieser verfluchten Todesfalle von einer Stadt herum, nur damit Sie in der Kathedrale ein Zauberkunststück vorführen können. Also tun Sie endlich, was Sie tun müssen, und verschwinden dann schleunigst!«

Vivar nickte verständnisvoll. »Mal sehen. Ich habe Cazadores nach Norden und Süden auf Patrouille geschickt. Ich brauche zwei Stunden, um sie zurückzubeordern, vielleicht länger. Wir haben noch nicht jeden Mann in der Stadt aufgetrieben, der mit den Franzosen kooperiert hat, aber die Suche wird fortgesetzt und dürfte noch eine Stunde dauern. Sind alle Vorräte vernichtet?«

»Es gibt, verdammt noch mal, keine Vorräte. Die verfluchten Froschfresser haben sie alle gestern in den Palast geschafft.«

Vivar verzog das Gesicht, als er dies hörte. »Das hatte ich befürchtet. Ich habe bei der Besichtigung der Keller des Palastes große Haufen Getreide und Heu gesehen. Wie schade.«

»Also, führen Sie Ihr Wunder aus und verschwinden Sie.«

Vivar zuckte die Achseln. »Ich warte auf die Ankunft eines Kirchenmannes, und ich habe Männer ausgesandt, die nächstgelegenen Brücken über die Ulla zu zerstören. Das ist vor dem Spätnachmittag nicht zu schaffen. Außerdem finde ich, daß Eile keineswegs geboten ist. Gegen Sonnenuntergang werden wir in der Kathedrale soweit sein, könnten also heute abend aufbrechen anstatt morgen. Aber ich bin der Meinung, wir müßten bereit sein, die Stadt gegen de l'Eclin zu verteidigen, Sie nicht auch?«

Sharp zog das Gesicht der Hure zu sich heran und küßte sie. Er wußte, daß er sich lümmelhaft benahm, doch er war zu sehr verletzt, und die Eifersucht brannte wie Fieber.

Vivar seufzte. »Wenn es Oberst de l'Eclin mißlungen ist, die Stadt vor Einbruch der Nacht zu erobern, wird ihn die Dunkelheit blind machen, und wir werden einfach abziehen. Deshalb halte ich es für angebracht, zu warten, bis es Nacht wird, ehe wir aufbrechen, Sie nicht auch?«

»Oder geht es darum, daß Sie Ihr magisches Banner im Dunkeln entfalten wollen? Wunder lassen sich am besten im Schutze der Dunkelheit ausführen, nicht wahr? Damit niemand die verdammte Gaunerei sehen kann.«

Vivar lächelte. »Ich weiß, mein magisches Banner ist Ihnen, Leutnant, nicht so wichtig wie mir, aber deshalb bin ich hier. Und wenn es entfaltet wird, will ich so viele Augenzeugen versammelt wissen wie möglich. Die Nachricht muß sich in Windeseile von dieser Stadt aus verbreiten; sie muß jede Stadt und jedes Dorf in Spanien erreichen. Selbst im fernen Süden muß man Bescheid wissen, daß Santiago in seiner Gruft erwacht ist und sein Schwert erhoben hat.«

Sharp erschauerte trotz all seiner Skepsis.

Falls Vivar Sharps Gefühlsaufwallung wahrgenommen hatte, ließ er sich nichts anmerken. »Ich rechne damit, daß Oberst de l'Eclin in den nächsten zwei Stunden eintreffen wird. Er wird sich der Stadt von Süden nähern, aber ich habe den Verdacht, daß er von Westen her angreifen wird, in der Hoffnung, daß uns die untergehende Sonne blendet. Sind Sie bereit, die Verteidigung zu übernehmen?«

»Plötzlich brauchen Sie die verfluchten Engländer wieder, nicht wahr?« Sharps Eifersucht loderte auf. »Sie glauben, daß die Briten sich davonstehlen, nicht wahr? Daß wir Lissabon im Stich lassen. Daß Ihr kostbares Spanien die Franzosen ohne uns besiegen muß. Dann tun Sie es doch, aber verdammt noch mal ohne mich!«

Vivars momentane Reglosigkeit war ein Hinweis auf den Stolz, der ihn bewegte und ebenso in Wut umschlagen konnte wie Sharps üble Laune. Die Hure wich zurück, da sie mit Gewalttätigkeiten rechnete, doch als Vivar sich wieder bewegte, geschah es nur, um über den Tisch zu greifen und Sharps Weinflasche zu nehmen. Seine Stimme klang sehr beherrscht und sehr besonnen. »Sie haben mir einmal erzählt, Leutnant, daß niemand von Offizieren, die aus den Mannschaftsrängen des britischen Heeres aufgestiegen sind, Erfolge erwartet. Was haben Sie noch gesagt? Daß die Trunksucht sie zerstört?« Er verstummte, aber Sharp antwortete nicht. »Ich glaube, Sie könnten ein Soldat von hohem Ansehen werden, Leutnant. Sie verstehen es zu kämpfen. Sie werden ruhig, wenn andere sich ängstigen. Ihre Männer sind Ihnen gefolgt, selbst als sie Sie gehaßt haben, weil Sie ihnen zum Sieg verhelfen konnten. Sie sind ein guter Mann. Aber vielleicht sind Sie nicht gut genug. Vielleicht stecken Sie so voller Selbstmitleid, daß Sie sich durch Trunksucht zugrunde richten werden, oder«, Vivar ließ sich endlich herab, die junge Frau mit dem strähnigen Haar zu beachten, die dem Schützen am Hals hing, »durch die Pocken.«

Während dieses Vortrags hatte Sharp den Spanier angestarrt, als hätte er am liebsten seinen Degen gezückt und über den Tisch auf ihn eingeschlagen.

Vivar stand auf, hielt die Weinflasche schräg und goß den Inhalt auf den mit Schilfmatten bedeckten Boden. Dann ließ er sie verächtlich fallen.

»Bastard«, sagte Sharp.

»Heißt das, ich bin so gut wie Sie?« Wieder hielt Vivar inne, um Sharps Antwort abzuwarten, und wieder blieb Sharp stumm. Der Spanier zuckte die Achseln. »Sie tun sich selbst leid, Leutnant, weil Sie nicht in die Offiziersschicht hineingeboren wurden. Aber haben Sie sich je überlegt, daß jene unter uns, die das Glück hatten, es manchmal bedauern könnten? Glauben Sie, wir hätten keine Angst vor den zähen, mürrischen Männern aus den einfachen Hütten? Glauben Sie, wir würden nicht andere Männer ansehen und dabei Neid empfinden?«

»Sie überheblicher Bastard.«

Vivar ignorierte die Beschimpfung. »Als meine Frau und meine Kinder starben, Leutnant, war ich der Meinung, es gebe nichts, wofür es sich zu leben lohnt. Ich habe mich der Trunksucht hingegeben. Nun danke ich Gott, daß damals einem Mann soviel an mir gelegen hat, daß er mir seinen überheblichen Rat zukommen ließ.« Er nahm seinen mit Quasten geschmückten Hut. »Sollte ich Ihnen Grund gegeben haben, mich zu hassen, Leutnant, bedaure ich das. Es ist nicht mit Absicht geschehen; immerhin haben Sie mir zu verstehen gegeben, daß keine Erbitterung zwischen uns aufkommen könne.« Näher ging Vivar nicht auf Louisa ein. »Nun bitte ich Sie nur, mir bei der Vollendung dieser Aufgabe zu helfen. Im Westen der Stadt befindet sich ein Hügel, der besetzt werden muß. Ich werde Davila und einhundert Cazadores Ihrem Kommando unterstellen. Die Wachtposten im Süden und Westen habe ich verstärkt. Und ich danke Ihnen für alles, was Sie bisher getan haben. Wenn Sie nicht die erste Barrikade genommen hätten, müßten wir jetzt durch die Berge fliehen, während die Ulanen mit ihren Lanzen auf unsere Hinterteile einstechen.« Vivar trat einen Schritt zurück. »Sagen Sie mir Bescheid, wenn Ihre Verteidigung steht, damit ich sie inspizieren kann.« Er wartete nicht auf Bestätigung, sondern verließ mit großen Schritten die Weinstube.

Sharp hob den immer noch vollen Becher auf. Er starrte ihn an. Er hatte seinen eigenen Männern Strafe angedroht, wenn sie sich betranken, doch nun wünschte er sich sehnlichst, seine Enttäuschung im Alkoholdunst ersäufen zu können. Er warf den Becher fort und stand auf. Die junge Frau, die sich ihrer Einnahmen beraubt sah, jammerte.

»Zur Hölle mit euch allen!« fluchte Sharp. Er riß zwei der verbliebenen Silberknöpfe von der Reithose, wobei ein großer Fetzen Tuch sich mit den Knöpfen löste, und warf sie der Frau in den Schoß. »Zur Hölle mit euch allen!« Er nahm seine Waffen an sich und ging.

Der Schankwirt warf der Hure, die sich anschickte, ihr Mieder zu schnüren, einen Blick zu und zuckte mitleidig die Achseln. »Diese Engländer, wie? Verrückt. Allesamt verrückt. Ketzer, Verrückte.« Er bekreuzigte sich gegen das heidnische Übel. »Wie alle Soldaten«, sagte der Wirt. »Einfach verrückt.«

Sharp begab sich mit Feldwebel Harper in den Westen der Stadt und zwang sich, sowohl Louisa zu vergessen als auch die Schande seines Benehmens in der Taverne. Er versuchte, sich vorzustellen, wie die Franzosen beim Angriff von Santiago de Compostela vorgehen würden.

Die Dragoner waren nach Padron geritten, und die Straße in diese kleine Stadt lag südwestlich von Santiago. Damit war ein Angriff von Süden oder Westen her am wahrscheinlichsten. De l'Eclin konnte Vivar täuschen und von Norden her angreifen, aber Sharp bezweifelte, daß der Jäger sich für diese Taktik entscheiden würde, die nur mit einem Überraschungseffekt verbunden aussichtsreich wäre. Im Osten der Stadt war das Gelände uneben und am leichtesten zu verteidigen. Das Land im Süden war mit Hecken und Gräben bestückt, während der Boden im Westen, von wo aus der Angriff nach Vivars Ansicht erfolgen würde, eben und einladend war wie ein englischer Gemeindeanger.

Das offene Gelände im Westen wurde nach Süden hin von einem Hügel begrenzt, den Vivar besetzt haben wollte und auf dem die Rifles nun Sharps Befehle erwarteten. Die Franzosen hatten den strategischen Wert des Hügels erkannt. Sie hatten die meisten Bäume auf seiner Kuppe abgeholzt und zwischen den gefallenen Baumstämmen eine provisorische Befestigung aus Gestrüpp errichtet. Weiter westlich sank der Boden ab. Dort konnten sich de l'Eclins Dragoner ungesehen sammeln. Sharp blieb am Rand dieser Senke stehen und blickte in Richtung Stadt. »Kann sein, daß wir diese verdammte Stadt halten müssen, bis es dunkel ist.«

Harper hielt instinktiv Ausschau nach dem Sonnenstand. »Das ist noch sechs Stunden hin«, sagte er pessimistisch, »und die Dämmerung wird sehr langsam einsetzen. Keine einzige verdammte Wolke, um uns zu verbergen.«

»Wenn Gott auf unserer Seite wäre«, versuchte sich Sharp an einem der üblichen Witze des Regiments, »hätte er das Baker-Gewehr mit Brüsten ausgestattet.«

Harper, der an diesem mißglückten Scherz erkannte, daß Sharps mürrische Laune verflog, grinste pflichtschuldigst. »Stimmt es, was man von Miss Louisa hört, Sir?« Er stellte die Fragen nebenbei und ohne jegliche Verlegenheit, woraus Sharp schloß, daß keiner seiner Männer geahnt hatte, wie sehr er an dem Mädchen hing.

»Es stimmt.« Sharp versuchte so zu tun, als habe er wenig Interesse an der Sache. »Sie wird natürlich Katholikin werden müssen.«

»Davon kann es gar nicht genug geben. Allerdings«, Harper blickte zu Boden, während er weitersprach, »war ich nie der Ansicht, daß es einem Soldaten guttut, verheiratet zu sein.«

»Warum denn nicht?«

»Man kann nicht tanzen, wenn man mit einem Fuß am verdammten Boden festgenagelt ist, stimmt's? Aber der Major ist kein Soldat wie wir, Sir. Wo er doch aus dieser Burg stammt!« Harper war eindeutig beeindruckt vom Reichtum der Familie Vivar. »Der Major ist ein prachtvoller Bursche, wahrhaftig.«

»Und was sind wir? Die Verdammten?«

»Das sind wir, ganz sicher, aber obendrein sind wir Schützen, Sir. Sie und ich, Sir, wir sind die besten gottverdammten Soldaten auf der Welt.«

Sharp lachte. Noch vor wenigen Wochen hatte er in bitterem Streit mit seinen Schützen gelegen, und jetzt waren sie auf seiner Seite. Er wußte nicht, wie er Harpers Kompliment erwidern sollte, daher griff er auf ein altbekanntes Klischee zurück. »Verkehrte Welt.«

»Schwer, innerhalb von sechs Tagen ganze Arbeit zu leisten, Sir«, sagte Harper verschmitzt. »Ich bin sicher, Gott hat sein Bestes gegeben, aber was ist ihm eingefallen, Irland direkt neben England zu setzen?«

»Er wußte vermutlich, daß ihr Halunken Prügel verdient habt.« Sharp wandte sich nach Süden. »Aber wie zum Teufel sollen wir diesem französischen Schweinehund seine Prügel verpassen?«

»Wenn er überhaupt angreift.«

»Er wird angreifen. Er hält sich für schlauer als wir, und er ist verdammt wütend, weil man ihn schon zum zweiten Mal in die Irre geführt hat. Er wird angreifen.« Sharp ging hinüber zum südlichen Rand des Angers, dann drehte er sich um und betrachtete die Stadt. Er stellte sich vor, in de l'Eclins glänzenden Stiefeln zu stecken, sah, was der Franzose sehen würde, versuchte seine Pläne vorherzusagen.

Vivar war sicher, daß de l'Eclin von Westen her einfallen würde, daß der Jäger warten würde, bis die untergehende Sonne blendend hell hinter seiner Angriffslinie stand, und daß er dann erst seine Dragoner über das offene Gelände schicken würde.

Aber, überlegte Sharp, ein Kavallerieangriff würde den Franzosen wenig einbringen. Er konnte die Dragoner in eindrucksvoller Manier bis an die Stadtgrenzen vordringen lassen, doch würden die Pferde dort auf Mauern und Barrikaden stoßen, und die ganze Herrlichkeit würde von den wartenden Musketen und Gewehren blutig zerfetzt werden. De l'Eclins Überfall ließ sich wie der Vivars am besten mit Infanterie durchführen, die die Stadt für den heftigen Ansturm der Kavallerie öffnen konnte; und Infanterie marschierte am besten von Süden heran.

Sharp zeigte auf den südwestlichen Rand der Stadt. »Dort wird er seinen Angriff ausführen.«

»Nach Einbruch der Dunkelheit?«

»In der Dämmerung.« Sharp runzelte die Stirn. »Vielleicht früher.«

Harper folgte ihm über einen Abzugsgraben und einen Damm. Die beiden Schützen gingen auf eine Ansammlung von Gebäuden zu, die wie ein Arm von der Südwestecke der Stadt ausging und de l'Eclins Männern Schutz bieten konnte, wenn sie sich näherten. »Wir werden Männer in die Häuser abkommandieren müssen«, sagte Harper.

Sharp schien ihn nicht zu hören. »Das gefällt mir nicht.«

»Eintausend Dragoner? Wem sollte das gefallen?«

»De l'Eclin ist ein gerissener Schweinehund.« Sharp sprach halb zu sich selbst. »Ein ausgeprochen gerissener Schweinehund. Und er ist besonders gerissen, wenn er angreift.« Er drehte sich um und starrte zu den verbarrikadierten Straßen der Stadt hinüber. Die Hindernisse waren mit Cazadores bemannt und mit braunberockten Freiwilligen, die soeben dabei waren, Reisig für die Feuer aufzustapeln, die einen nächtlichen Angriff erleuchten sollten. Sie taten also genau das, was die Franzosen in der vergangenen Nacht getan hatten, und diese Vorkehrungen würde Oberst de l'Eclin sicherlich vorhersehen. Was also würde der Franzose tun? »Er wird verdammt gerissen vorgehen, Feldwebel, aber mit ist nicht klar, auf welche Art.«

»Er kann nicht fliegen«, sagte Harper stoisch, »und er hat keine Zeit, einen verdammten Tunnel zu graben, also muß er durch eine der Straßen reinkommen, stimmt's?«

Die Ironie dieser schwerfälligen Argumentation veranlaßte Sharp, zu glauben, daß er Gefahren sah, wo keine waren. Besser, dachte er, sich auf die erste Eingebung zu verlassen. »Er wird seine Kavallerie dort zu einem Scheinangriff ausschicken«, er zeigte auf das flache Land im Westen, »und wenn er denkt, wir würden alle in diese Richtung starren, wird er unberittene Männer von Süden heranschicken. Sie werden Befehl haben, diese Barrikade zu durchbrechen«, er zeigte auf die Straße, die aus der Stadt zur Kirche führte, »und seine Kavallerie wird hinter ihnen her einschwenken.«

Harper wandte sich hin und her, um sich selbst ein Urteil zu bilden, Sharps Worte schienen ihn überzeugt zu haben. »Und solange wir auf dem Hügel oder dort in den Häusern sind«, er wies mit dem Kopf auf die vereinzelten Gebäude außerhalb der Verteidigungslinie, »wird der Schweinehund nichts ausrichten können.« Der mächtige Ire hob einen Lorbeerzweig und bog das elastische Holz mit den Fingern. »Was mir aber wirklich Sorgen bereitet, Sir, ist nicht die Frage, wie wir den Angriff des Schweinehunds abwehren, sondern die Frage, was passieren wird, wenn wir den Rückzug antreten. Sie werden in diese Straßen eindringen wie die losgelassenen Teufel, wahrhaftig.«

Auch Sharp machte sich Sorgen über den Rückzug. Sobald Vivars Geschäfte in der Kathedrale erledigt waren, würde das Signal erschallen und eine große Menschenmenge würde gen Osten aufbrechen; Freiwillige, Schützen, Cazadores, Priester und Volk aus der Stadt, das unter französischer Besatzung nicht länger dort bleiben wollte. Alle würden sie in die Dunkelheit hineinstolpern und rennen. Vivar hatte vor, den Rückzug von seiner Kavallerie schützen zu lassen, aber Sharp wußte, welchem Chaos seine Männer in den Straßen ausgesetzt sein würden, sobald die französischen Dragoner erkannt hatten, daß die Barrikaden nicht mehr besetzt waren. Er zuckte die Achseln. »Es bleibt uns nichts weiter übrig, als höllisch schnell zu rennen.«

»Da ist was Wahres dran«, sagte Harper bedrückt. Er warf den geknickten Zweig fort.

Sharp starrte den verbogenen Lorbeer an. »Gütiger Himmel!«

»Was hab' ich jetzt wieder falsch gemacht?«

»Ich will verdammt sein!« Sharp schnippte mit den Fingern. »Ich will die Hälfte der Männer dort in den Häusern haben«, er zeigte auf die Gebäudereihe, die von der südwestlichen Barrikade ausging und entlang der südlichen Anfahrt zur Stadt verlief, »und den Rest auf dem Hügel.« Er begann auf die Stadt zuzurennen. »Bis bald, Feldwebel!«

»Was hat er denn?« fragte Hagman, als der Feldwebel auf die Hügelkuppe zurückkehrte.

»Das Weibsbild hat ihn abgewiesen«, sagte Harper mit offenkundiger Befriedigung, »also schuldest du mir einen Schilling, Dan. Sie heiratet den Major, wahrhaftig.«

»Und ich dachte, die hätte eine Schwäche für Mr. Sharp!« sagte Hagman kläglich.

»Die weiß Besseres, als ihn zu heiraten. Er ist noch nicht bereit, sich Ketten und Handschellen anlegen zu lassen, warum auch? Sie braucht was Beständiges, wahrhaftig.«

»Aber er war doch in sie vernarrt.«

»Das war er, warum auch nicht? Der verliebt sich in jeden Unterrock. Bin diesem Typ schon öfter begegnet. Hat soviel Verstand wie ein Schaf, wenn es um Frauen geht.« Harper spuckte aus. »Gott sei Dank hat er mich. Ich passe schon auf ihn auf.«

»Du!«

»Ich kann mit ihm umgehen, Dan. Genau wie ich mit euch umgehen kann. So, ihr protestantisches Gesindel! Die Franzosen haben sich zum Abendessen angesagt, also machen wir uns bereit für die Schweinehunde!«

Frisch gereinigte Gewehre richteten sich gen Süden und Westen. Die Grünjacken warteten auf die Dämmerung und auf die Ankunft eines französischen Jägers.

Die Idee spukte Sharp durch den Kopf, während er bergan in Richtung Stadtzentrum rannte. Oberst de l'Eclin würde sich einige Tricks einfallen lassen, aber das konnten die Verteidiger auch. Der Leutnant blieb auf der Plaza stehen und fragte einen Cazador nach Major Vivar. Der Kavallerist zeigte auf den kleineren Platz im Norden jenseits der Brücke, die den Bischofspalast mit der Kathedrale verband. Dieser Platz war nach wie vor voller Leute. Anstatt den gefangenen Franzosen Schmähungen zuzurufen, war die Menge nun unheimlich still. Selbst die Glocken waren verklungen.

Sharp schob sich durch das Gedränge und sah Vivar auf den Stufen stehen, die zum nördlichen Querschiff der Kathedrale führten. Louisa war bei ihm. Sharp wünschte sich, sie wäre nicht anwesend. Die Erinnerung an sein lümmelhaftes Benehmen gegenüber dem Spanier brachte ihn in Verlegenheit, und er wußte, daß er sich hätte entschuldigen müssen. Aber die Gegenwart des Mädchens verhinderte eine derartige öffentliche Bußbezeugung. Statt dessen rief er ihm seine Idee zu, noch während er sich die überfüllten Stufen hochkämpfte. »Fußangeln!«

»Fußangeln?« fragte Vivar. Louisa, die das ungewohnte Wort nicht zu übersetzen vermochte, zuckte die Achseln.

Sharp hatte zwei Strohhalme aufgehoben, während er durch die Stadt gerannt war, und nun tat er es Harper nach, der achtlos den Lorbeerzweig verbogen hatte, und verbog die Strohhalme. »Fußangeln! Aber wir haben nicht viel Zeit! Können wir die Schmiede an die Arbeit beordern?«

Vivar starrte die Strohhalme an, dann fluchte er, weil er nicht selbst auf die Idee gekommen war. »Das wird funktionieren!« Er rannte die Stufen herab.

Louisa, die mit Sharp zurückblieb, blickte auf das geknickte Stroh, dessen Bedeutung ihr immer noch unklar war. »Fußangeln?«

Sharp kratzte ein wenig Schlamm vom Absatz seines linken Stiefels und rollte ihn zu einer Kugel. Er zerbrach die Strohhalme in vier Stengel von jeweils acht Zentimeter Länge und steckte drei davon in die Schlammkugel, so daß ein dreizackiger Stern entstand. Er legte den Stern auf seine Handfläche und schob den vierten Stegel senkrecht in die Schlammkugel. »Eine Fußangel«, sagte er.

Louisa schüttelte den Kopf. »Ich verstehe immer noch nicht.«

»Eine mittelalterliche Waffe aus Eisen. Das Schlaue daran ist, daß immer eine Spitze nach oben zeigt, ganz gleich, wie das Ding fällt.« Er demonstrierte es, indem er die Fußangel drehte, und Louisa sah, daß eine der Spitzen, die zuvor zu dem dreizackigen Stern gehört hatte, nun nach oben ragte.

Da begriff sie. »O nein!«

»O ja!«

»Die armen Pferde!«

»Arm dran sind wir, wenn uns die Pferde erwischen.« Sharp zerknüllte die Strohhalme und den Schlamm zu einem Ball, den er von sich warf. Richtige Fußangeln aus eisernen Nägeln, die über dem Feuer verschweißt und gehämmert wurden, mußten dicht an dicht auf die Straßen verstreut werden, sobald die Schützen abgezogen waren. Die Spitzen drangen leicht in das weiche Gewebe an der Innenwand eines Pferdehufs ein, und die Tiere würden sich auf die Hinterhand stellen, kehrtmachen, bocken und durchgehen. »Aber die Pferde erholen sich davon«, versicherte er Louisa, die von der schlichten Gemeinheit dieser Waffe bestürzt zu sein schien.

»Wie kommt es, daß Sie darüber Bescheid wissen?« fragte sie.

»Sie wurden in Indien gegen uns eingesetzt...« Sharps Stimme versiegte, denn er sah zum ersten Mal, seit er die Stufen zur Kathedrale erklommen hatte, warum die Menge auf dem Platz so still war.

In seiner Mitte hatte man ein notdürftiges Podest errichtet; ein Podest aus Holzplanken, die über Weinfässer gelegt waren. Darauf stand ein Stuhl mit hoher Lehne, den Sharp zunächst für einen Thron hielt.

Der Eindruck königlichen Gepränges wurde von der seltsamen Prozession verstärkt, die sich, flankiert von rot uniformierten Cazadores, der Plattform näherte. Die Männer in der Prozession trugen schwefelgelbe Roben und rote konische Hüte. Jeder hielt eine Papierrolle in den verschränkten Händen. »Das Papier«, sagte Louisa mit gedämpfter Stimme, »ist ein Treuegelöbnis. Man hat ihnen vergeben, sehen Sie, aber sie müssen dennoch sterben.«

Da wurde Sharp alles klar. Der Stuhl war kein Thron, sondern eine Garotte. An seinem hohen Rücken war ein metallener Aufsatz aus Halseisen und Schraube angebracht. Die in Spanien bevorzugte Methode der Exekution. Für Sharp war es das erste Mal, daß er so ein Gerät zu Gesicht bekam.

Priester begleiteten die Verurteilten. »Sie sind allesamt *afrancesados*«, sagte Louisa. »Einige haben der französischen Kavallerie als Führer gedient, andere haben Partisanen verraten.«

»Haben Sie etwa vor, zuzusehen?« fragte Sharp schockiert. Wenn Louisa schon beim Gedanken an einen Dorn im Huf eines Pferdes erbleichte, wie konnte sie dann den Anblick eines Menschen ertragen, dem das Genick gebrochen wurde?

»Ich habe noch nie eine Hinrichtung gesehen.«

Sharp blickte auf sie herab. »Und nun wollen Sie eine sehen?«

»Ich habe den Verdacht, daß ich gezwungen sein werde, in den nächsten paar Jahren vieles mit anzusehen, was mir nicht vertraut ist. Sie nicht auch?«

Der erste Mann wurde auf das Podest geschoben und in den Stuhl gesetzt. Der eiserne Kragen wurde ihm um den Hals gelegt. Der Sakristan Pater Alzaga stand neben dem Henker. »*Pax et misericordia et tranquillitas!*« brüllte er dem Opfer ins Ohr, während der Henker hinter den Stuhl trat, und der Pater brüllte die Anrufung noch einmal, als der Hebel, der die Schraube bewegte, angezogen wurde. Die Schraube verengte den Kragen mit eindrucksvoller Geschwindigkeit. Noch ehe die lateinische Gebetsformel zum zweiten Mal ausgesprochen war, bäumte sich der Körper in dem Sessel auf und fiel schlaff in sich zusammen. Die Menge seufzte auf.

Louisa wandte sich ab. »Ich wünschte . . .« begann sie, konnte den Satz jedoch nicht zu Ende führen.

»Das ging aber schnell«, sagte Sharp verwundert.

Der Leichnam, der nun vom Stuhl gestoßen wurde, schlug dumpf auf dem Podest auf, dann erklang ein Scharren, als er heruntergezerrt wurde. Louisa, die nicht länger hinsah, ergriff erst wieder das Wort, nachdem das Gebrüll Pater Alzagas bedeutete, daß ein weiterer Verräter sein Leben ausgehaucht hatte. »Denken Sie schlecht von mir, Leutnant?«

»Weil Sie bei einer Exekution zugesehen haben?« Sharp wartete, bis der zweite Leichnam aus dem Stuhl befreit war. »Wie komme ich dazu? Bei öffentlichen Hinrichtungen durch den Strang sind gewöhnlich mehr Frauen vertreten als Männer.«

»Das meine ich nicht.«

Er blickte wieder auf sie herab und geriet augenblicklich in Verlegenheit. »Ich würde niemals schlecht von Ihnen denken.«

»Es ist in jener Nacht in der Festung geschehen.« In Louisas Stimme lag etwas Flehentliches, als sei sie verzweifelt bemüht,

Sharp verständlich zu machen, was passiert war. »Erinnern Sie sich? Als Don Blas uns das Gonfalon gezeigt und die Geschichte von der letzten Schlacht erzählt hat? Ich glaube, damals bin ich in die Falle gegangen.«

»In die Falle gegangen?«

»Mir gefällt sein Unsinn. Man hat mir beigebracht, die Katholiken zu hassen, sie wegen ihrer Ignoranz zu verachten und wegen ihrer Bösartigkeit zu fürchten. Aber niemand hat mir je von ihren Herrlichkeiten erzählt!«

»Herrlichkeiten?«

»Kahle Kirchen langweilen mich.« Louisa beobachtete beim Sprechen die Hinrichtungen, doch Sharp bezweifelte, ob sie überhaupt wahrnahm, daß dort auf dem zusammengezimmerten Podest Menschen starben. »Es langweilt mich, immer wieder zu hören, ich sei eine Sünderin und meine Seelenrettung hänge allein von meiner ständigen Bußfertigkeit ab. Ich will nur ein einziges Mal erleben, wie die Hand Gottes in all ihrer Herrlichkeit herabkommt und uns berührt. Ich will ein Wunder, Leutnant, ich will mir angesichts dieses Wunders so klein vorkommen. Aber Sie finden das sicher unvernünftig, nicht wahr?«

Sharp sah zu, wie ein weiterer Mann starb. »Sie wollen das Gonfalon.«

»Nein!« rief Louisa beinahe verächtlich. »Ich glaube nicht eine Sekunde, Leutnant, daß Santiago diese Fahne aus dem Himmel geholt haben soll. Ich glaube, das Gonfalon ist nichts als ein altes Banner, mit dem einer von Don Blas' Vorfahren in die Schlacht gezogen war. Das Wunder besteht darin, was das Gonfalon bewirkt, nicht darin, was es ist! Wenn wir den heutigen Tag überleben, Leutnant, haben wir ein Wunder vollbracht. Aber wir hätten es nicht vollbracht, nicht einmal versucht, es zu vollbringen, wenn das Gonfalon nicht wäre!« Sie hielt inne, wartete auf eine Bekräftigung von Sharp, doch er blieb stumm. Sie zuckte resigniert die Achseln. »Sie halten das alles immer noch für Unsinn, nicht wahr?«

Sharp sagte immer noch nichts. Für ihn war das Gonfalon, ob Unsinn oder nicht, ohne Bedeutung. Er war nicht wegen des alten Banners nach Santiago de Compostela gekommen. Er hatte geglaubt, es um dieses Mädchens willen zu tun, doch dieser Traum hatte sich zerschlagen. Und noch etwas hatte ihn in diese Stadt gelockt. Er war gekommen, um zu beweisen, daß ein Hurensohn von einem Feldwebel, dem eine überhebliche Heeresleitung den Kopf getätschelt und ihn zum Quartiermeister ernannt hatte, ebenso gut, verdammt noch mal mindestens so gut wie ein geborener Offizier sein konnte. Und dieser Beweis konnte ohne die Hilfe der Männer in den grünen Jacken nicht angetreten werden, die nun auf den Feind warteten. Sharp empfand plötzlich Zuneigung zu seinen Rifles. Eine derartige Zuneigung hatte er seit seiner Zeit als Feldwebel, als er die Gewalt über Leben und Tod einer Kompanie von Rotröcken hatte, nicht mehr verspürt.

Ein Schrei veranlaßte ihn, seine Aufmerksamkeit wieder dem Platz zuzuwenden, wo ein widerspenstiger Gefangener sich gegen die Hände zur Wehr setzte, die ihn auf das Podest hoben. Der Widerstand des Mannes war vergebens. Er wurde auf die Garotte gezwungen und auf dem Stuhl festgeschnallt. Das Eisen wurde um seinen Hals gebogen und die Zunge des Kragens in den Schlitz eingeführt, wo die Schraube ansetzen würde. Alzaga bekreuzigte sich. »*Pax et misericordia et tranquillitas!*«

Der Körper des Gefangenen in der gelben Robe zuckte krampfhaft, als sich der eiserne Kragen um seinen Hals schloß, um ihm das Rückgrat zu brechen und ihm den Atem zu rauben. Seine mageren Hände kratzten über die Armlehnen des Stuhls, dann erschlaffte er. Sharp ging davon aus, daß dieser rasche Tod Graf von Mouromortos Schicksal gewesen wäre, wenn er sich nicht in dem französisch besetzten Palast in Sicherheit gebracht hätte. »Warum«, fragte er Louisa unvermittelt, »ist der Graf in der Stadt geblieben?«

»Ich weiß es nicht. Kommt es darauf an?«

Sharp zuckte die Achseln. »Ich habe ihn noch nie ohne de l'Eclin gesehen. Und dieser Oberst ist ein kluger Mann.«

»Sie sind auch klug«, sagte Louisa warmherzig. »Wie viele Soldaten kennen sich mit Fußangeln aus?«

Vivar drängte sich durch die Menge und kletterte die Stufen empor. »Die Essen werden aufgeheizt. Gegen sechs Uhr werden Sie ein paar hundert dieser Dinger haben. Wo sollen sie hingebracht werden?«

»Schicken Sie sie einfach zu mir«, sagte Sharp.

»Wenn Sie das nächste Mal die Glocken läuten hören, werden Sie wissen, daß das Gonfalon entfaltet wurde. Dann können Sie den Rückzug antreten.«

»Das ist hoffentlich bald!«

»Kurz nach sechs«, sagte Vivar. »Früher geht es nicht. Haben Sie gesehen, was die Franzosen in der Kathedrale angerichtet haben?«

»Nein.« Und Sharp wollte es auch nicht wissen. Ihm ging es nur um einen gerissenen französischen Oberst, einen Jäger der Kaiserlichen Garde. Dann erklang aus südwestlicher Richtung ein vereinzelter Gewehrschuß, und er rannte los.

Kapitel siebzehn

Der Schuß kündete nicht vom Eintreffen de l'Eclins, sondern vom Herannahen einer Patrouille der Cazadores. Ihre Pferde waren in Blut und Schweiß gebadet, so heftig hatten sie von der Peitsche Gebrauch gemacht. Vivar, der Sharp begleitet hatte, übersetzte die Nachricht der Patrouille. »Sie haben französische Dragoner gesehen.«

»Wo?«

»Etwa zwei Meilen in Richtung Südwest.«

»Wie viele?«

»Hunderte.« Vivar übersetzte den eifrigen Bericht seiner Patrouille. »Die Franzosen haben sie verfolgt, und es war reines Glück, daß sie entkommen sind.« Er hörte zu, als weitere aufgeregte Worte fielen. »Und sie haben den Jäger gesehen.« Vivar lächelte. »So! Wir wissen, wo sie im Augenblick sind. Nun müssen wir sie nur noch von der Stadt fernhalten.«

»Ja.« Die Nachricht, daß der Feind endlich nahte, lenkte Sharp von seinen bösen Vorahnungen ab. Seine Nervosität hatte sich hauptsächlich auf Oberst de l'Eclins Gerissenheit konzentriert, doch das prosaische Wissen, auf welcher Straße der Feind herankam und wie weit seine Streitmacht noch entfernt war, ließ ihn als eine weniger dämonische Macht erscheinen.

Vivar folgte den erschöpften Reitern durch die Bresche in der Barrikade. »Hören Sie die Hämmer?« rief er zurück.

»Hämmer?« Sharp runzelte die Stirn, dann hörte er tatsächlich das Echo von Hammerschlägen auf Ambossen. »Fußangeln?«

»Ich werde sie Ihnen schicken, Leutnant.« Vivar machte sich bergan auf den Weg. »Viel Spaß!«

Sharp sah dem Major nach, dann folgte er einer Eingebung, schlängelte sich um die Barrikade herum und rannte ihm die gepflasterte Straße entlang nach. »Sir?«

»Leutnant.«

Sharp vergewisserte sich, daß seine Männer ihn nicht hören konnten. »Ich möchte mich dafür entschuldigen, was in der Taverne vorgefallen ist, Sir. Ich . . .«

»Was für eine Taverne? Ich war den ganzen Tag noch nicht in einer Taverne. Morgen vielleicht, wenn wir diesen Hundesöhnen entkommen sind, werden wir uns eine Taverne suchen. Aber heute?« Vivars Gesicht war todernst. »Ich weiß nicht, wovon Sie sprechen, Leutnant.«

»Jawohl, Sir. Danke, Sir.«

»Es gefällt mir nicht, wenn Sie mich ›Sir‹ nennen«, sagte Vivar lächelnd. »Das bedeutet, daß Sie nicht streitlustig sind. Aber ich brauche Sie in streitlustiger Stimmung, Leutnant. Ich muß sicher sein, daß die Franzosen sterben werden.«

»Sie werden sterben, Sir.«

»Sie haben Männer in die Häuser abgestellt?« Vivar meinte die Häuser an der Straße außerhalb der Stadtgrenzen.

»Jawohl, Sir.«

»Sie können uns dort nicht vor einem Angriff aus dem Westen verteidigen, oder?«

»Er wird nicht von Westen her erfolgen, Sir. Wir werden den Feind als erstes im Westen zu sehen bekommen, aber angreifen wird er von Süden her.«

Es war nicht zu übersehen, daß Vivar über Sharps Vorkehrungen nicht glücklich war, aber er hatte Vertrauen in das Können des Schützen, und dieses Vertrauen veranlaßte ihn, seinen Protest herunterzuschlucken. »Sie sind der typische britische Soldat«, sagte er, »sprechen von Tavernen, wenn Sie zu arbeiten haben.« Er lachte und wandte sich ab.

Mit dem Gefühl, daß ihm verziehen sei, kehrte Sharp auf die befestigte Hügelkuppe zurück, wo hinter einer Brustwehr aus Gestrüpp, das zwischen drei Baumstümpfen verteilt worden war, zwei Dutzend Schützen warteten. Sie hatten von der Hügelkuppe eine schöne Aussicht, aber Sharp war überzeugt, daß dieser stark besetzte Wachtposten, sobald der Feind zum Angriff übergegangen war, hinunter in die Häuser beordert werden mußte, wo die übrigen Rifles warteten. Der Angriff würde im Süden erfolgen, nicht im Westen. »Ihr habt den Major gehört!« ermahnte er die Schützen. »Die Schweinehunde sind im Anmarsch! Noch eine Stunde, dann sind sie da.«

Tatsächlich sollte es fast noch drei Stunden dauern. Drei Stunden wachsender Besorgnis, daß die Dragoner etwas Gemeines im Schilde führen könnten, drei Stunden, während derer die ersten klirrenden Säcke voller Fußangeln auf die Hügelkuppe gebracht wurden. Erst dann gaben die zwei Cazadores, die am Rand der Senke postiert waren, ihren Pferden die Sporen und kamen zurück in die Stadt geritten. »*Dragons! Dragons!*« Sie hoben die Hände über den Kopf, um die Form französischer Helme nachzuzeichnen, und zeigten gen Westen in die Senke.

»*Si!*« rief Sharp. »*Gracias!*«

Die Rifles, von denen einige sich über die bösartigen kleinen Dorne der Fußangeln amüsiert hatten, bezogen wieder hinter den Barrikaden Stellung. Die Landschaft blieb leer. Sharp hielt Ausschau nach Süden, erwartete den Rückzug der anderen nahen Patrouille zu sehen, doch die Cazadores, die abgeordnet worden waren, den südlichen Zugang zur Stadt zu bewachen, ließen sich nicht blicken.

»Himmeldonnerwetter!« Hagman spuckte bei dem plötzlichen Gestank, der über das Grasland heranzog, angewidert aus. Es war der ranzige Geruch wundgeriebener Stellen an Sattel und Schwanzriemen, der mit dem kalten Westwind aus der Senke herüberdrang. Die Schützen rümpften die Nasen über diesen gräßlichen Gestank.

Sharp ließ seinen Blick über die unschuldig leere Landschaft schweifen, die jetzt irgendwo die Angreifer verbergen mußte. Und umgekehrt würden in diesem Moment auch die französischen Offiziere aus ihrem Versteck hinter den Dornbüschen am Rand des Tals die Stadt beobachten. Und hinter diesen Offizieren bereiteten sich die Dragoner auf die Schlacht vor. Er stellte sich vor, wie Helme auf bezopfte Schädel gestülpt und lange Säbel aus metallenen Scheiden gezogen wurden. Die Pferde würden wissen, was ihnen bevorstand, und ungeduldig scharren. Ihre Reiter würden mit fahrigen Bewegungen Sattelgurte fester ziehen oder Schweiß von ihren Zügeln wischen. Sharp fragte sich, ob er wohl doch unrecht hatte; ob die Franzosen, anstatt von Westen her eine Finte auszuführen und von Süden her anzugreifen, einfach auf die Barrikaden einstürmen und versuchen würden, die Verteidigung zu zerschlagen.

»Jesus Christus!« entfuhr es Hagman, als aus der verborgenen Senke plötzlich eine Linie Kavallerie auftauchte; eine einzige breite Front von Dragonern, die mit wehenden Mänteln und gezogenen Degen herantrabten. Sie hatten die Stoffüberzüge von ihren Helmen entfernt, so daß das Metall im nachmittäglichen Licht golden schimmerte. »Diese Halunken sind zu Tausenden gekommen!« Hagman schob sein Gewehr vor.

»Nicht schießen!« rief Sharp. Er wollte nicht, daß die Rifles das Feuer eröffneten, weil er befürchtete, daß dann auch Cazadores hinter den Barrikaden schießen würden. Die spanischen Musketen und Karabiner mit ihren glatten Läufen waren weit weniger zielgenau als die Gewehre, und eine Salve, die auf diese Entfernung abgefeuert wurde, war reine Verschwendung.

Sharp hätte sich seine Worte sparen können, denn wenige Sekunden nach dem Erscheinen der Kavallerie bellten die ersten Musketen. Er fluchte, drehte sich um und sah, daß sich auf den Dächern der Stadt Zivilisten drängten, die allesamt die Franzosen vernichten wollten. Sobald die ersten Schüsse fielen, begannen auch die Männer hinter den Barrikaden zu feuern. Eine mächtige Salve krachte und spuckte Feuer. Rauch stieg auf, verbarg die Flanke der Stadt, und kaum ein Franzose kam zu Fall. Die Entfernung von mehr als dreihundert Metern war viel zu weit. Selbst wenn eine Kugel traf, war es wahrscheinlich, daß ihre Stoßkraft verbraucht war und sie, ohne Schaden anzurichten, von einem dicken Uniformmantel oder dem Winterfell eines Pferdes abprallen würde.

Die Reiter rückten nicht weiter vor. Sharp hielt Ausschau nach dem roten Umhang de l'Eclins, konnte ihn jedoch nirgends entdecken. Im Geiste teilte er die Front in Viertel auf und zählte rasch ein Viertel durch, dann multiplizierte er das Ergebnis mit vier und kam auf dreihundert Mann. Dies war nicht die Angriffslinie. Dies war eine Zurschaustellung der Stärke, eine eindrucksvolle Linie, nur dazu gedacht, aller Augen nach Westen zu richten. »Behaltet den Süden im Auge!« rief Sharp seinen Männern zu. »Beobachtet den Süden!«

Die Schüsse aus der Stadt hatten Feldwebel Harper veranlaßt, von den Häusern heraufzukommen, die an der südlichen Straße standen. Er sah sich die Front der Dragoner an und pfiff. »Ein seltener Haufen Unheil, Sir.«

»Es sind nur dreihundert Mann«, sagte Sharp ruhig.

»Das soll alles sein?«

Ein französischer Offizier zog seinen Säbel und kanterte vorwärts. Nach wenigen Schritten spornte er sein Pferd zum Galopp an und beschrieb einen Bogen, der ihn bis auf einhundert Meter an die Verteidigungslinie heranführte. Auf den Barrikaden krachten die Musketen, doch er galoppierte unversehrt durch den Geschoßhagel. Ein weiterer Offizier machte sich auf den Weg, und Sharp vermutete, daß die Franzosen vorhatten, die Verteidiger aufzureizen, bis der eigentliche Angriff erfolgte.

Hagman spannte den Hahn seines Gewehrs, als der zweite französische Offizier sein Tempo erhöhte. »Darf ich dem Halunken eine Lehre erteilen, Sir?«

»Nein. Laß ihn. Das ist nur eine Finte. Die glauben, sie hätten Erfolg, also laß sie ruhig spielen.«

Minuten vergingen. Eine ganze Schwadron von Dragonern trabte vor der Verteidigung auf und ab, um dann verachtungsvoll umzukehren. Ihre Kühnheit löste von den Gebäuden im Westen der Stadt her eine weitere riesige Salve aus. Sharp sah, wie der Boden vom Einschlag der Kugeln zerfetzt wurde, die Schüsse der Spanier reichten nicht weit genug. Eine zweite Schwadron trabte mit hochgehaltener Standarte in nördliche

Richtung davon. Einige der Franzosen steckten ihre Säbel weg und schossen aus dem Sattel Karabiner ab, und jeder französische Schuß provozierte eine sinnlose Salve aus der Stadt.

Ein weiterer Offizier bewies seine Tapferkeit, indem er so dicht an die Befestigungen der Stadt heranritt, wie er es gerade noch wagen konnte. Doch er hatte weniger Glück. Sein Pferd stürzte, Blut und Schlamm spritzten auf. An den Barrikaden kam mächtiges Jubelgeschrei auf, aber der Franzose schnitt seine Sattelriemen durch und rannte unversehrt zu seinen Kameraden zurück. Sharp bewunderte den Mann, ermahnte sich jedoch zugleich, weiter nach Süden Ausschau zu halten.

Im Süden! Von dort würde der Angriff heranrollen. De l'Eclins Abwesenheit im Westen bedeutete, daß der Jäger bei den Männern war, die kriechend die südliche Flanke der Stadt umrundeten. Dessen war sich Sharp nun sicher. Die Franzosen warteten darauf, daß die Sonne noch niedriger sank und im unebenen Gelände des Südens die Schatten lang wurden. Die Ablenkung im Westen sollte nur dazu dienen, die Nerven der Verteidiger zu strapazieren und das Pulver der Stadt zu vergeuden, aber der eigentliche Angriff würde von Süden her erfolgen. Sharp wußte es, und er starrte gebannt in diese Richtung, wo sich auf dem abfallenden Boden nichts regte. Irgendwo dahinter befand sich die südliche Patrouille berittener Cazadores, und der Leutnant befürchtete, daß die Spanier von den Franzosen überwältigt worden seien. Dort konnten sich siebenhundert Dragoner verbergen. Er spielte mit dem Gedanken, eine Patrouille der Rifles auszusenden, damit sie die schattigen Gefilde erkundeten.

»Sir?« Harper war auf der Hügelkuppe geblieben und rief nun eindringlich nach ihm. »Sir?«

Sharp wandte sich wieder gen Westen und fluchte.

Eine weitere Schwadron der Dragoner war aus der Senke aufgetaucht. Sie wurde angeführt von einem Reiter, der einen roten Umhang und eine schwarze Pelzmütze trug. Von einem Reiter auf einem großen schwarzen Pferd. De l'Eclin. Nicht im Süden, wo die Mehrzahl von Sharps Rifles stationiert war, sondern im Westen, wo der Franzose warten konnte, bis die sinkende Sonne als blendend heller Feuerball in die Augen der Verteidiger strahlte.

»Soll ich die Jungs aus den Gebäuden holen?« fragte Harper nervös.

»Warte.» Sharp fand den Gedanken, daß de l'Eclin so schlau war, sich selbst in das Täuschungsmanöver einzubeziehen, sehr einleuchtend.

Die Franzosen warteten. Wenn dies der Hauptangriff war, fragte sich Sharp, warum kündigten sie ihn dann so offen an? Er blickte wieder gen Süden und sah, wie die Schatten immer dunkler und länger wurden. Er starrte die zerfurchte Straße an, ließ seinen Blick über die Hecken schweifen. An einer schattigen Stelle bewegte sich etwas, bewegte sich wieder, und Sharp klatschte triumphierend in die Hände. »Dort!«

Die Rifles verrenkten sich die Hälse.

»Cazadores, Sir«, sagte Harper mit gedämpfter Stimme, denn er wußte, daß er Sharps Erwartungen enttäuschen mußte.

Sharp holte sein Fernrohr heraus. Die herannahenden Männer trugen spanische Uniformen, als handelte es sich entweder um die südliche Patrouille, die mit Neuigkeiten kam, oder um einen der Trupps, die nach Südosten gezogen waren, um die Brücke über den Fluß zu zerstören. Oder waren es verkleidete Franzosen? Sharp sah sich erneut nach dem französischen Gardeoffizier um, doch de l'Eclin rührte sich nicht. Seine absolute Reglosigkeit hatte etwas sehr Bedrohliches; etwas, das von uneingeschränktem, beängstigendem Selbstvertrauen sprach.

Sharp klammerte sich hartnäckig an seine Gewißheit. Er wußte, daß seine Männer ihm längst nicht mehr glaubten, daß sie sich darauf vorbereiteten, den Feind zu bekämpfen, der so kühn im Westen aufmarschiert war, doch er konnte seine fixe Idee vom Angriff aus dem Süden einfach nicht aufgeben. Auch wurde er die Überzeugung nicht los, daß de l'Eclin ein zu besonnener Soldat sei, um all seine Hoffnungen auf einen direkten, vorab angekündigten Angriff zu setzen.

Sharp zog sein Fernrohr aus, um die Reiter in Augenschein zu nehmen, die langsam aus südlicher Richtung herankamen. Er fluchte leise. Das waren tatsächlich Spanier. Er erkannte einen von Vivars Feldwebeln, der einen weißen Backenbart hatte. Der verkrustete Schlamm an den Beinen der Pferde und die Spitzhacken, die an den Sätteln der Cazadores befestigt waren, bewiesen, daß es sich um einen Trupp handelte, der vom Brückenabbruch zurückkehrte.

»Verdammt! Hölle und Verdammnis!« Er hatte sich geirrt, gründlich geirrt! Die Spanier, die sich von Süden näherten, waren soeben unbeschadet durch eine Gegend geritten, in der es nach Sharps Auffassung von de l'Eclins restlichen siebenhundert Männern wimmeln mußte. Er hatte sich verkalkuliert. »Hol die Männer aus den Häusern heraus, Feldwebel.«

Harper rannte, erleichtert über diesen Befehl, den Hang hinab, und Sharp wandte sich mit seinem Fernrohr nach Westen. Während er noch das lange Rohr ausrichtete und die Linsen auf das Bild einstellte, zog Oberst de l'Eclin seinen Säbel, und Sharp war momentan geblendet von dem Sonnenlicht, das auf dem gekrümmten Stahl reflektiert wurde.

Er blinzelte und dachte an den Augenblick, als de l'Eclin ihn an der Brücke beinahe niedergemacht hätte. Das erschien ihm jetzt so lange her, hatte er doch erst später Vivar und Louisa kennengelernt. Sharp erinnerte sich an das heranstürmende schwarze Pferd, das zu seiner Verblüffung nach rechts abgeschwenkt war, so daß der Oberst mit der Linken zuschlagen konnte. Wer rechnet schon damit, einem linkshändigen Fechter gegenüberzutreten? Vielleicht war das die Erklärung dafür, warum so viele Soldaten abergläubisch wurden, wenn es darum ging, gegen einen Linkshänder anzutreten.

Sharp spähte wieder durch sein Fernrohr. Oberst de l'Eclin hatte seine gebogene Klinge auf den Sattelknauf gelegt und wartete. Die Pferde hinter ihm bewegten sich rastlos auf und ab. Die Sonne sank, ein Ball, der immer rötlicher wurde. Bald würde man in Santiagos Kathedrale ein Banner entfalten, und die Gläubigen würden einen toten Heiligen anflehen, ihrem Land zu Hilfe zu eilen. Mittlerweile aber wartete ein Soldat aus des Kaisers bester Elitetruppe auf den Angriff, der die Verteidigungslinien der Stadt durchbrechen würde. Sowohl die Finte als auch der Angriff, erkannte Sharp, würden von Westen erfolgen. Die dreihundert Reiter sollten das Feuer der Verteidiger auf sich ziehen, während die übrigen Dragoner, die noch in der Senke verborgen waren, einen plötzlichen Ausfall vorbereiteten, der aus dem Dunst des Pulverdampfs hervorbrechen würde wie ein Blitzschlag.

Harper hetzte die Schützen den Hügel herauf. »Wo sollen sie in Stellung gehen, Sir?«

Aber Sharp antwortete nicht. Er beobachtete Oberst de l'Eclin, der mit seinem Säbel eindrucksvolle Übungsschläge ausführte, als würde er sich langweilen. Der Widerschein der Sonne auf der schimmernden Klinge provozierte die Verteidigung der Stadt zu einer unregelmäßigen und ungenauen Salve. De l'Eclin nahm keine Notiz davon. Er wartete darauf, daß die Sonne zu einer Waffe wurde, die mit ihrer Grellheit den Verteidigern die Sicht nahm. Dieser Augenblick war jetzt nicht mehr fern.

»Sir?« fragte Harper nach.

Aber Sharp antwortete immer noch nicht, denn in diesem Moment kam ihm eine neue Gewißheit. Endlich wußte er, was die Franzosen vorhatten. Er hatte sich geirrt, was den Angriff von Süden her anging, und wenn er sich jetzt wieder irrte, waren die Stadt, das Gonfalon und all seine Männer verloren. Dann würde alles verloren sein. Er fühlte sich geneigt, die neue Erkenntnis außer acht zu lassen, doch jetzt zu zögern konnte fatale Folgen haben, und die Entscheidung mußte fallen. Er schob das Fernrohr zusammen und steckte es in die Tasche. Er versetzte den Säcken voller Fußangeln einen Tritt. »Nehmt euch die Säcke und folgt mir. Ihr alle!«

»Auf die Beine!« bellte Harper die Schützen an.

Sharp begann zu rennen. »Folgt mir! Beeilt euch! Kommt!« Er verfluchte sich, daß ihm die Wahrheit nicht schon früher eingefallen war. Es war so gottverdammt einfach! Warum hatten die Franzosen die Vorräte in den Palast geschafft? Und warum hatte Oberst Coursot Getreide und Heu in den Kellern gelagert? Ein Keller war nicht der geeignete Ort, um ein bis zwei Tage vor ihrer Verteilung Futtermittel zu lagern! Und dann die eintausend Reiter. Selbst ein so erfahrener Soldat wie Harper hatte die Dragoner angestarrt und war beeindruckt gewesen von ihrer Zahl. Männer sahen häufig eine Horde, wo es nur eine kleine Schar gab, und wieviel eher konnte ein Zivilist mitten in der Nacht dem gleichen Irrtum erliegen. Sharp rannte noch schneller. »Kommt schon! Beeilung!«

Denn die Stadt war beinahe verloren.

Das Mittelschiff der Kathedrale war schlichter, als die Fassade des Gebäudes erkennen ließ, doch diese Schlichtheit lenkte nicht von der Erhabenheit seiner von Säulen gestützten Höhe ab. Jenseits des langen Mittelschiffs, der Seitenschiffe mit ihren Kuppeldecken und der Zwischenwand, lag ein Sanktuarium, so üppig ausgestattet wie nur irgendeines im christlichen Abendland, und das, obwohl die Franzosen die Versilberungen heruntergerissen, die Statuen vom Sockel gestoßen und die Triptychen aus ihren Rahmen gezerrt hatten. Hinter dem Altar befand sich ein leerer Raum, der Hort Gottes. Das Dämmerlicht wurde von den scharlachroten Strahlen der untergehenden Sonne erhellt, die das staubige, verrauchte Innere der Kathedrale durchdrangen.

Vor dem Altar und über der Krypta, in welcher der Heilige begraben lag, stand die geöffnete Truhe.

Am höchsten Punkt der Kuppel, dort wo die Seitenschiffe auf den Mittelgang trafen, hing an Seilen eine große Silberschale herab. Sie enthielt Weihrauch, der das riesige Gotteshaus mit seinem süßlich dumpfen Geruch erfüllte. Tausend Kerzen trugen mit ihrem Rauch dazu bei, den Heiligenschrein zu einem Ort voller Geheimnisse, Düfte, und Schatten zu machen; zum geeigneten Ort für ein Wunder.

In den Seitenschiffen hatten sich etwa zweihundert Leute auf die Knie fallen lassen. Man sah Priester und Soldaten, Mönche und Kaufleute, Gelehrte und Klosterbrüder. Das waren die Männer, die in Spanien die Nachricht verbreiten sollten, daß Santiago Matamoros auferstanden sei. Sie würden einem unterworfenen Volk erzählen, daß man seinen Schutzmächten die gebührende Huldigung erwiesen, die gebührenden Worte gesprochen, indem man das mächtige Gonfalon, das einst über dem Massaker der Heiden geweht, aufs neue entfaltete.

Es war, als hätte man endlich Drakes Trommel geschlagen, als sei der Boden von Avalon in stürmischer Finsternis geborsten, um eine Schar wiedererwachter Ritter zu entlassen, als habe Karl der Große, geweckt aus jahrhundertelangem Schlaf, sein Schwert gezogen, um die Feinde Christi zu vertreiben. Jede Nation hatte ihre Legende, und an diesem Abend sollte im mächtigen, hallenden Dom der Kathedrale die tausendjährige Stille um Spaniens Legende gebrochen werden. Die Kerzen erzitterten von einem kalten Luftstrom, während die Priester in ihren Roben sich vor dem Altar verneigten.

Und als sie sich verneigten, ging eines der westlichen Portale der Kirche auf, als habe sich ein heftiger Wind der hölzernen Türflügel bemächtigt und sie gegen die Steinmauer geschlagen. Jene Soldaten, die vor dem Altar knieten, drehten sich nach dem Geräusch um und griffen nach ihren Degen. Louisa, die verschleiert neben Blas Vivar kniete, keuchte auf. Die Priester unterbrachen ihren Redestrom, um festzustellen, wer es wagte, die Anrufung zu unterbrechen.

Vivar stand auf. Sharp war in die Kathedrale gestürmt und erschien nun unter dem Himmelstor. Der Spanier rannte den langen Mittelgang entlang. »Warum sind Sie hier?« rief er aufgebracht.

Sharp sah sich mit irrem Blick um und antwortete nicht. Er spähte in jeden Winkel der Kathedrale, als rechne er damit, dort Feinde vorzufinden. Als er keine entdeckte, wandte er sich wieder dem westlichen Portal zu.

Vivar streckte die Hand aus und hielt den Schützen auf. »Warum sind Sie nicht bei den Barrikaden?«

»Er hat seinen Säbel in der rechten Hand gehalten!« sagte Sharp. »Verstehen Sie denn nicht? In der rechten Hand! Oberst de l'Eclin ist Linkshänder!«

Vivar starrte ihn verständnislos an. »Wovon reden Sie?«

»Dort draußen sind dreihundert dieser Schweinehunde versammelt.« Sharps Stimme erhob sich und hallte vom hohen Gemäuer des Mittelschiffs wider. »Nur dreihundert! Und keine im Süden. Wo sind also die übrigen? Haben Sie hinter den Säcken im Keller nachgesehen?«

Vivar sagte nichts. Das war auch nicht nötig.

»Haben Sie die Keller durchsucht?« beharrte Sharp.

»Nein.«

»Deshalb hält sich Ihr Bruder dort auf! Deshalb haben sie sich auf eine Waffenruhe eingelassen! Deshalb haben sie die Vorräte dorthin gerettet! Deshalb haben sie alles vorbereitet! Verstehen Sie denn nicht? De l'Eclin ist im Palast! Er ist den ganzen Tag über dort gewesen und hat sich über uns lustig gemacht! Und er wird hierher kommen!«

»Nein!« Vivars Tonfall ließ kein Widerspruch, sondern Entsetzen durchblicken.

»Ja!« Sharp riß sich von Vivar los. Er überquerte erneut die Schwelle des Himmelstors, ohne seine Erhabenheit wahrzunehmen, und riß die Außentür der Kathedrale auf.

Ein Triumphgeschrei und die Siegesfanfare einer Trompete hielten ihn zurück. Sharp sah, wie verhüllt durch Kerzenqualm und Weihrauch ein Banner entfaltet wurde. Kein altes, zerschlissenes, von Motten zerfressenes Banner, das an der Luft zu Staub zerfiel, sondern ein neues, herrlich weißes Banner aus schimmernder Seide mit einem roten Kreuzzeichen: das Gonfalon Santiagos. Und als es ausgebreitet wurde, begannen die Glocken zu läuten.

Das war der Moment, in dem die Vorschlaghämmer jene Planken niederrissen, mit denen man die Franzosen im Palast eingeschlossen hatte. Die Glocken läuteten, auf daß ein Wunder geschehe, und die Franzosen brachen, wie es immer ihre Absicht gewesen war, die Waffenruhe. Von beiden Seiten des Palastes griffen französische Dragoner an. Sie mußten aus dem rückwärtigen Tor des Gebäudes gekommen sein, wo die Ställe lagen, und während die Infanteristen aus dem zentralen Portal strömten, stürmten die Reiter den westlichen Vorplatz. Das einzige Hindernis, das ihrem Angriff entgegenstand, war die niedrige Barrikade, von der aus eine Handvoll unberittener Cazadores eine klägliche Salve abschoß und dann die Flucht ergriff.

»Feldwebel! Die Fußangeln!« Sharp schob Harper zur südlichen Flanke der Kathedrale, dann nahm er selbst zwei Säcke in die Hand und brüllte seinen Männern zu, ihm auf den nördlichen Vorplatz zu folgen.

Die komplizierte Treppenflucht an der Westfront der Kathedrale konnte die Kavallerie nicht überwinden. Statt dessen hatten die Dragoner vor, das Heiligtum zu umzingeln, so daß niemand entkommen konnte, der sich drinnen aufhielt. »Rifles! Nicht schießen! Nicht schießen!« Sharp wußte, daß es keinen Sinn hatte, eine Salve zu verschwenden. Die Fußangeln mußten diesen ersten französischen Ansturm aufhalten.

Es war ein bedrohlich tiefer Sprung von der Steinfläche an der Fassade der Kathedrale hinab auf die Plaza, aber Sharp hatte keine Zeit, die Stufen zu benutzen. Er sprang und kam so heftig auf, daß ihm vom linken Knöchel ein stechender Schmerz ins Bein fuhr. Diesem Schmerz durfte er keine Beachtung schenken, denn die Niederlage war in eine Nähe gerückt, die der Reichweite eines Dragonersäbels entsprach. Seine Männer folgten ihm. Als sie auf die Steinplatten auftrafen, ging ein Stöhnen durch ihre Reihen.

Sharp zerrte die Säcke in nördliche Richtung. Er konnte die Reiter zu seiner Linken sehen und wußte, daß ihm nur noch Sekunden blieben, die gräßlichen Dorne auf den Engpaß unter der Brücke auszustreuen, die zum Bischofspalast führte. »Dort entlang! Wartet auf mich!« rief er seinen Schützen zu, dann schwang er den ersten Sack, so daß sich die Fußangeln klirrend über die enge Stelle verteilten. »Zu mir, Feldwebel!« brüllte Sharp Harper zu, doch seine Stimme wurde vom Geschrei der Franzosen übertönt, und vom Gellen ihrer Kriegstrompeten. Er griff nach dem zweiten Sack und schüttete ihn aus. Die metallenen Dorne rollten und purzelten über den Boden. Sharp hatte sie so ausgestreut, daß der enge Durchgang blockiert wurde.

Harper war verschwunden. Sharp drehte sich um und rannte seinen Männern nach. Über ihm läuteten die Glocken. Eine Trommel schickte herausfordernde Klänge gen Himmel. Er wußte nicht, ob der Feldwebel in Sicherheit war, ob er es geschafft hatte, den Zugang zur Plaza an der Südflanke der Kathedrale zu blockieren.

»Front bilden! In zwei Reihen antreten!« rief Sharp den Schützen zu. Hinter ihnen kamen Männer in panischer Flucht aus dem westlichen Teil der Kathedrale gerannt.

Das erste Pferd verletzte sich an einem Dorn. Das Eisen drang in die Gabel seines Hufs, und dann erschienen weitere Pferde. Sie stellten sich auf die Hinterhand, wieherten, bäumten sich verzweifelt auf vor Schmerzen. Männer wurden aus den

Sätteln geworfen. Ein Pferd, das in seiner Pein die Orientierung verloren hatte, machte kehrt und stürmte quer über den Platz. Ein zweites stieg so hoch auf, daß es rückwärts umfiel. Sein Reiter schrie auf, als er unter seinem stürzenden Pferd begraben wurde.

»Noch nicht schießen!« Die Schützen waren fünfzehn Meter hinter den Fußangeln in Linie angetreten. Nun ging es ums Ganze. Die französische Infanterie würde den westlichen Treppenaufgang stürmen und in die Kathedrale eindringen. Sie würden noch mindestens eine Minute brauchen, bis sie den Ausgang aus dem Seitenschiff erreicht hatten und hinter Sharp ins Freie strömen würden. Dann kamen auch schon die ersten, sahen die Pferde leiden und machten sich daran, mit Fußtritten die eisernen Dornen beiseite zu schaffen. Sie wurden von einem Feldwebel angeführt. »Hagman!« rief Sharp. »Bring den Schweinehund um!«

»Sir.« Hagman kniete nieder, zielte und schoß. Der Feldwebel vollführte einen Salto rückwärts, und aus seiner Brust ergoß sich ein Blutstrom. Da wurden die Infanteristen zum ersten Mal auf die Schützen aufmerksam. »Feuer!« brüllte Sharp.

Die Salve war nicht groß, aber sie vergrößerte an dieser engen Stelle Chaos und Schmerz. »Nachladen!« Es war überflüssig, die Grünjacken zur Eile anzuhalten. Sie wußten ebensogut wie Sharp, wie schmal in dieser dunkler werdenden Stadt der Grat über Leben und Tod war. Sie zur Eile zu ermahnen, hätte sie nur nervös gemacht.

Sharp drehte sich um. Die letzten Teilnehmer an Vivars Gottesdienst rannten die Stufen herab. Ein spanischer Offizier trug das Gonfalon, das man hastig in schimmernde Falten gelegt hatte. Zwei Priester rafften ihre Kutten hoch und rannten in östlicher Richtung davon. Louisa erschien auf der Treppe, und Sharp sah, wie zwei Cazadores ihr ein Pferd brachten. Auch Vivar stieg in den Sattel und zog seinen Degen. »Sie sind in der Kathedrale!« rief er Sharp zu.

»Ruhig Blut, Bajonette aufsetzen!« Während die Bajonette befestigt wurden, sah sich Sharp nach Harper um, doch der Ire war immer noch nirgends zu sehen. In der Stadt wurden Schreie laut. Die Trompeten klangen schrill durch die Abendluft. Es würde kalt werden heute nacht. Frost würde die Steinplatten versilbern, auf denen die Franzosen sich für die am Tage erlittenen Schmähungen rächen würden.

»Ruhig Blut!« Die Fußangeln hatten den Feind aufgehalten und seinen Männern ermöglicht, nachzuladen. Aber die Masse der französischen Berittenen wartete immer noch jenseits der Dornspitzen, die nun in verzweifelter Hast von der Infanterie beiseite geräumt wurden. Karabinerkugeln schlugen über den Schützen ein, aber die Dragoner schossen aus dem Sattel und nahmen sich nicht genug Zeit, zu zielen. Sharp wußte, daß ihm nur noch Sekunden blieben. Er legte die Hände an den Mund. »Feldwebel! Feldwebel Harper!«

»Ziehen Sie sich zurück, Leutnant!« rief Vivar jetzt aufgeregt Sharp zu.

»Feldwebel Harper!«

»Schweinehunde!« Die Stimme kam von der Spitze jener Stufen, die zum südlichen Seitenschiff führten. Sharp wirbelte herum. Nachdem er seine Fußangeln verteilt hatte, mußte Harper erkannt haben, daß er Sharp nicht erreichen konnte, wenn er die Westfront der Kathedrale entlang rannte. So hatte er den kürzeren Weg durch die Kathedrale gewählt, und nun erschien er, einen französischen Offizier mit der linken Hand hinterherschleifend. »Dieser Schweinehund!« rief der Ire aufgebracht. »Er hat versucht mich umzubringen, der Schweinehund!« Er trat nach dem Franzosen, drosch auf ihn ein. Dann drehte er sich um und warf den Mann zurück ins düstere Innere der Kathedrale. Vivar, der hinter den Türflügeln weitere Gestalten ausmachte, schoß mit einer Pistole ins Seitenschiff hinein.

»Sir!« Hagman warnte ihn, daß soeben die letzten Fußangeln weggeräumt wurden.

»Anlegen!« brüllte Sharp. »Ich dachte schon, ich hätte dich verloren!« rief er Harper zu.

»Der Halunke hat versucht, mich mit dem Säbel zu durchbohren! In einer Kirche, Gott sei's verdammt! Einer Kathedrale. Können Sie es glauben, Sir?«

»O mein Gott! Und ich dachte, ich hätte dich verloren!« Sharps Erleichterung, daß Harper überlebt hatte, war aufrichtig und tiefempfunden.

»Sir!« wiederholte Hagman seine Warnung.

Dragoner und Infanteristen vermengten sich zu der Attacke, die nun durch den Engpaß unterhalb der Brücke ausgeführt wurde. Mit erhobenen Säbeln und lautem Kriegsgeschrei gingen die Franzosen daran, Rache zu nehmen. »Feuer!« rief Sharp.

Die Salve schlug in die enge Stelle ein, ließ Pferde in Blut und Schmerz zusammensinken. Ein Säbel scharrte klirrend über die Steinplatten. Die nachfolgenden Reiter hieben mit ihren Säbeln zu, um sich zwischen den Verwundeten und Sterbenden den Weg nach vorn zu bahnen. Ganz oben am südlichen Ausgang zur Kathedrale erschienen weitere Infanteristen.

»Rückzug!« bellte Sharp.

Dann kam das Chaos der Flucht. Die Schützen sprinteten über die Plaza in den zweifelhaften Schutz einer schmalen Gasse. Louisa war vorausgeritten, und Vivar, der von einem Knäuel seiner rotberockten Elite umgeben war, rief Sharp zu, ihr zu folgen. Die Cazadores würden zurückbleiben, um dem Angriff der Franzosen zu begegnen.

Die Schützen rannten los. Der Rückzug aus der Stadt war zu einer wilden Hetzjagd im Dämmerlicht geworden, einem rasenden Lauf bergab durch die schmalen, mittelalterlichen Gassen. Sharp führte seine Männer auf einen kleinen Platz, den ein Brunnen und ein Steinkreuz zierten. Die Zugänge zu diesem Platz waren von Flüchtlingen versperrt. Er wies seine Männer an, haltzumachen, stellte sie in Reihen auf und gestattete der hinteren Linie, im Schnellverfahren ihre Gewehre nachzuladen. Die Männer schütteten Pulver ein, spuckten die Kugel hinterher, dann schlugen sie mit dem Gewehrkolben auf den Boden, in der Hoffnung, daß der Aufprall die Kugel hineinrammen würde. »Anlegen!«

Die Gewehre, deren Mündungen von den Schwertbajonetten herabgezogen wurden, richteten sich aus. Sie konnten noch nicht schießen, denn ihre Ziele wurden von einer Handvoll Cazadores verdeckt, die versuchten, die französischen Dragoner aufzuhalten. In der Straße trafen klirrend wie geborstene Glocken die Säbel aufeinander. Ein Spanier löste sich mit blutüberströmtem Gesicht aus dem Getümmel. Ein Dragoner schrie auf, als ihm der Bauch aufgeschlitzt wurde.

»Major!« Sharp bedeutete Vivar, daß die Gewehre schußbereit seien.

Vivar hieb auf einen Franzosen ein, dann drehte er sich mitten in der Riposte um. »Verschwinden Sie, Leutnant! Schnell!«

»Major!«

Ein Cazador ging unter einer französischen Klinge zu Boden. Vivar holte aus, um den Franzosen zu verwunden, Sharp war sicher, daß der Spanier bald überwältigt sein würde, doch da strömten hinter den Dragonern plötzlich die Freiwilligen in ihren braunen Jacken heran und griffen sie mit Messern, Hämmern, Musketen und Degen an. Vivar riß das Pferd herum und befahl seinen Männern den Rückzug.

Sharp hatte seine Schützen bis an den östlichen Rand des kleinen Platzes zurückbeordert. Nun ließ er sie zu beiden Seiten zurückweichen, um die Spanier durchzulassen. Die Freiwilligen dachten nicht an Flucht, aber Vivar prügelte sie mit der Kante seines Säbels aus dem Weg. Sharp wartete, bis der Platz frei war und der erste Feind am anderen Ende erschien. »Hintere Reihe! Feuer!«

Die Salve war kläglich, aber sie hielt den französischen Ansturm auf.

»Zurück!« Sharp zückte seinen Degen und erkannte, daß er es wahrscheinlich zu weit getrieben hatte.

Die Schützen folgten Vivar in die nächste Straße. Es wurde nun zunehmend dunkler, der Tag ging allmählich in die Winternacht über. Aus den Fenstern über Sharp wurde mit Musketen geschossen, doch die kleine Salve konnte die Franzosen nicht davon abhalten, in die schmale Gasse einzudringen.

»Hinter Ihnen!« rief Harper.

Sharp fuhr herum. Er brüllte herausfordernd und hieb mit seiner schweren Klinge nach dem Kopf eines Pferdes. Das Tier wich aus, der bezopfte Dragoner schlug zu, und die zwei Waffen trafen klirrend aufeinander. Harper stieß dem Pferd sein Bajonett in die Brust. Es bäumte sich auf und blockierte die Gasse. Sharp drosch auf seine Fesselgelenke ein. Sein Degen mußte einen Knochen gebrochen haben, denn als das Pferd mit den Vorderhufen aufkam, brach es zusammen. Der Dragoner versuchte im Fallen nach Sharp zu schlagen, doch der Degen des Schützen fuhr mit voller Kraft zischend nach oben, und der Stahl bohrte sich in den Hals des Kavalleristen. Ein plötzlicher Blutstrahl spritzte vom Rinnstein bis in drei Meter Höhe an die weißgetünchte Mauer der Gasse. Das wiehernde Pferd mit den gebrochenen Knöcheln blockierte den Durchgang. »Rennt!« brüllte Sharp.

Die Rifles rannten zur nächsten Ecke, wo Vivar auf sie wartete. »Hier entlang!« Er zeigte nach links, dann spornte er sein Pferd an und ritt mit seiner Handvoll Cazadores in entgegengesetzter Richtung davon.

Die Schützen rannten an einer Kirche vorbei, umrundeten eine Straßenecke und fanden sich auf dem oberen Absatz einer steilen Treppe wieder, die zu einer Straße an einem Stück der mittelalterlichen Stadtmauer hinabführte. Vivar mußte gewußt haben, daß die Treppe Schutz vor der Verfolgung durch die Dragoner bot, deshalb hatte er sie losgeschickt, während er selbst zurückblieb, um den Ansturm der Franzosen zu bremsen.

Sharp rannte die Stufen hinab, dann führte er seine Männer die Straße entlang. Er hatte keine Ahnung, ob Vivar in Sicherheit war oder ob das Gonfalon das Getümmel in den engen Gassen überstanden hatte. Ihm blieb nichts anderes übrig, als abzuwarten und das Beste zu hoffen.

»Dieser Schweinehund war ein schlauer Halunke!« sagte Sharp zu Harper. »Die ganze Zeit war er in der Stadt! Himmel, muß der über uns gelacht haben!« Es bestand kein Zweifel, daß de l'Eclin und die Mehrzahl seiner Männer, nachdem Louisa den Aufmarsch der Franzosen auf der Plaza beobachtet hatte, einfach durch das rückwärtige Tor in den Palast zurückgekehrt war, während ein paar hundert Dragoner nach Süden geritten waren. Das war schlau gewesen, und es hatte zu diesem Durcheinander geführt. Außerdem war es ganz und gar unehrenhaft, denn die Franzosen hatten die Waffenruhe gebrochen. Aber Sharp wußte längst, wie wenig es in diesem erbitterten Krieg zwischen Spanien und Frankreich auf die Ehre ankam.

»Kämpfen, in einer verdammten Kathedrale!« Harper war immer noch empört.

»Du hast es ihm jedenfalls heimgezahlt.«

»Ihm! Dreien von diesen Schweinehunden habe ich es heimgezahlt. Drei Schweinehunde, die in keiner Kathedrale mehr kämpfen werden.«

Sharp konnte nicht anders, er mußte lachen. Inzwischen hatten sie eine Lücke in der Stadtmauer erreicht, die auf offenes Gelände hinausführte. Dort fiel der Boden steil ab, bis er einen Bach erreichte, der sich als silbernes Band durch die zunehmende Dämmerung zog. Flüchtlinge überquerten den Bach, dann kletterten sie die Hänge hinauf, um sich im Bergland in Sicherheit zu bringen. Franzosen waren nirgends zu sehen. Sharp ging davon aus, daß der Feind in den Straßen, wo Vivar sein hoffnungsloses Rückzugsgefecht durchführte, nach wie vor in Kampfhandlungen verwickelt war.

Die Männer machten halt und begannen ihre Gewehre zu laden. Harper, der sich offenbar von seiner Empörung über die Gottlosigkeit der Franzosen erholt hatte, verhielt mit halb eingeführtem Ladestock. Jetzt war es an ihm, unvermittelt loszulachen.

»Willst du uns sagen, was so komisch ist, Feldwebel?« fragte Sharp.

»Haben Sie sich schon mal im Spiegel gesehen, Sir?«

Da begannen auch die Männer zu lachen. Sharp blickte an sich herab und sah, daß die ohnehin zerrissene Hose seinen rechten Oberschenkel freigelegt hatte. Er zerrte an den Tuchfetzen, bis sein rechtes Bein praktisch nackt war. »Na und? Meinst du etwa, wir könnten die Schweinehunde nicht auch halb bekleidet schlagen?«

»Vor lauter Angst davonrennen werden sie bei Ihrem Anblick, Sir«, sagte Gataker.

»Schon gut, Jungs.« Sharp entnahm dem Gelächter der Männer, daß sie sich in Sicherheit wähnten. Sie waren den Franzosen entkommen, die Schlacht war geschlagen, und sie brauchten nichts weiter zu tun, als das kleine Tal zu überqueren und in die Berge hinaufzusteigen. Er sah sich noch einmal um, in der Hoffnung, Vivar zu entdecken, doch die Straße lag verlassen da. Schreie, Rufe, Schüsse und Stahlgeklirr sprachen von den Kämpfen, die in der Innenstadt abliefen, aber die Rifles waren dem Chaos entschlüpft und hier in Sicherheit. Sich erneut in den Kampf einzumischen hatte keinen Sinn. Nun war es die

Pflicht eines jeden Mannes, den Rückzug anzutreten. »Auf geradem Weg durchs Tal, Jungs! Auf dem gegenüberliegenden Grat machen wir halt!«

Die Grünjacken verließen die Deckung der Mauer, schritten die holprige, steile Weide hinab, die zu dem sumpfigen Bach führte, wo Sharp am selbigen Morgen versäumt hatte, die Wassergeister zu besänftigen. Vor ihnen war die Masse der Flüchtlinge dicht über das Tal verteilt. Einige davon waren Zivilisten, andere trugen die grobe braune Jacke der Freiwilligen Vivars, und einige wenige Cazadores waren von ihren Einheiten getrennt worden. Von Vivar war immer noch nichts zu sehen, auch nicht von Louisa oder dem Gonfalon. Zwei Mönche wateten mit hochgerafften Kutten durch den Bach.

»Sollten wir warten, Sir?« Harper, der um Major Vivars Sicherheit besorgt war, wollte am Bach bleiben.

»Am gegenüberliegenden Ufer«, sagte Sharp. »Von dort aus können wir ihm Feuerschutz geben.«

Dann erklang von Süden her eine Trompete. Sharp drehte sich um und sah, daß alles vorbei war. Das Abenteuer, die Hoffnung, all die unmöglichen Träume, die einem Triumph so nahe gekommen waren, nun war es aus mit ihnen.

Denn dort glänzten wie weißglühendes Gold die Helme des Feindes in der ersterbenden Sonne: Dreihundert Franzosen waren um die Stadt herumgeritten. Sharp saß in der Falle, und der Tag der Wunder war vorüber.

Kapitel achtzehn

Die Dragoner, die zuvor den Westen der Stadt bedroht hatten, waren an ihren südlichen Ausläufern entlanggeritten, um den Fluchtweg nach Osten abzuschneiden. Nun füllten sie das Tal im Süden, wo ihre Helme im letzten Licht des Tages glänzten. Sie wurden von dem Reiter angeführt, der de l'Eclins roten Umhang trug, der jedoch seinen Säbel in der rechten Hand hielt.

Die Flüchtlinge begannen zu rennen, doch der Sumpfboden machte ihre verzweifelte Flucht unbeholfen und langsam. Die meisten versuchten, den Bach zu überqueren, einige wandten sich nach Norden, und einige wenige suchten den zweifelhaften Schutz von Sharps Rifles.

»Sir?« fragte Harper.

Aber Sharp fiel nichts Hilfreiches ein, was er hätte antworten können. Es war vorbei. Der Tumult, der nach wie vor aus der Stadt zu hören war, bot keinen Schutz. Auch war keine Zeit, den Bach zu überqueren oder sich in nördlicher Richtung zurückzuziehen. Die Schützen waren der Kavallerie auf offenem Gelände in die Falle gegangen, und Sharp blieb nichts anderes übrig, als sie im Quadrat aufzustellen und die Schweinehunde bis zum bitteren Ende zu bekämpfen. Ein Soldat mochte geschlagen sein, doch zu Kreuze kroch er nie. Er würde so viele der triumphierenden ›Schweinehunde‹ mitnehmen, wie er nur konnte, und in künftigen Jahren, wenn sich in einem fernen Land französische Soldaten um ein Lagerfeuer scharten, würden einige von ihnen mit Schaudern einer Schlacht in einem nordspanischen Tal gedenken. »Formieren! In drei Reihen!« Sharp würde eine Salve abschießen lassen, dann zum Quadrat versammeln. Die Hufe würden an ihnen vorbei donnern, die Klingen glitzernd niedersausen, und nach und nach würden seine Männer niedergemetzelt werden.

Sharp hieb mit seinem Degen auf eine mit Unkraut bewachsene Stelle ein. »Ich werde nicht kapitulieren, Feldwebel.«

»Das hab' ich auch nicht angenommen, Sir.«

»Sobald wir geschlagen sind, dürfen die Männer natürlich aufgeben.«

»Nicht, solange ich auf sie aufpasse, Sir.«

Sharp lächelte den großen Iren an. »Danke für alles.«

»Ich behaupte immer noch, Sie schlagen härter zu als jeder Mann, der mir je begegnet ist.«

»Das hatte ich vergessen.« Sharp lachte. Er sah, daß einige der unberittenen Cazadores und Freiwilligen herbeigerannt waren und so etwas wie Ausläufer seiner drei Kampfreihen gebildet hatten. Er wünschte sich, sie wären nicht gekommen, denn ihre Schwerfälligkeit würde seine letzte Stellung nur noch anfälliger machen, aber abweisen wollte er sie auch nicht. Er schwenkte seinen Degen nach rechts und links, als wolle er sich auf seine letzten Momente vorbereiten. Die französischen Dragoner hatten in ihrem langsamen, bedrohlichen Vormarsch innegehalten. Ihre vorderste Linie blieb kaum vierhundert Meter entfernt reglos stehen. Das sah wie eine weite Strecke aus, aber Sharp wußte, mit welch grausamer Geschwindigkeit die Kavallerie diese Entfernung zurücklegen konnte, sobald ihr Trompeter sie vorantrieb.

Er wandte dem Feind den Rücken zu und sah seine Männer an. »Eines hätten wir tun sollen, Jungs: uns nach Norden wenden.«

Einen Moment lang herrschte Schweigen, dann erinnerten sich die Grünjacken an den Streit, der Harper veranlaßt hatte, einen Mordversuch an Sharp zu begehen. Sie lachten.

»Heute abend«, sagte Sharp, »könnt ihr euch allerdings mit meiner Erlaubnis besaufen. Und für den Fall, daß ich nicht noch einmal Gelegenheit habe, es euch zu sagen: Ihr seid die verdammt besten Soldaten, mit denen ich je gekämpft habe.«

Die Männer erkannten seine Entschuldigung als solche und jubelten ihm zu. Sharp überlegte, wie lange er gebraucht hatte, sich diesen Beifall zu verdienen. Dann wandte er sich von den Rifles ab, damit sie seine Freude und Verlegenheit nicht sahen.

Er hatte sich gerade noch rechtzeitig umgedreht, um eine Reiterschar aus der Stadt kommen zu sehen. Einer von ihnen war der Graf von Mouromorto, klar zu erkennen an seinem langen schwarzen Mantel und den hohen weißen Stiefeln. Ein zweiter, in roter Husarenjacke und mit Haaren so golden wie die Helme der Dragoner, ritt auf einem großen schwarzen Pferd. Die wartenden französischen Dragoner jubelten, als Oberst de l'Eclin Umhang und Pelzmütze von dem Mann entgegennahm, der sie getragen hatte. Der Graf mischte sich unter die hinterste Schwadron, die französische Reserve, während der Jäger seinen rechtmäßigen Platz an der Spitze der Angriffslinie einnahm. Sharp sah zu, wie er den scharlachroten Umhang gerade rückte, wie er die große Pelzmütze aufsetzte und wie er mit der linken Hand den Säbel zog. Sharp betete darum, de l'Eclins Tod miterleben zu dürfen, ehe er selbst unter den Hufen und Klingen des Feindes zu Fall kam.

»Leutnant!«

Sharp drehte sich um und sah, daß Louisa an die hintere Reihe seiner Männer herangeritten war. »Verschwinden Sie!« Er zeigte in Richtung Osten, wo sich möglicherweise Sicherheit bot, wenn sie schnell genug davonritt. »Reiten Sie los!«

»Wo ist Don Blas?«

»Ich weiß es nicht! Nun gehen Sie schon!«

»Ich bleibe!«

»Sir!« rief Harper warnend.

Sharp drehte sich erneut um. Oberst de l'Eclin hatte den Säbel erhoben, um den französischen Vormarsch einzuleiten. Zur Rechten der Dragoner befand sich feuchter Boden, ein steiler Hang zur Linken, also mußte sich die Attacke auf ein Stück festen Bodens von ungefähr dreihundert Schritten Breite beschränken. Jenseits des Bachs spuckten ein paar Musketen Feuer, doch sie waren zu weit entfernt, und die Dragoner an der Flanke ignorierten sie einfach.

Oberst de l'Eclins Säbel senkte sich, und der Trompeter blies zum Angriff. Die erste Schwadron bewegte sich im Schrittempo vorwärts. Wenn sie fünfzig Meter vorgerückt war, wußte Sharp, würde die zweite französische Linie langsam anrücken. Die dritte Linie würde weitere fünfzig Meter zurückbleiben. Dies war der klassische Kavallerieangriff, bei dem genügend Platz zwischen den Linien gelassen wurde, so daß ein gestürztes Pferd in der vordersten Reihe die danach kommenden Pferde nicht zum Stolpern und zu Fall brachte. Er erfolgte zunächst langsam, wirkte jedoch sehr bedrohlich.

»Vordere Reihe in die Knie!« sagte Sharp ruhig.

Die Dragoner ließen ihre Pferde langsam gehen, denn sie wollten ihre Formation zusammenhalten. Schon bald würden sie beschleunigen, aber Sharp wußte, daß sie erst Sekunden vor dem eigentlichen Angriff zum Galopp ansetzen würden. Aus der Stadt erklangen Musketenschüsse und Schreie, Beweis, daß die Spanier in den Straßen immer noch gegen die Franzosen kämpften, aber mit dieser Schlacht hatte Sharp nichts mehr zu tun.

Oberst de l'Eclin hob mit der linken Hand seinen Säbel, und die erste Schwadron trabte an. Die Trompete bestätigte den Befehl. Nun konnte Sharp die Kavallerie hören. Er hörte das Kettengerassel der Kandaren, das Klatschen von Sattelzeug und das Donnern der Hufe. Über der vordersten Reihe wehte eine Standarte.

»Ruhig Blut, Jungs, ruhig Blut.« Etwas anderes konnte Sharp nicht sagen. Er hatte das Kommando über eine schäbige Linie von Männern, die einen Augenblick lang Widerstand leisten würden, um dann von den großen Pferden niedergeritten zu werden. »Sind Sie noch da, Miss Louisa?«

»Ja!« ertönte hinter den Reihen der Schützen Louisas nervöse Stimme.

»Dann verschwinden Sie gefälligst, wenn ich bitten darf!«

Seine Männer lachten. Sharp sah die Zöpfe der Dragoner unter ihren dunkler werdenden Helmen wippen. »Sind Sie immer noch da, Miss Louisa?«

»Ja!« Diesmal klang ihre Stimme trotzig.

»Dies ist kein Turnier, Miss Louisa! Die werden um sich hauen wie die verdammten Metzger! Womöglich fällt ihnen nicht einmal auf, daß Sie eine Frau sind, bis sie Ihnen das halbe Gesicht aufgeschlitzt haben. Nun hauen Sie ab! Sie sind zu schön, um von diesen Schweinehunden umgebracht zu werden!«

»Ich bleibe!«

Oberst de l'Eclin hob wieder seinen Säbel. Nun konnte Sharp das Quietschen von Sattelleder hören. »Hagman? Dieser hinterlistige Schweinehund gehört dir.«

»Sir!«

Sharp vergaß Louisa. Er drängte sich zwischen zwei der Männer in vorderster Front und hielt seinen Degen hoch. »Wartet auf meinen Befehl! Ich lasse nicht schießen, ehe wir den Atem dieser Schweinehunde im Nacken spüren! Wenn sie aber kommen, werden wir dafür sorgen, daß sich diese Hundesöhne wünschen, sie wären verdammt noch mal nie geboren worden!« Die herankommenden Pferde warfen aufgeregt die Köpfe hoch. Sie wußten, was bevorstand, und Sharp gestattete sich einen Augenblick des Mitleids mit den Opfern dieses Massakers, das er anrichten mußte. »Zielt auf die Pferde!« ermahnte er seine Männer. »Laßt die Reiter, tötet die Pferde!«

»Für unser täglich Brot«, sagte Harper.

Die Schützen leckten sich die pulververschmierten Lippen. In ihrer Nervosität prüften sie noch einmal, ob die Gewehrpfanne mit Zündpulver versehen und die Feuersteine richtig in den mit Leder ausgekleideten Vertiefungen der Hähne saßen. Ihre Münder waren trocken, ihre Mägen empfindlich. Die Vibration der trabenden Pferde machte sich bemerkbar, wie das Vorbeirollen großer Kanonen auf einer nahegelegenen Straße. Oder, dachte Sharp, wie Donner an einem schwülen Tag, der einen Blitz ankündigte.

Oberst de l'Eclin senkte seine gebogene Klinge, für seine Männer das Zeichen, zum leichten Galopp überzugehen. Binnen weniger Sekunden, wußte Sharp, würde die Trompete zum Galopp blasen, und die großen Pferde würden voranstürmen. Er holte tief Luft, denn er wußte auch, daß er den Augenblick für die eine Salve mit einzigartiger Präzision bestimmen mußte.

Dann schlug der Blitz ein.

Es waren kaum mehr als fünfzig Mann, aber sie waren Vivars Elitetruppe, Cazadores in karmesinroten Uniformen, die aus der Stadt hervorbrachen und den Hang herabgeritten kamen. Es handelte sich um eine müde Schwadron, erschöpft von einer Nacht und einem Tag ständigen Kampfes, doch über ihnen wehte wie ein gekräuselter Heiligenschein am dunklen Himmel das Gonfalon des Santiago Matamoros. Das scharlachrote Kreuz leuchtete wie Blut.

»Santiago!« Vivar führte sie an. Vivar trieb sie voran. Vivar brüllte den Kriegsruf, der die Niederlage in einen Sieg umkehren konnte. »Santiago!«

Der Abhang verlieh den Cazadores Geschwindigkeit, während das Banner ihnen den Mut von Märtyrern gab. Wie ein Donnerschlag trafen sie auf die Flanke der vordersten französischen Linie, und ihre Säbel richteten unter den Dragonern blutiges Verderben an. De l'Eclin brüllte, machte kehrt, versuchte seine Männer neu zu formieren, doch das Banner des

Heiligen drang immer tiefer in die französische Schwadron ein. Längst war das lange Ende des Gonfalons mit feindlichem Blut befleckt.

»Vorwärts!« Sharp rannte los. »Zum Angriff!«

Die zweite französische Schwadron spornte ihre Pferde an, doch Vivar hatte es vorhergesehen und schwenkte nach rechts ab, um seine Männer mitten unter sie führen. Hinter ihm herrschte das Chaos umherstürmender Pferde. Dort kämpfte Kavallerie gegen Kavallerie.

»Halt!« Sharp hob beide Arme, um dem wilden Spurt seiner Männer Einhalt zu gebieten. »Ruhig Blut, Jungs! Eine Salve. Zielt nach links! Zielt auf die Pferde! Feuer!«

Die Schützen schossen auf die unbeteiligten Reiter an der rechten Flanke des französischen Angriffs. Pferde fielen wiehernd in den Schlamm. Dragoner befreiten ihre Stiefel aus den Steigbügeln und brachten sich rollend vor den sterbenden Tieren in Sicherheit. »Nun macht die Schweinehunde fertig!« brüllte Sharp in vollem Lauf. »Macht sie fertig! Macht sie fertig!«

Ein lärmender Haufen von Männern rannte auf die gebrochene französische Linie zu; Schützen, Cazadores und Männer vom Lande, die ihre Heimstätten verlassen hatten, um gegen einen Eindringling Krieg zu führen. Die Dragoner hieben mit langen Säbeln um sich, doch der Pöbel umzingelte sie, stach auf die Pferde ein und riß die Reiter aus den Sätteln. So kämpfte kein Heer, so verbreitete militärisch unwissendes Volk Angst und Schrecken unter dem Feind.

Oberst de l'Eclin riß sein Pferd herum, um den Pöbel von sich fernzuhalten. Sein Säbel zischte, als er einen Cazador umbrachte, stach zu, um einen Spanier zurückzutreiben, und sauste herab, um das Schwertbajonett eines Schützen abzuwehren. Die Dragoner gerieten auf sumpfigen Boden, wo ihre Pferde ausrutschten und das Gleichgewicht verloren. Der Trompeter wurde von seinem Grauschimmel gezerrt und mit Messern niedergestochen. Einzelne französische Trupps versuchten, sich aus der Menge freizuhacken. Sharp stach mit beiden Händen auf den Hals eines Pferdes ein, dann holte er aus, um seinen Reiter aus dem Sattel zu holen. Eine Frau aus der

Stadt ging dem gestürzten Franzosen mit einem Messer an die Kehle. Vom östlichen Ufer des Bachs kamen Flüchtlinge zurückgerannt, um sich an dem Massaker zu beteiligen.

Eine Trompete trieb die dritte französische Schwadron ins Chaos. Das Schlachtfeld war blutüberströmt, doch immer noch wehte das weiße Gonfalon, wo Blas Vivar seine karmesinrote Elite wie eine Klinge mitten unter die Feinde trieb. Ein spanischer Sergeant hielt das mächtige Banner hoch, das an einem Kreuzstab an einer langen Stange befestigt war. Er schwenkte es so, daß die Seide als spiralige Herausforderung durch das Dämmerlicht schwang.

Der Graf von Mouromorto sah die Herausforderung und stellte sich ihr. Dieser seidene Streifen symbolisierte alles, was er an Spanien haßte; er war gleichbedeutend mit altem Brauchtum, der Herrschaft der Kirche über die Vernunft, die Tyrannei eines Gottes, den er ablehnte. So kam es, daß der Graf seinem Pferd die Sporen gab und es mitten unter die Männer trieb, die das Gonfalon schützten.

»Er gehört mir!« brüllte Vivar ein ums andere Mal. »Mir! Mir!«

Die Säbel der beiden Brüder trafen aufeinander, scharrten und lösten sich, Vivars Pferd wandte sich dem Feind zu, wie man es gelehrt hatte, und Vivar schlug zu. Der Graf parierte. Ein Cazador ritt heran, um ihn von hinten anzufallen, doch Vivar rief dem Mann zu, sich fernzuhalten. »Er gehört mir!«

Der Graf führte zwei schnelle, harte Schläge aus, die einen schwächeren Mann aus dem Sattel gehoben hätten. Vivar parierte sie beide, holte aus und nutzte den Schwung zu einem Hieb, der das Blut aus dem Oberschenkel seines Bruders trieb. Das Blut tropfte auf die weißen Stiefel.

Wieder gab der Graf seinem Pferd die Sporen; es wich seitlich aus, dann warf es sich, noch einmal angespornt, nach vorn. Mouromorto fletschte in dem Bewußtsein, daß er diesen Kampf gewonnen hatte, die Zähne, und sein langer Säbel sauste auf seinen Bruder herab.

Doch Vivar lehnte sich im Sattel zurück, ganz weit zurück, so daß die Klinge seines Bruders an ihm vorbeizischte und nicht mehr schnell genug gehoben werden konnte, als er sich aufrichtete und mit der eigenen Waffe zustach. Der Stahl bohrte sich zitternd in Mouromortos Bauch. Ihre Augen begegneten sich, und Vivar riß die Klinge herum. Er empfand Erbarmen und wußte, daß er sich kein Erbarmen leisten konnte. »Verräter!« Wieder drehte er die Klinge, dann hob er den Stiefel, um dem Pferd einen Tritt zu versetzen und seinen Degen herauszuziehen. Der Stahl löste sich federnd, Blut spritzte auf den Sattelknauf des Grafen, und sein Schmerzensschrei erstarb, als er in den blutdurchtränkten Schlamm fiel.

»Santiago!« rief Vivar triumphierend, und der Ruf setzte sich durch das ganze kleine Tal fort, während sich die Cazadores um das Banner eines toten Heiligen versammelten und ihre Säbel gegen die dritte französische Schwadron erhoben.

Die Schützen waren auf der Jagd nach den Überlebenden der ersten beiden Schwadronen. Einzelne Dragoner wandten ihre Pferde zur Flucht, denn sie wußten, daß sie geschlagen waren. Der Säbel eines Cazadors schlitzte dem französischen Standartenträger die Kehle auf. Dann packte der Spanier die feindliche Flagge und hob sie zur Feier des Sieges hoch. Oberst de l'Eclin sah, wie die kleine Standarte erbeutet wurde, und erkannte, daß er besiegt war; besiegt vom großen weißen Gonfalon des Matamoros.

»Zurück!« Der Jäger wußte, wann ein Kampf hoffnungslos geworden war. Er wußte, wann es besser war, eine Handvoll Männer zu retten, die dann später erneut zum Kampf antreten konnten.

»Nein!« Sharp sah, wie der Oberst den Rückzug befahl, und rannte auf den Franzosen zu. »Nein!« Sein Knöchel schmerzte immer noch vom Sprung von der Plattform der Kathedrale. Der Schmerz behinderte sein Vorankommen, und der morastige Boden hätte ihn beinahe zu Fall gebracht, doch er zwang sich, weiterzulaufen. Er ließ seine Schützen zurück und fuhr fort, in verzweifelter Wut zu brüllen. »Du Schweinehund! Nein!«

De l'Eclin hörte die Beschimpfung. Er drehte sich um, sah, daß Sharp von seinen Grünjacken isoliert war, und nahm wie jeder rechte Kavallerist die Herausforderung an. Er ritt auf Sharp zu und dachte daran, wie er beim letzten Kampf mit dem Schützen die simple Kriegslist angewandt hatte, den Säbel statt in die rechte in die linke Hand zu nehmen. Dieser Kniff ließ sich nicht wiederholen. Heute wollte der Oberst im letzten Augenblick sein Pferd anspornen, so daß der schwarze Hengst mit tödlicher Geschwindigkeit vorwärts stürmte und dem Säbelhieb all seine Schnelligkeit mitteilte. Sharp wartete, bereit, mit seinem Degen nach dem Maul des Pferdes zu schlagen. Jemand rief ihm zu, er solle ausweichen, doch der Schütze hielt stand, während der große Rappe auf ihn zustürmte. De l'Eclin hielt den Säbel so, daß seine Spitze sich in Sharps Rippen bohren mußte, doch in letzter Sekunde, während er dem Pferd zum entscheidenden Mal die Sporen gab, änderte der Franzose die Stoßrichtung. Mit der Flinkheit einer zubeißenden Schlange hob er die Klinge und drehte sie so, daß sie auf Sharps ungeschützten Kopf treffen mußte. De l'Eclin brüllte triumphierend, als sein Säbel herabschwang und der Schütze, dessen Degen sein Pferd verfehlt hatte, unter dem Hieb zu Boden ging.

Aber Sharp hatte nicht auf de l'Eclins Pferd gezielt. Mit einer Geschwindigkeit, die der des Jägers in nichts nachstand, hatte er statt dessen die starke Klinge über den Kopf erhoben und hielt sie dort wie einen Stab, um dem Aufprall des Säbels zu begegnen. Dieser Aufprall war es, der Sharp niederzwang, fast bis auf die Knie. Zuvor jedoch ließ seine rechte Hand den Griff seiner Waffe los und packte den Schwertarm des Jägers. Sharps Degen traf mit dumpfem Schlag die eigene Schulter, getrieben von der abgewehrten Säbelklinge, aber seine Finger hatten sich um de l'Eclins Gelenkriemen geschlossen. Er entließ die Klinge seines Degens aus der linken Hand und umschloß mit ihr das Handgelenk des Franzosen.

De l'Eclin brauchte eine Sekunde, um zu erkennen, was passiert war. Sharp klammerte sich fest wie ein Hund, der seine Zähne in den Hals eines Ebers geschlagen hat. Er ließ sich über den sumpfigen Boden mitziehen. Das Pferd verdrehte den Hals und versuchte den Schützen zu beißen. Der Jäger schlug mit der freien Hand nach ihm, aber Sharp hielt sich fest, schleifte nach und versuchte, auf dem Morast Halt zu finden. Sein nacktes rechtes Bein war mit Schlamm und Blut verschmiert. Das Pferd versuchte ihn abzuschütteln, gerade als Sharp versuchte, den

Franzosen aus dem Sattel zu heben. Der Gelenkriemen des Säbels schnitt ihm in die Finger wie Draht.

De l'Eclin bemühte sich, mit der rechten Hand eine Pistole aus ihrem Halfter zu holen. Harper und eine Schar von Grünjacken rannten herbei, um zu helfen. »Laßt ihn! Rührt ihn nicht an!« rief Sharp.

»Verflucht soll er sein!« Harper rammte seinen Gewehrkolben ins Maul des Rappen. Der ging auf die Hinterhand, so daß de l'Eclin das Gleichgewicht verlor und, von Sharps Körpergewicht nach hinten gezogen, aus dem Sattel stürzte.

Schwertbajonette erhoben sich, um auf den Franzosen einzustechen. »Nein!« schrie Sharp verzweifelt. »Nein! Nein!« Er war mit de l'Eclin zu Boden gegangen und hatte beim Aufprall den Zugriff auf sein Handgelenk verloren. Der Franzose wich vor Sharp zurück, kam taumelnd auf die Beine und hieb mit dem Säbel nach den Schützen, die ihn umringten. Sharps Degen war verschwunden. De l'Eclin sah sich nach seinem Pferd um, dann warf er sich vorwärts, um Sharp zu töten.

Harper schoß sein Gewehr ab. »Nein!« Sharps Protest ging im hammerartigen Knallen des Gewehrs unter.

Die Kugel traf de l'Eclin genau in den Mund. Sein Kopf wurde nach hinten gerissen, als habe jemand an einem unsichtbaren Faden gezogen. Der Franzose fiel, Blut spritzte wie ein Springbrunnen in den dunkler werdenden Himmel, dann erschlaffte sein Körper im Schlamm, zuckte noch einmal wie ein frisch gefangener Fisch und blieb dann reglos liegen.

»Nein?« sagte Harper indigniert. »Der Schweinehund war dabei, Sie zu filetieren!«

»Schon gut.« Sharp dehnte die Finger seiner rechten Hand. »Schon gut. Ich wollte nur verhindern, daß seine Beinkleider Löcher bekommen.« Er betrachtete die lederbesetzte Uniformhose des Toten und die hohen, schönen Stiefel. Das waren Stücke von hohem Wert, und nun gehörten sie Sharp. »In Ordnung, Jungs, Zieht ihm die verdammte Hose aus, und seine Stiefel.« Die Schützen starrten Sharp an, als habe er den Verstand verloren. »Zieht ihm die verdammte Hose aus! Ich will sie haben. Und seine Stiefel! Warum, glaubt ihr, sind wir hergekommen? Beeilt euch!«

Obwohl Louisa und ein Dutzend anderer Frauen zugegen waren, zog Sharp an Ort und Stelle seine alten Stiefel und Hosen aus. Am Himmel versickerte der letzte Funken Tageslicht. Die überlebenden Dragoner waren geflohen. Die Verwundeten stöhnten und regten sich im feuchten Gras, während die Sieger auf der Suche nach Beute zwischen den Gefallenen umhergingen. Einer der Schützen bot Sharp einen prächtigen Umhang an, doch der lehnte ihn ab. Er brauchte solchen Tand nicht, nur die rotgestreiften Beinkleider, die ihm paßten, als seien sie auf ihn zugeschnitten, hatte er sich sehnlichst gewünscht. Und zu der Hose kam das Wertvollste, was ein Infanterist besitzen konnte: gute Stiefel. Hohe Stiefel aus gutem Leder, in denen er über Land marschieren konnte, gute Stiefel, die Sharp paßten, als habe der Schuhmacher gewußt, daß dieser Schütze eines Tages einen solchen Luxusartikel brauchen würde. Sharp entfernte die rasiermesserscharfen Sporen, zog sich die Stiefel über die Waden hoch und stampfte dann zufrieden auf den Grasboden. Er knöpfte seine grüne Jacke auf und gürtete sich wieder den eigenen Degen um. Er lächelte. Ein altes Banner, neu gemacht, hatte einen wundersamen Sieg bewirkt, ein roter Umhang lag im Schlamm, und Sharp hatte für sich Stiefel und Hosen gefunden.

Das alte Gonfalon, erzählte Louisa dem Leutnant, sei in das neue eingenäht worden. Sie hatte die Arbeit heimlich ausgeführt, droben in der hohen Festung, ehe sie nach Santiago de Compostela aufgebrochen war. Die Idee stammte von Major Vivar, und diese Arbeit hatte den Spanier und das englische Mädchen einander nahegebracht.

»Die Feldwebelwinkel«, sagte sie, »sind aus demselben Seidenstoff.«

Sharp sah zu Harper hinüber, der mit den Rifles vorausging. »Verraten Sie ihm das nicht, um Himmels willen, sonst hält er sich für einen Wundermacher.«

»Sie sind einer wie der andere Wundermacher«, sagte Louisa herzlich.

»Wir sind nichts als Schützen.«

Louisa lachte über die Bescheidenheit, die einen ungeheuren Stolz verriet. »Aber das Gonfalon hat tatsächlich ein Wunder vollbracht«, sagte sie tadelnd. »Und das war kein Unsinn, nicht wahr?«

»Unsinn war es nicht«, gestand Sharp ein. Er ging neben ihrem Pferd her, vor Major Vivar und seinen Spaniern. »Was passiert nun mit dem Gonfalon?«

»Es wird nach Sevilla oder Cadiz geschafft; dorthin, wo es am sichersten ist. Und eines Tages wird es zu einem spanischen König nach Madrid zurückkehren.« In den kleinen Dörfern und Ortschaften, durch die die Schützen marschierten, erzählte man sich bereits die Geschichte vom Gonfalon. Die Nachricht breitete sich wie ein Lauffeuer aus; sie handelte von einer französischen Niederlage und einem spanischen Sieg, und von einem Heiligen, der das uralte Versprechen eingelöst hatte, sein Volk zu verteidigen.

»Und wohin werden Sie jetzt gehen?« fragte der Leutnant Louisa.

»Ich gehe hin, wo Don Blas hingeht, also dorthin, wo es Franzosen zu töten gibt.«

»Nicht nach Godalming?«

Sie lachte. »Ich hoffe nicht.«

»Und Sie werden eine Gräfin sein«, sagte Sharp ergriffen.

»Ich finde, das ist besser, als Mrs. Bufford zu sein, obwohl es ungemein häßlich von mir ist, so etwas zu sagen. Und meine Tante wird mir nie verzeihen, daß ich Katholikin geworden bin. Sie sehen also, es ist bei alledem doch etwas Gutes herausgekommen.«

Sharp lächelte. Sie waren gen Süden marschiert, und nun mußten sie sich trennen. Die Franzosen hatten sie hinter sich gelassen, der Schnee war geschmolzen, und sie hatten ein flaches Tal erreicht, durch das der kalte Februarwind blies. Am Rand des Tals machten sie halt. Der gegenüberliegende Grat gehörte schon zu Portugal, und an diesem fremden Horizont erblickte Sharp eine Gruppe blau uniformierter Männer. Diese Männer beobachteten die Fremden, die aus dem spanischen Bergland gekommen waren.

Blas Vivar, nun der Graf von Mouromorto, stieg vom Pferd.

Er bedankte sich persönlich bei jedem einzelnen Schützen, bis er zu Sharp kam und ihn zu dessen entsetzlicher Verlegenheit umarmte. »Sind Sie sicher, daß Sie nicht bleiben wollen, Leutnant?«

»Die Versuchung ist groß, Sir aber ...« Sharp zuckte die Achseln.

»Sie wollen vor dem britischen Heer mit Ihren neuen Hosen und Stiefeln prahlen. Ich hoffe nur, Sie dürfen sie behalten.«

»Nicht, wenn ich nach Britannien zurückgeschickt werde.«

»Was ich befürchte«, sagte Vivar. »Während wir zurückbleiben, um die Franzosen zu bekämpfen. Aber eines Tages, Leutnant, wenn der letzte Franzose tot ist, werden Sie nach Spanien zurückkehren und mit dem Grafen und der Gräfin von Mouromorto feiern.«

»Das werde ich, Sir.«

»Und ich bezweifle, daß Sie dann immer noch Leutnant sein werden.«

»Damit rechne ich wohl, Sir.« Sharp blickte zu Louisa auf und sah das Glück, das sie erfüllte und das er ihr nicht verdenken konnte. Er lächelte und legte die Hand an seine Gurttasche. »Ich habe Ihren Brief dabei.« Sie hatte an ihre Tante und ihren Onkel geschrieben und ihnen mitgeteilt, daß sie ihre Nichte an die Kirche Roms und einen spanischen Soldaten verloren hatten. Sharp wandte sich noch einmal Vivar zu. »Danke, Sir.«

Vivar lächelte. »Sie sind ein aufsässiger Halunke, ein Heide und ein Engländer. Aber außerdem sind Sie mein Freund. Vergessen Sie das nicht.«

»Jawohl, Sir.«

Dann gab es nichts mehr zu sagen. Die Rifles marschierten hintereinander den Hügel hinab, dem Wasserlauf entgegen, der die Grenze zu Portugal bildete. Blas Vivar sah zu, wie die Grünjacken durch das Wasser wateten und sich am gegenüberliegenden Hang an den Aufstieg machten.

Einer der Männer, die auf dem portugiesischen Grat warteten, konnte es nicht abwarten, herauszufinden, wer die Fremden waren. Er eilte die Steigung herab auf die Rifles zu. Sharp sah, daß der Mann ein britischer Offizier war; ein Hauptmann mittleren Alters, der den blauen Mantel der Royal Engineers trug. Sharps gute Laune verflüchtigte sich augenblicklich. Er kehrte in die strikte Hierarchie eines Heeres zurück, das nicht daran glaubte, daß zu Offizieren ernannte ehemalige Feldwebel eine Kampfeinheit führen könnten. Er war versucht, kehrtzumachen, sich über den Wasserlauf zu retten und bei Blas Vivar seine Freiheit zu genießen, aber dann rief ihnen der britische Hauptmann eine Frage zu, und die alten Fesseln der Disziplin waren stark genug, um Sharp zu einer Antwort zu bewegen. »Sharp, Sir. Rifles.«

»Hogan, Pioniere. Aus der Lissaboner Garnison.« Hogan hastete die letzten paar Meter heran. »Wo kommen Sie denn her?«

»Wir wurden von Moores Einheit getrennt, Sir.«

»Sie haben gut daran getan, den Rückzug zu bewältigen!« Hogans Bewunderung wirkte echt. Er sprach mit irischem Akzent. »Sind Franzosen hinter Ihnen her?«

»Wir haben seit einer Woche keine mehr gesehen, Sir. Das spanische Volk machte ihnen schwer zu schaffen.«

»Gut! Hervorragend! Dann kommen Sie, Mann! Wir haben einen Krieg zu führen!«

Sharp rührte sich nicht. »Heißt das, wir suchen also nicht das Weite, Sir?«

»Das Weite suchen?« Hogan erschien empört ob dieser Frage. »Natürlich suchen wir nicht das Weite. Es geht doch darum, dafür zu sorgen, daß die Franzosen das Weite suchen. Man will Wellesley hierher zurückschicken. Er ist ein großspuriger Halunke, aber er weiß, wie man kämpft. Wir stehlen uns nicht einfach davon!«

»Wir bleiben hier?«

»Natürlich bleiben wir hier! Was glauben Sie denn, was ich hier mache? Eine Gegend kartographieren, die wir aufzugeben gedenken? Guter Gott, Mann, wir werden bleiben und kämpfen!« Hogan besaß eine überschäumende Energie, die Sharp an Blas Vivar erinnerte. »Wenn die verfluchten Politiker in London nicht die Nerven verlieren, werden wir die verdammten Franzosen bis nach Paris zurückjagen!«

Sharp drehte sich um und spähte zu Louisa hinüber. Einen Moment lang war er versucht, ihr die gute Nachricht zuzurufen, doch dann verzichtete er achselzuckend darauf. Sie würde es bald genug erfahren, und ändern würde sich dadurch nichts. Er lachte.

Hogan führte die Rifles den Hang hinauf. »Ich nehme an, Ihr Bataillon ist nach England zurückgekehrt?«

»Ich weiß es nicht, Sir.«

»Wenn es nach La Coruña oder Vigo gezogen ist, wird es sich eingeschifft haben. Aber ich denke doch, daß Sie sich ihm nicht mehr anschließen werden.«

»Nicht, Sir?«

»Wir brauchen jeden Schützen, den wir kriegen können. Wenn ich Wellesley richtig einschätze, wird er wollen, daß Sie dableiben. Das wird offiziell natürlich nicht gehen, aber ich denke, wir werden eine Nische finden, in der wir Sie verstecken können. Würde Ihnen das etwas ausmachen?«

»Nein, Sir.« Sharp spürte, wie in ihm die Hoffnung aufbrandete, vielleicht doch nicht wieder zur Plackerei eines Quartiermeisters verdammt zu werden, sondern dableiben und am Kampf teilnehmen zu können. »Ich würde gern bleiben, Sir.«

»Guter Mann!« Hogan blieb auf dem Grat stehen und sah zu, wie die Spanier davonritten. »Seine Leute haben Ihnen bei der Flucht geholfen, wie?«

»Jawohl, Sir. Und sie haben eine ganze Stadt von den Franzosen zurückerobert, nicht für lange Zeit, aber immerhin lange genug.«

Hogan blickte Sharp durchdringend an. »Santiago?«

»Jawohl, Sir.« Sharp schlug einen defensiven Ton an. »Ich war nicht sicher, ob wir ihnen helfen sollten, Sir, aber . . .« Er zuckte die Achseln, zu müde, um eine vollständige Erklärung abzugeben.

»Großer Gott, Mann! Wir haben davon gehört! Das waren Sie?« Es war eindeutig, daß dieser Hauptmann der Pioniere keine Einwände gegen Sharps Abenteuer erheben würde. Im Gegenteil, Hogan war offensichtlich entzückt. »Sie müssen mir die Geschichte erzählen. Ich höre nichts lieber als eine gute Geschichte. Jetzt gleich! Ich nehme an, Ihre Jungs hätten gern was zu essen?«

»Ein Schluck Rum wäre ihnen lieber, Sir.«

Hogan lachte. »Das auch.« Er beobachtete die Schützen, wie sie nacheinander an ihm vorbeimarschierten. Ihre grünen Jacken waren zerfetzt und schmutzig, aber sie grinsten im Vorbeigehen den beiden Offizieren zu. Hogan fiel auf, daß diese Männer nicht das korrekte Schuhzeug anhatten, daß einige von ihnen französische Wintermäntel aufgerollt an französischen Tornistern mitschleppten, daß sie unrasiert, ungewaschen und ungepflegt waren. Andererseits hatten sie allesamt noch ihre Waffen, und diese Waffen waren perfekt in Schuß. »Nicht viele sind entkommen«, sagte Hogan.

»Sir?«

»Von den Männern, die von Moores Rückzug abgeschnitten wurden«, erläuterte Hogan. »Die meisten haben aufgegeben, wissen Sie?«

»Es war kalt«, sagte Sharp, »sehr kalt. Aber ich hatte Glück mit meinem Feldbewel. Der Große dort. Er ist Ire.«

»Das sind die besten«, erwiderte Hogan fröhlich. »Aber sie sehen alle aus, als wären sie gute Burschen.«

»Das sind sie, Sir.« Sharp erhob seine Stimme, damit jeder der erschöpften Männer dieses ungewöhnliche Lob hören konnte. »Sie sind versoffene Kerle, Sir, aber zugleich sind sie die besten Soldaten der Welt. Die allerbesten.« Und das meinte er im Ernst. Sie waren die Elite, die Verdammten, die Rifles. Sie waren die Soldaten im grünen Rock.

Sie waren Sharps Rifles.

ENDE

Historische Anmerkung

Der Rückzug nach La Coruña war eine der aufreibendsten Unternehmungen, die einem britischen Heer je auferlegt wurden. Das Wunder bei diesem Rückzug bestand darin, daß ihn genügend Männer überlebten, um kehrtzumachen und einen französischen Angriff außerhalb der Hafenstadt abzuwehren. Sir John Moore selbst fiel bei diesem Gefecht, doch sein Sieg brachte soviel Zeit ein, daß die überlebenden Soldaten die Schiffe besteigen konnten, die man zu ihrer Rettung entsandt hatte.

Es war den Franzosen gelungen, Britanniens Heer bis auf die kleine Garnison in Lissabon von der iberischen Halbinsel zu vertreiben. Diese Leistung wurde in Paris als Sieg gefeiert, was sie auch war, obwohl niemand zu bemerken schien, daß der Feldzug französische Truppen von ihrer eigentlichen Aufgabe abgehalten hatte, die Invasion Spaniens und Portugals zu Ende zu führen. Diese Invasion wurde nie vollendet. Doch im Februar 1809 hätten nur wenige Leute diesen Fehlschlag vorhersehen können, und nur eine Handvoll glaubte, daß Britannien nach Moores Niederlage seine militärische Präsenz auf der Halbinsel aufrechterhalten werde.

Doch im Frühjahr 1809 übernahm Sir Arthur Wellesley, der eines Tages als Herzog von Wellington bekannt werden sollte, das Kommando über die Lissaboner Garnison, die daraufhin langsam, wenn nicht gar widerstrebend, zu jenem Heer aufgestockt wurde, das eine Reihe bemerkenswerter Siege erringen sollte, die mit der Invasion Frankreichs endete. Diese Siege bilden den historischen Rahmen für die Bücher über Richard Sharp, die Sharp und Harper bereits ins südliche Frankreich geführt haben.

Die vorliegende ist eine frühe Erzählung, angesiedelt vor dem Hintergrund der brutalen französischen Besetzung Galiciens.

Insoweit entspricht das Buch den Tatsachen. Die Franzosen haben tatsächlich Santiago de Compostela erobert und seine Kathedrale ausgeraubt, und sie haben tatsächlich heftige Kämpfe gegen den zunehmenden Widerstand aus den galicischen Bergen ausgetragen. Alles übrige jedoch ist fiktiv. Inzwischen versichern uns sogar die Gelehrten, daß die romantische Ableitung des lateinischen *campus compostela* als ›Sternenfeld‹ ebenfalls Fiktion sei. Sie sagen, der Name stamme in Wahrheit von dem lateinischen Wort für Friedhof ab. Manchmal ist es angebracht, nicht auf die Gelehrten zu hören.

Von Marschall Soult wurde erwartet, daß er vor Ende Februar ganz Portugal erobert haben sollte. Geplagt von Nachschubproblemen und ständig gepeinigt von Partisanen, schaffte er es nur bis Oporto am nördlichen Ufer des Douro im Norden Portugals. Aus dieser Verteidigungsstellung wurde er im Mai von Sir Arthur Wellesley vertrieben. Nachdem er die Franzosen aus Portugal verjagt hatte, wandte sich Wellesley in Richtung Osten, nach Spanien, um dort den ersten seiner spanischen Siege zu erringen, den von Talavera. Andere britische Siege sollten folgen, einige davon erstaunlich in ihrer Brillanz, aber diese Siege ließen (zumindest die Briten) übersehen, daß weit mehr Franzosen vom spanischen Volk getötet wurden, als in den Schlachten gegen die Briten fielen. Die Spanier waren in ihrer Mehrzahl Partisanen, die den *guerilla* kämpften, den ›kleinen Krieg‹. Die *Guerilleros* führten *La Guerra de la Independencia,* wie die Spanier ihren Unabhängigkeitskrieg nennen, und zu ihren Feinden gehörten in der Tat die *afrancesados*.

Sharp und Harper jedoch sind nun erst einmal unterwegs nach Talavera. Von Talavera nach Frankreich ist ein weiter Weg, aber die Elite des britischen Heeres, die Rifles, sind jeden Schritt des Weges marschiert. Wenn nötig, wäre der Schütze in seiner grünen Jacke auch von Waterloo bis Paris zu Fuß gegangen. Sharp und Harper steht beides noch bevor, daher müssen sie bald wieder antreten.

Band 13 250

William Appel

Der weiße Jaguar

Deutsche Erstveröffentlichung

Getrieben von der Sorge um seine Schwester, die nichts mehr von sich hören läßt, bricht der New Yorker Börsenmakler Michael Rush zum Amazonas auf. Dort, so weiß er, geht Ava auf einer Schlangenfarm pharmazeutischen Forschungen nach.
Aber Michael wird seine Schwester nie wiedersehen. Sie wurde ermordet, und alles deutet darauf hin, daß sie ein entsetzliches Geheimnis mit in den Tod genommen hat. Um jeden Preis will der Amerikaner es aufdecken und das Verbrechen sühnen. Sein größter Widersacher: ein deutscher Drogenhändler mit zwielichtigen politischen Absichten, ein skrupelloser Herrscher über Dschungel und Eingeborene.

BASTEI LÜBBE